古新军 ◎ 著

猎狩往事

敖鲁古雅

走近中国最后一个狩猎部落，
回忆一段不为人知的史实！

内蒙古文化出版社

图书在版编目（CIP）数据

敖鲁古雅狩猎往事 / 古新军著 . —呼伦贝尔：内蒙古文化出版社, 2016.10
ISBN 978-7-5521-1172-9

Ⅰ . ①敖… Ⅱ . ①古… Ⅲ . ①鄂温克族—狩猎—民族文化—中国 Ⅳ . ① K282.3

中国版本图书馆 CIP 数据核字（2016）第 265120 号

敖鲁古雅狩猎往事
古新军 著

总 策 划	丁永才　崔付建
责任编辑	丁永才
出版发行	内蒙古文化出版社
	（呼伦贝尔市海拉尔区河东新春街4付3号）
印刷装订	三河市华东印刷有限公司
开　　本	710 毫米 ×1000 毫米　1/16
印　　张	18.25　字　数　300 千
版　　次	2016 年 10 月第 1 版
印　　次	2022 年 1 月第 3 次印刷
书　　号	ISBN 978-7-5521-1172-9
定　　价	39.80 元

版权所有　翻印必究

写在前面（代序）

古新军要出书了。一个月前，他把书稿寄给我，希望我为他写点什么。当然，我没有理由拒绝他，痛快地应了下来。

记得在 1965 年，也就是敖鲁古雅鄂温克民族乡刚搬迁至满归河边，我们的家都安置在乡政府的大院，甚至同住一栋新建的砖瓦房，他的家在西侧，我的家靠东侧，彼此相距只有四五十米。当时，古新军的父亲在乡政府挂职，好像是狩猎助理，当年也就是三十多岁，但在我眼里他成熟而强壮。对于狩猎这古老的行当，他父亲已经很是熟悉，因为他本人就是一名猎手，出身于大兴安岭腹地一个古老的狩猎世家。说起来，我走近他父亲身边，应该说是很自然的事情，因为他父亲为人随和，忠厚老实，并没有把我这个在城里读初中的学生当作外人。有那么一段时间，我就黏在了他身后，跟着他去附近的林子里转悠，或者去河边打野鸭。他父亲是第一个让我摆弄猎枪的人，虽说那只是一支小口径步枪，仅仅用来打鸟儿。最初的交往已使我感受到，他父亲有帮助鄂温克族少年进入森林的热情和意

愿，这也是那个时代每一位鄂温克族猎手都具有的美德。

有那么一天，他父亲拎上小口径步枪，带着我钻进小镇西侧的树林，在那树木稀疏之处，不久前搭建了一座临时的家畜屠宰场，里面圈养着从内地运来的一群生猪。走在林间小路，他父亲对我说，屠宰场的人找了他，想请他帮个忙，把一头逃进树林的生猪弄回来，它在林子里已经跑野了，谁也靠不近它了。很快，我俩找到了这头猪的印迹，他把我带到离它只有四五十米远的地方，然后把他手中的猎枪递给我，我明白了他的用意，他是想让我施展一下身手。接过那小口径步枪我一点也没犹豫，对准那见人就跑的活物扣动扳机。没想到，这次义务性的猎捕活动，竟是日后我成为一名林中猎手的早期预演，算是一小段诙谐的前奏曲。

之所以想起这段记忆，无非是要说一说古新军成长的家庭环境。他是"文革"前出生，就在乡政府的大院里长大，汉文化对他的早期教育影响很大，他从小学一直读到初中，之后当了兵，复员回来又在乡政府当了干部，后来调到根河市党委统战部工作。应该说，在乡政府工作期间，他重新获得了植根于鄂温克猎民生活的机会，对于他来说，这是对本民族文化的回归和体认。

古新军产生写作和表述的愿望，已有十多年时间了，为此他进行了充分的准备和坚持不懈的努力。本书汇集的二十余篇文章，就是他这一阶段的收获。那么，作为普通的阅读者，怎样看待他的写作，他用文字表述了怎样一种感受呢？首先，读者能够感受到作为使鹿鄂温克的后来人，古新军本人对祖辈所经历的重大历史事件，有着重新认识和诉说的渴望，作者在《艾雅苏克河的枪声》中把这种渴望表达得较为清晰，较为真切。《艾雅苏克河的枪声》是以真实的历史事件为写作背景的，那一事件发生在1945年的仲夏时节，备受奴役的鄂温克猎民在日本入侵者逃窜之时，表现出了他们永不屈服的反抗意志，鄂温克猎手们如同身经百战的优秀士兵，

写在前面（代序）

在深山密林中多路出击，围追堵截，将逃窜的数十名日本士官一举歼灭在围猎场上。参加追剿行动的有坤德一万、伊万索、吉米德、尼格来、马秋、老马嘎拉、阿里克山德、老八月、小八月、嘎年、谢力杰伊、嘎卡克等人，他们都是鄂温克族猎民的优秀代表，是保家卫国的抗日勇士。古新军记述了当时事件发生的大致经过，借用讲故事的方式娓娓道来，作者对这一题材的把握和表现，有利于提振民族精神，铭记历史，其现实意义是多方面的。作者还在《"敖宝迪"泡子》中，讲述了发生在 20 世纪 70 年代的一个意外事件，那是在创建敖鲁古雅这个美丽山村的初期，在一次公务活动中发生的不幸的误伤事件，一名优秀的公职人员因公殉职了，他就是敖鲁古雅公安派出所所长敖宝迪同志。作者之所以认真地复述这段令人悲伤的往日，其用意是引起现今读者们的共鸣，那就是对于在以往的岁月中，为了党和人民的事业奉献了青春、贡献了个人智慧，乃至奉献生命的那些可敬的前辈，还有我们熟识的亲友们，作为后来人应该永远要牢记。古新军还向读者朋友展示了多彩的人生场景，在这些变幻的场景中有画家柳芭的身影，阅读者可从中了解她的成长历程，看到她迈出的一步又一步的人生足迹；在这由文字构成的情景中，鄂温克猎民的日常生活习俗以及鄂温克人有趣的森林狩猎故事，都得到了浓墨重彩的展现。

应该说，古新军的写作尝试，带有通讯和特写的特点，附加的小说要素为其作品增添了独特的色彩，这对于一名勇于创作的求知者来说，已经难能可贵了。我想，阅读者会有一个共同的感受，那就是祝愿这位勤奋的创作者，在创作之途上，积极拓展个人的视野，投入更大的精力，写出更多更好的作品来。

乌热尔图
2016 年 7 月 6 日

目录

写在前面（代序）	/	001
艾雅苏克河的枪声	/	001
"敖宝迪"泡子	/	017
撮罗子女人和驯鹿	/	038
冬　猎	/	064
我的俄罗斯囧途	/	077
猎行贝尔茨河	/	089
猎民青年带头人——格里斯克	/	110
满归的清晨	/	114
美丽的拜道尼河	/	116
蒙古国之行	/	139

母女坟	/	172
难忘的一九八二年	/	176
秋　猎	/	185
热特司机——尤力都的一天	/	198
我的军旅	/	217
挪威之旅	/	232
小猎神——何英刚	/	246
走过敖鲁古雅	/	249
玛丽雅·布一家人	/	264
猎人的心声	/	272
一件趣事	/	275
猎民雅日曼	/	279
后　记	/	281

艾雅苏克河的枪声

谨以此文纪念曾参加过抗击日本侵略军在艾雅苏克河战役的使鹿部落——鄂温克人，纪念曾领导艾雅苏克河战斗打响第一枪的鄂温克部落首领坤德依万同志。

那是在一九四五年日本侵略军还未宣布投降，苏联红军已开始对日宣战的时候，驻守在阿巴河北岸的普鲁姆基克日本大营还处在平静的环境中，木刻楞营房是两座长二十三米、宽七米连体式排列着的建筑，一个中间似走廊的过道，门窗都很窄小，有一个房间里还用红漆写的中文繁体"人人讲卫生"几个醒目的方楷字。营房俱乐部里传出叽里呱啦的日语朗读声，先是一个教官的领读声，然后是学员的跟读声，这些学员是被强制抓来进行日化教育的使鹿部落的鄂温克人。

日军侵占我东北，一股日军乘船沿黑龙江上游进入流向额尔古纳河的支流——阿巴河，将营地选择在阿巴河北岸的山坡密林里。

进入大兴安岭密林深处，日军为了摸清大兴安岭的每座山的地势走向及沟塘和河流，将魔爪伸向这广阔的森林资源，由于对地形的不熟悉，加之部队的运输力量很薄弱，部队的马匹很难将船只运送的物资运进山里。日军决定寻找在大兴安岭里的使鹿部落——鄂温克人。

其实鄂温克人已知道国内的战事，特别是日军侵占了我东北三省，更听说了东北抗联正在组织力量抗击日本侵略者，在深山里的使鹿部落鄂温克人无时无刻不在躲防着日军的寻找，使使鹿部落鄂温克猎民饱受着艰难迁徙的游猎生活。

索罗共氏族及其他氏族都搬迁到了距额尔古纳河很远的猎场丰富的地方。索罗共氏族和卡尔他昆氏族及布勒添氏族、库狄林氏族分别在四个猎场游猎迁徙。索罗共氏族在阿力达雅河一带，布勒添氏族在敖年河和塔拉坎一带，卡尔他昆氏族在卡玛拉河靠近汗玛，库狄林氏族则在阿穆尔河一带活动，每个氏族的狩猎营地都有七八户家庭组成，人口很多，驯鹿也很多，每年捕获的猎物就足以满足整个猎点的食用，使鹿部落鄂温克人在大兴安岭密林深处过着平静的生活。

可是使鹿部落鄂温克人怎么也没想到这平静的生活却让日本侵略军魔爪给搅得人心惶惶，不得安宁。

日本兵到处寻找这个使鹿部落，目的是让这个小小的部落为其效劳、出力。要利用使鹿部落鄂温克人的驯鹿成为其运输工具。

日军将各氏族点上的男青壮年劳动力强制抓到普鲁姆基克大营，在那里接受强化训练，主要是要让鄂温克人学会日语，以达到占有和控制的目的。

猎民青年瓦什克、维克多、杰士克还有巴赛就在其中接受强迫训练。

库斯敏是苏联红军即将对日宣战前夕派往大兴安岭深入鄂温克人中间做抗日宣传，他也是一位使鹿部落鄂温克人。

在苏联红军部队中库斯敏是一位上尉军官，此次下来主要是早已掌握了日军进驻大兴安岭活动的情况，日军抓猎民青年接受训练，库斯敏扮成猎民身份混入其中。

所有猎民青年接受的是日语基础训练。

在普鲁姆基克还有两位猎民女青年叶莲娜和利士克，她俩是在卡尔他昆氏族里强迫来为日军做饭的，其中的叶莲娜已被日军小野队长相中，小野队长此时已去哈尔滨关东军司令部参加会议，说回来后一定娶叶莲娜，等战争结束后回日本国。

叶莲娜的内心是充满着复杂的矛盾，她是知道的，家人反对与日本人来往，她的意中人现在就在这个地方参加强制训练的瓦什克。而瓦什克从来没有向她表白过，就是心里面想与她接近但总有些腼腆。

训练学习异常的艰苦，瓦什克、维克多还有巴赛都感到很疲劳和乏味，课间休息时总能在一起琢磨着如何逃离这个鬼地方。经常在聚集一块的时候被日本兵用枪托撵散，禁止学员们聚在一起，唯恐窜通或有什么勾当。"瓦什克，咱们在这里得待多久，我是受不了这个罪呀！"巴赛在问着瓦什克。"我怎么知道呢？"瓦什克摆出一副鬼脸风趣地说着。

每天早操、吃饭、训练、学日语，刻板式的生活节奏，闹得还挺紧张。

因受不了严格的学习和训练，青年达拉湃逃出去纵身跳进湍急的阿巴河，从此日本人对鄂温克人看守越来越严格。

日语课教官开始上课前的点名，喊到库斯敏的名字时没有人回答，连续点了两遍名字："库斯敏、库斯敏……"

然后就点起瓦什克和维克多名字："瓦什克、维克多，你俩知道库斯敏干什么去啦？""不知道？"那你们还不赶快回宿舍去把他喊来，快去！快去！教官绷着脸，瞪着双眼怒视着所有学员与瓦什克和维克多对着话。

这时瓦什克和维克多离开自己的座位，走出了教室。

瓦什克和维克多先跑回宿舍，发现宿舍没有库斯敏，就又跑到伙食房，看看是不是还在吃饭，伙房里正在忙着刷碗的叶莲娜看见跑进来的瓦什克和维克多就急忙问："你俩早晨没有吃饭呀，是不是睡懒觉耽误吃饭了？""什么呀，是教官让我俩找库斯敏，你俩看见他没有？"瓦什克问着叶莲娜和力士克。"我们没有看见库斯敏。"叶莲娜对他俩的询问作了回答。

"走，回教室报告教官。"说着瓦什克和维克多转过身，也不再听叶莲娜和力士克说什么就跑出了伙房，回到教室向教官报告："报告教官，我们没找到库斯敏。""你们去食堂了吗？""去过了，做饭的说他们没有看见库斯敏。""这么说库斯敏是逃跑了，你们先回座位吧！"瓦什克和维克多听完教官的话后回到了自己的座位。

在瓦什克和维克多回座位的时候教官走出教室，直奔队部向看守在队上的副队长报告。"报告队长，有一位学员不见了。"队长问教官："叫什么名字？""库斯敏。""什么时间发现不见他的。""是早课前点名时发现的。""那你没有找过吗？""都找过了，就是没有。"副队长名字叫大佐，鼻梁上架着副近视眼镜，一撮小黑胡像是染上的墨汁。自从小野队长去哈尔滨司令部开会，他这个副队长也就是这里军衔最高的"司令官"了。他与教官对着话："赶快发动所有学员去找，为防止再有鄂温克学员逃跑，必须有两名士兵跟着找，动作要快，要快！""是！是！"教官站在一边回答后，边向教室跑去。自从鄂温克青年达拉湃不甘忍受强制学习和训练跳崖身亡，这次又出现学员逃跑事件，令日本人非常的恼火。

在教官去队部的那一段时间，教室里鄂温克学员们开始议论起来，"库斯敏肯定逃跑了。""真的吗，是真的吗？""挺好，什么时候咱们也逃跑。"学员们互相议论着直到教官走进教室才住了声。

"各位听着，从现在开始我们分成几个组，每个组必须听从士兵的指挥，不准再出现逃跑的人，你们要对阿巴河的上下游，倒木圈，每个沟塘都要认真地寻找，抓住库斯敏大佐队长有赏。"教官诱惑般地布置着。"现在开始行动吧！"

瓦什克跟着两名日军士兵沿着阿巴河向下游寻找。

瓦什克内心想，但愿库斯敏真的跑了，跑得越远越好，永远离开这个地方，如果发现了他我也会放过的。

他们走了很远，来回地淌过阿巴河，八月的大兴安岭，阳光照射下感觉还很暖，但河水的温度是足以让人觉得初秋的来临。河水冲刷着水里的大石头翻着浪花，发出响声。

两个日本兵命令瓦什克："喂，你过河到那个倒木圈去看看，发现有库斯敏喊一声。"那个士兵边说边用手指着阿巴河对岸的倒木圈。然后把枪放躺在沙滩上，自己也顺势仰躺在发烫的沙滩上。

瓦什克登上了对岸的倒木圈，回头看看那两个日本兵都躺在沙滩上晒着太阳，他假装在倒木圈上转来转去，钻来钻去，他终于发现了在一棵大倒木底下，紧贴近河水的地方躲藏的库斯敏，瓦什克没有大声说话："你怎么躲在这里啦，小日本正全面搜寻你呢，悄悄地别出声，在河对岸上还有两个日本兵呢。"库斯敏听到瓦什克这样地告诉他，他也就排除了心中的疑虑，便悄声地并用语气迅速的口吻对瓦什克说："这里的所有鄂温克人必须马上做好离开的准备。苏联红军即将对普鲁姆基克实施轰炸，面积就是阿巴河流域的所有重点目标，否则的话你们将同日本鬼子一起消失在炮火之中。"瓦什克用坚硬的语调回答了库斯敏的话："你要知道，我们使鹿部落是被强迫性地逼到这里来的，我们比你更加憎恨这些日本人。"瓦什克说着心情不仅激动，眼睛有些湿润了。"你平安地跑吧，我们在这里的鄂温克人也一定会像你说的，珍视和爱护自己，请你多保重，我还要应付那两个日本鬼子。"说完瓦什克假装在倒木上不慎滑倒掉进了激流的阿巴河，为了掩盖他湿润的双眼，瓦什克演出了这场假闹剧。

两个日本士兵见瓦什克满身湿漉漉的便问道："怎么弄的，掉到河里啦？"一阵哈哈大笑。瓦什克假装认真地回答："那倒木太滑，不小心脚底踩上了溜光的桦木，是那个带桦皮的木头使我滑倒掉进河里，幸亏这阿巴河水浅，否则的话不知向谁报到去啦！"瓦什克一边比画着手，一边用笨拙的日语并掺和着鄂温克语说着。两个日本士兵看到瓦什克的模样，有一个坐起来又躺下，笑得前仰后合的。

他们继续搜寻着，对于瓦什克来说就是消耗时间，就是用消耗的时间来完成大佐队长的任务。

太阳已落西北角了，各路搜找库斯敏的人马都已回到了大营，教官在队部里向大佐队长报告搜寻情况。

"报告队长，所有搜寻队员按照您的吩咐沿着阿巴河上下游及所有附近的沟塘子，还有阿巴河上下游的各个大小倒木圈全部寻找到位，没有找见库斯敏这个人。""难道是库斯敏插上翅膀了？"大佐副队长听教官这么一说就大发雷霆。

深夜，普鲁姆基克大营一片寂静，营房宿舍里的大通铺上，瓦什克、巴赛，还有维克多辗转未眠。"我们也不情愿地能够找到同胞库斯敏，希望他能幸运地跑得越远越好。"巴赛躺在自己的铺位上，仰面望着天棚用鄂温克语发表着言论。"我们今天沿阿巴河上游走了四十多里地，快要到杜林尼河了，跟我一同去的日本兵走不动了，就连他自己的长枪都是我背的。"维克多也讲着他今天寻找库斯敏的经过。"告诉你们吧，我今天就遇见了库斯敏，我没有大喊向日本兵报告，而是假装没看见放跑了他，库斯敏说他要回到苏联红军那里，并且说苏联红军已向日本侵华部队宣战，近期就有可能对阿巴河流域的普鲁姆基克实施飞机轰炸，库斯敏要求我们必须做好逃跑准备，否则将与日本侵略者一同被苏联红军的飞机投弹炸死。"瓦什克讲起来，挨着瓦什克的其他人听后无不感到为自己命运而忧虑。维克多爬起来将被子一推盘腿坐着："瓦什克，你说我们应该怎么办呢？"

"咱们都不要显得紧张，否则日本兵会察觉到异常情况对我们严加看起来，所以我们要装作若无其事的样子，将日本鬼子迷惑住，日本鬼子的末日就将到来！"说到最后一句时瓦什克已抑制不住内心激动，嗓音有些大了，旁边的巴赛用胳膊肘揉了揉瓦什克后背小声嘀咕："小声点，别让日本人听见。"瓦什克感觉到了巴赛的推揉和嘀咕，然后脱口说了一句"现在马上睡觉！"一切像没有发生什么似的。

第二天、第三天……刻板的生活训练、学习延续着，一切都显得非常的平静。

终于在第六天的午夜时分，瓦什克他们都听到了由远及近的机械马达声，速度很快，响声划破这寂静的山林，紧接着一声巨响，就像落在了营房屋顶，顿时木刻楞营房震得发颤，就连屋里地面都颤乎乎的。

突然一个人跳下通铺大喊："快跑呀！苏联红军轰炸啦！"喊叫的人不是别人，他就是瓦什克。随着他的喊声，整个通铺的人全都下了地，因为他们早有所准备，每天夜里睡觉时鞋子都不脱，所以他们的行动特别的迅速。

瓦什克没有只顾自己逃跑，他嘱咐维克多和巴赛要照顾好其他人，一定要带领其他人向东面方向逃。瓦什克嘱咐完维克多就直接跑向伙房，叶莲娜和力士克的寝室就在伙房的里间，此时叶莲娜和力士克听见巨声爆炸便躲进床底下。这时她俩听到房门"咣当"一声开了，从床底下隐约约窥见一个黑影闯进来并且站在门口。"叶莲娜、力士克，力士克、叶莲娜。"是瓦什克的声音。"我们在这儿那。"叶莲娜和力士克答应着从床底下爬了出来。"快跟我一起跑，咱们的其他人都趁日本人慌乱的时候开始逃跑了。"瓦什克喘着粗气地催促着她俩。"往哪跑呀这么黑的？"叶莲娜有些哆嗦着问瓦什克。"就按着来时的路回猎民点呗!"瓦什克说着就手牵手领着她俩向外面冲去,直奔向那夜幕中的山林。

苏联红军的飞机在夜空中不断地投下炸弹,爆炸声不断响起,普鲁姆基克大营一片火海。木刻楞营房的屋脊被炸塌了,大营内日军唧哩哇啦乱作一团,喊声、吵骂声不绝于耳。日本兵也顾不得鄂温克学员是逃跑还是被炸死。飞机的马达声震响这片夜幕中的山林。瓦什克、维克多他们不停步地直奔阿力达雅坤昆德依万所在的猎营地。

瓦什克、维克多、叶莲娃等趟过敖鲁古雅河,大约走了两天的路程,路上饿了就停下来采摘红豆和杜柿充饥,还有蘑菇。八月的兴安,是各种野果丰收的季节,红的、蓝的、紫的、黑的各种颜色汇集成兴安岭绚丽的色彩。

阿力达雅坤的猎营地已沉浸在浓浓的夜色中,猎营地的人们有的已进入甜美的梦中。

各个撮罗子帐篷前拴着的猎犬狂吠起来,惊醒了熟睡的人们,远远地听见西面那山林里传出的脚步声,沙沙地响声是那挂满露水的松枝经碰撞后发出的,猎犬的灵敏耳朵是任何东西都逃不过的。

任猎犬狂吠,那从普鲁姆基克大营逃出来的瓦什克,维克多他们一行钻进了撮罗子帐篷。

"谁!你是谁?"被这突然撩起撮罗子帐篷门然后闯进来的声音,达吉雅娜一下惊坐起来问道。"我瓦什克,我们是刚刚从普鲁姆基克大营逃出来!"瓦什克半蹲在撮罗子帐篷的门口报着自己的名字。"啊!是瓦什克,赶快到玛鲁那坐下,我把篝火点燃起来,给你做饭。"达吉雅娜说着,就听见有搬弄柴火的声音,瓦什克又继续说:"我们在普鲁姆基克大营训练的人都回来了。""那就赶紧让他们都进撮罗子帐篷里。"达吉雅娜这边说话,手里的火柴已经划着对着一块桦树皮点了起来,桦树皮遇到明火很快燃烧起来，一时的亮光照满了整个撮罗子帐篷，然后将已燃着的桦树皮放到已堆集好的干柴上开始点燃起篝火。篝火渐渐地亮起来，瓦什克、维克多、巴赛和叶莲娜都已进了撮罗子帐篷并在各自应坐的位置坐下。

"依万大哥在家吗？"瓦什克问起达吉雅娜。

"他听到猎犬狂叫后躲起来了，他又以为是小日本来了呢，在你们没有进撮罗子帐篷时就已拿枪躲出去了。"

达吉雅娜一边弄着水壶和铝锅，又分别将黑壶和黑锅吊在篝火上面的横杆上，黑锅里的肉露出半截在水汤里，看上去是新近刚猎获的肉。

达吉雅娜又将篝火边的小瓷壶揭开盖子，把里面喝剩的没有茶色的旧茶叶倒在篝火边靠立柱的下面，然后从桦树皮盒里倒出一把茶叶放在手里，把盒盖稳后又把茶叶放进那外表被红茶叶浓渍的瓷壶里，等待着吊在篝火上的黑水壶开后再沏茶叶。

"你们先坐一会儿，我出去把依万喊回来，否则的话他要在外面过上一夜呢！"达吉雅娜说完就离开她始终未挪动的地方，钻出了撮罗子帐篷，把撮罗子帐篷门轻轻搭下来走了出去。

瓦什克、维克多还有叶莲娜，他们留在撮罗子里，由于疲劳都没有说话，望着燃烧的篝火，瓦什克那富有男子汉的脸庞，被篝火映出黑红的轮廓。

达吉雅娜走出了很远就站下来，面对那黑一片的树林喊着："依万，出来吧，是瓦什克他们跑回来了。"昆德依万听到是妻子达吉雅娜的声音，起身端着枪走了出来，达吉雅娜隐约看见从密树林里走出的黑影，就立在那等着他。

"都有谁跑回来啦？"昆德依万走近妻子达吉雅娜面前，将枪托拄在地上问。

"他们在普鲁姆基克大营训练的鄂温克人都跑出来了，听瓦什克说苏联红军已开始轰炸大营对小日本动手啦。""是这么回事，难道真是这样？"

昆德依万对妻子达吉雅娜学着的话疑惑地问。

"走吧，瓦什克、维克多他们还在撮罗子里等着你呢。回去听他们怎么说的不就知道了，妻子达吉雅娜催促着丈夫昆德依万。""好，走！"昆德依万说完便走在妻子达吉雅娜的前面，向着自己的撮罗子帐篷走去。

撮罗子帐篷里鸦雀无声，从外面看去只能见到撮罗子帐篷里的篝火的光亮，和在篝火的照映下的人的放大影子，再就是能够只听见篝火燃烧的"噼叭"声。

昆德依万掀开了撮罗子帐篷的门弯腰钻了进去，瓦什克和维克多见到进来的昆德依万急忙站起身打招呼和伸手，"您好！""您好！"昆德依万一边说着，并一一与瓦什克、维克多和巴赛，还有叶莲娜握手。"快坐下，快坐下。"说着昆德依万就绕过瓦什克的身后边，挨着瓦什克和维克多中间的位置坐下，维克多向巴赛这边又靠了靠斜过身来。达吉雅娜已经回到她原来的铺位上。"喂！达吉雅娜水开了，快给他们沏奶茶，拿列巴来，肉还得煮一会儿。"昆德依万说着从达吉雅娜手中接过萱乎乎的列巴，然后从自己的腰间抽出铮亮的猎刀，猎刀对着列巴，他左手握住列巴，然后右手用猎刀割列巴。"你把这个先给叶莲娜。"达吉雅娜接过切完的列巴忙又递给叶莲娜，"给你叶莲娜，先吃块克列巴垫一垫肚子。"

"前两天我去杜林尼河蹲泡子打了两个犴，你们还挺有口福，达吉雅娜已和其他几户的妇女将犴肉剔去骨头晾肉条了，现在还剩下剔完的骨头肉。"昆德依万将列巴割完了条，一边说着一边把列巴条摆在铁盘里。瓦什克和维克多，还有巴赛都手里握着列巴，嘴里不停地咀嚼。

"喂！这奶茶递给他们。"达吉雅娜将沏好的奶茶递给昆德依万，昆德依万又分别递给瓦什克，维克多他们。

"再把锅里的肉捞出来几块我们先吃着，边吃边唠怎么样！"昆德依万命令着妻子将锅里的犴肉先捞几块。

达吉雅娜找出用桦皮制成的器皿，方形的器皿就是替代盛肉的盆了。然后用猎刀挑着锅里的肉放到这个盆里，盆里盛满了两块人骨头肉端给昆德依万，又用刀挑出一块去骨的肉放进小铁碗里，将这块肉递给叶莲娜，叶莲娜连声对达吉雅娜说："谢谢大嫂，谢谢大嫂。"

昆德依万接过盛满的肉盆放到瓦什克、维克多还有巴赛和他的中间，这样吃起肉来两头都能够得着。达吉雅娜对叶莲娜说："不要客气，吃吧！"

昆德依万用左手抓起一个大骨头，然后用右手握住的猎刀慢慢地割肉，并把割下来的肉分别给瓦什克、维克多和巴赛，自己却舍不得吃。

"说说吧！普鲁姆基克那边到底发生什么情况啦？"昆德依万提起话题问瓦什克。

"那是在库斯敏跑后第六天的夜里，从屋里就能听见什么机器的响声，越来越近，然后就听见巨大的爆炸声，知道要轰炸的消息，还是逃跑的库斯敏告诉的。那天库斯敏逃跑后，小日本军官就命令大营所有的士兵，还有我们学员，在普鲁姆基克附近开始寻找和抓捕，我被两个日本兵看着，沿着阿巴河下游寻找，是我在一个倒木圈里发现了库斯敏，日本兵没有发现他，我也假装没有发现他，趁两个日本兵在沙滩上躺着晒太阳的时候，库斯敏和我小声唠嗑，库斯敏说他是苏联红军，他说苏联红军的飞机近期要轰炸普鲁姆基克大营，要我们这里的鄂温克人必须马上离开，否则可能与小日本一同被炸死，他还说如果离不开那就要通知所有鄂温克人做好准备，一旦轰炸开始你们就马上逃离这个地方去找你们的猎营地，我放跑了库斯敏。回到大营后，我就悄悄地告诉了所有在大营受训的咱们鄂温克人，就这样在轰炸的时候我们都跑了出来，我们分几伙，分别向自己亲人的猎营地归去。"

昆德依万听完瓦什克的一段叙说后惊叹地点了点头说："原来是这样

啊！看来苏联红军真的帮助中国消灭日本侵略军啦。"他略有沉思地继续说着……

"瓦什克，你说我们应该怎么办呢？"昆德依万转过话题问瓦什克。

"好像听库斯敏说，怀疑咱们鄂温克人是跟日本人串通一气的，为日本人效劳呢！"

"没准也是打击的对象哪！"昆德依万语调沉重地说。

"去年冬天刚封冰，卡尔他昆那边人看见日本人牵着很多匹马，马背上驮了很多东西，他们是从漠河老金沟那面绕过来汗玛的，有人亲眼看见日本兵在牛耳湖中心刨开冰，然后将马背上驮的东西卸下来投进冰窟窿里，看见他们投东西的人还数了数，大概有四十多袋吧，可能是黄金。通过这个迹象看可能是日本人在做逃跑准备。""你说普鲁姆基克经过艾雅苏克河得需要几天路程。"昆德依万转过话题问瓦什克。"好像得三天时间。"瓦什克晃了晃脑袋，低头沉思了一会儿回答了昆德依万的问话。

"那么从阿力达雅坤到艾雅苏克河的距离也只有两天的路程。"昆德依万继续问着瓦什克。"是的，顶多也就有两天的路程，并且从这里走可以取捷径通过打铁玛河，再翻过霍落台河就是艾雅苏克河。"瓦什克回答着昆德依万的问话并好像知道路情似地解释着介绍着。

"你问这个干什么？"瓦什克疑惑地问着昆德依万。在旁边的巴赛、维克多还有叶莲娜，就连昆德依万的妻子达吉雅娜都被她丈夫的问话给弄糊涂了，目光都盯着昆德依万。

"瓦什克，时间已经不早啦！明天一早你通知所有撮罗子帐篷的人，让每个撮罗子帐篷的男壮劳力都做好准备，让妇女们把能驮东西的驯鹿每家都抓两个，多装些列巴和肉干。"昆德依万开始命令似地告诉着瓦什克。

"准备这些东西干什么呀？"不仅瓦什克在问，就连昆德依万的妻子达吉雅娜和维克多、巴赛及叶莲娜都将目光投向昆德依万并疑惑地同声问到。

"很多人都在怀疑我们使鹿部落鄂温克人在与日本人勾结吗！他们哪里知道我们使鹿部落鄂温克人在大兴安岭上满以为是自由自在地游猎，却不知道我们使鹿部落鄂温克人也遭受日本侵略者的欺辱，自从日本人踏入大兴安岭森林里，把我们的正常生活搅得不安宁，一张灰鼠皮只能换回一盒火柴，并且让我们鄂温克青年人放弃狩猎家园，强制性地逼迫训练学习他们的那一套，我们实在忍无可忍。"说到此，昆德依万越加气愤。"我们要同苏联红军一道，消灭在大兴安岭活动的日军。"

"啊！原来是这么回事呀！"瓦什克明白了昆德依万的想法。

"时间已经不早啦，咱们都休息吧，叶莲娜你跟你大嫂睡在一个铺上，我和瓦什克睡在'玛鲁'的地方，巴赛和维克多你们俩在那边睡。"昆德依万指了指撮罗子进门的右侧，就是巴赛和维克多刚才坐在的位置。

"过来吧叶莲娜，跟大嫂一被窝来睡。"达吉雅娜听完丈夫昆德依万的安排后开始招呼叶莲娜。

天色已经放明，篝火渐渐熄灭，冒着淡淡的烟雾，撮罗子帐篷里的人们打起了鼾声。

太阳早已升到了近中午，这个撮罗子帐篷的主人们才一个个地走出来，那冒着围烟堆里聚满了大大小小茸角的驯鹿，偶尔见有一个妇女模样的人在鹿群围着的冒着烟的地方直起身来又弯下腰，原来是在弄围烟，让围烟浓浓地燃烧起来。

吃过近中午的早饭，各个撮罗子帐篷都接到了由瓦什克传达的昆德依万的口信，都在忙碌着抓驯鹿和整理行囊，有的撮罗子帐篷前的大落叶松树下已拴好了背上鞍子的驯鹿，一切准备就绪。

昆德依万背起自己心爱的别勒弹克长枪，手里握住砍刀，另一只手牵着驯鹿的缰绳，开始吆喝着其他即将参加赴艾雅苏克河阻击日军战役的兄弟们。"喂！出发啦！"各个撮罗子帐篷前的驯鹿都被解开了缰绳，参加赴艾雅苏克河的队员都按顺序地排列着队伍，瓦什克紧跟昆德依万牵着的驯鹿的后面，接着是维克多和巴赛等。这次赴艾雅苏克河共去了十二个猎民，带了十五只驯鹿，几乎每个队员都牵着驯鹿。临别时所有妇女都一再叮嘱参战的亲人，最后远远地目送着亲人远征的身影，消失在茫茫的山林中。

昆德依万一行沿着贝尔茨河上游，越过阿乌尼，然后直接经过打铁玛河，翻过霍洛苔山脉，走了近两天的路程到达了流向贝尔茨河的支流———艾雅苏克河。

"这里是普鲁姆基克日军从大营向东逃跑的必经之路，我们就在这里埋伏，将从大营逃跑的日军一网打尽，过了河的南岸有咱们鄂温克人的小道，我们将驯鹿放到安全隐蔽的有苔藓的地方，然后从现在开始准备埋伏。"昆德依万站在艾雅苏克河边说。昆德依万率领参战的猎民将驯鹿拴放在了苔藓丰厚的地方，然后在一片密林中持枪埋伏。

八月的兴安岭落叶松还泛着绿叶，瞎蠓蚊子仍不停地飞舞着，不时袭扰着，为了不暴露目标，昆德依万下令谁也不要点篝火驱蚊和取暖，饿了就啃硬邦邦的列巴和带着丝丝咸味的犴肉干，渴了就趴在塔头上喝沼泽里的水。

昆德依万从皮夹克里掏出一块硬东西，然后用手使劲地掰开，"给你吃一块这个。"说着将掰开的东西递给瓦什克。"啊！犴肝，好东西哟！"瓦什克说着接过犴肝，就深深地咬了一口。"这是达吉雅娜专门为我烤熟留着的，准备留着我出猎时带着当列巴吃。"昆德依万向瓦什克讲着犴肝的来历。

他们在艾雅苏克河整整埋伏了一天一宿，仍没有日军出现的声迹，已近中午的阳光显得很热，就在这个时候，在艾雅苏克河上游的那远远的山

艾雅苏克河的枪声

坡林中传来叽里呱啦的说话声，还有"咔嚓"被踩断的树枝声，声音越来越近，不时还有马匹的喘息声。昆德依万命令瓦什克告诉所有参战的队员："大家要听我的枪响后就开始射击，要让他们日本人走近了再打，不要浪费子弹。""知道了！就像蹲碱场一样！"瓦什克风趣回答并按照昆德依万的指令向维克多、巴赛他们逐个通报了一遍。日本人越来越近了，所有埋伏的参战人员屏住呼吸，食指都紧扣着扳机，眼睛瞄准着目标的出现方向，昆德依万瞄准着，嘴里轻声地叨咕着："再近些，狗样的日本人。""前边带路的怎么会是尼什卡和小讷尼呢，还牵着十几只驯鹿怎么回事？"昆德依万来不及多加思考，立刻用鄂温克语对尼什卡喊："尼什卡快趴下！"小讷尼听到后立刻趴下了。昆德依万的猎枪对准了走在后面牵着马的日本兵扣动了扳机，"叭！"枪响了，紧随其后的枪声连起来，"叭！叭！叭！叭！"由于道路不好走，特别是林子密，倒木横躺斜挂，马匹走起来一拐一陷的。日军官兵只好徒步牵着马行进。走在前面的日兵牵着马，还没有任何反应时被昆德依万的飞弹射中，飞一样地扎入萱软的小路边，马也受惊后掰了道脱了缰绳冲出很远，然后在几棵小松树间立住，头朝主人倒下的地方望着。当枪声连起来响成一片的时候，其他日本兵都丢下马匹，寻找掩体的地方，有的躲到大粗落叶松树干后面，有的卧倒在丛桦条里，也都在举着枪还击抵抗，战斗紧张激烈，经过不到一个小时的激战，战斗结束了。一共十三名日军全部被昆德依万率领的使鹿部落鄂温克人歼灭，军官两人，士兵十一人，全部躺在林间不同的地方，摆着各种的姿势，变成一具具尸体，也有几匹马在激战中被飞弹打伤卧在林子里，有两匹马带着鞍子已伸直了僵硬的四蹄永远地躺在了这个地方。

昆德依万和瓦什克及维克多端着枪，对日军的尸体逐个进行检验，如果还有呼吸的则再补一枪，对每具日军尸体的特征及军衔等级仔细观察，这时瓦什克在一个有军衔的日军尸体旁观察了一阵。"依万你过来一下，这个尸体就是普鲁姆基克大营的指挥官大佐,也是军衔级别最高的长官。"瓦什克指着地上躺着的军官尸体,对昆德依万介绍着他曾经见过这个人。

"那好,我们就把他的军服扒下来,还有军衔撕下来,我要亲自带着他去见苏联红军指挥官,用他来证明我们使鹿部落,不!我们鄂温克人是抗日的民族!"昆德依万就像发布命令似的对所有参战的鄂温克人面前说着,"还有把那活着的马匹抓住,把所有枪支捆绑好,我将和瓦什克、维克多一同前往苏军指挥部,巴赛你带领其他人牵驯鹿回我们的猎营地。""喂!这里还有一挺重型机枪呢!"瓦什克在一个士兵模样的尸体前,举着拾起来的重型机枪,向昆德依万站立的方向喊着,昆德依万听着瓦什克的喊声转过身去,看见瓦什克站在不远处一个日军尸体旁边,举着很重的武器说:"那个家伙你就扛着去见苏联红军吧!"

由昆德依万带领,瓦什克和维克多,还有几个猎民牵着马匹,马匹上驮着日军带军衔的军官军服和枪支,向苏联红军指挥部所在地额尔古纳河西岸进发。瓦什克果真扛着重型机枪,刚开始还觉得挺好奇新鲜,越走路越远,瓦什克肩上的重型机枪越来越重,当走到霍落苔河上游的河边时,顺势就将重型机枪扔到了流淌的河中,嘴里嘟囔着:"什么东西,一件废铁。"

昆德依万将马匹牵往河里,手里的缰绳拽着岸上的马,几匹马都随着下到河里开始喝水,昆德依万用手捧着河水弯腰喝着,然后直起身转头看着瓦什克问:"你肩上扛的枪呢?""我把它给扔到河里啦!"瓦什克毫无掩饰地回答。"那就让它作为艾雅苏克河永久的见证人吧!"昆德依万很幽默地说了这番话。

巴赛按照昆德依万的指示,带着其他剩下的人员牵着驯鹿向阿力达雅坤猎营地归去,在途中将遇到的另一伙从敖年河方向逃过来的八个日本兵,全部消灭在打铁玛山林中……

"敖宝迪"泡子

敖宝迪是一个人的名字,自从在这个水泡子狩猎中发生了意外的事情,这个人的名字就同这默默的水泡子永远地连在一起了。

那是在某一年的七月份,乡革委会研究决定为在即将迎来的八一建军节期间,慰问一下帮助乡里援建"爱民文化宫"、修筑"爱民路"和"防洪坝"的邻居解放军铁道兵部队指战员,特别组织安排狩猎小组外出狩猎。

担任此次狩猎小组组长的是乡派出所所长敖宝迪同志,随行的有派出所干警小敖,猎民向导撇杰,还有乡粮站韩主任。他们一行牵了四匹马当坐骑和驮东西。

向导撇杰骑着白鼻梁马在前面领路,敖宝迪骑着一匹大红马,七点六二大盖枪斜肩背着,身着便装,就像一个普普通通的猎民。干警小敖骑的是一匹小青马,韩主任骑的是一匹大青马,这两匹马是乡政府的交通用马,为了调用这两匹马,乡政府喂马的马倌阔勒克还不情愿呢,因为这两匹马是最老实的坐骑了。

七月的大兴安岭骄阳似火，他们出发的时间是在上午十点钟左右，临行前乡革委会的领导及同事在乡政府大院为他们送行。

　　大约骑马走了两个多钟头，他们到达了"别多赍"草甸子，已接近中午，阳光照射晒得马匹都懒得再赶路了。在"别多赍"草甸子正巧有乡猎业生产队的打草点，有三个撮罗子帐篷分别矗立在没有几棵落叶松的空旷地，打草点的猎狗首先得知有马匹的走路的声音，在很远的地方就开始吠叫起来。正在午休的打草点组长老玛嘎拉被猎狗的狂叫惊醒了睡梦，撩起撮罗子帐篷布围门钻了出去，右手半遮掩着强烈的日光站在撮罗子帐篷前望着一队向这边走来的人马。"那不是撒杰吗？后面还有敖宝迪。"老玛嘎拉嘴里叨咕着离开刚才站立的位置打着招呼向前迎去。"你们好啊！这是要上哪去呀？大热天的赶紧下来歇息一下吧！"撒杰先从马上下来走到老玛嘎拉面前，敖宝迪也很快地紧跟着下了马并牵着马向老玛嘎拉走来。撒杰将右手伸向老玛嘎拉："您好！您好！"他们互相握手寒暄着。老玛嘎拉幽默地说："我要不喊你们下马，你们还骑着马不下来，你看马都晒得不愿意走了！"敖宝迪接过话："这不都下来了吗？你不喊我们下来我们也会下来与您见个面再走啊！"敖宝迪说着将马缰绳递给了后面已上来的干警小敖并说："你们给马匹找个草多的还能遮阴凉的地方拴好，把鞍子等东西卸下来，我们在这里吃点饭休息一下，等稍凉快了再走。""你们先忙着我去把阿妞什克喊来给你们做些吃的。"老玛嘎拉告诉敖宝迪他们后，便奔向一个撮罗子帐篷走去。

　　另外两座撮罗子帐篷距老玛嘎拉住的撮罗子帐篷相隔不到几十米远，敖宝迪在这边的撮罗子帐篷前的一棵很粗的落叶松下盘着腿坐着，望着"别多赍"草甸的风光。阿妞什克的声音打消了他的注意力。"您好敖所长！这大热天的您要上哪去呀？"阿妞什克边走边说着向敖宝迪打招呼。"您好，阿妞什克同志！赶紧的给我们做些吃的吧。"敖宝迪见阿妞什克来到

"敖宝迪"泡子

他面前带有领导的风范口气,打着招呼并站起身来伸出右手与阿妞什克握手。老玛嘎拉这时也站在阿妞什克的身后说道:"你们来得正是时候,前一段时间阿力克谢依在附近蹲泡子时打到了一只犴,犴肉干还有一些,阿妞什克你抓紧时间把篝火点着烧上水,再把犴肉干煮上,克列巴还有吗?"阿妞什克听完老玛嘎拉说后立即开始忙碌起来,把篝火点着了,黑黑的水壶吊在刚刚燃起的篝火上,黑黑的焖锅已装了半下水也吊在篝火上,水是从不远处的水泡子里拎来的。

"我再给您用猎人的方法烤肉!"老玛嘎拉对敖宝迪说。"那太感谢您了,有段时间没有吃犴肉了,挺馋的。"敖宝迪看着老玛嘎拉回着话。

老玛嘎拉说完抽出腰间的猎刀走了几步远的地方,砍了几枝桦树条一边用刀削着一边走,又回到篝火边坐下慢慢地修理削着桦树枝,削完后从阿妞什克端来的盘里拿了发黑的肉干开始穿了起肉串。阿妞什克还在一旁不无风趣地说:"你们哪还真有点口福,幸亏我藏了点心眼把肉干留了起来,后来才告诉老玛组长的。""那得太感谢阿妞什克同志了。"敖宝迪坐在落叶松树底下插着话。"要真不是她看得那么紧,肉干早就被那些贪吃小青年们报销啦,多亏有这么个伙食员呀!"老玛嘎拉夸奖着阿妞什克。

撇杰、小敖还有韩主任将马拴好了并将其他东西堆放在阴凉的地方后也都凑到老玛嘎拉和阿妞什克围坐的篝火旁,眼睛都盯着锅里的肉和老玛嘎拉烤着的肉串。老玛嘎拉用眼的余光扫了他们三个人的姿态。"瞅啥瞅,没你们的份,这是给敖宝迪烤的肉串。"其实老玛嘎拉开着玩笑对他们三人,撇杰紧忙回应说:"好像谁没吃过似的,还当好东西哪。"

卸了鞍的马匹在不远处的草甸上只顾低头吃草,马背上湿漉漉冒着热气。

敖宝迪是一位鄂伦春族干部，到敖鲁古雅乡担任派出所所长是上级组织部门特殊派遣的，为了能够与猎民联系在一起，他和老伴举家搬到乡里居住，当时住房很少，他家临时搬进了猎民不经常下山住的崭新的木刻楞房屋。他身材高大魁梧，对待猎民像亲兄弟一样非常亲切热情。对待犯错误的和其他酒后闹事打架的人的时候，他的面孔则是警察威不可慑的严肃。每逢过年时他都和老伴一起挨家挨户地走访老猎民家，他穿着的皮袍大衣里总是装有一瓶白酒，每进到一个木刻楞房屋里就能带给猎民一阵的欢声笑语，每见到一位老猎民都要为其斟上一点点酒敬上，他的口碑在猎民心里都是竖大拇指的。

这不，老玛嘎拉招待敖宝迪一行就像对待亲朋好友那样热情。"都围过来吧，肉都煮好和烤熟了来吃吧！"老玛嘎拉招呼大家过来吃饭。"小敖，你去把咱们带的酒拿过来一瓶，这有肉没酒吃着多没劲啊！"敖宝迪让小敖去取酒，小敖很快从马鞍和行囊放在的地方取回来一瓶白酒交给了敖宝迪。

"对不起啊！为了完成这次任务我们没带很多酒，这瓶酒还是二锅头酒，六十度呢老有劲啦！待我们猎归回乡后再好好地喝，行吗？"敖宝迪表示歉意地向老玛嘎拉解释着。

"行啊，有点酒喝就很不错啦！"老玛嘎拉很高兴地说着，将手里的搪瓷缸递给敖宝迪。

阿妞什克从锅里用柳树条筷子夹出肉干放到铁盘子里，盛了几根后把盘子放到他们围坐的中间，老玛嘎拉将烤好的肉串插在敖宝迪盘腿坐的地上，烤肉串冒着滋滋的香味。"这肉烤好了吃吧！"边说边使劲地将肉串插在地上。

敖宝迪将酒斟满后用右手无名指沾了沾酒向上左右弹了三下后喝了一口，然后又将酒杯双手恭敬地递给老玛嘎拉。老玛嘎拉接过酒杯后转身右

"敖宝迪"泡子

手端着向篝火轻轻地浇了一下,"祝你们有好的运气啊!"白酒浇到篝火上,篝火立刻燃起很高的蓝色火焰。老玛嘎拉也深深地喝了一口,"啊!这酒太香啦!""阿妞什克也喝一点吧!"敖宝迪问阿妞什克。"我不会喝酒还是你们喝吧!"阿妞什克很谦虚地回着敖宝迪的话。

酒杯在他们几个男人中转着圈,小敖和韩主任大口地嚼着肉干,腮帮子鼓得溜圆。

他们边喝边吃边唠着话题。敖宝迪打开了话匣了。"这不是快到'八一建军节'了吗,乡里决定在这个节日期间慰问一下解放军同志,解放军同志帮我们猎乡又建'爱民文化宫'又帮猎乡修路,帮助修筑防洪河堤,乡里没有什么好东西可以表达,就决定还是送狍肉吧,所以特别安排我们几个人出来狩猎,任务光荣而艰巨呀!"老玛嘎拉接过话:"我们不是猎乡吗,别的能力我们没有,打猎不是还可以吗?"老玛嘎拉又继续问:"你们准备去哪个地方呀?是'伊克萨玛'还是'乌库群'?"撒杰在一旁接过话说:"我们去'乌库群',因为那里比较近,再说那的大泡子很有可能狍在吃呢!"老玛嘎拉又说:"现在都啥季节啦,狍现在正是吃水泡子的时候,这里距'乌库群'不算太远,大约也得三四个小时吧就能到,克什卡的桦皮船还存放在贝尔茨河北岸呢!不知你们来的时候问过克什卡没有?敖宝迪回话说:"问过啦,他同意让我们使用桦皮船。"老玛嘎拉喝了一口酒说:"克什卡是最吝啬不过了,他还能够同意你们使用桦皮船,思想也挺积极的。"克什卡其实是老玛嘎拉的亲弟弟。

老玛嘎拉提起的克什卡是鄂温克猎民当中的很有名的工匠,他擅长烘炉技术,时常打制铁制工具,猎刀、猎斧,还有爬犁和四轱辘车,再有就是桦树皮船了。他还是很有名的活地图,经常给国家的地质队、森林测绘队担当向导,林区每年春秋两季都是发生森林大火的高发期,克什卡还经常为森林扑火队伍义务担任向导,大兴安岭的每一座山,每一条小河和每

一条沟塘都存入了他的脑袋里。

"来！来！来！咱们把这瓶酒喝净。"敖宝迪从身边拿起剩有半瓶的酒咕嘟咕嘟地全倒进搪瓷缸子里。将空瓶子撇出很远，又端着缸子递给了老玛嘎拉。"上一杯的酒小敖和韩主任根本没怎么喝，是不是只沾了沾嘴唇呢？光顾吃肉啦！"老玛嘎拉说这话时已经有些迷糊的醉意，话也多了啰唆和重复。"撒杰你可别喝多啦，你喝多了我们还找谁当向导啊！"敖宝迪用一种眼神盯着撒杰提醒地。"没事，不喝多。"撒杰回答敖宝迪对他的提示。"没事？可别耽误事呀！"敖宝迪又加重语气说。这时已有醉意的老玛嘎拉针对撒杰又讲起话来。老玛嘎拉在鄂温克猎民中威信是很高的，平时愿意给猎民社员讲形势政治，爱唱《老三篇》，这首歌是他最拿手的。

"撒杰你可不能稀里糊涂地啊！你是猎民啊！要服从指挥啊！要当好向导啊！"撒杰不停地随着回答："对！对！对！一定的！放心吧！保证完成任务！"

酒也喝完了肉也吃没了，盘里的克列巴也吃没了。"喝点茶水吧！"阿妞什卡倒满每人一碗茶水先端给敖宝迪手中然后劝着大家喝茶。

喝茶水间，小敖、韩主任和撒杰去给马匹背鞍子和捆绑行李，这边老玛嘎拉还不停地跟敖宝迪聊着话题。阿妞什卡也在收拾着碗筷。

他们这顿饭吃的时间很长，太阳已近偏西，马匹也都填饱了肚子老老实实地立在草甸里显得很高大。小敖、韩主任和撒杰给马背上鞍子后将马牵到附近的水泡子给马饮水。

"阿力克谢依他怎么不在草点上呢？"敖宝迪问老玛嘎拉。"他呀！前几天就骑马下山了，可能现在还在乡里的家中喝酒呢！"老玛嘎拉有点不高兴的样子说着阿力克谢依下山的事情。

这时，小敖、韩主任和撒杰各自牵着马来到撮罗子前，小敖同时牵

"敖宝迪"泡子

着敖宝迪的马也站在老玛嘎拉的身后，敖宝迪见马匹已牵来就站起身，"好了！谢谢您的盛情款待，我们该出发了，等我们回来乡里见面啊！"老玛嘎拉也随着敖宝迪起身站起来，两人握着手。"哎呀！都是自己家人吗，还为啥那样客气的！"老玛嘎拉很谦虚地说。敖宝迪转过身去将放在树下的猎枪抓过来背上肩，又接过小敖手中的缰绳，稳稳地踩住鞍镫一跃身上了马，马也因他的体重晃了晃前蹄仰起头，"再见啦！再见！"敖宝迪打着马的后肚皮，马迅速蹦了一下踏着小跑离开了草点，撒杰、小敖和韩主任也随着抽马加快速度紧跟敖宝迪的身后。老玛嘎拉和阿妞什卡的身影远远地落在后面。敖宝迪他们穿过了"别多赍"草甸子消失在茫茫的密林之中。

进了林子里人就不能再骑马行走了，必须下来牵着马徒步穿越。此时的大兴安岭是枝繁叶茂，夕阳已照射不进林间崎岖的小路，马队在穿行中看不见模糊的身影，只能听到树枝的沙沙声和马镫碰撞树枝的叮当声。偶有几声清脆的杜鹃鸟声回荡在整个山林。

撒杰仍然走在了前面领路开道，左手牵着马的缰绳，右手握着砍刀，见到有树枝挡道的就挥着砍刀砍掉。

这条山间小路可以一直通往伊克萨玛，在伊克萨玛的地方驻有森林警察中队，中队的给养和人员的轮换都要走这条小路作为主要交通线。

到达"乌库群"已是太阳落山的时候了，滔滔的贝尔茨河绕了很大一个弯又流经到这里。

"乌库群"这个地方曾有一个猎民在狩猎中被熊活活地吃掉了，当时这个猎人出猎的季节正值春季熊频繁出没的活动期，冬眠了数月的熊苏醒过来后是非常地饥饿。它的活动地大多都在朝阳的秃山坡上。这个猎人当时是背的苏联造单发小口径枪，临出猎的时候，猎点上的老人还劝他不要冒险出猎，因为他手中的小口径枪根本无法对付凶猛饥饿的熊，他不听劝阻毅然出猎结果不幸被熊吃掉，这个猎人的骷髅头骨仍在"乌库群"这一带林间小路旁。每当猎民迁徙或狩猎路经这里时都深深地吐口唾沫重重地痛骂一顿快速离开。老猎人也时常讲起这令人毛骨悚然的故事和这充满着阴森恐怖的地方。

敖宝迪他们连续走了三个多小时后到达了"乌库群"这个犴鹿频繁出没的地方，他们的马匹也只能放在这里有草甸子的地方，然后给马腿套上腿绊子松开，马带了腿绊子后不会跑得太远，最起码的不能向回家的路跑。他们将从这里用桦皮船划过贝尔茨河的南岸去。

"抓紧时间把鞍子和行囊卸下来，小敖你和撒杰把马放了去，撒杰你知道哪块有草甸子一定要把马腿绊好。"敖宝迪吩咐着小敖和撒杰。撒杰对这一带地形再也熟悉不过了，因为他经常在这一带狩猎。他也是猎民当中的上等猎手了，每年都不少的猎获大小猎物。

"好的！我们会把马放好的！请您放心！"撒杰回答。

敖宝迪和韩主任将行李及枪支背到贝尔茨河边等着小敖和撒杰放马回来。

"老韩你以前打过猎吗？""没有！这还是第一次呢！"敖宝迪与韩主任聊起来。他俩坐在贝尔茨河的北岸沙滩上抽着烟，蚊子小咬成群扑向他俩的后背、腿上。河水的流动声与蚊子的鸣叫声相伴。缓缓的河面不时有鱼打着水漂翻成圆圈的浪花，淡淡的白雾犹如一条薄薄的纱巾慢慢地升腾起。远处传来水鸭子的叫声。

撒杰和小敖放马回来后就直奔克什卡藏桦树皮船的地方，撒杰知道桦树皮船放在什么位置，过了一会儿，撒杰扛着桦树皮船，小敖扛着船桨走到了河边，桦树皮船体积很轻，每次也只能乘坐两人。撒杰轻轻地将桦树皮船放入河里，敖宝迪抱着行李背着枪向桦树皮船走去。

"这回你当船夫吧撒杰同志！我们三人都听你安排，你看分几次过河

"敖宝迪"泡子

呀？"敖宝迪很幽默地与撒杰说着话。撒杰已经坐在了接近船尾的位置。

"你先上船吧！咱们得分三次过河，这贝尔茨河水流太急，还是安全点儿过河吧！"撒杰坐在船里两手分别挂着支杆对着敖宝迪说。

敖宝迪先将行李放在了船的中间，然后将猎枪顺着枪管朝前放好后自己轻轻地坐上了船头的位置。"坐稳当啦别乱晃啊！开船了！"撒杰边说边将桦树皮船撑向湍急的河流中，桦树皮船犹如离弦的箭斜着方向划过对岸。敖宝迪下了船后把行李和枪抱上了岸，撒杰又划着船接小敖和韩主任。敖宝迪先上岸后就找了一个距水泡子有一里多地的地方，他们准备在这里扎营。

小敖、韩主任都已过了河抱着行囊奔向敖宝迪所在的位置。撒杰将桦树皮船扛上岸后使船面立在沙滩上，然后背着枪回到营地，敖宝迪已将篝火燃起，小敖拎着水壶到河边打水，韩主任也在忙活着捡烧柴。撒杰到营地后也没有休息，从自己的背夹子上取下砍刀就钻进树林里。过了一会儿撒杰从树林里扛着一捆小松树杆出来，原来他是砍临时搭建撮罗子帐篷用的木杆去了。

篝火烧得很旺，临时简易的撮罗子帐篷也搭建好了，撮罗子帐篷围子用小绿帆布做成的遮了一半，篝火上支起一个三脚架杆，架杆上挂着水壶和铝锅。敖宝迪已把自己的座位铺上了鞍垫并盘腿坐在上面。

"小敖，一会儿锅里的水开了就煮挂面啊！放点盐就行。"敖宝迪一边说着一边解开上衣扣子将衣服敞着怀，"总算到达目的地了，好好地休息，吃饱饭喝足水，今天夜里就开始正式行动了。"挂在篝火上的黑铝锅里的水已经开了，这时小敖从面袋子里掏出三把挂面，韩主任接过一把挂面开始往黑铝锅里下，水壶也冒着热气开了，撒杰从桦树皮茶盒里倒出一把红茶直接打开水壶盖子扔了进去，然后盖上水壶盖子茶水就算沏好了，又将桦树皮茶叶盒盖好后放在了自己的行李下。撒杰这时又起身离开他的铺位。"干什么去呀撒杰同志？""我去削几根筷子来，不然咱们用手抓面条呀！"敖宝迪看着撒杰这个闲不着就问他。撒杰手里攥着猎刀一边走一边回答敖宝迪的话。

"给你筷子！"撒杰将削好的柳条筷子分别递给小敖、韩主任和敖宝迪。"这么快呀就把筷子做好啦！"韩主任接过筷子说。

天色已渐渐地黑下来，夜幕下的篝火显得格外通明，他们四个人在篝火的照射下吃着面条，每个人吃得都很香。为了安全起见敖宝迪没有让小敖从包里取酒，"今晚要出猎，酒就不能喝了，如果喝了酒，那酒气熏天的万一被狍闻到还不把它吓跑呀！"敖宝迪说着不让喝酒的原因，撒杰的表情显得不那么自然。"另外今晚的前半夜由我和老韩去蹲泡子，待我们回来后，撒杰和小敖再去蹲下半夜的泡子，一定得等我们回来见面后再出发！"敖宝迪一边吃面条一边布置着今晚蹲泡子的活动安排。撒杰、小敖没有吱声，只是听着敖宝迪的安排。敖宝迪接着向小敖和撒杰问："你俩有意见吗？"撒杰和小敖分别不情愿地回答："没有意见，能有啥意见呢？""那好，没意见就这么办，一定要遵守时间！"敖宝迪继续说着。

夜空非常晴朗，"鸠佳鸪"鸟不停地叫着，贝尔茨河流水声哗哗回响在静静的山林。

吃饱了面条，喝足了茶水，敖宝迪整理着行装，穿上了毛衣毛裤，扎好了绑腿，子弹袋和猎枪又通通检查一遍，他自己一边整理着东西，一边叮嘱韩主任："老韩哪！你可得穿暖和点，不然夜里很冷该冻感冒啦！""没问题，我穿得挺厚的冻不着呀！"韩主任回答。

敖宝迪整理完毕站起身，顺势将大杆儿猎枪带上右肩并向茫茫的夜空望了望，抬起右腕看了看手表，"老韩准备怎么样啦？差不多行啦！我们该出发了！撒杰、小敖你俩一定等我和老韩回来再走啊！"韩主任回应着

"敖宝迪"泡子

敖宝迪的话:"好啦,准备完事!"撒杰不耐烦了:"别啰唆啦,快走吧!犴都可能吃泡子啦。"

"走!"敖宝迪说着转身背着猎枪到河边把桦树皮船扛上肩,在前面带路,韩主任也背着枪手里握着船桨紧跟着敖宝迪。他俩的身影很快消失在茫茫的夜色中。

简易撮罗子帐篷里撒杰和小敖盘腿坐在篝火旁静静地喝着浓浓的茶水,两个人慢慢地聊着。

"小敖你去把酒翻来一瓶,咱们就这么守着他们回来,睡觉又睡不着,干脆就整点酒精神精神呗!"撒杰让小敖去找酒。"别喝酒啦!所长要是知道了会生气发火的,我可不敢给你找酒,免得他们回来还得怪罪我。"小敖说完话也没有挪动一下身体,盖着毛毯半躺着身子。"你不敢找,我来找算了!"撒杰说着便开始翻弄敖宝迪的背包,他终于在韩主任的行李里找出一瓶白酒,撒杰很高兴地右手举着酒瓶子给小敖看。"喂伙计,怎么样?找到了一瓶!"小敖没有理会儿他,这时撒杰将放在篝火边的一只白瓷碗拿过来放在跟前,打开了酒的瓶盖往碗里倒酒。白瓷碗倒满了酒后,他又将酒瓶使劲地盖上盖,转身把酒瓶放在了自己的行李里。撒杰端着酒碗冲着篝火轻轻扬了一下酒,篝火被他这么一扬酒后呼的一下燃成很高的火焰,直冲出撮罗子帐篷杆顶。"敬火神啦!"撒杰说着就深深地喝了一口酒。"小敖你也来喝一口?"撒杰说着将酒端给小敖。"我不想喝酒,还是你自己喝吧,但是你可别喝多了,下半夜还得出猎呢!"小敖晃动着手掌拒绝撒杰的劝酒。"来吧!喝一点吧,我自己一个人喝酒多没意思呀!来!来!"小敖耐不住撒杰的再三劝言就勉强将酒接过来,像喝茶水似的呷了一口,然后又将酒碗端给了撒杰。

撒杰连续喝了几口话也显得多起来,似乎已有了醉意,小敖见他一阵比一阵醉便坐起来与他喝酒,尽量让撒杰少喝,"咱俩就这碗酒啊!喝完

027

拉倒就不要再喝啦！"小敖劝阻着撒杰。

"咱俩还等什么他们回来呀，他俩不是去上游了吗，咱俩去下游，出来不就是打猎来了吗怎么的？一会儿喝完酒咱俩就出发，这地方犴可多啦！"撒杰对小敖鼓动着。小敖也是来到猎区第一次参加狩猎活动，对他来说非常感到新鲜和好奇，心情也很激动，猎获猎物的迫切心情也很强烈。

"撒杰，敖宝迪他们不是已说好了吗？等他们回来后再出猎，如果不等他们回来那不是违反规矩了吗？"小敖说着用木棍捅了篝火使其燃起来。

"我说不遵守他们那一套，咱俩去下游溜一圈，没事的！这地方我最熟悉。"撒杰仍坚持出猎。

小敖听撒杰翻来覆去地讲也就动心了。

"那就听你的安排吧！"

撒杰喝完了碗里的酒就将碗扣在篝火边的地上，"准备出发，把篝火熄掉！"他边说边将篝火正燃烧的木头抽出，然后用水壶的水浇灭木头上的和地上的火。壶里的水不够浇灭还微燃着火，他又到河边拎来水彻底将篝火浇灭。"等我们回来再重新点篝火吧！"撒杰说完后将自己的行李整理了一下，把皮褥子和雨衣卷在一起捆绑好。小敖也已整理完自己的行李，他将雨衣和毛毯捆好放在一边。

"都弄完了吗？"撒杰问小敖。

小敖打开手电筒在撮罗子里仔细照了一番，看是否还有其他东西有没有盖好，"没事了，都弄完了！"小敖回答。

"那咱们走，你背着枪我在前边带路！"撒杰说完接过小敖手中的电筒，打着手电筒走在前面，小敖背着大杆儿猎枪紧跟在撒杰的身后，五节电池的手电筒在林子里照射不出去的，在空隙的树缝间偶尔会看到很长的

"敖宝迪"泡子

电光柱。走了一段路撒杰将手电筒关闭，并小声对小敖说："咱们已经快要靠近水泡子了，千万别出声或咳嗽，动作要轻别绊倒了。"小敖也轻声地回答："知道了！"

撒杰和小敖很快来到了水泡子边，在一大棵大倒木下选择了蹲守的位子。他们将雨衣铺在地上，将毛毯和皮褥子又铺在雨衣上。"咱俩就在这里蹲守，没准狂会从上游或下游过来呢，从现在开始就不要说话了，一旦出现目标我会用手捅你的，把枪准备好！子弹上膛掰上保险！"撒杰带着酒味的话对小敖说。

"都知道了，子弹都已上膛了。"小敖回答。

接近午夜蚊子也稀少起来，夜空里不时传来"鸠佳鸪"鸟的声音由远及近，贝尔茨河的流水声仍清晰入耳。

撒杰和小敖注视着水泡子的两端。大约蹲守了一阵后从水泡子的上游渐渐传来划水的响声，"哗啦——哗啦——"越来越近，撒杰用左手捅了捅小敖的肩膀，小敖轻轻挪动了身体，调整了握枪的姿势。"在哪块呢？"小敖紧握住大杆儿枪，轻声问。撒杰没有说话，而是用力捅了捅小敖的肩膀后用手指向了泡子上游的方向。

泡子里仍是轻轻划动水的声音，小敖眼睛紧盯住水泡子的上游，隐隐约约见到水里的黑影，水里的黑影越来越近了，撒杰没有打手电筒，见到水里的黑影越来靠近他们。

"咚！"一声如雷的枪响划破了静静的夜空，带着长长的回音响彻在夜幕中的山林。

枪声响后顿时传来人的呼喊声，泡子里翻腾起浪花，眼前的事实惊呆了撒杰和小敖，立时使这茫茫夜空下的水泡子充满恐怖。

"干什么呢你们？快救人呀！"泡子里是韩主任的声音。小敖镇静了一下忽然又明白过来什么，把大杆儿枪扔在了一边起身向泡子边跑去，纵身跳进漆黑的水泡子里向船翻的地方游去，撒杰也趟进泡子里，泡子里只有一个身影—瘸一拐的，"快救人！快救人！哎哟——哎哟——"韩主任仍大声地呼喊着并带着呻吟声。"你们他妈的怎么搞的，会不会打猎呀，他妈的就这个规矩打猎呀！"韩主任重重的口气骂着。小敖扎了一个猛子在水里摸索敖宝迪的身体，然后使劲地抱住敖宝迪趟着深水过到岸边，撒杰将韩主任搀扶到岸边，几个人都是湿漉漉的，敖宝迪当时因伤到重要部位已没有了呼吸。韩主任左小臂受伤骨折疼得在岸上走来走去，嘴里一边骂着撒杰和小敖："你们看看，这叫啥事呀……这是怎么打的猎啊？回去怎么向乡里交代哟……"韩主任停顿的语气说着这番话。撒杰和小敖都呆呆地站立在岸边，"还愣着干什么呀？快点燃篝火呀？"撒杰这才听到韩主任的话开始找来树枝点火，小敖精神已彻底被击溃，蹲在敖宝迪身体旁低着头哭泣着自责。"都是我们不好，没有按您说的办，惹了这么大的祸呀！"

当时敖宝迪划船，韩主任坐在前面，他们从泡子的上游向下游划。桦树皮船在水里行驶动作很轻，船尾带出的波纹与犴凫水带出的波纹一样。

正当敖宝迪和韩主任乘桦树皮船向下游划时被在下游蹲守的撒杰和小敖误以为是犴在水里游动，使第一次出猎的小敖迫不及待地扣动了扳机才造成了这么大的后果。

小敖此时的心情是非常的懊悔和悲伤。默默地蹲在一旁。漆黑的水泡子里隐隐约约地看见那艘已底朝上漂浮着的桦皮船。

篝火已燃起来，撒杰将他和小敖带来的皮褥子和毛毯及雨衣等抱过来，在篝火边将雨衣和皮褥子铺好。"老韩请你坐这边来。"撒杰铺完了招呼韩主任坐下。

"今天的事暂时这样，待天亮时撒杰你回乡里请示救援和报告情况，小敖呢你也别压力太大，咱们尽快把敖宝迪的遗体运回乡里。其他的事情

"敖宝迪"泡子

都别多考虑。"韩主任抖着疼痛的左臂镇定地说着,目的是先稳定一下此时局面,劝着小敖。撒杰又将另一件雨衣在敖宝迪身旁平铺好,"小敖,咱俩把老敖放到雨衣上面。"小敖站起来弯下腰抱着敖宝迪的前胸,撒杰抱着敖宝迪的腿,他俩使劲地将敖宝迪平放在铺好的雨衣上面,然后将毛毯盖在敖宝迪已被鲜血和水湿透了衣服的身体。小敖安顿好敖宝迪后打着手电筒去营地撮罗子里找些包扎物品。他们临出猎时从乡卫生院开了一些外伤用的药和绷带纱布卷。小敖翻找出来后急忙返回事发地水泡子边,边给急需包扎的韩主任进行上药包扎。哪里有麻醉药呀!韩副主任咬着牙忍着剧痛让小敖给他包扎受伤的左臂,包扎完后用绷带将左臂吊在胸前。小敖的衣服上也被敖宝迪鲜血浸湿了。再加上跳进水泡子里救人的一刹那,整个人从头到脚都湿漉漉的,他打着寒战在篝火边烤火,希望篝火能够给他一丝温暖。撒杰不停地从黑暗的树林里抱来树枝和粗木头往篝火里添加。篝火暖暖地旺旺地燃烧着。他们此时默默地等待着天明……

天渐渐放明,水泡子的水面漫漫升起薄纱般的白雾。

"撒杰!你趁着天亮赶紧回乡,因为你路熟悉走得快,回到乡里马上报告情况,路过'别多赉'时不要停留过长,将情况告诉打草的老玛嘎拉他们,这里距'别多赉'不远,请他们先来救援,千万记住啊!"韩主任见到天已渐放亮就布置撒杰回乡报告情况。"你说的话我都记住了,我会很快回到乡里的!"撒杰向韩主任下着保证。

撒杰从上衣兜里掏出桦树皮烟盒,揭开烟盒盖用手向里摸了两次放到嘴唇里,这是在含猎民的口烟,然后将烟盒盖上盖子装进上衣兜里。

"那我就走啦啊,你们耐心地等着啊!"撒杰说完就迅速离开了韩主任和小敖,顺着来时的路向乡里返,过贝尔茨河的时候撒杰找了一段浅滩的地方徒步趟过去的。

撒杰的速度比来时快多了,来的时候是牵马走的时间长,马走得慢,

此时心里如火燎般的,他走起路似要飞起来,恨不得马上回到乡里。

撒杰路过"别多赉"时简要地向老玛嘎拉汇报了情况,请老玛嘎拉组织几个青壮劳动力前去救援,老玛嘎拉立即召集起来几个年轻人,由他带队前往出事地进发。撒杰连口水都没有喝又继续赶路。

撒杰接近走了十来个小时终于回到了乡里,他没有直接回家而是到乡革委会找到了卜主任并向其作了汇报,由于上级来检查的工作组正在乡里工作,卜主任没有下班回家,撒杰正好在乡食堂找到了卜主任。"卜主任!不好啦……出事啦……"撒杰大口喘着呼吸叙说着。"别着急,先到我办公室里去再说!"卜主任怕影响工作组的同志吃饭,将撒杰领到自己的办公室。进了办公室后卜主任将门关上,"撒杰同志你说吧!到底出什么事啦?"卜主任没有坐下来问着。"敖宝迪他没有了!还有韩主任的胳膊受伤了。"撒杰断断续续地说着。卜主任继续问:"什么原因造成的?"撒杰回答:"是误伤。"卜主任仍接着问:"是谁误伤的?是不是你给误伤的?"撒杰赶紧说:"不……不是我,是小敖误伤的。是这样的,敖宝迪在临出猎时给我们规定了出猎的时间,说等他们回来后再出猎,而我和小敖没有等就提前出猎了,就这样我们在泡子的下游蹲泡子时误以为是犴在水里吃草游动呢,哪里知道是敖宝迪和韩主任在划着桦树皮船呀!小敖的枪一响后才知道是伤着人了。我们闯下了这么大的祸,现在想起来真是后悔呀!"

"后悔!后悔!现在都来不及了!后悔有什么用?你还配称为老猎民吗?"卜主任听了撒杰的叙述后"啪!"的一声拍了办公桌一下说。

撒杰仍站在卜主任的面前没有说话。卜主任沉思了片刻又说:"你一会儿去食堂先吃点饭,不许喝酒,我马上安排人员上去救援,吃完饭后回到我办公室休息待命,你将继续跟随救援组当向导,快去吃饭吧!""好,听领导的安排!"撒杰说完转身离开卜主任的办公室去了食堂。

"敖宝迪"泡子

撒杰离开了办公室，卜主任在办公室里踱来踱去，嘴里自言自语地说着："怎么搞的，简直是在胡闹，哪有这么打猎的？这让我怎么向他们的亲属交代呀？"此时正是中午的时间，机关干部都下班回家了，干部家又没有电话。卜主任离开办公室去食堂将正在吃饭的办公室主任小杜叫出来。"卜主任有事呀？"小杜主任跟出来问卜主任。"有话到我办公室说。"卜主任挥动左手并示意在外不能说什么得到办公室说。卜主任到食堂去找办公室主任小杜时，怕影响上级工作组就餐，他进到厨房让刘师傅帮助喊一下小杜主任。当时陪同工作组一起就餐的有乡革委会副主任和武装部长。狩猎小组发生的这档子事他已无心陪同他们吃午饭了。

小杜主任跟着卜主任进了办公室，卜主任将办公室门推上。"小杜同志呀，出事啦！而且是大事呀！乡里派出的狩猎组发生误伤了，敖宝迪最重，韩主任也受伤了，你没看见撒杰在食堂吃饭吗？是他回来报告的情况！"卜主任对小杜主任说。小杜主任已听出卜主任说的目的。"我说吗撒杰怎么在乡食堂吃饭呢！原来是这么回事呀！"

卜主任对小杜主任继续说："你马上通知医院金大夫，让他做好准备到乡里集合，在机关干部中找几个体质好的年轻人，让他们也参加救援组，你再通知猎业生产队派几个男社员，这个救援组组长就由你来担任。敖宝迪同志家属的安抚工作由我来做，追悼会及丧葬事情我安排张主任去做，另外你到了事发地后要做小敖的思想工作，稳定他的情绪，防止再发生意外什么的，这次去呢是让撒杰领路，一切的一切就由你把握住！"小杜主任听卜主任说完后像临战受命的战士一样："请领导放心，我一定完成任务！"说完便离开卜主任的办公室按照领导安排，通知所有参加救援人员。

小杜主任走后，卜主任一个人坐在椅子上，双肘支在办公桌上合握着拳擎着额头沉默良久，撒杰吃完了饭离开食堂来到卜主任的办公室，卜主

任对撒杰的进来也没有理会儿,撒杰自己找了个椅子坐下。"吃完了坐着歇一会儿吧。"卜主任头也没有抬对撒杰说。"吃完了,你怎么不吃呢?"撒杰回答并问着卜主任。

"唉!哪有心情吃饭哪,我已经安排了救援组,由办公室主任小杜带队,你要听从小杜主任的安排啊!"卜主任对撒杰说。

小杜主任通知的救援人员陆续聚集到乡革委会主任办公室,第一个到来的是金大夫,他背着药箱,膝关节下裹着绑腿穿了一双黄胶鞋,进来后瞅了一眼撒杰便找了位置坐下。"啥时到的?"金大夫将药箱放在地板问撒杰。"快中午了到的。"撒杰回答。卜主任这时说了一句话:"都准备好了吗?一会儿都到齐了开个小会。""卜主任都准备好了,院里也安排好了值班的。"金大夫右手向上推了推架在鼻梁上的眼镜回答。

人员都已经到齐了,卜主任又给前去救援的人员召开了临行前的短会,强调了几条注意事项。小杜主任已换上了三紧式黄色工作服,穿上了黄胶鞋,"这次行动你们要听从小杜主任的指挥,大家要齐心配合并抓紧时间,争取越快越好。"卜主任向大家讲着:"好了,你们出发吧!"

这次救援组没有牵马匹,只是简简单单带了一些给养徒步前往事发地的。

救援组安排走了,卜主任似乎松了口气,但如何做通敖宝迪老伴及家人的工作,难事又摆在了他的心里。

卜主任和乡革委的成员三番五次地前往敖宝迪家,给以安慰和照看,乡机关的同志为敖宝迪同志扎着花圈,布置着追悼会会场。

救援组成员中途没有休息一直赶路,于深夜到达事发地"乌库群",他们到达时玛嘎拉组长率打草点儿的社员已在那里等候多时了,熊熊的篝火旁围坐着一群人,篝火映红了静静的夜空。"同志们都饿了吧,赶紧地把馒头拿出来,还有咸菜垫吧一口吧!"小杜主任到了以后先后与韩主任,

"敖宝迪"泡子

小敖握了手，又与玛嘎拉组长及社员握手问候。金大夫忙碌着为韩主任包扎伤口，小敖显得非常沉默。金大夫为韩主任包扎完后戴上口罩拿了一瓶"来苏水"，和小杜主任来到敖宝迪的遗体旁，金大夫将"来苏水"瓶盖打开，将"来苏水"消毒药液在敖宝迪四周轻轻洒了一遍，小杜主任摘下解放帽立在旁边面对敖宝迪的遗体行默哀礼。然后回到篝火旁，大家都盘着腿望着燃烧的篝火，有的光着脚丫板烤着火，湿透的鞋子和袜子在篝火旁晾着烘烤。小杜主任像开会似的给大家讲着："明天一早小王你带几个人做副担架，一定要做结实点儿的，趁着天凉块儿往回赶，阔勒克你负责把马抓住，把所有东西都让马驮上，人员轮流抬担架。"小王是玛嘎拉组长带来的社员，他是生产队的农业技术员，人非常勤快能吃苦，听到小杜主任这么安排后小王回答："没问题杜主任。"这时机关马倌阔勒克问："马都放在什么地方？""我知道，明天我领你去。"撒杰在一旁回答，小杜主任又说："撒杰，你明天牵着马，让韩主任骑着马啊！""行！"撒杰很痛快地回答。"韩主任有啥要说的吗？"小杜主任问着韩主任。"有桦树皮船呢！"韩主任提示着桦树皮船的事呢。小杜主任接着说："桦树皮船就由玛嘎拉组长负责吧，行吗？"玛嘎拉组长拉着长调说："行！"

篝火旁的人都没有困意，有的手里握着馒头就着咸菜咀嚼着。他们慢慢地等待着天明。

乡里卜主任和机关干部紧锣密鼓地忙着布置着。将乡俱乐部装扮成庄严肃穆的会场。各项工作就绪，等待着将敖宝迪的遗体运回来。

铁道兵部队的团首长也在乡里帮助置办敖宝迪的丧事，为敖宝迪制作了碑文。乡里安排几个木工人员为敖宝迪制作棺木。

小杜主任率救援组抬着敖宝迪的遗体正在回乡的路上。"累了换换人手，来让我抬一会儿"，小杜主任说着替换小王抬着担架，撒杰牵着韩主任骑着的马跟在队伍的后面。

在趟过贝尔茨河和敖鲁古雅河时，由八九个人抬着或擎着担架过的河。在行走的路上遇到路窄的地方就两个人抬担架，道路稍宽些的地方就四个人抬担架，但走的速度不是很快，大约在天黑的时候到达了乡里。

卜主任和几个乡干部估计救援组可能快要回来，就在敖鲁古雅河边接应，敖鲁古雅河，这条在乡边流经的河流。水不是很深但很凉很急，曾被阳光照射暴晒的沙滩还有着余温。蚊子小咬嗡嗡围着卜主任他们，卜主任让干部们找树枝点燃篝火熏蚊子。远远地就能够听见发电机马达声在轰鸣。远处木刻楞房屋里的电灯闪着光亮。卜主任他们等待没有多久河那边就传来说话和马蹄声。"他们来啦，把篝火熄灭吧！"卜主任命令几个干部熄灭篝火，几个干部将燃着的树枝和木头都扔进敖鲁古雅河水里，然后用沙子将火堆掩埋。噼里啪啦地那一帮人马过了河。

四个人抬着担架走过了卜主任和几个干部身旁，卜主任与跟在后面的小杜主任握了握手说："你们辛苦了！"小杜主任连忙说："不辛苦！"

"都回来了吧？"卜主任继续问着并向骑在马上的韩主任挥挥手。韩主任面带着一丝丝笑容向卜主任挥手。玛嘎拉组长带领的社员在路过"别多赍"时没有站下，也跟着救援组一起回到乡里。

"小杜呀，告诉前面的人将敖宝迪抬到乡俱乐部，灵棚就设在那里！"卜主任喊着告诉小杜主任。乡里的几个接应的干部也替换了抬担架的人。救援组的归来没有惊动乡里的居民，路过木刻楞房子前都是轻轻的脚步，没有任何的嘈杂声，难怪第二天有猎民在询问敖宝迪接没接回来。

敖宝迪的灵棚设在俱乐部门前，用绿色帐篷布遮盖，乡里的各单位及家属敬献的花圈摆放在两边，铁道兵部队的团里也敬献了花圈。

追悼会如期举行，乡里的猎民社员及机关干部胸前佩戴着小白花，敖宝迪的亲属带着黑纱在亲朋好友的搀扶下静静地听着乡革委会副主任诵念着悼词。前来参加敖宝迪同志的追悼会的铁道兵部队的解放军代表在人群

"敖宝迪"泡子

中肃穆致哀。

小小的敖鲁古雅猎乡,此时此刻沉浸在无比的悲痛中,敖宝迪走了,走得那样悄悄然,乡革委会对敖宝迪和韩主任确定为因公殉职和因公负伤上报。小敖也因失误给以相应的处分。

敖宝迪你的离去,铁道兵部队的指战员记住你,敖鲁古雅的鄂温克猎民记住你。

你的名字永远地留在了那个静静的小水泡子……

2005 年 4 月 26 日于根河

(此稿在根河市文联《敖鲁古雅风》杂志发表)

撮罗子女人和驯鹿

柳芭出生在一个贫苦的猎人家庭，在她刚刚懂事的时候，母亲巴拉给依带着她们姐弟三人跟随着姥爷伊那简基和姥姥讷妮拉骑着驯鹿，远离了那让她们忧伤的家——奇乾乡。一路曲折颠簸迁徙到了这杨树林茂盛的新家——敖鲁古雅。

柳芭的父亲吉米德尔是鄂温克族使鹿部落定居以后被提拔重用的第一批优秀的民族干部，在柳芭刚刚会走路时父亲吉米德尔突然莫名其妙地去世。父亲的突然去世给这个刚刚带来希望的家庭一个沉重的打击。母亲巴拉给依在乡卫生院担任护士工作，沉重的责任使她艰辛地抚养着三个孩子。

"文革"运动开始了，柳芭的母亲巴拉给依也未幸免于难。在挖"内人党"时期，因丈夫吉米德尔被称之为乌兰夫的内线人物而受牵连，停止了她做护士的工作，并且也挨了批斗和抄了家，家里保存的老照片有的被搜走了作为罪行依据。全家四口人仅靠母亲巴拉给依在猎业生产队当出纳挣得的微薄的工资勉强维持着，好在还有姥姥和姥爷的帮助。

"妈妈，咱们在额尔古纳河边不是挺好的吗？为什么要搬家啊？"柳芭刚懂事用稚嫩的语调问着母亲巴拉给依。

"搬家就搬家呗！你一个小孩子管那么多干啥？去！去！上一边去，净添乱。"自失去丈夫后巴拉给依心里总是埋藏着一个阴影，本来就心烦的她没有功夫解答女儿柳芭的话。

"那个破地方我再也不愿意多待一天。"母亲巴拉给依继续自言自语地说着，似乎柳芭幼小的心灵里也悟出了母亲的心情。那个曾在柳芭幼小心灵中最美丽的江——额尔古纳河和最美丽的江边小乡——奇乾鄂温克乡从此淡漠了记忆。

"妈妈，我上学去了！"柳芭扎着两个小羊角辫子，穿着母亲亲手做的花衣裳和蓝裤子，背着也是母亲为她上学缝制的绣花皮书包，那是用熟制好的公野鸭头皮毛和松鼠皮，还有小驯鹿皮拼凑缝制的精巧书包，非常的漂亮。她高兴地告诉母亲。

"去吧，要认真听老师讲课，听老师的话，要团结同学啊！"母亲巴拉给依仍旧重复着每天对柳芭上学前的话。"知道了，您就没有别的语言了吗？"柳芭头也不回地边说边蹦蹦跳跳地背着花皮书包离开家向学校跑去，两个羊角似的小辫子一颤一颤地随着她的蹦跳晃动着。母亲巴拉给依在自己家的木刻楞的房子里，从东面的窗户向外望着朝学校远去的柳芭。看着儿女们一天天地长大，她似乎看到了一种希望。

柳芭她从小就热爱绘画，画太阳、画月亮，画漂亮的小女孩，画房子和小驯鹿。经常将自己的小作品参加学校举办的美术展，还得过小奖状。这都得益于母亲巴拉给依对她从小的熏陶，母亲巴拉给依也经常给她指导着画驯鹿，使其能够爱上驯鹿。

有时柳芭画画都耽误了完成作业，使得老师经常到家里与母亲巴拉给依反映和了解其在家的情况，这也惹得母亲巴拉给依感觉很没有面子，每当柳芭趴在火炕上画画或写作业时都要不停地唠叨上几句，"做作业了吗？先把作业完成！别总让老师操心。你在干吗呢？""我在画小驯鹿，美术老师说近期学校还要搞一次美术展，我在准备我的作品呢！""画！画！画！一天到晚就知道画，也没看着你画出什么像样的东西来，晚间写作业多费蜡啊呀，再说对视力也不好啊。"母亲在一边和面一边啰唆地说了一大堆，显得很生气，使劲将面盆摔放在面案板上。"能不能轻一点儿动静啊！干扰我的思路。"柳芭趴在火炕上一边画着一边嘟囔着。柳芭说晚间睡觉前写作业，母亲巴拉给依说费蜡烛，那是因为敖鲁古雅新建定居点还没有配备发电的设备，点着蜡烛过日子还真过了七八年时间，后来还是驻在大兴安岭铁道兵部队的解放军帮助新猎乡拉起了电灯，建起了发电站。如果不是解放军同志帮助，在以前点蜡烛过年是不足为怪了。

有一天，学校的老师领着一位陌生人来到柳芭家，柳芭的母亲巴拉给依还以为学校又家访来了，以为女儿柳芭在学校惹什么祸了，心里在不断猜测着。"您女儿有着绘画的天赋，我们想接收她到盟艺校学习！"陌生人开门见山地说出了柳芭的情况。"刚才我忘记介绍了，他是盟艺校来的美术老师，这位是柳芭的母亲巴拉给依。"学校柳芭的老师才想到给陌生人介绍着。"欢迎！欢迎！你们请坐，我给你们倒杯水。"柳芭母亲巴拉给依说着并开始忙着倒茶水。"别客气，咱们坐一下唠一会儿。"陌生人说。

"您看您作为柳芭的母亲同意她去我们学校学习吗？"陌生人问着柳芭的母亲巴拉给依。"那咋不同意呢？多好的机会呀！行，我同意她去学习，将来有可能上大学呢！"柳芭的母亲巴拉给依说。"她是位很开明的母亲呢，她对孩子的学习可关心啦！"柳芭的老师也对陌生人讲着巴拉给依的情况。"您同意就这么办，九月份开学前您就领着您女儿柳芭到海拉尔找我，办理完入学手续后您就可以回来，孩子呢您就放心吧！我们一定会照顾好的。"陌生人对柳芭的母亲讲。"太好了，谢谢你们这样关心我们家！"巴拉给依十分激动。"咱们走吧！那就九月份海拉尔见！"陌生人与老师离开了柳芭家。

巴拉给依将这一消息告诉下午放学的女儿柳芭，柳芭知道后乐得拍手跳着。"太好了！太好了！我要出远门啦！""别高兴得太早啦！你以为在外学习容易呀！今后什么事情都得靠自己了，你已经十四五了，也该立事了，以后遇到什么事该自己拿主意了。"母亲巴拉给依对女儿讲。

柳芭得知自己要到外地学习兴奋得一夜没有睡着，第二天上学她没有告诉任何同学。直到新学期开学时同学见不到柳芭上学，才知道柳芭已经到外地学习去了。

柳芭在新的环境里学习更加刻苦，老师从绘画的基础知识开始教起，她省吃俭用不乱花一分钱，时刻将母亲说给她的话记在心里，母亲也时常抽空去看望女儿柳芭，她十分的想家，想念姥姥、姥爷，更想母亲和妹妹弟弟。她把想家的泪水咽到肚里，化作一股力量激励自己发奋学习。偶尔给母亲写封信在信中安慰母亲注意身体，鼓励弟弟妹妹努力学习。

时间像闪电一样过得很快，转眼到了一九七六年十月"四人帮"被打倒了，举国上下一片欢腾，收音机电波里的消息传进了这密林山乡的每一个木刻楞的家，乡里组织了欢庆游行，男女老少、党员干部、职工、家属、社员和猎民都加入到了游行的队伍当中，柳芭的母亲巴拉给依举着粉红色纸剪成的小红旗，旗上面赫然用毛笔写的四个大楷体字"安定团结"，"文革"把很多人，包括与巴拉给依家一样的家庭给搅得不安宁，并受尽了折磨和冤屈。人们痛恨那段不该发生的历史。那些受冤屈的人将得到昭雪。柳芭的母亲被平反了，又重新恢复了她原来的工作岗位。柳芭的母亲巴拉给依像获得新生一样，开始过上那正常充满希望的生活了。从那以后，柳

芭的母亲巴拉给依开始控诉"文革"冤屈的历史,她得到了国家发放的补偿金,柳芭从艺校又考取了中央民族学院美术系,对她们这个曾破碎的家庭来说是喜上加喜。母亲巴拉给依没有将获得的补偿金用来奢侈消费,而是用于对女儿柳芭在大学深造所需要的学费上。柳芭高兴得都哭了,她看着母亲的来信和捧着寄来的汇款单,心里默念着:"还是我的妈妈好,这回我们家不再过那受人欺负的日子了!"

母亲巴拉给依领着柳芭的弟弟维佳去海拉尔医院探望刚刚平反释放住院的玛克萨,玛克萨是柳芭的叔叔,曾在盟公安处工作,因"文革"迫害入狱,并在狱中患有重病,在叔叔玛克萨弥留之际写下了让侄子维佳接班的遗嘱,从那以后柳芭的弟弟维佳也上班挣工资了,她们家的生活开始有了稳定的收入。

大学就要放寒假了,柳芭在放假前购置了很多要带回家的物品,收录机、照相机,还有小自行车。都是送给母亲和弟弟妹妹们的礼物,这是她第一次放假回家。

敖鲁古雅木刻楞房子里,母亲巴拉给依自己在粉刷着房屋。"怎么这么早开始刷房子呢?"跟前的邻居都在问着巴拉给依。"这不大女儿快要放假回来吗?我把房子收拾收拾,再说这个房子自图布信大夫搬走以后就没有粉刷过了,这就不等过年前刷了,提前刷完也减轻不少负担呀!"巴拉给依向邻居们解释着。

乡政府的红色面包车直接开到了巴拉给依家大门口,从车上走下来穿着时尚的柳芭,黑色风衣配着那长长的飘发,肩上挎着女式背包,手上拎着两个大皮箱。母亲巴拉给依走出木刻楞房站在大门口前,这时柳芭放下手中的箱包,并快步走过去双手拥抱她的母亲巴拉给依,脸庞紧贴母亲的胸前,"想死我了妈妈!""好了别在这出洋相了!快进家吧!"母亲巴拉给依说着女儿柳芭。弟弟维佳也赶紧过来帮姐姐拎皮箱。"妈妈!明天找个车把我发来的沙发及其她家具到满归车站去取回来,还有我给弟弟买的自行车。""买那么多东西你哪来的钱呢?"母亲巴拉给依问着女儿柳芭。"我省吃俭用省下来的呗!这么多年了咱们家也没有像样的家具,再说我们都长大了也该管管家了。以前没有过上好日子,这回也该让妈妈享享福了。"女儿柳芭对母亲说。"看我女儿变成大姑娘了,懂的事情也多了!"母亲巴拉给依夸着女儿柳芭。

"巴拉给依的女儿柳芭回来了,还买回了能录音和收音的东西!""是不是收音机?""跟收音机大小差不多!""走去她家看看去!"柳芭一回到乡里,乡里的一部分人就像山沟里从没见过世面的人一样议论着柳芭她家的事情。柳芭从北京买回来一台收录两用机,那时谁家要是有这样稀奇的事都羡慕不已,也属于高档电器了,柳芭故意把音量放大,收录机里放着流行歌曲《走在乡间的小路上》、《外婆的澎湖湾》等音乐,声音非常的悦耳,曾吸引很多好奇的人到她家观看这个洋东西。弟弟维佳则不停地骑着姐姐买来的自行车,自由自在地在乡里街道上骑来骑去,令很多少年瞠目结舌。有的都看直眼了。

巴拉给依家收拾得非常干净,新大立柜、新欧式大沙发,新写字桌,桌上摆放着收录机,还有像城里人爱喝凉开水的高脖大肚玻璃瓶坐在茶盘里,有四只颜色与玻璃瓶相同的杯子倒扣着。

"妈妈,我姥姥呢,她在哪个猎民点儿呢?"柳芭问着母亲。"最近一直没有下山,现在在你舅姥爷拉吉米尔的猎点儿呢,看看乡里什么时间有车上猎民点儿你应该去见见你姥姥,她见到你一定会很高兴的。"巴拉给依对女儿柳芭说。

"我一定去,我带着我的画夹子还有美能达相机上去,顺便多画几张驯鹿和撮罗子,把雪景拍下来。"柳芭指着照相机又说:"这个相机是傻瓜相机,等我回校时就留在家里你们用吧,这个相机照出来的照片效果非

常好，到时候我教弟弟维佳怎么用就可以，原理非常简单并且操作也方便。"

"那我也能会用它的！"母亲巴拉给依说。

自从她们家有了收录机后，乡里一些会跳舞的年轻人经常在一起听着录音带里节奏欢快的曲子，跳着交际舞或迪斯科。有时是在柳芭家中，有时柳芭则拎着收录机到亲朋好友家去放舞曲，还有的时候组织老猎民唱本民族古老的传统的歌曲，然后就给录下来保存，老猎民都赞不绝口地说："还是这东西好啊！能把我们唱的和说的都能够保存起来，等我们死后那声音不都留给了后代们，他们想我们的时候就拿出来听听，就像我们还仍活着的感觉，真是好啊！"

终于有一天猎业队队长果什卡开着乡里的吉普车来柳芭家接她上山，车停在了柳芭母亲家的大门口没有熄火，果什卡按了两下方向盘上的喇叭，然后下车向巴拉给依家院里走去。

"柳芭在家吗？"果什卡向木刻楞房子走去，一边喊着。这时坐在屋里手中正翻弄着画夹的柳芭听到外面人喊她的名字，急忙放下手中的画夹向外走去，一开门见猎业队队长果什卡已走到门口，"是姨父啊！""你回来也不去我家看我，那还是我来看看你吧！你不是要去猎民点吗？前几天是你妈妈告诉我说你从北京放寒假回来了，说是还要去猎民点采采风，写写生，好啊！"果什卡一边向屋内走一边说。"不是采风，我是想看看姥姥和其他猎民老人。"柳芭听了果什卡的话不好意思地解释。"那不是一回事吗？走吧，咱们早点儿走吧！在猎点儿上咱们可以多待些时间，这冬季太阳落山也早，为了你我特意从乡政府借来212吉普车，猎业队那台大解放驾驶室又坐不了几个人，让你坐在外面我又不忍心，怕把你这个大学生给冻坏了，你可是咱们鄂温克人的才子呀！万一冻坏了可怎么行啊？"果什卡进屋后一直没有坐下，看着柳芭母亲家里现代时尚的家具和放在桌上的收录机继续说："好气派呀！全是现代的啊！""谢谢姨父的夸奖，谢谢姨父能来接我上山！"柳芭很谦虚客气地说。"稿赛来了快请坐！"这时柳芭的母亲巴拉给依从里间小屋里走出来对果什卡说。巴拉给依戴着一副花镜，给人一看就知道她在做针线活呢。"你在做什么呀？"果什卡问。"我在缝制驯鹿笼头呢，我想柳芭要上山看看她姥姥去正好把这些东西也捎去，上次她姥姥捎信儿来说笼头不够用，有些笼头都已经不能用了，所以这两天我一直都没有歇着，紧着忙活着。"柳芭的母亲说了那么一大堆。

"车里有几个人哪，赶紧走吧！"果什卡有点不耐烦。"马上这就来！"柳芭忙乱地忙着上山带的物品。"好了！走吧！""别忘了你给姥姥买的头巾。"母亲巴拉给依赶忙追出门外喊着。"都已装在我的包里啦！"柳芭听到母亲的喊声在回应着。

"在山里和在城里就是不一样，你离开这几年简直和从前的你相比那就是两个人，有文化和没文化，文化高和文化低就是两个样，我真替咱们鄂温克人感到骄傲！"果什克一边开着车一边对柳芭说。"我姥姥她们的猎民点儿在哪一块呀？"柳芭坐在副驾驶的位置问果什卡。"啊！在孟归十三支线公路头呢！"果什卡目不转睛地紧握着方向盘，一边在回答柳芭。"你有几年没有回来了？""大概三年了吧！""哎呀！这么长时间啊！""那可不！三年当中放寒暑假我都随同学到其他地方采风去了，什么敦煌和云岗，还有华俄后裔民族及其他南方少数民族聚集的地方。"柳芭和果什卡大谈阔论着。坐在同车里的人只听她们两个人那富有文化色彩的交流。

"今天天气还很好，就是前几天下了场大雪，这通往猎民点儿的车有好几天没有来了，你看车辙都看不见了。"果什卡仍一边开着车一边与柳芭聊着。"我可有时间没来到猎民点儿了，那城里熙闹的人群和机动车马达声，那环境哪有咱们猎民点儿好呀！"柳芭不住嘴地说。

车走了很长时间，在中午时到了猎民点。三顶原始而古朴的撮罗子帐篷矗立在已是枯枝的落叶松林间，撮罗子帐篷都冒着淡淡的烟雾，零星的几只驯鹿在撮罗子帐篷周围转悠着，有的带着铜色的铃铛发出清脆的声音。撮罗子帐篷旁边拴着的猎狗在不停地叫着，引出撮罗子帐篷里的人站在门口张望着猎狗叫的方向。

果什卡和柳芭及车里的人都按顺序沿着猎民点的小道向撮罗子帐篷走去。

果什卡走在最前面，他用右手指示着给柳芭。"你看你姥姥早都有预感，她知道你要来呀！真不愧为萨满呢！"只见中间的撮罗子帐篷门口站立着个头矮小的老太太，左手遮掩着阳光的照射，右手扶着撮罗子帐篷的栅栏，穿着黑色布裙子，头上扎着花格围巾，仔细观察着向这边走来的人群。

柳芭一眼就认出自己已年迈的姥姥，她向姥姥站着的撮罗子帐篷跑去，她背着绿色的画夹，两手拎着很重的东西，"额沃！您好，您身体健康吗？""你是柳芭呀？什么时候回来的？快快起来我的宝贝！"姥姥讷妮拉见到自己外孙女到猎点上来看她，心情激动的说话有些颤抖，姥姥把跪在地上的柳芭扶起来，柳芭已是泪流满脸。"好了别激动了，姥姥我不是挺好的吗？起来吧！到撮罗子帐篷里姥姥给你犴肉干和克列巴！还有红豆果酱。"姥姥讷妮拉将柳芭劝起来，柳芭把扔在雪地里的画夹和带给姥姥的东西拾捡起来，然后钻进了燃着篝火的撮罗子帐篷。柳芭的姥姥是鄂温克族使鹿部落里唯一健在的萨满，萨满相信天地间万物有灵魂。她姥姥也是这部落中最受尊敬的一位老人了。她非常想念在大城市里读书的柳芭。"额沃，我给您从北京买来一件您最喜欢的颜色的围巾，您冬天可以拿它当披巾，那是驼绒的非常暖和。"柳芭很费劲地向姥姥介绍着围巾用什么动物的绒毛制成的过程。"骆驼！我听说过但从来没见过，它也许跟我们的驯鹿一样很少吧？"姥姥似懂非懂地说着。一会转入正题地问外孙女柳芭,"你什么时候毕业呀?"柳芭回答:"还得两年多!""哎呀!还那么遥远呀?我看你是总上学啦!多累呀!"姥姥好像是惊讶似的在问柳芭。"你不想这里的亲人呀?你不想山上这帮可爱的驯鹿吗?"

"额沃,我是鄂温克猎人的后代,我能不想吗?我一个孤独的小孩子生活在大城市里,我能不想家吗?我是多么的想您及我的亲人,想猎民点儿的撮罗子帐篷,想那可爱的驯鹿哟!"柳芭似乎很激动。

"额沃,这是我妈让我给您捎来的驯鹿笼头。"柳芭从包里一边掏着母亲巴拉给依给捎来的鹿笼头,那五颜六色的非常好看。"你妈妈把我说的事情真给办了。"姥姥讷妮拉用很垮的汉语说着。

"哎呀!我怎么都忘了,这人老了就是跟痴呆似的,光顾跟你唠嗑了,赶紧喝这沏好的茶水吧,可惜你回来的不是时候没有驯鹿奶,如果是驯鹿刚下完崽后也许你能喝到驯鹿奶茶的,以后回来再给你补上吧!快吃犴肉干吧!还有我打的克列巴!"姥姥讷妮拉显得非常认真又那么的热心肠。"额沃您坐好了我给您拍张照片,我那北京的同学和老师告诉我把家里的亲人多拍些照片带回去,还让我多画些山里猎民的生活画哪!"柳芭一只手攥着克列巴条,一只手握着相机,对准着姥姥瞄着。"还拍啥呀!我穿这破衣服多难看呀!"姥姥一边抻着衣服的搭襟一边说。"这样最好了,最显得自然!"柳芭说的这些姥姥哪能听得懂呢!"额沃,我到其他家看看去,要不他们会挑理和生气的!"柳芭告诉着姥姥。"去吧!去看看他们吧!自你姥爷没了以后,我和你姨他们都是拉吉米尔、玛莱卡和安多尔及敖保帮助照顾不少。他们的儿女找驯鹿、砍烧柴、搭撮罗子帐篷,哪一样少得了他们呀!"姥姥讷妮拉同意外孙女的想法。

柳芭拿着早已准备好的见面礼,分别去看望了拉吉米尔和安多尔撮罗子帐篷里的老猎民。给两个撮罗子帐篷的人送去了各两瓶白酒和一些糖果。他们都很高兴和激动。"柳芭,在外地学习好吗?"拉吉米尔老人对前来他家的柳芭问着。"非常好,但是环境可就是没有猎民点儿好,就是楼房多,汽车多,再加上人多,那简直比森林还密的人群呀!人多得就像那蚂蚁一样!"柳芭形容着。"你说得还真是那么回事,我当初在长春学习时那种感觉,那可是真烦人哪!但为了自己民族利益那样的环境你也得受着,你说是不是?"坐在玛鲁位置的果什卡一边撕着肉干往嘴里送一边搭着腔。"您说得真对,真是那样的感觉。"柳芭半蹲在撮罗子帐篷刚进门的位置对着果什卡说。"你喝茶水吧!"拉吉米尔的老伴玛来卡问柳芭。"谢谢!不喝了,我在额沃家喝了。"柳芭回答。"你不抓紧拍点驯鹿照片呀!一会儿驯鹿都该跑了。"果什卡催着柳芭。"真的我该去忙我的事情了。等一会儿,先给你们拍张照片吧!"柳芭说着从兜里掏出相机站在门口对准撮罗子帐篷里的人按了两下快门,咔嚓——咔嚓,还闪了两下闪光灯。"好了我先走了,你们先聊着吧!"柳芭拿着相机奔向驯鹿活动的地方不停地选择角度拍着。她又回到姥姥的撮罗子帐篷取来画夹子,在自己认为最佳的位置摆布好端着画夹,站立在深雪里画着。面前是几只驯鹿抬头望着她,驯鹿的背景是冒着淡蓝色炊烟的撮罗子帐篷。撮罗子帐篷上半截是用桦树皮围子围的,下半截是发白色的帆布围子。从远处看去那开着门的部位呈现出黑色的三角形状。

  寒冷的冬天日照时间很短,手表上的时针指向下午三点左右时刻,那太阳已经接近落山了,要不怎么猎民总是说那可恨漫长的冬夜呢!柳芭刚画了三幅画,那第四幅画刚画出一半时太阳便很不客气地躲到了西面那座山下。"真耽误事,白白地浪费了那么多时间。"柳芭自言自语收起画夹子背在右肩上。"怎么样啊?收获得差不多了吧?走吧,回去吧。"果什卡从撮罗子帐篷里走出来望了望天空说。"我回姥姥家装东西,你们先上公路吧!"柳芭用轻轻的嗓门对猎业队队长果什卡说。

  "你还什么时候再回来呀?"姥姥讷妮拉问着柳芭。"那可说不准了,也许等我毕业分配后才能回来呢！"一直不停地整理着自己东西的柳芭回答。"哎哟！要等那么长的时间呀！"姥姥很惊讶地说。"没有多长时间会很快回来看您的！"柳芭继续对姥姥说。"你拿我当年轻人那样啊，今天回来！明天回来，姥姥都这么大年纪了，说不定你回来可能都见不着了。"姥姥拉着长调对外孙女柳芭说。"不要说得那么可悲呀！姥姥一定会健康长寿的。"柳芭好像孩子似的对姥姥说。

柳芭结束了短暂的看望姥姥的猎民点之行，感觉很疲劳的样子瘫软地坐在吉普车副驾驶的座位上，吉普车打起大灯行驶着，果什卡全神贯注地握着方向盘和看着前面的雪路。

山下柳芭母亲的家还亮着灯，听到外面的汽车声音母亲巴拉给依急忙披件棉衣走了出去。

"回来啦！咋这么晚呢？""我不得搞写生吗？另外我拍了很多驯鹿和撮罗子帐篷的照片呢！今天真是太幸运了！那点儿上的驯鹿几乎是回来一大半呀！"柳芭对母亲说。"怎么光说驯鹿呀、撮罗子帐篷呀的，就不说你姥姥呢？你姥姥她怎么样？"母亲问着柳芭。"我姥姥非常非常的好了，我姥姥给我煮肉干了，还有新打的克列巴！"柳芭简单地介绍着姥姥的情况。

柳芭很快地结束了短暂的寒假，与母亲和妹妹、弟弟们度过了团圆的春节，在正月十七就踏上了南行的列车回到学校，一路上她辗转反侧思索着自己的未来。

经过几年艰苦的学习，柳芭毕业分配到了自治区出版社任美术编辑。她与一个曾偶尔相识的农牧场职工结了婚。把家也安顿在了那富有民族气息的恩和小乡。在与此丈夫相识前，她曾与同氏族的保列似乎有过约定，柳芭相中了保列的魁伟剽悍和英俊，保列也的确是鄂温克使鹿部落里长得很帅的小伙子，但十分可惜的是保列在柳芭没有回来时的秋天而去世，这

对柳芭内心打击是很不小的，她曾为他徘徊过，彷徨过，在痛苦中又勇敢地振作起精神重新面对生活。

那是在一个美丽如画的夏季，单位给了她一个月的婚假，她只身一人来到男方居住的小乡。那里的居民大多是华俄后裔的人们，置身在这个地方，就仿佛踏入了俄罗斯国度里的一个小农庄，乡土气息和纯朴的民风十分浓厚。她和丈夫的新家是一栋非常古朴的木刻楞房子，屋里的地板像是用板方铺成的保持着原有的木纹，真可谓是纯实木地板，地板擦得光亮。三面的小窗户玻璃锃亮照人，从远处看去就是一幢漂亮的小别墅。结婚那天小乡村里男方的亲朋好友都前来贺喜，都夸新郎有福气娶了一个有文化的媳妇。在小家没待上几天柳芭就领着丈夫回敖鲁古雅的娘家了。回家的时候柳芭没有事先告诉母亲巴拉给依，她想来个突然出现，好让母亲也来个惊喜。

这次回来是柳芭自第一次回家已事隔三年时间，家乡已彻底有了新的变化，鄂温克猎民都住进了宽敞明亮的砖瓦房了。母亲巴拉给依也退休在家并承包了驯鹿，在猎民点与柳芭的姥姥在一起生活和放养驯鹿。柳芭回来时母亲正好刚从猎民点下山有两天时间。柳芭背着漂亮的女式挎包，丈夫则大包小包地拎着跟在柳芭的身后。他们进了砖房，那正在客厅里沙发上的母亲巴拉给依搓揉着手里的狍皮子，丝毫没有觉察到女儿站在了客厅门口。母亲巴拉给依一抬头还吓了一跳，"哎哟！回来也不提前告诉一声啊！""我想给您来个突然的惊喜！"柳芭把挎包摘下来放到桌上。"还不快点儿把东西放下！这是我妈妈！"丈夫听柳芭这么一说便把拎着的东西放到靠墙的地上，然后恭恭敬敬地面朝着柳芭的母亲巴拉给依深深地鞠了一躬并叫了一声："妈！您老人家好！""挺好，挺好，快坐下来。"柳芭的母亲巴拉给依高兴地让着新女婿。"他姓熊，您就叫他小熊吧！"这时站在一旁的柳芭给母亲介绍着丈夫的名字。"还搞什么突然惊喜呀！

提前来信我好在家也准备准备吧！这我拿什么招待新女婿呀？"母亲巴拉给依似乎显得手忙脚乱不知要想做什么。"我到商店去一趟，买点肉类的罐头什么的，你们在家先洗漱歇着吧，我一会儿就回来给你们做饭。"母亲巴拉给依说完拎着黑色皮挎包走出了屋子。

　　柳芭把外衣脱下，在厨房间端着暖瓶往脸盆里倒热水，又加了些凉水，"你先洗洗吧！""不了！还是你先洗吧！待一会儿我再洗。"柳芭和丈夫小熊互相让着。柳芭先洗着脸，然后又梳理着她飘逸的秀发。"别紧张！我妈人挺好的，挺和气的，她不会因为我们没有提前告诉她而生气的，我妈妈慈善着呢！"柳芭对丈夫说。"我也感觉到了，挺好的。"丈夫小熊站在一边回答。

　　一会儿的工夫，母亲巴拉给依拎着鼓鼓的黑色皮挎包回来了。"哎呀！咋买这么多的东西呀？"柳芭接过母亲拎着的皮挎包掂量着说。"哪有什么好东西呀！这敖鲁古雅的破小商店能有啥呀？想要买的东西都没有，就是一些现成的罐头，也不知道过没过期，去趟满归买一天只有一趟接站的车，人又那么多，真是不方便啊！"母亲巴拉给依一边撸着胳膊挽着袖子说。这时在一旁站着的柳芭的丈夫小熊插了一句，"也不是外人，家里有啥就吃啥吧！""你先在客厅坐着喝茶吧！自己倒啊！"母亲巴拉给依劝着小熊。"不客气，还做什么吗？"柳芭的丈夫小熊问着。"你先坐着喝茶水吧！有事一会儿我叫你。"柳芭对丈夫小熊说。

　　厨房里巴拉给依和柳芭母女两人忙活着，柳芭在一旁打着下手，她在柳木菜墩上切着火腿肠，"妈妈你看他怎么样？"一边切着一边小声地问母亲。"挺老实的，这年代找一个老实点儿的就可以了，能过日子就行吧！人长得也行，只要能肯干活那你就享福了！"母亲巴拉给依在对柳芭评判着新女婿小熊。"过两天去猎民点儿呗，好让你姥姥也看看，你姥姥可想你了，成天地念叨你咋还不回来呢！"母亲继续说着。"妈妈咱家一共有多少驯鹿呀?"柳芭问母亲。"刚承包时是二十头,加上今年新下的小崽总共三十头了吧?"母亲掐着手指算着。"哎呀!这么多驯鹿了,我可得去看看咱家的驯鹿。然后多画几幅油画,猎点儿上有没有闲置的皮子?什么样的皮子都行!"柳芭惊讶地和母亲聊着。"你要皮子有什么用,猎点上啥皮子都有、犴皮、马鹿皮、驯鹿皮、狍子皮,还有刚死的小驯鹿崽的皮子。另外你弟弟维佳打的柴貂皮和松鼠皮。"母亲巴拉给依似乎好奇怪的样子。"你要学做皮活呀?是做皮衣服还是做皮靴子?""您说的东西我呀都不做,我想用那些闲置的皮子设计成画然后缝拼起来,那些闲置的皮子不就成了一幅很美的画了吗?"柳芭更深一步地给母亲巴拉给依讲着。"真是一个好主意呀!你是怎么想象出来的呀?你这学算是没有白上啊!"母亲巴拉给依一边说着一边将淘洗完的大米倒进坐在炉盖子上的铝焖锅里。"我在大学学习时就开始琢磨,将来如何利用咱们鄂温克猎民猎获的各类动物的皮张,把皮张的另一面白茬熟好并保留另一面的毛面,然后缝拼成类似工艺品的图案,确切点说那就是皮画。"柳芭把切好的香肠摆放到瓷盘里,一边摆着一边说。母亲巴拉给依把客厅里的桌子擦了一遍,又把倒在瓷盘里的五香鱼和另一盘红烧鸡端上桌,这是两盘现成的罐头拼凑的凉盘。"现在算你切的香肠已经是三样菜了,再炒一个土豆丝吧!怎么得也来一个热乎的菜呀,凑个双吧!"巴拉给依对女儿柳芭说。"那我打几个土豆皮吧!土豆在哪里放着呢?"柳芭问着。"土豆在小屋门后的丝袋子里,打两就够了。"母亲巴拉给依告诉着柳芭。

如果柳芭和丈夫小熊不是回来,母亲巴拉给依的晚饭要比这时晚得多。她们娘仨开始吃这天的算是过午的晚餐了!

"你那前两位他们算是干什么的,并且你都带回到了敖鲁古雅,给别人的感觉都是你的对象,但每次妈妈我问起你的时候,你都说是同学或是同事,同学同事有那样近乎的吗?"母亲巴拉给依躺在很热的火炕上与女儿柳芭聊着话题，也是因为很长时间没见到这么出息的女儿的缘故，母亲巴拉给依彻底忘记了睡眠，一个劲地与柳芭唠着。柳芭的丈夫小熊被安排在客厅里的沙发上睡的。当丈母娘的巴拉给依唯恐新女婿受冻着，把鸭绒被都给了小熊。"自从保列没了以后，没毕业时男同学也一个劲地追我，我只当同学随我回乡采风，根本没有那种感情，那也许是同学自作多情吧。再后期那是一个大骗子，是一个花花公子，仰仗着自己家人的势力想蒙谁，我从来没有上他们那小人卑劣的当。我想我出生在本分的家庭，我父亲去世太早了，如果父亲在，我和我的弟弟妹妹不会是现在的样子，您说哪妈妈？"柳芭的眼眶浸满了泪水。"别说那些早已忘记的往事啦！做人难呢！做一个女人更难哪！好在时代变了，要不然你妈妈可是一辈子抬不起头啊！母女俩彻夜未眠，眼睛似乎有些红肿，那种心情从未释放过似的，"睡觉吧！明天再好好地唠吧！可千万别让你丈夫知道呀！否则又像那两个恶鬼似的。""放心吧妈妈！他绝对不会像那两个魔鬼那样的，他是一个非常真诚善良的人，我会与他过一辈子的。"母亲巴拉给依与女儿柳芭不停地唠着嗑。柳芭被这两个城里的人欺骗了感情，她曾陷入了一段难以自拔的痛苦境地，对生活和工作感到困惑和空虚，她不会喝酒。自那以后她饮酒无度，经常是精神恍惚，有时走在街上引来一些人疯狂的嘲笑和指手画脚旁观，她都是置若罔闻，熟视无睹，以至在后来记者专程采访她时，才道出了心里想了很久想要说的话，"城里的人活着太虚伪了。"现在的丈夫还是她露宿街头时遇到的好心人，是他把她让进了温暖的值班室。自那以后她和他相爱了……窗外蚊子嗡嗡的叫声好像要从缝隙间钻进来似的，不停地干扰着躺在火炕上的娘俩的交谈。"你可知道妈妈带着你们姐三个从界河边随你姥姥和姥爷迁徙到这里，不都是你们的父亲去世早吗？扔下咱们娘四个相依为命，后又逢'文革'，那些当权派的人盛气凌人，高高在上，把你妈妈的工作都给停止了，迫不得已你妈妈多亏有点文

化在猎业队当出纳员，挣点儿那每月的工分，有一天风刮得很大，因为咱家有那些栅栏挡着，在外面我点着石头和砖搭成的炉子，正要烤克列巴时被警察连推带揉地给带到乡公安派出所，那回可把我的人格给侮辱坏了，到现在我也忘不了呀！"母亲巴拉给依还在继续叙说过去发生的那段往事。

"那些过去的事情就让它永远地在心中抹去吧！不要让那过去的那痛苦的影子笼罩和缚住我们的生活，我现在才明白过来母亲当时为什么憎恨那曾美丽的江边，是因为那个地方曾留给妈妈和我们童年太多太多的伤痕。"柳芭很理解母亲的心情并富有哲理的总结着自己民族乃至家庭所发生的那段经历。母女两个唠着唠着不知不觉地都睡着了。

"昨晚间你们娘俩唠到几点哪？真能唠呀！"丈夫小熊第二天早晨问柳芭。"谁知道唠到几点呀！反正是说着说着就睡着了，我先睡觉的，妈妈以为我在听吧！仍不停地说着，可能是看我睡着就不说了。"柳芭说。

"今天你们都干什么去？是在家还是出去在乡里转转？"母亲巴拉给依问柳芭。"我们还是在家帮您收拾家里的东西吧，打扫一下屋里屋外的卫生，再洗洗衣服什么的。"柳芭对母亲说。

"那你们在家吧！我到商店和粮站买些白糖茶叶和大米、白面还有豆油，准备好上山的东西，锯鹿茸的车明天去我们点儿，你们在猎点上也可能多住些日子，看看你们还需要什么东西吗？"母亲巴拉给依在翻找着空面袋和豆油壶。并对女儿柳芭说着。"得买些酒和烟吧，到猎点儿上我和小熊怎么也得给猎点上那些老人带点儿见面礼！"柳芭继续说。"把钱给您。""不用你们想这些事，也不用你们拿钱，我会买这些东西的，另外点儿上的年轻人喜欢喝啤酒，我再给你们买一箱铁罐啤酒就行了。"母亲巴拉给依很大方地说。

柳芭和丈夫小熊这一天干了可能母亲得一个星期才能干完的活。把被褥都拆洗了，弟弟妹妹们的里外衣服都给洗了，地板挨个屋子擦了一遍，院子里的桦子劈得很碎并码得整齐，院里也扫得干净。四扇窗户的玻璃也擦得很亮。母亲巴拉给依把上山用的东西也都已准备好了。

"你们要是不回来这些活够我得干一个月吧！"母亲巴拉给依坐在沙发上整理要装的熟好的皮子对柳芭说。柳芭也凑到母亲跟前坐在沙发上，手里拿着熟好的皮子。"这是犴腿部位的皮子，不愿意掉毛，一般猎民都用来做靴子和套裤，还有装东西用的皮兜什么的，很有耐磨性。"柳芭手拿着皮子对丈夫小熊讲着。"熟得真软乎呀！"丈夫小熊伸手抓了一下放在地板上的皮子说。"妈妈你要用它做什么呀？"柳芭问着母亲巴拉给依。"这不刚承包驯鹿吗？山上装东西的皮兜太少了，那些用帆布做的兜子都给磨破了，这回做结实点的，免得驯鹿驮的时候刮破它。"

"我说柳芭你不是要做皮画吗？这不是现成的吗？"丈夫小熊忙打岔说。"你瞎乱说啥呀！这些皮子妈妈要做东西用的呢！到猎民点儿再找吧！也许有猎民家用过的边角料呢！"柳芭瞪了一眼丈夫然后说。

柳芭和丈夫小熊回到乡里母亲家的第三天，便跟随母亲乘猎业队锯鹿茸的车到了猎民点。猎民点是在孟归十三支线那个下了公路头再走十多分钟的地方。汽车从乡里开出到猎民点大约两个多小时的路程，有的路坑坑洼洼很颠簸，猎业队的车是老式解放牌大卡车，猎民上下山都是乘坐这辆车的。车的外表还挺新的。上山的人还挺多，母亲巴拉给依因在乘车的人里算是最年长的，被司机让进了驾驶室里，柳芭和丈夫小熊则在外面厢板里坐着。车厢板里还坐着不少年轻人。有的是上山的猎民，有的是猎业队锯茸组的同志。猎业队队长老史也坐在外面。车上几个年轻小伙坐一堆举着瓶子喝着啤酒。汽车在林子里的公路上不时会与林业局运木材的卡车相遇。总是轻车给重车让路，让重车先通过。林业运木材的路很窄，有时会很难通过去。

车快到公路头的时候，猎民点的几条散放着的猎狗叫着跑到这边来，

跟在车后面紧追着。公路边的林子里不时出现稀稀拉拉的驯鹿，头上还长着茸角。汽车停在了公路头转盘道上。

　　柳芭和丈夫小熊拎着大包小包跟在猎业队队长老史后面。进山的人像是自觉地一个接一个地排着纵队，年轻的人走得很快，使队伍间拉开了很大的距离。那干净的猎民小道富有着弹力，走在上面是萱乎乎的不硌脚。大约走了十多分钟就看见了几个撮罗子帐篷矗立在密林间。到达猎民点的时间不到中午！听到汽车声音后，撮罗子帐篷里的人都走出来站在自家门口向走过来的人望着。柳芭的姥姥讷妮拉那矮小的身影早已被来的人认出，姥姥讷妮拉头上扎着丝巾，还是用左手遮挡着刺眼的阳光。"谁来了呢？又是锯茸组的来锯茸来了吧？拉日巴图又来了。他们一来驯鹿都感觉到了，都不老实了，恐怕头上的茸角被他们锯掉似的。"姥姥讷妮拉自言自语地说。

　　"额沃您好！"柳芭上前给姥姥行了个鞠躬礼然后握着姥姥的手。"你啥时回来的，你妈妈上来了吗？"姥姥讷妮拉问柳芭。"我是前天下午到敖鲁古雅，我妈妈也上来了，她在后面呢马上就到了。额沃我给您介绍一下，她是我刚结婚的丈夫小熊，他在恩和上班。"柳芭指着丈夫小熊对姥姥说。"小熊叫姥姥！"小熊乖乖地叫着："姥姥您好！"说完也向姥姥鞠了一躬。"快进撮罗子帐篷里吧！柳芭你快领着进去。"姥姥催着他们进撮罗子帐篷。"小熊你到那里坐下，那位置是男人坐的位置！"柳芭指着"玛鲁"的位置对丈夫小熊说。"这天太热了，还是撮罗子帐篷里凉快呀！"丈夫小熊一边说着一边向柳芭指的位置走去。

　　"这次你回来可以喝到驯鹿奶茶了，那些带小崽的母鹿的奶都挤不过来，没办法就让小驯鹿崽吃掉。你妈妈下山了几天，我自己也挤不过来，留沙也不愿意干活。"姥姥对柳芭说。"额沃，维佳去哪了？"柳芭问。"维佳砍桦子去了，一会儿就能回来。"姥姥刚说完维佳扛着很粗挺长的

撮罗子女人和驯鹿

没有皮的站杆朝撮罗子帐篷这边走来。维佳把扛在右肩上的站杆一闪肩扔到地上。"啥时来的姐？""前天到的敖鲁古雅，最近还画画吗？"柳芭与弟弟维佳说着话。"有时候也画，有时候找驯鹿没时间就不画！"维佳说。"小熊你出来一下，我弟弟回来了，出来见见面，认识一下！"柳芭喊着撮罗子帐篷里的丈夫。"哎！这就来。"丈夫小熊说着就走出撮罗子帐篷。"维佳你得管他叫姐夫，我们刚结婚，在恩和乡举行的婚礼。"柳芭给弟弟维佳介绍着。"啊！姐夫您好！"维佳称呼着，显得很有礼貌。"哎！你好！"小熊回答。

姥姥讷妮拉在外面的篝火旁忙着沏驯鹿奶茶，篝火上还吊着已冒着蒸气的黑水壶。"快到这边来喝奶茶呀柳芭！"姥姥招呼着。"你看那块冒围烟的地方驯鹿多么的多呀！可能在所有猎民点儿中这个点儿的驯鹿算是最多的了，你看还有那么多没有锯掉茸角的驯鹿呢！"柳芭指着驯鹿群对丈夫小熊说。"我真是第一次见到驯鹿呢！它咬人和顶人吗？"丈夫小熊问。"它才不像牛马那样攻击人呢！它是最温顺最善良的动物了，我小的时候经常骑着它搬家。"柳芭给丈夫讲。"奶茶沏好了快喝吧！一会儿该凉了！"姥姥说着把沏好的驯鹿奶茶端给柳芭。姥姥没有直接端给小熊，因为怕他是一个外民族嫌弃和忌讳，就没有敢先给他奶茶。"你尝尝这驯鹿奶茶好不好喝！"柳芭把姥姥端给她的奶茶递给丈夫小熊。"不用喝闻到就感觉一定很清香啊！"小熊接过奶茶慢慢地品着。"你们都站着干吗，嫌这地方埋汰呀？你在大城市待得怎么也装了呢！"弟弟维佳说着姐姐柳芭。柳芭被弟弟这么一说脸有些泛红了这才坐下来。

"一会儿你去公路取啤酒吧！妈妈给你买来了铁罐啤酒，小熊你知道咱妈带的东西，你跟弟弟去背吧，免得拿错了。"柳芭说。"喝完奶茶就去！"小熊回答。这时母亲巴拉给依背着皮包，拎着一壶豆油走到家跟前。"维佳你跟你姐夫去背东西去，你姐夫知道咱家的东西。""好了！马上去。"维佳回答。母亲巴拉给依把身上背的皮包放到地上,将豆油壶立在一棵松树根下后说:"这天咋这么热呢?柳芭你赶紧焖饭,我一会儿炒菜,快点!""好了我去焖饭,您先歇一会儿吧!"柳芭对母亲说。维佳和姐夫小熊去公路头取东西去了。母亲巴拉给依坐在撮罗子帐篷外的篝火地旁喝着驯鹿奶茶,并与柳芭的姥姥说着话。"今天驯鹿回来的全吗?"巴拉给依问。"看着好像缺不了几个,咱们家的都在,早晨莫夏从下面沟塘子赶回来的。"柳芭的姥姥讷妮拉说。"今天把咱们家那些剩下的还没锯茸的都给锯掉,要不都成干岔子了。就该不值钱了。"母亲巴拉给依一边喝着茶水一边说。

"柳芭你一会儿和小熊挨个撮罗子帐篷家走一趟,拿着带的见面礼看看那些老人吧!要不他们该生气了!"巴拉给依对正在淘洗米的柳芭说。"知道了,等小熊回来就去!"柳芭回答。

锯茸组的成员们都聚集在拉吉米尔的撮罗子帐篷前,他们在吃午餐。远远地看见一个年轻人在举着瓶子喝啤酒,他们围坐成圈,中间是切好的火腿肠和撕开的烧鸡,还有装着大酱的瓷碗摆在中间,黄瓜大葱都像刚洗完的还带着水珠。"都别喝了,一会儿吃完饭就开始锯茸,别耽误事啊!"猎业队队长老史对锯茸组的成员说。"老史你就放心吧,别磨叨了,有我在保证都拿下。"柯协对队长老史说。柯协是乡里的机关干部,他每年都被抽调到锯茸组参与锯茸工作,可以说鄂温克猎民的收入有他的一大功劳。

"你们都吃上了?"这时柳芭与丈夫小熊来到拉吉米尔的撮罗子帐篷了,见到正在吃饭喝酒的这帮人柳芭说。"你们也过来吃吧!"老史队长让着柳芭他俩。"不了!我们是来看看两位老人。"柳芭说着,便和丈夫小熊钻进撮罗子帐篷里。柳芭在门口向撮罗子帐篷里的老人拉吉米尔和玛莱卡行了个礼:"你们好!身体很好吧?"说完后与两位老人一一握手。柳芭从拎兜里掏出两瓶白酒和四个铁罐啤酒递到老人玛莱卡手中。"来就来吧！还带什么东西呀？"玛莱卡老人接过柳芭递过来的酒说。"我很长时间没回来了，这次与刚结婚的丈夫特意来山上看看各位老人和长辈们，也没有带什么好东西，略表示一下我们作为晚辈的一种心情吧！"柳芭继续说着，丈夫小熊坐在撮罗子帐篷进门左侧靠里面的位置，听着两位老人用民族语言与柳芭聊着。"你现在在哪上班？那边好吗？"拉吉米尔老人问柳芭。"我大学毕业了，现在在呼和浩特上班呢！单位是内蒙古人民出版社，感觉不怎么好，人多太闹得慌，哪有咱们这个地方好呀！所以非常想回来。"柳芭微笑着对两位老人说。"这次回来准备在猎民点上多待些时间，咱们唠嗑的日子很多，我俩再到其他撮罗子看一看，我们走了啊！欢迎到我们家撮罗子去啊！"柳芭说完向撮罗子外走去。小熊也跟在后面。"你们经常来啊！"玛莱卡老人出门送着并说。柳芭和丈夫小熊又去了敖保家和她姨给拉家。锯茸组开始锯茸了。那些长着大茸角的驯鹿不停地躲着锯茸的人和抓驯鹿的人。老实的驯鹿被绑在了锯茸的架子中间。不老实的驯鹿就用绳子套或悄悄接近它，然后猛劲抓住后腿将驯鹿就地摁倒，三个力气大的人就很利索地锯掉其头上的茸角。干这些活儿柯协是强将，要不猎业队队长老史总是维护着他。

"你俩吃饭吧！我去把咱家的驯鹿抓着，一会儿锯茸组把咱家那几个大角的驯鹿都锯掉，那几个驯鹿都是老实的。"母亲巴拉给依胳膊上搭着拴驯鹿笼头，一边向驯鹿群走去，一边对从其他撮罗子帐篷里回来的柳芭和小熊说。"您去吧！用我们帮忙吗？"柳芭问母亲。"不用，驯鹿都是非常老实的。"母亲巴拉给依头也不回地说。

姥姥讷拉早已吃完了饭，坐在撮罗子帐篷门口的地方，手里在搓揉着整块熟好的黄白色的皮子。撮罗子帐篷"玛鲁"位置上的维佳正躺在那里，枕着行李，跷着腿，头朝门口方向看着。"你怎么不去帮妈妈抓驯鹿呢？"柳芭走近撮罗子帐篷门口低着头向里瞅，见弟弟维佳躺在撮罗子帐篷里便问。"那不是还有留莎吗?我天天干重活,找驯鹿,扛木头,这是我的主要事情,其他的不管。"维佳一顿说,姐姐柳芭不再吱声。

"额沃,您弄这皮子是想做什么?"柳芭问。"我想用这张皮子给维佳缝制一件皮裤。他冬天打猎时穿,这是犴皮的呢,是我和你妈换着班把它熟好的,你看它多么柔软啊!以后再打着犴了再给他做犴皮夹克!"姥姥讷妮拉双手不停地搓揉着皮子对柳芭说。"咱家您那里有没有熟好的带毛的皮子?"柳芭继续问。"有呀!还不少呢!都在鞍架子上面放着呢!你要做什么?"姥姥讷妮拉问。"我想做皮画用,当然不是用太好的皮子,那些您认为用不上的边边角角的皮子就行。"柳芭仍在说。"那明天我就给你找,咱家的如果不够,我到敖保家,给拉家去找,让你好好地挑选行吧?"姥姥停了一下手中的活儿说。"那太好了,谢谢我的好额沃!"柳芭高兴地拍着双手说。

太阳已渐渐偏西了,猎民点儿上小驯鹿不停地嗷——嗷地叫着,大母驯鹿听着叫声不停地朝小驯鹿方向跑去,因为那小驯鹿已被主人用笼头拴住,等待着来哺乳。锯茸组已结束了一天的锯茸任务,老史队长逐家地对已锯完的茸进行过称登记,然后装进麻袋里。柯协用湿苔藓擦了擦带着鹿血渍和茸毛的锯条,装进专用工具兜里。冒着淡淡围烟的"散岷"那个地方仅剩下了拴着的小驯鹿崽,还有几只大母驯鹿在小驯鹿旁来回地奔跑。小驯鹿崽都不停地叫着,声音在猎民点山林间回响。

静静的猎民点的夜晚,撮罗子帐篷外的篝火旺旺地燃烧着,篝火旁围坐着老人和年轻人,喝着奶茶和白酒,吃着犴肉烤的肉串。"额沃您唱一支歌吧!我很久没有听到咱们民族的歌曲了!"柳芭对姥姥讷妮拉要求着。"好!那我就唱一首,柳芭今天回来了,我们也高兴热闹一下,那我就唱一首那古老的歌吧!这一首歌的歌名叫《我们是森林里的人》吧!好了开始唱了!"姥姥讷妮拉抿了一口手中端着的小白色搪瓷缸里的酒,然后坐在那个地方唱了起来。"我们是生长在大森林里的部落,牵着驯鹿背着猎枪,翻过高山,蹚过河流,穿过沼泽地,我们的家是撮罗子帐篷,篝火是我们温暖的财富……"姥姥讷妮拉的歌声仿佛饱含着悲伤的曲调,声音拉得很长,可以说是一曲使鹿部落的长调。年轻人都在静静地听着讷妮拉老人唱着歌……

柳芭拿相机不停地对着篝火旁的人摁着快门,闪光灯不停地闪着。小驯鹿崽也停止了叫声,猎民点一片寂静,好像都在默默地欣赏着讷妮拉老人那传遍山林的歌声,这是一首鄂温克萨满女神唱的歌,仿佛感动了这里的一切。这一夜是猎民点从来没有过的欢乐和激情,很难得有今天这样高兴的场面。

第二天早上,柳芭一家人围坐在撮罗子帐篷里喝着驯鹿奶茶。"柳芭你看这块皮子怎么样?"母亲巴拉给依吃完早饭后在鞍子架上翻出来一块熟好的皮子,递给坐在撮罗子帐篷里喝茶的柳芭。"这皮子是犴皮的,挺好的,妈妈你不用它做什么东西了?"柳芭接过母亲递过来的皮子对母亲说。"我不做什么用了,你就用它做皮画吧!一会儿我再好好找一找,看是否还有别的皮子。"母亲巴拉给依继续说。

柳芭在猎民点开始了她的创作生活,每天帮母亲做饭刷碗,然后就是专心地去画,去缝。缝皮画的线是姥姥讷妮拉搓成的犴筋线,非常结实,她剪好了图案后母亲巴拉给依也帮着缝。柳芭的丈夫小熊则每天与弟弟维佳找木头,砍桦子。有时也跟着猎点上的人找驯鹿去。在猎民点近一个月的生活,柳芭才做了五幅皮画,有一张皮画的图案是五只驯鹿,有白云、有山脉、有树木,还有河流,驯鹿也表现着各种姿态的图案,皮画长约两米,宽近一米,很是气派,另外还制作了几幅小的皮画。其中一幅柳芭取名为《夕阳红》,上面是一只驯鹿、太阳和一棵树,非常精美。在敖鲁古雅鄂温克民族乡建乡定居三十周年庆典大会上,柳芭将这幅画捐献乡博物馆，另外还赠送了一幅自画像油画。柳芭和丈夫结束了恋恋不舍地猎民点生活，回到了自己的小家。后来，她们有了一个可爱的小女儿，女儿的名字还是柳芭的母亲巴拉给依给起的，据说也曾是一个萨满的名字，叫瑶娜，巴拉给依说给她起萨满的名字就是要保佑她成长健康和平安。在瑶娜刚会走路以后，柳芭经常带着瑶娜回母亲巴拉给依家，夏天时候带她去猎民点看驯鹿，让她与小驯鹿崽亲近。"瑶娜，这个是你的小驯鹿，是姥姥给你的，你谢谢姥姥吧！"柳芭教着女儿瑶娜。"谢谢姥姥！"柳芭的女儿瑶娜用那天真可爱的语言对姥姥巴拉给依说。"好孩子，真乖呀！快点儿长大吧！长大了以后这些驯鹿都是你的！"柳芭的母亲对瑶娜说。

柳芭的姥姥讷妮拉因年龄已高，加之身体不是很好，在一年的盛夏卧床不起而去世，在姥姥讷妮拉去世的那天下午，刮起类似龙卷风的大风，把乡里附近的一些树木成片连根刮倒，这一场大风波及了漠河北极村，将那大片樟松林从半节腰刮断，村里路边的大樟子松全部刮断，后来有人推断，那是老萨满年轻时随狩猎迁徙活动经过的路线，这是从来都不曾有过的现象，令很多人称奇。

柳芭去单位上班的时间也少了，大部分时间都在恩和这个小村庄的家中，陪伴着丈夫和渐渐长大的女儿瑶娜，每天都坚持创作一幅油画作品，她的作品画的都是撮罗子，漂亮的女人和奔跑的驯鹿，家里的小客厅摆满了她的作品，她的家简直就像是举办的个人画展的展厅。

柳芭在一个星期天的中午到河边洗衣服，不幸落水去世，走完了她四十多年的人生历程。在她活着时候，时任呼伦贝尔市委书记现任中国艺术研究院院长连辑同志还为柳芭专门题了词："少饮多画，依然柳芭！"

在第二年的夏天，柳芭的丈夫小熊领着女儿瑶娜到猎民点看望姥姥巴拉给依，看看驯鹿，看看那仅有的撮罗子帐篷，"瑶娜你好好看看现在的猎民点儿，好好看看那些可爱的驯鹿吧！将来在你幼小的心灵里留下一个深深的记忆，记住你是使鹿鄂温克人的后代！你知道了吗？姥姥会教你鄂温克语的！"巴拉给依谆谆地说着。"我知道了！"小瑶娜回答姥姥巴拉给依问她的话。

　　柳芭你还未完成你梦想中的绘画事业，你是一位使鹿部落鄂温克人的第一个神鹿的画者，撮罗子帐篷永远是你温暖的家……

完稿于 2005 年 6 月 14 日

注释：

额沃：鄂温克语，奶奶或姥姥的意思。

散岷：鄂温克语，围烟的意思。

克列巴：鄂温克语，面包的意思。

玛鲁：鄂温克语，神图腾的位置。

（此文在根河市文联《敖鲁古雅风》杂志 2013 年发表）

冬 猎

隆冬季节,瑟热和考力与老大叔玛克辛木商定好了去克坡河一带冬猎。他们在山下准备了很长时间,备足了狩猎用的小口径子弹和在野外的生活用品,便乘坐上山运木材的汽车去了玛克辛木的猎民点。

玛克辛木大叔的老伴已去世多年,和他的两个儿子在一起看养四十五只驯鹿,生活平静寂寞。前段时间,他的两个儿子因在山上看放驯鹿太久而想山下,便回乡里的定居点了,而今仅剩老大叔一个人独守着猎点,独守着撮罗子帐篷,独守着驯鹿,也独守着忠诚的猎犬——努道。

瑟热和考力的到来使玛克辛木高兴不已,满脸的络腮胡须伴着笑声有节奏地颤抖着。玛克辛木热情地将他俩的行囊抱进撮罗子帐篷里,并将两位年轻人让进撮罗子帐篷靠近篝火的两边坐下。

"你俩好好休息。大叔给你们煮上热汤面条,吃完饭后早点歇息,养足精神明天一早就启程。"玛克辛木一边说着一边开始忙着晚饭,吊在篝火上的黑锅冒着热气。篝火熊熊地烤得两个年轻人直向后仰。撮罗子帐篷里被篝火映得通明,浓浓的炊烟夹着点点火星蹿出撮罗子帐篷顶端的烟孔。天色也渐渐暗淡下来。周围的丛林沉浸在静悄悄之中,只有几声清脆的铜铃振响回荡在夜色中。

十一月的太阳还被寒雾笼罩着。玛克辛木大叔早早地就把要驮东西的驯鹿拴好,将狩猎用的物品捆绑好,然后按着物品平衡重量逐个给驯鹿备上鞍子。瑟热和考力不会给驯鹿备鞍子,也只能做到帮助玛克辛木大叔找好了行李物品的重量平衡后,用肚带使劲地把鞍子以及物品和鹿身捆绑在一起。驯鹿似乎感到被肚带勒紧后的疼痛,挣扎了几下很快就老实不动了。

玛克辛木大叔用手拍着捆绑备完鞍子的驯鹿后背风趣地说:"走吧!走到哪儿也不会翻鞍子掉下来的。"

一切都安排得停当之后,玛克辛木开始将驯鹿一个接一个地链上。玛克辛木大叔把瑟热和考力要牵的驯鹿给分好,并将驯鹿链上,分给他俩的驯鹿每人两只,而大叔一个人就牵着链着的五只驯鹿。他们开始远行了,剩下的三十多头大小驯鹿也争着跟在队伍的后面。

老大叔玛克辛木上身穿着变得发灰色的犴皮夹克,头上戴着獐子皮做的帽子,手上是大大的能伸出手的犴皮手套,腿上是犴腿皮做的套裤——阿拉木斯,脚穿一双用犴皮做的靴子。半自动步枪带搭在左肩上枪管朝前,猎刀挎在腰带上,右手还握着一把砍刀在前头领路和开道。雪没膝深,驯鹿呼呼喘息冒着白气,有的驯鹿嘴上结了冰溜子,当他们一队人和驯鹿穿行在密林间,立时树上被震落下来的厚厚的雪片砸在他们的身上。

走了很长一段时间的路,玛克辛木大叔停下来回头向后看着瑟热和考力是否跟上来,而瑟热和考力这时正一前一后地踩着前边走过的脚印,紧紧地追赶着大叔的身影。"怎么样啊?累了吧?休息一下。"一边说着一边检查驯鹿鞍子。瑟热牵着驯鹿身体软绵绵地倚靠在一棵大粗树根下舒坦地、深深地呼吸了一口清凉的空气,心里感觉特别地爽。

玛克辛木大叔从怀里的上衣口袋里掏出来一个比火柴盒大的桦树皮做的烟盒，打开之后朝盒里捻了捻又捏起送进唇里。老猎民都喜欢含烟，这种含烟方式如果是在夏季时对防火更安全，每当猎民疲劳的时候要办的第一件事就是要含一下烟，这样可以缓解身体的乏力。这不，老大叔含完烟之后精神立刻抖擞起来，又牵起驯鹿向瑟热和考力吆喝着："歇好啦，该上路啦！"

他们继续向着目的地踏着深深的雪行进着，那些没有任何羁绊的散鹿自由自在地忽前忽后地跟随着大叔、考力和瑟热，猎犬努道在队伍后面像在保护着三个人和鹿群。

冬天的日光非常短暂，他们到了一个叫"敖饶道"的地方，在靠近一处冰冻的小河边不远处扎下了营。营地很简单，不用搭建撮罗子帐篷，只是将从四周扛回来的粗木头点燃起篝火，他们将围着篝火度过一夜。

宿营前玛克辛木大叔将驯鹿驮的行囊一个一个卸下来，又给驯鹿加上腿绊子后放开觅食，有个别不是很老实的驯鹿就给它拴上长长的绳子，这样做是为了容易抓到驯鹿。

一天的路程使驯鹿也感觉到疲劳和饥饿了，一放开它们就奔跑着钻进林子里。戴着脖铃的驯鹿，时而近时而远地发出清脆的声音，"铃——铃——"，给寂静的山林增添了几分喧嚣。

大叔的猎犬努道也早已找好了自己的位置，把头和身子蜷缩到一起，眼睛却在注视着忙碌的主人。

篝火旁，瑟热正在忙着烧水做饭。考力打开准备露宿的行李并铺展开，把狍皮褥子铺在没有清扫干净的雪地上，铺完了行李后考力顺势躺靠在行李上，望着天上稀落的星星。玛克辛木大叔借助篝火的暗光，正扒着在途中打到的一只黑棒鸡。毛已散落一地，白白的肉体清晰可见。"今天的晚餐算是最丰盛的啦！"瑟热边煮着米饭边说。玛克辛木大叔走在最前边时，

冬 猎

这只棒鸡在路边突然从雪里钻出飞上一棵落叶松粗树杈上，当时还把大叔吓了一跳，然后就是一声清脆的枪响……很快米饭已咕嘟咕嘟冒着热气，炖棒鸡的黑锅吊在熊熊的篝火中，散发着诱人的浓香。

瑟热和考力这次上山没敢带那么多酒，仅带了两瓶根河精制白酒，刚到猎民点时给了大叔一瓶，另一瓶担心大叔喝多了耽误出猎就藏了起来，瑟热没有吱声，就连考力也不知道瑟热还有一瓶酒藏到现在。"这回这一瓶白酒和一锅棒鸡肉真可谓是美酒佳肴啦！"考力抓起酒瓶子一边说着一边开启着瓶盖。考力找好了一个小铁缸往里倒白酒，倒完酒后双手端着敬送给玛克辛木大叔。玛克辛木大叔双手小心翼翼地接过酒，然后用右手无名指蘸蘸酒向着篝火中轻轻弹去，边弹着嘴上边叨咕着，瑟热明白大叔的意思，这是在为我们这次出猎祈祷。瑟热也接过大叔递过来的酒，模仿着大叔的样子恭敬地向着篝火弹了三下，接着考力也学着做了起来。玛克辛木大叔喝了一口酒说道："时间长了不喝酒，这一喝到嘴里感觉很甜。"大叔喝的口也大，每轮到他喝酒时总能下去不少。瑟热和考力有意控制着喝酒的量，尽量让大叔多喝上几口，免得大叔因酒少而扫兴。

晴朗的夜空很快布满了星星。他们三个人紧挨着篝火仰面望着夜空。燃烧的木头噼啪作响，燃着的篝火迸发出的火星直冲夜空，远处还传来几声清脆的铃声，打破了这宁静的雪夜，伴着玛克辛木大叔、瑟热和考力入眠了……

清晨醒来时他们的毛毯和鸭绒被已覆上了薄薄一层清雪。这一夜他们三个人睡得特别香。他们睡觉时头都蒙在被子的里面，丝毫没有感觉到寒冷。篝火燃了一夜，清晨仍冒着清淡的白烟似燃非燃。

玛克辛木大叔起来后将散开的冒着烟的木头又聚在一起，从旁边很近的枯桦树干上撕下桦树皮，又敛起一些细树枝把篝火重新燃起来。篝火旺旺地燎烤着已露出头睁眼张望的瑟热和考力。几只驯鹿在他们周围窜来窜去，树林间发出被驯鹿踩断树枝的清脆响声。

他们急忙吃过早饭，又急急忙忙地启程，在傍晚的时候终于到达了目的地——克坡河。

他们在克坡河的南岸山坡下的一块平地扎了撮罗子帐篷。

瑟热从驯鹿鞍子上取下锅碗盆等炊具，又拎着黑黑的水壶和黑黑的铝锅，右手还夹着猎刀，深一脚浅一脚地来到小河边，用戴犴皮手套的手拨开了冰面上的雪，再用猎刀猛扎向冰面，把砸开大小不均的冰块装满了水壶和黑黑的铝锅。临离开小河边时，瑟热在一棵很细小的小落叶松树干上深深地砍了一刀，作为永久的标记，至少为下次拎冰确定了路标。

在克坡河这一带他们三个人活动了三天时间，每一天他们三个人都分别向不同方向大范围地搜寻猎物。玛克辛木大叔总是一个人出猎，因为这里的地形他太熟悉不过了。对于瑟热和考力，他们的经验不足且胆子不算大，每次出猎他俩结伴而行，对猎物活动的习性和范围根本不清楚，判断不出猎物出没在哪一座山、哪一个沟塘。有时唯恐迷失方向，每次出猎都是在太阳未落山时比大叔先回到撮罗子帐篷。每一次的出猎战果都不太理想。三天来玛克辛木大叔和瑟热考力猎获的飞龙、灰鼠等猎物加起来不到二十只。

考力倚躺在自己的行李上光着两只脚，面对燃得通红的篝火说："我总琢磨着这地方人活动少猎物应该很多，但是感觉是猎物不多呢，还是我们没有找到或是没有碰到好的比较理想的地方？"考力刚躺下马上又坐了起来。玛克辛木大叔、瑟热还有考力三个人面对着篝火谈论着下一步的打算。篝火熊熊地燃烧，上面吊着黑黑的水壶，水还没有烧开。

玛克辛木大叔像作总结似的讲述他这三天来所走过的沟塘和翻越的山头的感受："我看这里的希望不大，因为这里很可能有其他人来这一带打过猎，飞龙稀少不成群，灰鼠子大都在山的阳面坡活动，而阳面坡的雪还稀稀落落，有的阳面坡根本没有一点雪，几次发现了灰鼠子的脚印跟踪没多远就消失了，很是费力不好寻找。"

在克坡河最后的一天他们三个人又出猎了。玛克辛木大叔还是独自一个人向东山那面沟塘而去，紧跟身后的是大叔的爱犬——努道。

瑟热和考力向西南方向出发，两个人背的都是小口径枪，他俩在一座山的北坡下分开，并约定好在那里会合。考力从山坡的西面绕过山头，瑟热直接从前面翻越这个山头。山的北坡是茂密的灌木丛，瑟热在灌木丛里穿来钻去，雪没膝深，行走很难，终于到了山顶。山顶上长满比人还高的达子香树丛，密密的。刚到山顶瑟热在一小块空地上发现了一个三角形的脚印，顺着脚印跟踪还不到三四米远，又发现了还散着热气的稀稀落落的形如大枣般的粪便。瑟热继续跟踪着留在雪地上的脚印，顺着这些脚印上了山又来到了一条小河边。小河边暖泉水流淌着。瑟热小心地从没有水的地方绕着越过这条小河。但是，走过来的脚印已浸湿成一个个深深的水坑。看上去上面是雪覆盖着，而雪下面是水，简直就是一片陷阱。在小河边不远处瑟热又发现了一只大狍卧过的雪窝，瑟热这才断定是狍，是一只大狍带着小狍在这里活动，雪地上的痕迹是刚刚留下的。由于瑟热头一回遇见到这样大的动物的脚印，心里充满高度的紧张和兴奋。这时，瑟热急切地呼喊考力的名字，考力在不远的地方作了回答，一会儿工夫就来到了瑟热跟前。瑟热告诉考力发现了狍的足迹并用右手指了指雪地上的痕迹说："在山顶上先发现了小狍的脚印，也许因为我俩走路的动静太大惊动了这两只狍。"其实狍的嗅觉非常灵敏，早已嗅到了陌生的气味，再加上瑟热翻山时踩断和碰断达子香树枝时发出的声音，就足以使一大一小的狍受到惊吓。

"你说我俩应该怎么办？"瑟热问考力，等着考力替他拿主意。"我看呢，咱俩还是先试着追一段，实在追不上也就只好放弃了。"考力说出自己的想法。瑟热没有意见，同意考力的想法，他俩开始沿着犴跑过的足迹深一脚浅一脚，一前一后地追赶着。在他们前面的雪地上留下了间距两米多的跳跃式足迹，照这样的速度怎能撵上四条腿的犴呢！瑟热和考力沿着犴的足迹追赶了不到一里路，就已是气喘吁吁了。北山坡上一片白茫茫，雪挂沉沉地压着矮小的落叶松树，变成了一幅幅多姿的雪雕画面。

齐腰深的北山坡的雪，使瑟热和考力变成了雪中两个小矮人。

瑟热说："行了吧，咱俩还是放弃吧，就是累死也追不上的，况且我俩背的都是小口径枪，就是追上了也得放跑。"考力也随声附和说："正好趁天亮早点回去免得让大叔惦念。"

两个人返回营地时天已暗了。

老大叔玛克辛木在撮罗子帐篷进门的正面对着篝火坐着，篝火上吊着水壶，大叔一边倒茶一边说："你俩咋才回来呢？是不是迷山了？累了吧，把枪里的子弹都卸下来放好，把鞋脱了烤烤火，喝口热茶先暖和暖和。"大叔把倒满红茶的碗递给瑟热和考力。他俩分别接过大叔递过来的红茶客气地说："谢谢大叔。"

瑟热和考力边喝着茶边将今天到西南方向打猎的情景，讲给玛克辛木大叔听，老大叔饶有兴趣地听着。

听完后老大叔玛克辛木就问瑟热和考力说："你俩是第一次打猎，一点经验没有。你俩这回把那两只犴可吓跑老远了，雪又这么的深，就是让我这老猎手去追那两只犴也很难追上的。算啦，收拾东西往回走，我们可以在回去的途中边走边打！"

瑟热和考力听老大叔这么一说也非常赞同，然后说："行！"他俩茶也不喝了，身体还没有歇过来就开始做饭并准备明天吃的干粮。

这么多天来他们三个人的主食是米饭和面条。目前大米已剩下不足一顿了，也只有和面烙饼或擀面条。

冬 猎

瑟热把面和好了，放在了用雨衣胶面铺地当起的面板上，这种情形下，上哪找块平整的木板当面案子擀饼。考力用猎刀削好一根光溜溜的桦木棍当作"擀面杖"递给瑟热，瑟热用这"擀面杖"开始一张一张地在不平的雨衣胶面上擀起了圆圆的面饼，然后将擀完的面饼放入冒着烟的黑黑的焖锅里。瑟热烙饼的技术还可以，好像受过专门的烹饪训练，第一张饼出锅色泽金黄，油香味浓，闻着油饼的香味足以挑起食欲。

他们就这样恋恋不舍地离开了这很难再有机会来的"克坡河"，带着一线希望奔向来时经过的地方——"敖饶道"。

在返回的路程中和狩猎的时间里他们的言语少多了，有时三个人都在沉默，只是吃完了早饭后互相通报出猎的方向和范围便背起各自的猎枪出猎了。

瑟热曾听老猎人讲过在这个地方有一个年轻人的墓地，这位年轻人是在一次意外枪走火中不幸丧命，长眠在这个地方。当时是一个美丽的夏天，猎点就扎在这里，猎人很多，撮罗子帐篷也有很多座，年轻人聚在一起总是毛手毛脚地围坐在撮罗子帐篷里，不是打闹就是好奇地摆弄枪支，"新式"步枪"砰"的一声，子弹穿过了这位年轻人的胸膛，从此，他永远地留在了这个充满恐怖的地方——敖饶道。

因为忌讳这件事，瑟热只字未向大叔玛克辛木询问过，他硬着头皮在宿营地的附近山林转了一阵，空着手回到住的地方。瑟热回到住处把篝火燃起来。由于着急往回返，他们没有搭建撮罗子帐篷，也没有支简单的帐篷架子，只是将地上的雪推开够睡觉大的地方，将犴皮褥子铺在地上露天而宿。篝火冒着浓浓的白烟散遍整个山林。

瑟热烧着水坐在篝火的旁边，不一会儿考力从身后背着枪，手里拎着两只飞龙来到瑟热面前，将飞龙扔在了雪地上，然后把枪卸了下来，说："这是什么地方猎物咋就这么少呢？"边说边摘掉头上冒着汗湿气的帽子。

瑟热说:"不行明天继续往回返,不能在这里浪费时间。咱俩做饭吧,等着大叔回来看他怎么说。"

饭做好了。他俩静静地坐在篝火的旁边一言不发地喝着浓浓的茶水,望着篝火等待着大叔回来。这顿饭是将冻得梆硬的油饼放在焖锅里热一下,壶里是浓浓的红茶。咸菜在火边烤着。

大叔终于在太阳没有落山之前回来了,他也只打了两只飞龙。大叔的胡须上结了冰,皮夹克的后背出汗冻硬并结了霜。他把飞龙扔在雪地上脱掉皮夹克。猎枪已被考力接过去放在大叔的行李边。瑟热急忙用黑黑的冒着热气的水壶往大碗里倒茶水,又将大碗茶恭敬地端给大叔。玛克辛木大叔接过碗,也不管是热烫,深深地呷了一口,把碗放在他盘坐着的腿上对瑟热和考力说:"咱们明天还要在这里停留一天,大叔我今天发现了犴的脚印。明天一早我带你俩去追赶那个留下足迹的犴,那个地方不算太远,翻过一座小山就到了,大约有十多里路,你俩做好准备啊!"瑟热和考力将信将疑地在心里各自揣摩着:明天真能幸运吗?瑟热在这边回答:"好!听大叔安排。"

第二天,一大清早太阳还没有出来,他们吃过早饭就一同出发了。猎犬努道急急地在前面跑着。玛克辛木大叔背着用桦木板做成的背夹子,上面绑着锋刃的斧子,走在中间的是瑟热,考力跟在后面。大叔背着他心爱的半自动猎枪。瑟热和考力分别背着小口径枪,从威力上讲,他俩背的枪远远不及大叔的半自动步枪,如果遇见了大的或是凶猛的猎物,显然瑟热和考力难以应付。走了很长一段的路,到了一个地方,大叔玛克辛木就停了下来,瑟热还以为大叔是走累了停下来休息,这时大叔不言语地用右手指点着,瑟热已经意识到大叔昨天发现犴的地方到了。

瑟热继续四面地观察着雪地,寻找着犴的足印,在不远处,他们三个人行进的左侧,果真有一只犴卧过留下的雪窝,但雪窝已是很长时间留下的，已被几场清雪覆盖，显然不是新鲜的痕迹。瑟热从内心里感到一阵心灰意冷没有了信心。这时大叔玛克辛木卸下背夹子，把猎枪斜靠在一棵树下，枪托深深地扎在厚厚的雪里，又从背夹子上取下快刃斧子，直奔一棵小落叶松树砍起来，放倒了两棵小松树后，砍光枝丫变成了两根小杆，大叔玛克辛木从上衣口袋里掏出狍皮绳，将两根小杆的细端留出长五十厘米捆在一起，然后抱着捆绑在一起的杆子来到放枪的地方，把枪夹在腋下右手紧握住枪的护木，回头对瑟热和考力下命令似的说："把子弹上膛做好准备，注意那靠山坡的一棵大粗树底下，那里是熊洞。"瑟热这时恍然明白是怎么一回事来。考力开始也有点心疑，但他观察了猎犬努道的每个细节，起初跑在前边翘起尾巴的猎犬努道，不知何时跟在他身后把尾巴又夹起来了。

　　大叔玛克辛木将捆在一起的两根小杆打着叉斜拉开，放到熊的洞口，大叔说这样做是防止熊突然钻出洞口，是一种最安全的措施。

　　瑟热和考力都紧张地端着枪，眼神集中在大叔的一举一动上。大叔把两个做交叉样的小杆放好后又转过身，将身边的小松树用手折断，弄掉树枝后对考力说："你过来用这树条子向洞里伸，将睡觉的熊挑弄醒，不要怕，很安全的，有我大叔在呢！"说着把树条递给了急忙跑过来的考力。考力按照大叔的要求，小心翼翼地将树条伸进洞里。考力用眼睛扫了一下洞里，也看不清熊是什么姿态，硬着头皮用力搅动着树条。

　　考力的旁边，大叔端着枪闭着左眼，枪口直贴近洞口瞄准着，右手食指扣着扳机。瑟热也端着小口径枪瞄着洞口。

　　突然"嗷——"的一声，熊的脑袋钻出洞口，正好被两根交叉的小杆卡住只露出尖尖的嘴巴，在熊即将伸出头的一刹那，大叔的枪响了，声音是那样的脆，枪响后洞里立刻变得安静下来。这时玛克辛木大叔还是紧握住猎枪，向洞里瞅了一眼又对两个年轻人笑着说："它睡着了，放心吧！"

刚才打熊的那一刻高度紧张，这会儿才使他们三个人深深地舒了一口气，蹲坐在熊洞的旁边。

歇了一阵子后，他们三个人将一只大个头的棕熊拽到了洞外，然后将熊的两个前腿拴上犴皮绳子，又将它拽到了距熊洞不远的小河边。

扒熊皮的技巧活全由玛克辛木大叔一人承担，瑟热和考力只是按照大叔的指令去做。"抓住前腿！抓住后腿！使劲！"大叔那磨得锋利铮亮的猎刀不停地在熊的身上挥舞着，那架势就像是技术高超的手术师。不一会儿棕熊露出白白嫩嫩厚厚的脂肪。大叔边扒皮边嘀咕着说："冬天的熊穿两件'衣服'，害得我非扒两层皮才行。"棕熊冬眠必须要耗掉它身上厚厚的脂肪。在割卸熊的两个前爪子时，大叔玛克辛木嘴里又自言自语地叨咕起来，"今年冬天太寒冷了，我没有手套戴，向你借付手套来御寒。"说完两只熊的前掌卸下来，紧接着又开始割卸熊的后掌，嘴里又自言自语地说："今年的冬天太寒冷了，我没有鞋子穿，今天再向你借一双鞋子来御寒。"瑟热和考力在旁边默默地听着心里感觉更加神秘！

大叔有节奏地把棕熊扒完皮开了膛，卸下各个部位，这回可谓是熊死一张皮呀！

瑟热盼望着早一点收拾完毕，将熊肉捆成三份就向营地返回，可是，大叔却是稳稳当当一点不急。瑟热心里在想：这么一个大熊三个人怎么能够背回宿营地呢？

大叔玛克辛木不声不响地连着将几棵细桦树的上半节砍断，然后又砍断树梢一端，在这被留下来近一人高的树干上，搭起了呈三角形的架子，首先将熊的头安放在上面朝正东方向，最后把熊的心肝肺等放上去，做这些活的时候，大叔没有让两位年轻人动手，只顾自己干。

一切都摆放停当，大叔似乎感到活还没有做完，又抡起他的砍刀，在搭好架子充当柱子的桦树上，将平面砍光露出光光的白茬。

冬 猎

　　这回大叔又像美术师开始用熊的红红的血和篝火中黑黑的炭，充当画笔在白白的桦树杆的白茬上红一道、黑一道地画着，手指蘸着凝冻的熊血，手里攥着篝火烧过的黑炭，神情既庄重又严肃，仿佛是在为一个刚刚过世的老者举行葬礼。

　　事后玛克辛木大叔在回到营地后，坐在篝火旁，喝着茶水时，讲给两位年轻人瑟热和考力说："猎人每当猎到熊后必须这样做，这是猎人的规矩，这叫'祭熊'懂吗？"

　　玛克辛木大叔把所能带回的肉均分成三份，祭完熊之后剩下的是把熊肋骨、熊掌、熊大腿和小腿及熊胆，另外还有一张很重的脂肪皮，必须一件不落地背回宿营地。宿营地距离这扒熊皮的地方有十多里路呢！远道没有轻载。他们每个人背的重量都达到五六十斤。玛克辛木大叔仍然在前面开道领路。瑟热和考力的肩膀都被绳子勒红了，汗水湿透了后背，结了霜。到了营地后两个年轻人卸下后背的熊肉，一摊泥似地倒躺在铺在地上的行李上，累得不想再挪动一步。

　　夕阳的光芒早已被暗灰的暮色替代，瑟热和考力硬是挺着劲起来，弄来干柴和桦树皮把篝火点燃起来，玛克辛木大叔在用猎刀分解着熊的肋骨，准备篝火燃起来后，将熊肉下锅煮。

　　瑟热仍风趣地说："今晚的美餐是油饼和熊肉，解馋哪！"

　　篝火上又吊起黑黑的铝锅，锅里煮满了熊的肋骨。水壶也紧挨着肉锅吊在篝火上冒着热气。

　　冻得邦邦硬的油饼在篝火边用木棍支着煨着火。

　　玛克辛木大叔在篝火旁用猎刀削着桦树条做筷子，瑟热和考力都默不作声，静静地望着熊熊燃烧的篝火。

　　天色一阵比一阵暗下去，天上的星星一会儿比一会儿多起来。玛克辛木大叔第一个抓起一块肋骨肉，在将要送到嘴边时学着乌鸦的叫声发出了

075

"嘎嘎"的声音,学完后狠狠地啃了口骨头上的肉,边嚼边冲着瑟热和考力说:"你俩也学着我的样子,先学乌鸦叫然后再吃肉,知道吗?学乌鸦叫等于说是乌鸦在吃熊肉,而不是我们人在吃它,这是严肃的规矩!"

瑟热和考力分别从锅里夹起熊肉,也笨笨地像大叔那样,学着乌鸦叫了起来。他俩想笑却又不敢笑,只有生硬地学着、叫着,声音虽然不很逼真,但这叫声足可以震响这寂静的山林。

这一夜,他们在一种从未有过的满足与欢笑中度过……

(此作品在呼伦贝尔《骏马》杂志2005年发表)

我的俄罗斯囧途

我于1993年9月中旬与李乡长从额尔古纳右旗黑山头出境,随从翻译是一位俄罗斯族老大妈。

此次出境的目的是专程前往俄罗斯北部地区考察引进驯鹿的,额尔古纳右旗边贸局的车辆将我们送到黑山头对面的城市普里阿尔贡斯克的,仅仅一条河之隔的地方就是另外一个国度了,我和李乡长与俄罗斯人的交流都是由随我们来的老太太做翻译,我们去了一个挂有红蓝白国旗的办公楼里,有一位岁数接近五十的俄罗斯男工作人员接待了我们,用一张看不懂的俄文地图给我们讲解我们如何去目的地的路线,最后确定我们必须从这里乘火车到赤塔后再转车去往北面的雅库茨克。说正好有一列火车将从这里发车去往赤塔的,我们又急忙奔向火车站。车辆将我们送到火车站后就回国了,我们在简陋的火车站等待买票,车站里的面孔真是奇容怪貌的,就像小时候看到的电影《列宁在十月》里的场面一样,蓝眼睛、鹰钩鼻、黄胡须等,我们的到来也同样引起异样的目光在聚焦。在车站的小售票窗

口翻译用护照买了三张连体票，俄罗斯的火车票很特别，如果是一个人旅行那就是一张票，票面上是印有一个小人图案的，如果同行的两个人就是印有两个小人的票，而我们的车票的票面是印有三个小人的，都是卧铺。火车站也没有站台，我们在下午的五点钟上了火车，在车上找到了我们的铺位。我和李乡长的铺是上下铺在一起，而翻译老太太则离我们不远的靠窗的横下铺位，我和李乡长由于疲劳就早早躺在铺位上了，也不知是何时，感觉好像是深夜了，李乡长把我叫醒，我看到对面的下铺坐着位俄罗斯人，他个头不高，用手比画着与李乡长交流着，因此李乡长将我弄醒去找翻译，我迷迷糊糊下了铺位穿上鞋去到附近的铺位找翻译，翻译总算觉轻被我的声音给喊起来，通过翻译老太太才知道这位俄罗斯人是自己说是"克格勃"。"克格勃"是俄罗斯过去的间谍组织，他想用此来恐吓我们，李乡长将从国内带来的扎兰屯特制白酒送给了这位自称是"克格勃"的俄罗斯人，还拿走了李乡长的钢笔，起初他与李乡长比画着说用一下笔，谁知他写的是什么，在没有辙的情况下李乡长才把我叫起。这位自称"克格勃"的俄罗斯人拿着敲诈来的酒被翻译劝走了，从这以后我就开始不断地担心还会遇到怎样的麻烦！坐了一夜的车感到在恐怖中度过的，苏联解体后其国内的社会秩序很乱的，治安状况也很糟糕，通过车窗看到外面的景色很美的，山川河流在眼前掠过，在不到中午十二点时就到了终点站——赤塔。俄罗斯人的素质是很高的，就是上下车都是按顺序排队的，不是那么多的拥挤。我们进了火车站候车大厅，我们带的东西也很多，大包小包的我自己在一边看堆，李乡长在厕所里与国内在俄罗斯的人兑换了卢布，那时的比值是1比130兑换的，过后李乡长也担心了，如果遇到抢劫的那是绝对的躲不过去了！我在看堆的过程中来了一位与我年龄差不多的人，他直接提出向我借钱，张口就是一千，说是他在赤塔遇到麻烦了要求帮忙，我当时就告诉他管钱的人去买票了我这里没有，这位年轻人徘徊了半天，

我的俄罗斯囧途

半信半疑地才肯离去,当时我想如果不借给他钱会不会抢包呢?早就听说俄罗斯抢包的多,而且也非常的疯狂,所以我也很害怕被抢,但是我们所带的物品都是国内不值钱的纪念品,包括带来的游戏机及其他东西,主要是想给这边认识的俄罗斯朋友的。来俄罗斯我穿的是一套新西装,很多兜都还封着,李乡长将带的很多人民币都存放到我这里,由我来保管这些钱款。我通过没有拆开口的小缝将钱塞到里面,表面还看不出来,当时那个自称遇难的年轻人向我借钱时我身上就揣着很多公款的,我也躲过了一劫。我满心期望着翻译老太太与李乡长能够顺利地买回去北面的火车票,结果是空空而返,说是没有空闲的卧铺,只有等待从莫斯科发来的去往腾达方面的火车,因此我们带着很多东西去找了一个旅馆住下,我们在距车站不远的地方找到了一个四楼的旅馆,旅馆很怪的,一个楼层是一家旅馆,每天收一次住宿费,我们三个人住在了一个房间,一个楼层有六个房间,共用一个卫生间,除了我们入住外大多是俄罗斯人在这里住,偶尔看到年轻貌美的俄罗斯女人站在走廊靠近窗户的地方抽着烟,我们在房间里只能吃些从国内带来的方便食品,开水是用旅店的电水壶自己烧的,然后泡上方便面和火腿肠,再就是从商场里买的硬邦邦的纯俄罗斯黑面包,这就是我们的伙食,不过还能够吃饱。我们大部分时间是在旅馆里度过的,有时我们三人到火车站售票厅继续询问是否有车票,得到的答复仍是继续等待,没有办法我们不得已还得回旅馆休息等待。等待的过程真是寂寞难耐,什么地方也不敢去,偶尔白天到街上转转,也看不出来哪里是商场或是集贸市场,主要是翻译老太太不认识俄语标牌,没办法就沿街走走看看,像个傻子一样。我们经过了一个塑有列宁头像的广场,这里人流稀少,显得很静谧,我们也没有兴趣在广场逗留,最后还是回到旅馆继续等待。有一天我和李乡长决定起早去车站售票处看看,按着五点时间我们就去了车站,看到大街上已有很多人在公交站点等待公交车,怎么他们上班这么早啊?

我通过翻译了解到他们的作息时间与国内的不同，多少是因为时差的原因确定的，与我们作息时间截然相反，在我们感到应该是工作的时间而他们在休息吃饭，发现好几次都是这样的，刚开始在黑山头对面的普里阿尔贡斯克区的火车站就是这样的情形，本来应该是卖票的时间而他们正在吃不知道是什么时间的饭。我们终于在一个上午买到了去往腾达市的火车卧铺票，这趟火车是从俄罗斯首都莫斯科发来的已经到此走了七天的时间了，从这里到腾达市还得两天两宿时间，临上车时在站前小售货摊买了一只烧鸡，还买了一袋标有"功夫牌"的花茶，我们终于踏上了向俄罗斯远东地区北开的列车。我和李乡长的铺位是靠窗的横铺，翻译老太太挨着在我们的前边。就在列车行驶一段时间后翻译老太太坐不住了，她把从国内批发的毛裤毛衣开始从大背包里掏出来，然后将毛衣毛裤搭在自己的左胳膊上逐个车厢兜售，我和李乡长什么反对意见也没有说，就在我们很安静的时候翻译老太太空着手回来了，我和李乡长还以为翻译老太太把东西卖完了呢，她面孔带着沮丧的表情然后与我们说，她的东西被列车长没收了还要罚款，她这是回来找我们去与列车长谈判的，最后李乡长提出让我去与列车长见面，看看什么情况。我随翻译老太太走了好几个车厢才到了列车长办公处，翻译老太太把我向列车长作了介绍。列车长提出要我们交罚款，数额为一百美元，否则将我们的护照没收，然后让警察在中途将我们赶下车。听车长这么一说感觉情况非同一般，我对这个面前矮个子车长说请稍等，说我去与主管财务的商量一下是否有美元，就这样我又折回与李乡长说明情况，告知李乡长说俄罗斯车长要美元，而且是一百美元。李乡长说美元不能给他们，问一下卢布可不可以，说完我又折回到列车长办公处，我让翻译告诉列车长说没有美元，卢布可不可以。矮个子车长立刻又说那就十三万卢布吧，一分不能少，态度仍很强硬。这样我又回到了车厢从李乡长那里取回了十三万卢布交给了贪婪的矮个子列车长，我来回地从卧铺车厢到列车长办公处折返三四次，而且跨越好几节车厢，车厢与车厢连接处就是一个踏板，来回行走都让人感到恐怖，唯恐不小心掉下车外，经过来回的折腾，此事才算息了。

总算平息了这惊心魂魄的时刻，想想这是用金钱买来的平安！翻译老太太也只不过搭了几件毛衣毛裤，但这事起因都是她自己惹下的麻烦。同车厢的俄罗斯人都为列车长的这一行为而感到气愤，不应该这样对待外国人的。这一路走来真是不轻松，唯恐那个胖矮个子车长还会找什么麻烦呢！列车上的三餐都是方便面和买的那只看似白条鸡的烧鸡，吃到嘴里都是腥鸡味，吃的都反胃口了。我们于第三天的中午到达了腾达市，下了火车我们打车到宾馆，感觉到这个宾馆条件不错，结果宾馆老板告知满员。我们不得已又去找旅馆，最后在很远的山坡的地方找到一家旅馆。旅馆外表看像是一个板房搭建的，里面设施很好，但是没有室内卫生间，房间都是普通间，床是一个看似像个大沙发，行李放在靠背的箱隔里，感觉设计此沙发的人很有头脑，注重掌握房间的空间，我和李乡长住的是四人间，有一个电水壶可以自己烧水，俄罗斯是电力资源充足的国家，我们来到的这个小城市也是俄罗斯北部的中心枢纽，小城建设得很独特，大部分房屋顺山建筑的，形成梯次状排列直到山顶。也都是集中供热的。旅馆外停有一辆看似报废的乌拉尔六轮卡车，有几个浑身弄得油里麻花的俄罗斯人在进行修理，看到我们入住到这家旅馆他们好像没有在意。这个小旅馆好像就是建在林子里的小木屋，此时已是深秋的季节，落叶已经覆在了旅馆周围。翻译老太太与一位比她年龄还长的老人一个房间在隔壁，据翻译老太太给我们讲这位老人在这里为死去的儿子写诉状，他的儿子与其他六个人同时在这里被杀害，并抛尸在一个坑内。乍听起来感觉很恐怖，但我们还是在心里想管他怎样呢硬挺着吧！我们的房间不时地会安排进俄罗斯人入住，有一次被安排进来一位像是海关的军官，穿着笔挺的西装制服，感觉很友善的，他脱掉了皮鞋坐在床边开始揉他的脚趾，李乡长见此就主动为其按摩他的脚部，类似足疗地给他治理，结果按摩之后那位俄罗斯军官感觉好多了，但是不知什么时间他又被调到了另一个房间，据说是俄罗斯人是为了限制军人与外国人接触，也是为了保密吧才这么做的。晚上还没有入睡我们就被隔壁的俄罗斯人搅得心烦意乱，隔壁好像在打斗，不时地听见房间里摔东西或砸东西的声音，好像两个人在拼命争斗，担心他们会敲门，我把房间门仔细锁好了，这样的打斗根本没有听见旅馆的老板去劝阻和制止，就在这样的环境下不知怎么睡到天亮的。有一天我们的房间里住进来一个铁路工人，自己带着啤酒，我们将带来的白酒给他喝，他喝了一口后说酒太辣了，头一回见俄罗斯男人不敢喝中国的高度烈性白酒。我们还主动送给了这位俄罗斯人一个小游戏机，他在旅馆睡到后半夜就去火车站了。我们在这里也不断地催促翻译老太太联系下一个行程的路线，结果私下里打听到有人知道怎么去雅库茨克，我们跟随一对俄罗斯老夫妻去了一个办公场所，在那里通过我曾记过的一位去过敖鲁古雅的俄罗斯鄂温克人的电话号码，打了半天电话结果无法接通，我们很失望地回到旅馆。翻译老太太说那位领我们去打电话的老夫妻要带我们去他们家，李乡长说要我跟着去，他在旅店等我，临走时还送给他们一个大游戏机。我和翻译老太太跟随两位老夫妻来到了他们的家，一个七层的住宅楼区，我们乘电梯到了他们家所在的楼层，室内装饰很普通，黑白大电视在客厅的一角，老人给我拿出了家里的小口径枪，与国内我们使鹿部落鄂温克人用过的小口径枪没有太大的区别，男主人叫玛伊，曾与国内人商定搞蔬菜种植，国内人提供劳动力和技术，然后换回汽车的总承作为代价，但是此项合同没有执行，他曾为此到过黑河因没有批准入关而无功返回。我和翻译老太太在他们家待到很晚才回旅馆。李乡长他在旅店等我，结果他也很惦记我，唯恐我出意外，在担忧中将自己的牙都咬碎了，他很后悔我去俄罗斯人家，见到我安全地回来也就彻底放下心来。去北面的意图不可能实现了，说是那里还未对外国人开放，我们就这样受阻了，我们在无奈的情况下准备返回，到了车站后不卖给我们票，说是我们在此地的停留期限的签证过期，需要到当地警察局重新登记开证明，我们又到了警察局去办外国人入境签证，结果警察局周末休息，得等到两天后才能上班。在这两天里我们到街里转转，李乡长提出要找一个五金商店买一把俄罗斯的刀或斧子，传说俄罗斯的刀斧质量很好，我们就通过翻译打探五金商店的位置，结果翻译老太太向一个俄罗斯中年男子询问到了五金商店的位置，而这位告诉我们地点的俄罗斯男人还紧跟着我们去了卖刀斧的五金商店，并且寸步不离我们的视线，好像有什么图谋，这下可引来了翻译老太太的不安，不断地向我提示那俄罗斯人怎么还不走，她很紧张的情绪打乱了我和李乡长的思路，已经看到了柜台里的刀子和斧子，李乡长向我示意决定不买了，我们离开了五金商店，而那个俄罗斯男人仍在尾随着我们，越是这样翻译老太太不住地回头看，我还劝过翻译老太太不要紧张，要大方点。我和李乡长告诉翻译老太太抓紧时间加快速度找到公交站点，之后我们一步上了公交车，在我们的旅馆前下了车就迅速钻进旅馆，唯恐后面跟踪的俄罗斯人发现我们的住处，我刚进了旅馆通过门缝看到另一个公交车刚刚经过这里，靠近车窗站着的那个人就是跟踪我们不放的那位俄罗斯男人，想起来真是后怕啊！不知道他要对我们做什么……

我们在等待中翻译老太太不改本行，还是要把自己所带的毛衣毛裤拿到集市上去卖，我们也就硬着头皮陪着她在一个露天市场摆地摊，翻译老太太大言不惭地将自己的东西摆在接近一平方米大的地方，也没有人来光顾她的商品，我和李乡长一起在没有翻译的情况下独自到商场转转，商场也很萧条，逛商场的人也不多，我和李乡长在一个商场内买了些日常用品，俄罗斯产的喝水搪瓷缸和带盖有抓耳的器皿，还买了些俄罗斯领带，买这些东西也是我和李乡长学着花用俄罗斯卢布，体会一下消费外币的感觉。那时的俄罗斯卢布面额很大，有二百元的、五百元的、一千元的、五千元的，还有一万元的，偶尔见到俄罗斯小朋友会和我们主动用俄语打招呼的"达拉斯基"或"达老瓦"，给我们的感觉很有礼貌和亲切。我们终于在新的星期一办理了护照延期手续，然后买到了去往布拉格维申什克的火车票，带着一点遗憾离开了这个美丽的小城——腾达。火车鸣着特殊的汽笛声沿着崎岖的山林铁路穿行着，沿途又路过了很多俄罗斯远东的小村庄，虽然每个小车站都有明显的标志，可就是翻译老太太一个也不懂和不认识，偶尔也不知道通过什么来辨认出小车站的地名，我很怀疑是否正确。我们于一个凌晨的两点钟在终点站布拉格维申什克下了火车。还是埋怨翻译不到位，我们为何要在火车站候车室停留到天亮啊，没有办法我们又只能像一个在等待转车的旅客一样安静地等待天亮，期间我每到卫生间时都能够看到一位很高年龄的俄罗斯老太太穿来穿去，手里握住把黑拖布，不断地走来走去打扫卫生。我们终于等到了天亮，出了候车室我们打了一辆苏产拉达出租车，车费不是很贵，出租车将我们拉到一个很普通的宾馆。在宾馆大堂接待的是一位老太太老板，斤斤计较的俄罗斯女老板，给我们安排好了房间，这是我和李乡长到俄罗斯后的第一次高档的宾馆，我们两个单独在一个房间里，此房间是个标准客房。带卫生间的很不错，我体会到了鸡毛枕头的感觉，可以收看到国内的电视节目，《北京人在纽约》就是我在俄罗斯看到的第一集，看了那个电视剧就联想到我们在国外的经历，在休息的时间里我和李乡长单独地到商场去看看，买几听啤酒回宾馆喝，偶尔在街里看到中国人被俄罗斯人抢后的场面，然后会看到俄罗斯警察腰间携带手铐和手枪，手里握着警棍在打一个喝醉了的本国人，并将其装上类似囚车的绿色面包车里。也会看到三五个俄罗斯人像一个色眯眯的浪人在某个空旷的场地逗留，当他们在我的背后举拳挥舞时被我同行的李乡长看在眼里，之后李乡长怒目使俄罗斯人感到惧怕，当时我全然不知的，之后李乡长在宾馆时告诉我时才感到后怕起来。在黄昏的傍晚，我与李乡长离开宾馆沿着黑龙江江堤散步，偶尔会看到俄罗斯人情侣牵着没有尾巴的高大的黑犬漫步在江堤边，在江堤边远远地望见江那边的国土——黑河市，那座城市可望而不可即。通过江堤感觉不像是一条江，好像是一个大海，让我感到很渺茫无措。在要离开俄罗斯一天的清晨，我起得很早就到这里的海关附近转一转，结果看到两个俄罗斯壮汉抱着一根很长的铁轨在搬运，好像不太正常的举动，两个人力气很大，就好像林业工人抱着一根大原木一样，给我的第一感觉他们是在盗窃铁路铁轨，也是在盗卖铁路专用器材，在国内是不可能出现的，也是绝对禁止的行为，可见俄罗斯的社会治安状况的恶劣。我大致熟悉了海关的所在位置，然后回到宾馆等待退房的准备。我们在房间里简单地吃过了属于我们的早餐，之后我们背着或拎着背包到海关通关回国。我们去得很早，可就是不予以通关，我们在边检大厅排队等候，不时地有国内进入俄罗斯的人携带大型包裹通关，整个大厅显得很拥挤，中国人拥挤的能力在此显得尤为突出，手持警棍的俄罗斯海关警察不时用我们听不懂的俄语骂着中国同胞"萨巴克"！个别同胞很倒霉地被俄罗斯警察不客气的警棍抽打，他们也不会因此而反抗。据说到俄罗斯倒包的都是些附近的农村的农民，办理了一日旅游护照后就参加到倒包的队伍里，将国内的假冒伪劣产品统统地带进俄罗斯，最后引起俄罗斯国人的强烈不满。还有俄罗斯在中国留学或工作的人员也在此通关，看到一个俄罗斯小女孩用书包带着一只小狗，不时地用啤酒灌醉小狗，曾有我们国内的人上前讨价还价要买，让他们带入境后卖给他，据说一只小狗最低可卖到一千元，那小狗也不过是只金巴狗。我们耐心地在海关边检大厅等到下午三点多，最后还是高价买了俄罗斯的客轮票踏入回国的旅程，这艘客轮就像河里的旅游船一样，我们在客舱外的甲板上站着，船上的工作人员逐个地对我们的护照进行登记,站在船的甲板上感觉风很大,真担心工作人员别把我们的护照被风吹走,如果工作人员不认真地抓住每个护照真的就会被江面上的风刮走的,当时我就很担心。客轮很快地靠近了我们中国的海关码头——黑河。我们通过绿色通道顺利通过海关边检,从此结束了近半个月的紧张而充满惊险的俄罗斯旅程……

时隔三年的一九九六年的一月初我与副乡长赵炎又去了俄罗斯,此次是专程去接俄罗斯的驯鹿,我们跟随额尔古纳凯达边贸公司的负责人前往黑山头对面的普里阿尔贡斯克区的,这是我们根河市专门通过该公司从境外引进驯鹿,目的是改良敖鲁古雅现有的驯鹿种群。我们乘越野车越境,在俄罗斯海关边检时凯达公司的周老板给了两位俄罗斯士兵几听海拉尔啤酒,当时那两个小士兵很麻利地将啤酒塞到袖子里,怕被首长看到吧。通关很顺利,边检还对我们的越野车通过地沟对车底盘单独检查,我们在黄昏时到达普里阿尔贡斯克边疆区,在边贸公司租住的一处住宅楼入住。晚上边贸公司周经理将带来的啤酒白酒拿去见俄罗斯海关的负责人,为驯鹿顺利通关打通关系。我们入住的居民楼很特别,一个楼层四家共用一个空间走廊,在我们出门时我看到了仅靠我们住的房间门口墙壁上贴着一张画了图案的白纸,我仔细地看过原来是画的一把笤帚和一把拖布,还有一个水桶图案,我突然感觉到这是在嫌弃和讨厌住在他们邻居的人的一种方式,不是直接的反对,而是带有那种很诙谐幽默的方式,让外人感觉很有趣。从翻译那里我们得知驯鹿已从北边运到了此地,就在我们入住的地方不远处停留,我和赵乡长前去看看究竟,结果是四辆六轮式乌拉尔大卡车,其中一辆是封闭的装有行李和苔藓的,并且里面也有几个看驯鹿的人在车里坐着。驯鹿被分装在三个卡车箱里,外观看上去与敖鲁古雅的驯鹿没有多大区别,我爬上车厢看了一下驯鹿,看上去好像很老实的。我向开着车门坐在驾驶室里的俄罗斯人用简单的问候俄语打了声招呼,驾驶室的车门很特别，可能是为了防寒而用了棕熊熊皮贴在里面。在入住的房间里我们见到了负责卖驯鹿的领头人，这个人是典型的带有奸诈面容的俄罗斯人，个头很矮很瘦也很老，留着很特别的黄胡须。据翻译介绍他的妻子是鄂温克人，他在那个地区掌管着驯鹿大权，在俄罗斯驯鹿不是鄂温克人说了算的。边贸公司的周经理将一箱海拉尔铁罐啤酒送给了他，他带着他的弟兄们也不知在什么地方住，周经理也与他一起离开了房间。我们于第二天的一早就赶往海关，根河市派来的接驯鹿的大货车也已到达海关等候，装有驯鹿的俄罗斯卡车也在那里等候，就在关键时候俄罗斯人又出尔反尔提出驯鹿价钱再需要提高，否则将驯鹿全部打死在这里，为此边贸公司周经理又与根河市政府联系追加款，最后使购买价款达到四十万元人民币，但理由是驯鹿必须先过境，对方听周经理说在此等候根河市来人送钱款后才同意驯鹿换装到来接的国内的大货车，否则情况更加紧急的。我在口岸换装时用鄂温克语与俄罗斯人交流，我问驯鹿渴了怎么办，一个会说鄂温克语的俄罗斯人很标准的回答我，他说驯鹿渴了吃"伊曼娜"（白雪），据翻译告诉我说这位俄罗斯人就是居住在鄂温克人的集聚地的，所以会说鄂温克语。国内派来了两辆大货车，而俄罗斯用三辆乌拉尔越野卡车装载二十九头驯鹿，在换装时驯鹿都很不老实，比国内我们所饲养的驯鹿性格有很大差异，这也许是纯正的野性十足的驯鹿，各个都会前扒侧踹还会咬人的，一个人是很难对付的。换装好驯鹿的车辆经过海关进行动检，俄罗斯海关动检人员一边好奇地看着驯鹿一边进行着喷雾状的消毒杀菌，他们好像也没见过似的。我们顺利通过俄罗斯海关后在黑山头海关等候了很长时间，主要是等待海关动检的人员从额尔古纳市前来动检消杀，冬天的日落很早，到达额尔古纳市时已经很晚了，为了尽快赶路我们做了短暂的停留后就往根河返，晚九点多到达根河市的。回到根河市后市政府李市长正在宾馆等候我们，市领导已经安排好了车库让我们第二天回敖鲁古雅，为了考虑到

驯鹿的饥饿决定必须连夜向敖鲁古雅赶,我们吃过了饭后就继续赶路,我没有怎么睡觉,也许是陪伴着驯鹿的兴奋让我紧紧地观察着司机和道路,唯恐司机来了困意出事故而不断地与司机师傅聊话题,偶尔司机师傅也打了盹险些下沟,司机师傅也很疲劳,为了这批种鹿付出了很大的辛苦。市里已派敖主任和杜局长前去俄罗斯送款,这次购买的驯鹿应该是三十头,而在俄境内装车时死掉了一头,但我们没有看到一根和一丝驯鹿毛和肉,结果还算在我们国内买驯鹿的价钱里,俄罗斯人就是这样办事的!通过此事我现在还在琢磨是不是边贸公司的周经理他们与俄罗斯人是否勾结敲诈我们根河市呢?为什么当时定好的价格最后又推翻加价很值得怀疑,但是总的感觉驯鹿作为引种价格还是可以的。改良敖鲁古雅的驯鹿工程早在一九八八年就提到上级的重要议事日程中,当时老乡长何林就与国家农业部的专家学者前去苏联考察和探讨引进驯鹿的问题,他们到达了苏联最北的鄂温克驯鹿营地雅库茨克共和国境内,直到一九九六年一月才真正实现这一计划。

猎行贝尔茨河

记忆把我带回了一九九〇年的春天……

五月的兴安岭刚刚泛起绿色的气息，达子香花点缀着这绿色的山峦。苏热，库依勒和玛洽拉，还有保敖道划着木板船沿着清澈的贝尔茨河向下游去打猎。这是狩猎的美好季节，正是打马鹿茸的最佳时机。苏热他们这次将要远猎，如果中途猎到马鹿茸他们也就中止向下游的漂流。此时的贝尔茨河水浅得都能趟过去，但有时也能遇到很深的地方那卷着漩涡黑得深不可测的水域。此时的阳光显得很暖，但河水仍很冰手。

保敖道划着桨，他是经常在河里跑的人，是一个捕鱼能手，他将一直与苏热，库依勒和玛洽拉乘船坐到敖年河河口，那里有他打鱼时住的地窖子，到了敖年河口他就留在那里打鱼和下套子捕猎。这次出猎苏热和库依勒背的是老乡长何林特许批准发给的"五六式"军用半自动步枪，这也是敖鲁古雅鄂温克猎民使用的第二批次半自动猎枪了。第一批次是在一九八〇年配发的，还是三棱刺刀的。第二批次是在一九八五年配发的，

这一次比上一次要好是扁刺刀的。所有半自动猎枪的配发都是免费的，但是子弹得自己花钱买。而玛洽拉背的是小口径猎枪，他只能在小猎物上发挥才能了。

苏热，库依勒和玛洽拉也许将从敖年河河口向回返，也许从敖年河河口继续向下游漂流，但都将由猎获的状况来决定。

天色已经很黑了。"行了！别走了！咱们就在这地方简单住一宿吧！"库依勒坐在船头上抱着半自动猎枪，右手指着左岸说。

"我看也是该上岸了，在这里住下行，黑灯瞎火的再走也不安全呀！"苏热同意库依勒的想法。"快点！将船靠岸！"库依勒指挥着划船的保敖道。船很快驶向岸边，停靠在了浅滩上。

各自都忙着把自己的背包和枪抱上岸，库依勒第一个跳下船趟着没了鞋面的河水走向沙滩。他选择了一块很平坦的地方把背包和半自动猎枪放下，然后从背包里取出猎民大砍刀钻进了树林里。苏热和玛洽拉把自己的背包放在地上也开始忙起来。保敖道从自己的行李袋子里掏出一片渔网，把水裤子穿上后向河的上游走去。苏热拎着一个外表黑黑的还磕着瘪坑的水壶和一个也是黑色外表并磕着很多瘪坑的铝锅去河边打水，玛洽拉在不远的倒木堆上拾捡着柈子。一会儿工夫库依勒从树林里走出来，扛着一根削得很光溜的落叶松长杆，左胳膊夹着两个短的带着岔的棍子。他这是准备烧水做饭用的三脚架子，是使鹿部落鄂温克人常用的方法。

玛洽拉把捡来的柈子放在地上，又找来一块皱皱巴巴的桦树皮，从上衣兜里掏出火柴，哧的一声划着了火柴，点燃左手抓着的桦树皮，又将点燃着的桦树皮放在已堆好的碎柴底下，篝火点燃了，随之把很粗的干木头压在上面，篝火很快燃旺起来。苏热将装满水的黑壶和黑锅吊在三脚架上的横杆上，壶和锅的底部直接挨着燃烧起来的火。

"一会儿那保敖道打回来鱼咱们就炖鱼吃，吃完鱼用剩下的汤再煮挂面。"鱼还没有打上来库依勒就已经盘算着这顿晚餐的内容。苏热、玛洽拉开始打开各自的背包，将皮毛垫和棉衣及毛毯拿出来，在自己选好的位置铺上。

篝火熊熊带着噼啪的声音燃得很旺，蹦出的火星窜出很高，篝火越旺天色也越觉得黑暗，静静的夜色里只能听到篝火的噼啪声和贝尔茨河的哗哗流水声。

保敖道拎着渔网回来了，手里还拎着用柳条串起来的鱼，大小也有二十来条吧。保敖道把渔网挂在一棵小柳树上，将一串鱼扔在玛洽拉和库依勒坐在的位置前。"今儿个就先打这么多，打多了还吃不了，咱们守着这条河现吃现打都赶趟。"保敖道一边说着一边脱掉套在身上的水裤子。

"还真不少啊！打了几挂子？"库依勒顺手拿起成串的鱼问到。"现在鱼都向上游顶水哪！我就打了两网！"保敖道回答。"来！咱们都开始收拾鱼吧，抓紧时间炖上，今晚就来个清水煮鱼。"库依勒紧着张罗着，恐怕别人都不干活似的。

打到的鱼清一色的是鲀子鱼，这种鱼是冷水鱼中最好吃的鱼了。

鱼锅很快开起来，保敖道从盐袋里捏了一把大粒盐撒到滚开的锅里。"别放太多了，否则汤咸了该不好喝啦！"库依勒见保敖道撒着盐便大声说。

苏热从装有茶叶的桦树皮盒里抓了一把茶叶，打开坐在地上的黑水壶盖子将手里的茶叶放了进去，然后盖上水壶盖子焖上。

"玛洽拉！把那红粮酒拿出来，吃鱼哪能不喝酒呢？"库依勒指挥着。

保敖道已准备好了碗筷，筷子是用刀砍断细柳条枝削成的，可以说是就地取材。

保敖道坐在紧挨库依勒的位置。"给我拿勺子来，我品尝一下味道怎么样！"库依勒说着就接过来苏热递给的已是断了半截把的大脑袋勺子。

"啊！真鲜哪！这味道简直是太美太好了，端下来吧！"库依勒自己拿着

大勺子先抓了一点汤一边吹着一边轻轻地品尝着,唯恐烫破了嘴唇。

这时玛洽拉带着线手套拎起黑锅放在宽敞的地方,这样大家都能够围着鱼锅吃鱼不用费力。库依勒把红粮白酒拧开瓶盖子将酒倒进大搪瓷缸里。苏热用筷子从鱼锅里夹出一条鮊子鱼放到自己的碗里。"为了祈祷我们平安顺利,我先敬火神啦!"库依勒端着装满酒的搪瓷缸轻轻地向燃着的篝火喷去,喷了很多的酒,火遇到喷洒的酒后轰的一下火焰蹿出很高。库依勒将端着酒的手缩了回来,自己深深地喝了一口后又把酒递给保敖道,一边不停地说着:"好酒!好酒!"

他们一边吃着鱼一边喝着酒,天空已挂满了星星。库依勒似乎有点喝多了,说话也带有傲气了。苏热、玛洽拉和保敖道尽管听库依勒怎样说。

"天气不算太冷,夜里不用加木头了!"苏热盖着毛毯已在自己的铺位躺下时说着。

"你们咋都不吃了?这鱼汤面条多……多好吃……呀!"库依勒显然喝得差不多了,嘴里的面条还没有咽下去,腮帮子吃得溜鼓。

"不吃了!你自己都把那鱼汤面条拿下吧!"苏热和玛洽拉同时对库依勒说。

这第一天的露宿野外,他们没有感觉到很冷,昨晚的美餐足实给他们增添了不少的温度。天亮以后,他们四人紧张地整理行李打背包,把篝火烧过还剩有火炭的火堆用水彻底浇灭。早饭没有吃便上船继续漂流……

这次出猎他们四人共带了两支半自动猎枪和一支小口径猎枪,半自动猎枪实际就是军用五六式步枪,这种枪已是鄂温克人使用的第二代半自动猎枪了。库依勒和苏热背的是半自动步枪,玛洽拉背的是小口径猎枪。"别说话!这一大清早的没准能碰到犴鹿和狍子到河边喝水或吃青草呢,注意观察河两岸啊!"库依勒仍坐在船头上怀里抱着半自动猎枪,对坐在船中央的玛洽拉和坐在船尾的苏热说。保敖道还是船夫划着船,顺水漂流划船用不了多大的力气，就是把好舵就行了。前方的水面上不时有野鸭子起飞或降落，像飞机似的滑翔。水面上不时有鱼儿打着水漂。

　　阳光暖暖地照射到秃山坡上的樟子松林，布谷鸟清脆的叫声回荡在山林间。"喂！前面好像是浅水流！注意别撞上水里的石头啊！"库依勒目视着前方喊着。"前面那翻着花的是不是大石头？"玛洽拉弓着腰手扶住船帮问。船距那翻花的地方越来越近。"我看怎么像是尾巴呢！哎呀妈呀！这不是三条大鱼吗！快点！快点！"玛洽拉喊着。水流很急，但水又很浅，船不时走走停停。苏热和库依勒早已端起了半自动猎枪目视着水面。很快那三条大鱼并排紧贴右船帮吃力地向上游顶水，这时两支半自动猎枪同时响起，船上的人都忙乱起来了，保敖道使足全身力气促使船能够暂停一会儿，但终因水急而未停住。这三条大鱼每条也一米五长，每条重约四十斤左右。库依勒和苏热乱枪中打中了两条大鱼，清楚地能看到一条大鱼白白的肚皮上露出很大的口子。苏热说是他打中的。库依勒打完枪后把枪扔下就跳进没膝的河里，顺势去抱被他打伤的大鱼，当时他已经抱住了一条大鱼，那条大鱼头朝下尾巴朝上，并且鱼尾摆得很厉害，库依勒躲闪着脸部生怕鱼尾拍到脸上，正要将大鱼往船上放时鱼挣脱了，还险些打个趔趄。挣脱了的大鱼掉入水中一股力量向上游猛顶没了踪影。库依勒这时反应很快，他又将另一条翻着白肚皮的大鱼稳稳地抱起来，这条鱼可能因为伤势很重没有先前那条有力量，在苏热的协助下把这条大鱼安全放入船舱里。玛洽拉端着小口径猎枪蹚着水在寻找跑掉的鱼，苏热也在上下寻找着，保敖道已将船停靠在了岸边。当时的情形库依勒、苏热和玛洽拉谁也没有来得及脱掉鞋和挽裤腿，而是直接都跳进河里，他们是既激动又兴奋，都是平生第一次见到这样大的，并且这么多的在一起的鱼。

　　"真后悔呀！干吗不把枪上的刺刀打开直接刺鱼多好啊！那样三条大鱼不都是咱们的了！哎！"库依勒坐在船头上直拍大腿又叹着气。"当时就是把腰里的猎刀拔出来也行呀！将猎刀扎在鱼背上那鱼也跑不了多远！"苏热也在说。库依勒仍在指责："错了！错了！怎么这么笨呢？"

"算啦！这不挺好的吗？也许下游还能遇见到呢！"保敖道一边划船一边说。

"今天还真挺幸运的！咱们到伊克莎玛把这条鱼换一些食品吧！以补充我们狩猎途中的给养，我们的目标不是打鱼而是打马鹿茸！"此时苏热好像说的是正题。

"还是苏热说得对！这才走到哪呀！咱们得打着比它更大的猎物！"玛洽拉一边说着一边用右手食指和中指并拢指着躺在船舱里的大鱼。

木板船又向前行驶着，终于在一个小沙滩边上停住。他们在这里简简单单地吃了顿今天的第一顿饭，并且时间都已过中午了，吃过饭后便急急忙忙上船继续向下游漂流。

太阳快要落山时他们在距伊克莎玛五公里处靠了岸，在这个位置远远地可以看见横跨贝尔茨河的伊克莎玛大桥。"行了！我和保敖道可以休息了！苏热你和库依勒抬着鱼从这里上岸顺着公路到林场去吧！我俩在这里等你们回来！你们快去快回啊！"玛洽拉懒洋洋地躺在船舱里的行李上说。

苏热和库依勒已经明白了玛洽拉的意思，他是怕碰见防火检查的，这个季节正好是林区的防火期，他担心的是一旦遇上防火清山的就会阻止他们一行向下游的打猎，所以提前靠岸在隐蔽的地方将船停好。保敖道下了船在岸边的柳树林里砍回来细柳条子，拧成绳样的形状，又找来一根两米来长的落叶松小杆，然后又跳上船将拧成绳样的柳条从大鱼的嘴巴伸进去，再从大鱼的腮部穿过来，又将柳条弯成一个圈形并绑好两端接头。"来！把小杆子穿过来！"保敖道抻着柳条编成的绳圈，库依勒拿着小杆子穿过柳条圈。边穿边说："这个圈不会断呀！" "不会的！保证能坚持到林场的！"保敖道也说。

猎行贝尔茨河

苏热和库依勒两人抬着快到肩膀高的大鱼，鱼尾巴还拖着地，两个人肩上还都背着半自动猎枪。苏热和库依勒的个子都有一米七七，可见这条大鱼有多大！鱼的表皮通过一天的暴晒都已有些干巴。两人抬着大鱼已走近依克莎玛大桥了，他们不用过大桥，因为林场在贝尔茨河的北面。在距离林场不算太远时从后面上来一辆装满红砖的解放牌汽车。可能司机看到他们两人肩上的大鱼便把车停下来，下车便问库依勒："咋逮的？""用枪打的！"库依勒回答。那司机又问："在哪打的？多少钱？""在两个半山头那打的！你买吗？一百五十块钱吧！"库依勒回答。"那好！我这正好有一百元钱你先拿着，一会儿到林场后我再给你五十元！"那司机一边说一边从上衣兜里掏出一张百元大票递给库依勒手中。"好了！上车吧！到林场再说！"司机又边说边帮着把大鱼装上了车。苏热和库依勒也上了车坐在砖的上面。一会儿的工夫林场就到了，砖车直接开到工地停下，司机下车便命令似地指挥着苏热和库依勒把鱼卸下来，然后又命令似地让苏热和库依勒把鱼抬着跟在他的后面。苏热和库依勒满以为这司机就是这条鱼的买主了。他们两人抬着大鱼紧跟在司机的身后，而司机显得洋洋得意，简直向一趟砖房走去。

苏热在去年夏天就曾来过这里，当时林场在筹建中，这里只有一栋木刻楞房子，还是森林警察部队的营房，只有一个中队在这里驻扎，林场还都是棉帐篷。

苏热和库依勒抬着大鱼跟在司机的后面快走到砖房门前了，这时从砖房里走出来一个人在门口站着，好像早就看到了什么。司机趾高气扬地向站在门口的那个人打了招呼，"忙着哪周主任！今天不下满归？""不忙！不忙！没到周末呢怎么回家呀！"那个人回答。"周主任你看看这条鱼怎么样？"司机又说。那个人走近苏热和库依勒面前仔细观察了一阵后问："你俩打的？在什么地方打到的？"库依勒回答："是的！我们是在两个半山

095

头那打的。""啊！收获还真不小呀！能打着这么大的鱼真是新鲜事！"那个人继续问。"用枪打的？""是的！"苏热作了回答。"用枪还能打着鱼真是稀奇的事！小李子你去食堂拿个大盆来！喂！你们两个把鱼接过来！"那个人对着围观的人指挥着，"再拿杆秤来！"这时司机已经不知去向，苏热和库依勒把肩上的鱼交给替换的两个人后被那个人请到了他的办公室。那个人紧忙着又给苏热和库依勒沏茶倒水，苏热和库依勒把身上背的半自动猎枪摘下来坐在沙发上，枪仍在怀里抱着。那个人一边将沏好的茶水端给苏热和库依勒一边说："我姓周！在林场负责！你们有什么事可以来林场或到满归找我！你们这是去哪打猎呀？""我们准备去下游打马鹿茸的！这不途中打了一条鱼！我们想用这条鱼换一些食品和日用品！以补充我们打猎途中给养。"库依勒直截了当地把想法说了。正在这时从外面进来一个年轻人一边走一边说："周主任！刚才我们用称称量了一下，您猜多少斤？""多少斤？"那个人问。"有四十五斤啊！"年轻人回答。"真是不小啊！你们俩想换点东西，食品没有，给你们酒行不行？"那个人又问。"也行吧！"库依勒勉强答应了。"喂！小李子你再去食堂把那现有的酒都拿来，再看看还有没有什么罐头类的，如果有也都拿来啊！一会儿他俩还要继续赶路呢！"那个人对年轻人说。"好的！"年轻人答应后马上离开了办公室。那个人继续与苏热和库依勒聊着。

过了一会儿，年轻人和另外一个人分别抱着纸壳箱进了办公室，然后把纸壳箱放在办公桌上，又从纸壳箱把酒拿出来摆到桌上，酒的商标很醒目，分别是方瓶的五加白和圆瓶裙形的红粮酒。苏热看见桌上的酒心里想如果是一堆面包或是方便面该多好啊！哪怕是一堆馒头也行啊！"实在是对不起！吃的东西一点儿也没有哇！这些酒你们就带着在打猎的路上喝吧！"那个人显得非常歉意和客气地说。库依勒站起来用右手与那个人握手也谦虚地说："周主任！您太客气了！等我们打着马鹿了再给您送鹿肉来！"旁边的年轻人与那个人说："周主任！那条鱼开膛了，肚子里还有三条一尺来长的细鳞鱼呢！"那个人只顾与库依勒聊着并连声说："好！好！"库依勒一边说着一边将桌上的酒一个一个地装进他背的军用背包里。苏热仍坐在沙发上，外面传来叽叽喳喳的说话声音，显然在议论着鱼的事情。"好了！时间也不早了！我们也该赶路了！谢谢了！我们下次再见！"库依勒把酒装完了并将背包系好背上肩后双手握住周主任的手说。这时坐在沙发上的苏热也站起来把半自动猎枪背上肩，将右手伸过去与那个人握手。"谢谢您周主任！欢迎我们下次再见！也欢迎您到敖鲁古雅！"。"不用客气！以后我们常来常往啊！"周主任笑着说。库依勒起身右手拎着半自动猎枪走出办公室，苏热紧随其后也走了出去，周主任送出了办公室。自库依勒和苏热离开林场时也再没见到司机的身影，只有周周主任和他的部下在远远地目送着他俩。

　　库依勒和苏热急急忙忙地向来时的方向走去，太阳已经接近落山了。他们走的速度很快，没有多久就到了船停靠的地方。

　　"你俩都换些什么东西了？咋这么长时间？"玛洽拉从船上躺着的位置坐起来。"能换什么呀！换回来一些酒呗！想换些吃的他们说没有，没办法也只能换些酒路上喝吧！"苏热一边摘下肩上的半自动猎枪一边回答。库依勒先把半自动猎枪摘下递给保敖道，又小心翼翼地把肩上的背包卸下来，抱着背包上了船，背包里发出玻璃瓶的碰撞声。"走！开船吧！咱们趁着天还没黑绕过伊克莎玛，在它的下游住下！"库依勒坐到船舱里说。

　　保敖道仍是船夫划着桨，玛洽拉显得不太高兴，坐在船里沉默不语。苏热在观察着河两边，库依勒还是坐在船头的位置。天色已渐渐暗下来，船穿过了伊克莎玛大桥，绕过了北岸林场。

　　夕阳下的"特布格佳"石砬子山更显出它那陡峭巍然的雄姿，木板船就像那悠荡的摇篮……

他们在距"特布格佳"石砬子山的下游不远的沙滩上了岸，仍像往常一样各自忙碌着晚餐和住宿。

从"特布格佳"到敖年河的这段水路上他们走了两天多时间，这段路途中的野餐也很单调，米饭、挂面加鮕子鱼，既简单但又很费事。快到敖年河河口的时候保敖道发现了一只躺在贝尔茨河里的马鹿，这只马鹿看上去好像有二岁那样，头上长有二岔茸很标准，没有遭到破坏，只见到它靠近尾巴的右臀部上缺了很大一块肉。他们将船靠了岸后，四个人一同把这只马鹿拽到沙滩上开了膛。看上去肉还没有变质，肠肚没有异味。库依勒将鹿头正过来，然后用小快斧子把鹿茸带脑壳砍下来。玛洽拉接过砍下的鹿茸放到沙滩上。库依勒又开始扒皮卸肉。"这只马鹿是被狼咬伤后死的，时间不超过两天！"保敖道拽着马鹿前腿对正在掏鹿内脏的库依勒说。"如果是刚死的那鹿腰子就是我的下酒菜了！"库依勒头也不抬地说。这个动作像是一位手术师在给一位患者做手术。玛洽拉和苏热来回地将卸下的部位接过来放在浅水里浸泡，库依勒把鹿心整个取出来递给玛洽拉说："把心血都倒出来晾干！"玛洽拉两手攥着心脏对着沙滩上铺的塑料布上倒控，用手使劲挤捏心脏，使心窝里的血能够都淌出来。库依勒卸下了四个鹿腿说："先把鹿腿都泡在水里，等有时间再卸肉抽鹿筋！"保敖道将四个腿拽到一边泡进水里。"老玛赶紧的点火烧水，咱们一会儿炖鹿排！"库依勒卸着最后一个部位时对玛洽拉说。苏热看到整个鹿将要卸完便开始在河边附近找干木头准备点火用，玛洽拉拎着黑铝锅去河边打水，保敖道已经抻起了整张鹿皮，库依勒左手拎着鹿排骨，右手握着沾满血的猎刀在分割鹿排骨。

苏热已经准备好了烧水做饭用的三脚架子，玛洽拉把篝火点燃。周围苍蝇嗡嗡在叫，它们闻到了鲜肉和血的味道。太阳已近中午了，煮鹿排的黑锅开始冒着热气。库依勒已经坐在篝火旁边，从背包里掏出一瓶红粮酒放在地上。"今天总算是吃到肉了！之前总吃鱼了！都有点吃腻了！也该换换口味了！"

玛洽拉也不知从哪采来一把野葱，用手揪断了放进肉锅里，给鹿排骨又增添了味道。"留一把蘸酱吃！"

苏热挨着库依勒坐在铺着的毛皮褥子上，手里拿着木棍不时地捅一下篝火使其燃得更旺。库依勒摆弄着酒瓶看着酒瓶上的商标说："这酒喝着没劲！度数太低！他们林场的人都喜欢喝这个酒呀！""那你没算一算过这些酒一共值多少钱呢？"苏热接过话问。"我大约算了一下，也就有五十多块钱的酒吧！这红粮酒在咱们乡商店里也就卖三块多钱一瓶！不是很贵的！"库依勒仍握着酒瓶说。这时苏热又说："看来那条大鱼也就值一百五十块钱！太便宜了！"其实玛洽拉和保敖道根本不知道还有一百块钱现金的事情，库依勒在从林场回来的路上一再嘱咐苏热不要把收现金的事情告诉玛洽拉他们。那天库依勒和苏热回到船上时，玛洽拉和保敖道就观察着他俩带回的东西，知道是一些不值钱的酒后，玛洽拉好像不太高兴，从内心里对库依勒和苏热的做法感到不满意，但仍佯装没发生什么事情一样，该做饭就做饭、该干啥就干啥，没有更多的语言。

为了晾晒鹿肉干、鹿皮和鹿心血，他们在这里得多停留一天。这里距敖年河河口不是很远，大概还有一天的路程。

这一天的午餐对于他们来说已经是很丰盛了，吃着鹿排骨，喝着红粮酒就可谓是神仙过的生活了！

这个季节虽说没有雨，但他们还是在晚饭前搭建了简易的撮罗子帐篷，这样可以睡觉睡得踏实。

第二天的早晨，太阳还没有升起时，苏热和库依勒早早起来背着半自动猎枪去距离河边很远的秃山坡蹲守，蹲守到太阳接近中午时也没有发现马鹿的影子。他们两人在回来的路上轰起一只花棒鸡，那棒鸡飞得很远。

库依勒走到棒鸡飞起的地方发现了它的窝，窝里还有七枚蛋。"啊！原来那只飞走的棒鸡在趴窝孵蛋呢！把它拿回去炒着吃！"库依勒说着就蹲下伸手捡着窝里的棒鸡蛋，"这鸡蛋还热乎呢！""别拿它了！给它放回去！让那花棒鸡继续孵小鸡吧！等到秋天又多了一群棒鸡那多好啊！"苏热站在旁边说。库依勒就是不听苏热劝阻，硬是把棒鸡蛋拿回去了。回到住的地方便把棒鸡蛋爆炒后就着酒给吃了。"你这哪是吃蛋呢！分明是一顿饭吃了七个大棒鸡呀！"苏热带有讽刺地挑逗他。

他们终于在第三天离开了这个地方，顶着暖暖的阳光继续向下游漂流。船沿着贝尔茨河水缓缓地行驶着，库依勒背着半自动猎枪一个人下船在岸上行走，一会儿钻进岸边的柳树丛里，一会儿又从柳树丛里走出来，"喂！过来人呀！这里有一条船！快点儿的！"船上的人听到库依勒的喊声后将船靠了岸。苏热和玛洽拉跳下船直奔向库依勒所在的位置，"什么船？"苏热问。"木板船！这回咱们就用这条船吧！把它抬到河里去试一试，看看是不是好的！"库依勒摸着这条木板船说。"这条船真是不错啊！做工也挺精细的！外表还刷了蓝色的油漆！这条船好像是别人藏起来的！咱们动了它能行吗！"苏热站在船边说。"有什么了不起的？不就一条船吗？管他是谁的呢！别废话了！"库依勒仍坚持要抬。玛洽拉什么也没说只管听，苏热看库依勒那么坚决也不说话了，跟着一起把船抬到了河里，船体很轻也很小，乘坐三人是没问题的。

"从现在开始咱们分船坐！我和苏热划这个小船！你俩就划那个船吧！"库依勒坐在小船上作乘船的安排。"你说咋安排就咋安排吧！"玛洽拉坐在来时的船上说。

五月的贝尔茨河水显得是那样的清澈，两岸的景色也十分的秀美和壮观，河水有时浅有时深，有时急有时缓。小船顺着河水的流速颠簸着。

库依勒他们四人划着两条船于傍晚时到达了敖年河河口，两条船都靠

猎行贝尔茨河

了岸。库依勒站在水里将他划的船使劲地往岸上拽。天色已经不早了,他们依旧像往常那样各自都在忙着点篝火、做饭,然后睡觉。保敖道不知何时去了柳树丛中回来说:"上边有地窨子!咱们今晚在那里住吧!""不去!不去!这天这么好谁到那里去睡呀!再说现在的窨子多阴潮啊!还是在外面睡觉好!等我们走后你自己修一修再住吧!"库依勒坐在篝火旁对他说。"这地窨子可有年头了!这个地方鱼厚猎物也多!地窨子也不知是何人、何时挖建的!"玛洽拉说。

晚饭是用鹿肉煮的挂面,黑水壶里煮的红茶。库依勒自己主张着喝酒,他起开了一瓶五加白牌白酒倒满了一茶缸。苏热、玛洽拉和保敖道都在只顾吃着热乎乎的鹿肉面条,库依勒又将茶缸里的酒轻轻地向燃烧着的篝火泼了一下,"敬火神了啊!"说完就自己深喝了一口酒。"来!来!来!都喝一口吧!尤其是保敖道大哥更应该多喝了!几天来在一起你辛苦受累了!又划船又打鱼的!看出来是一个常在河里跑的人!明天你就留在这里了!"库依勒又说。"是呀!在一起的时间感觉很好!相识几天给我的感觉你们鄂温克人很好!很实在!和你们在一起我很愉快!"保敖道说完接过库依勒递过来的酒猛地喝了一口。"别担心啊!酒还有几瓶呢!够喝!"库依勒又拿出一瓶红粮白酒。自从伊克莎玛来这里的途中酒就没断流的喝,那五十块钱的酒也已喝得差不多了。

"保敖道大哥!我把那副二杠鹿茸拿回去给你加工一下吧!我们敖鲁古雅加工鹿茸有一套办法!等你回去后找我就行!然后把鹿茸卖个高价!"库依勒没等其他人开口就说出了自己的想法。"行啊!咋的都行!我早就听说你们敖鲁古雅对鹿茸有研究!我相信老弟你!只要鹿茸不坏就能卖个好价钱!"保敖道说话时嘴里的面条块喷出粘在下巴上。"行啊!你就直接给卖了呗!回家就分钱呗!"玛洽拉接着话题说。苏热没表达任何想法,只是递过来酒就喝一口。其实保敖道有自己的想法,知道自己持

101

有鹿茸是非法的不能名正言顺去销售,只有库依勒或苏热可以正当持有和正常出售的。听库依勒这么一说正中他的意。

这一天的晚上他们酒都没少喝,篝火似灭非灭地燃着,夜空很晴朗,气温不是很低,伴着贝尔茨河的流水声他们入眠了。

天渐渐放亮,苏热、库依勒和玛洽拉吃过早饭后把自己的随身物品装上船,并与保敖道握手话别。"咱们回去后满归再见!""好!""一路平安!"

库依勒背着半自动猎枪手里抄着桨坐在了船尾,苏热坐在船头也背着半自动猎枪,玛洽拉坐在船中间。三人乘着捡来的船缓缓地离开了敖年河河口。向船后望去,远远地看见保敖道站在岸边仍在目送他们。

这条小船要比先前保敖道划的船还轻便,速度也快多了,并且还省力。船经过一段水域时只见河水很深,河里的大石头一个挨着一个,石头真是出奇的大,间距缝隙最小不到十厘米,每块石头都有一个小房间那么大,水流也很快。立时前方水域明显地形成一个很大的坡度。"哎!情况不好!前方水流太急而且坡度大!咱们还是靠岸慢慢地往下顺吧!"苏热坐在船头一边观察一边告诉划船的库依勒。"不行啊!赶紧的靠岸吧!前面的坡不是一般的陡啊!"玛洽拉见到这种情况也开始着急了。库依勒开始将船快速的划向东岸,船靠了岸后库依勒说:"你俩把东西都背着!把我的枪也拿着吧!我一个人从这里划过去!感觉一下探险的刺激!"玛洽拉和苏热把船上的物品全部卸了下来。"你划船可加小心呢!"苏热对库依勒说。"没事的!我会注意的!"库依勒说完后就将船直接划向河中央。船很快划入急流中,库依勒不停地挥动着船桨,以保证船行走的姿态,稍有不慎都将可能造成船翻人落水。玛洽拉和苏热背着沉重的东西一前一后在岸边走着,一边走一边盯着库依勒划船。船很快从上游坡顶的位置冲到下游坡底,在坡底下船靠了岸。

猎行贝尔茨河

　　玛洽拉和苏热走到船跟前一看,船上的木甲板都颠散了。"怎么样?吓着了吗?"玛洽拉问。"真是有惊无险呀!差点没翻了船!"库依勒回答。"我说慢点的从岸边往下顺你不听!多悬啊!"苏热说。"好了别说了!下次再不走这个关口了!上船吧!"库依勒带着点苍白脸色说。"我早就听长辈老猎人说过贝尔茨河下游有一段难走的路!猎人都管它叫'鬼跳峡'或'鬼门关'!还有人叫它'水撞山'!从下游往上游望去,那河水就像下山的猛虎一般啊!"苏热坐在船上讲着。说"水撞山"就是贝尔茨河河水从坡上流向坡底正好直面冲撞山脚下,然后形成急弯转入正西流向。

　　过了这个关口河水显得缓多了,小船稳稳地继续向下游漂荡着。又很快到了下一个宿营地"乱石山"。这里布满了很多帐篷架子,从这种迹象可以看出当年这里来过很多人,说是准备建一个水电站,设计来设计去的到现在也没信了。"你俩往北面看那个山多高啊!这里就是传说中讲的乱石山!说经常有人在这山脚下捡到很多马鹿角!那些马鹿都是被狼撵到山顶逼上绝路跳崖死的!"玛洽拉在讲。"我也好像听说过!"苏热也说。他们三人只是将船停靠了岸,但谁都没有下船。太阳又要落山了,他们没有在这住的意思。"这么晚了不在这住吗?"苏热问。"不在这样的地方住!这样的地方给人的感觉不太舒服!这地方太瘆人!走!咱们再往下游走!绕过这个晦气的地方,找一个好的沙滩住下!"库依勒说完用桨的一端支撑岸边,船挪动了。"这地方距额尔古纳右旗境内不远了!走了这么长的路程连一个活着的马鹿都没看见!活狍子的影子也没有呀!"库依勒有点灰心的表情望着岸边掠过的秃山坡说。船又停靠在了岸边浅滩上,这回不住也得住了。苏热下船后忙着捡烧柴点篝火,玛洽拉拎水做饭,库依勒已经没有了精神懒躺在沙滩上。饭是玛洽拉和苏热做好的,库依勒被叫起来吃饭,晚霞已映红了天边。他们之间都已没有了更多的话语,是长时

间单调的乘船漂流而感到疲劳，或是平时该聊的嗑已经唠尽，还是一路空空走来带给他们的泄气，总有那么一种感觉埋在他们三人各自的心里……

篝火渐渐地熄灭，由于疲劳三个人都进入了梦乡。除了他们三人的鼾声和贝尔茨河的流水声，整个山林都笼罩在寂静当中。此时如果还有酒，他们三人会慢饮到深夜。那些换来的酒早已在过去的几天里给拿净了，库依勒根本不想着有酒慢慢喝，加上那些度数很低的酒每顿饭不得喝个两三瓶。

他们漂流打猎出来已经是第十天了，收获已经明显的看出来是不大的，再漂流一段时间就该到终点上岸了。他们在乱石山附近简单住了一宿，吃过简单的早饭就又继续了新的航程。贝尔茨河水越往下游河面变得越来越宽，流速也变得越来越缓，船在水中行走得很慢，划船的人也很累，他们三人轮换着划船。

小船绕过了一个甩弯沿着直直的水流向下游漂流着，这时划着船的库依勒远远地看见前方河北岸的秃山坡上的马鹿，他迅速地把船桨一扔悄悄地说："玛哥你来划船！前面秃山坡上有东西你掌好舵！咱们慢慢地靠近！""看见了！看见了！一共有四只都带茸！"苏热眼睛盯着前方秃山坡悄声说。船与目标越来越近，"不行！咱俩必须下船到沙滩上去！那样视线好！快点！"库依勒说完第一个下船举着半自动猎枪悄悄地向前摸，苏热紧跟在后面也举着半自动猎枪目视着秃山上的目标。他俩动作都很轻，慢慢地找好射击的位置，两支半自动猎枪都在瞄准着，玛洽拉把船也轻轻地靠向岸边。"咚咚！咚咚！"库依勒的半自动猎枪先响了，紧接着苏热也进行了连续射击。只见秃山坡上两个位置的四只马鹿已经跑了三只，而那一只受了伤的马鹿摇摇晃晃地在原地卧下。"别打了！别打了！"库依勒在喊。其实库依勒瞄准射击的是那三只已被他打跑了的鹿，他哪里看见苏热已打中的在一棵大樟子松树下的马鹿。受伤的马鹿仍抬着长着茸角的头，苏热又连续打了几枪。这时，只见卧着的马鹿又挣扎着站起来纵身一跃翻了个跟头。"完了！完了！鹿茸全碎了！"库依勒右手握着枪，急的左手直拍自己的脑袋蹲在沙滩上。"告诉你吧不要再打了你还在射击！你怎么还打呀！这下完了吧！挺好的鹿茸不值钱了！"库依勒说。"我不打行吗？我是怕它再像那三个鹿一样跑掉了才又补的枪吗？否则我们不又是什么也得不着了吗？"苏热辩解着。"让玛哥把船划过来！一会取上小斧子上山！"库依勒说完便向玛洽拉挥手，示意可以把船划过来。苏热趁这时将半自动猎枪膛里的子弹退到弹仓里后又扳上保险，然后又大背在肩上。库依勒也已检查完自己的枪了。

  玛洽拉已把船划过来了，库依勒和苏热乘船渡到河北岸，库依勒从自己的背囊里取出锋利的小快斧子，"玛哥你在底下做好准备！我俩上山去看看那个被打伤的鹿！等着扒鹿皮吧！"

  苏热跟在库依勒后面向山上爬，山很陡也很难爬，爬到半山腰时两人就分开寻找。库依勒先找到了受伤的鹿，在距三四米的树丛里那只马鹿仍抬着头卧着，头上那已折断了的鹿茸鲜血淋淋，库依勒担心它再次跳跃就又补了一枪，子弹从马鹿的脖颈部位穿过。"这回你该彻底的老实了吧！"库依勒打完枪后喊苏热过来。"你把住鹿头！我来砍脑壳！"说完库依勒开始小心翼翼地砍起来。一边砍还一边说："这茸角如果不折断的话那该是一副多漂亮的四平头啊！"很快带脑壳的茸角被砍下来，苏热托在手中欣赏起来。"太遗憾了！咱俩再把那断了的两只上半截找回来吧！"说完苏热将带脑壳的鹿茸轻轻地放在地上。随后他们两人又分头向马鹿起初跳跃翻跟头的地方寻找。"好了！我找到了！"苏热双手举着鹿茸给库依勒看。"你抱着鹿茸！我把它拽到山下！你慢一点下山！别把鹿茸再给碰坏了！"库依勒说完一个人开始将鹿尸体往山下拽，由于山势陡，鹿的尸体自行向下滑，叽里咕噜地很快滑到了山底河岸边上。苏热抱着鹿茸呈坐姿

下山，衣服上沾了不少鹿茸血。玛洽拉已站在滑下来的马鹿尸体旁，手里握着准备好的猎刀低头看着鹿。"咱们先把它装上船！然后找一个比较宽敞的地方扒皮开膛！"库依勒拽着马鹿的前腿对玛洽拉和苏热说。"真重啊！足有三百来斤！"玛洽拉拽着马鹿的后腿说。他们很费力地将马鹿装上了船。船载上了马鹿后又向下游漂流了一段距离，在一个宽敞的沙滩上将船靠了岸，把马鹿尸体又卸下船拽上岸。

扒皮开膛还是库依勒主刀，这打着鹿了劲头也足了，不像前几天那灰心丧气的样子，那劲头唯恐这只马鹿被谁占去。玛洽拉则显得不是那么着急，好像这只马鹿本应没有他的份，干什么事情都是那样磨蹭。苏热见库依勒卸着鹿鞭时说："我什么也不要，就要这根鹿鞭！鹿茸归你和玛洽拉吧！"苏热开始事先盘算着如何分配马鹿的部位。

苏热心里也一直在想着这个问题，如果不得点啥东西这一趟十来天的时间就算作白白混了一回，一点收获都没有。

"玛哥，你把篝火点着吧！咱们怎么也不能兴奋得不吃饭吧？这回咱们吃的是自己打的新鲜的马鹿肉呀！把这个洗洗炖上！多放点盐啊！"库依勒一边说着一边将卸下来的鹿排骨递给玛洽拉。

"听！有汽车的声音！好像是不算太远！"苏热说。"公路就在下游河西岸那片树林里！咱们一会儿收拾一下吃完饭后划过对岸上公路！"库依勒割卸着鹿后腿说！

玛洽拉把鹿排骨在河里洗了洗就放进了装有水的黑铝锅，又将黑铝锅挂在篝火上的三脚架上。一只马鹿在库依勒一个人的主刀下总算分解完了，苏热不停地将卸下来的部位装上船，最后又用鹿皮将鲜肉盖上，库依勒蹲在河边洗涮着手和猎刀。这时，一阵旋风从河中央刮起，顿时在千十平方米的河面上形成百十米高的雨柱，这雨柱不是从天儿降而是从水面向上空升起，就像天上有什么东西在抽水或吸水，此景大约持续有十来分钟时间就消失了。当时的天空非常晴朗,根本没有一朵云彩在上空漂浮。眼前的景象让在场的人都惊呆了!"哎!你们说这是怎么回事?"苏热说。"管它是啥呢!时间不早了准备吃饭吧!"库依勒抬起左手腕看了一下表说。

太阳已是偏过中午了,他们开始围着黑铝锅吃午饭。库依勒拿着鹿腰子蘸着碗里的粒盐用刀削着吃,玛洽拉也争着吃鹿腰子,两个人一人一只鹿腰子。苏热没有吃一块鹿腰子,只是从黑铝锅里夹了一根鹿排骨一边吃一边说:"我还是在一次与哈协去拜道尼河打猎时吃鹿腰子给吃伤了!根本不想再吃它了!这么好的大补品享受不了!""那你是没口福啊!"玛洽拉嘴里嚼着血淋淋的鹿腰子说。

"咱们自上次吃了炒的七个棒鸡蛋后七天来的运气一直不顺!心里总想着等过了七天以后会有好转的!结果真是这样啊!"库依勒说。"我不是说你!你违犯了老猎民狩猎的规矩!这是玛鲁神在惩罚我们呢!你不信?"苏热咽下一口肉说。"是真的!"库依勒承认了。"你说马鹿怎么会翻跟头呢?不翻跟头多好啊!那会是一副完整的四平头啊!白瞎了!"玛洽拉吃完了一个整鹿腰子说。"这样的事情在老猎民狩猎中也偶尔发生过!有的比这还狠呢!老猎民总结说这是没有福运的表现!"苏热继续讲着。

"这顿饭标准多高啊!可惜就是没有酒呀!"库依勒一边抹着嘴一边说。"我就说过有酒要细水长流!你不听!咋样?馋了吧?"苏热挑逗着说。"还说啥呀!"库依勒不好意思了。"还有!不让你吃棒鸡蛋你偏要吃!按照鄂温克老猎民传统讲的什么季节你打什么猎物!不要伤害无辜的生灵!我就亲眼见过老猎民在打鹿茸的季节里,看见大母鹿带小崽的根本就不伤害它们!目的是让它们繁殖成长!老猎民不是贪得无厌的!"苏热还在说。"行了赶紧的吃饭吧!"库依勒不耐烦了。他们在边吃边唠中结束了算作此次狩猎的最后一顿丰盛的午餐……

苏热、库依勒和玛洽拉收拾完东西,捆绑好各自的背囊,把着过的篝火用河水彻底浇灭,直到安全了才上船过到河西岸。船靠到了河西岸的沙滩上,他们将那些带不走的鹿肉和鹿皮存放到冲不走的深水里。"咱们先把肉存放在这里!到了太平林场后我让我的两姨弟弟找车来取!怎么也得想办法把鹿肉和鹿皮带回去呀!"库依勒作着安排。"那船怎么办呢?"苏热问。"船就扔在这里了!实在是带不走了!让它留在这里作永久的纪念吧!"库依勒回答。"谁捡着了就算谁的吧!这条船算是为我们立了功了!扔了它还有点舍不得!"苏热说。玛洽拉什么话也没说,表情也很冷漠。最后库依勒又把小船拴到了一棵胳膊粗的松树上。"好了!上路走!"库依勒说完将半自动猎枪背上肩,又调整了一下背包的姿势,然后在前面带路。三个人的肩上都背着鼓鼓背包和一杆枪,重量也都在二十斤以上,黑铝壶和黑铝锅都没有扔,如果他们在公路上堵不着车一旦天黑住下时继续使用。他们上了莫尔道嘎至奇乾的干线公路,在公路右边边上矗立的里程碑上醒目看到标有小写的数字八十二字体,这里就是八十二公里了。苏热、库依勒和玛洽拉他们三人沿着沙石公路向南行进,公路的质量不错,路面铺的是风化沙很平坦。大约走了近一个小时的路就到了一个像林场的地方。这时,正好遇上一位敖鲁古雅鄂温克人在奇乾的老乡徐佳枫。他认出了库依勒:"你们这是从哪里来呀?准备往哪去呀?"库依勒走过去主动与徐佳枫握手,"徐叔您好!我们是从敖鲁古雅划船顺贝尔茨河过来的!准备从这里去太平林场!"说话间从北面驶过来一辆载着家具的解放牌大卡车,驾驶室已满员,车厢外面还有人坐着。卡车正好停在了堵卡站路口上,徐佳枫走过去问了一下司机。"行!好!让他们上车吧!"司机说。"谢谢徐叔了!有时间去敖鲁古雅吧!"库依勒又与徐佳枫握着手说。"没事!咱们都是老乡吗!回到敖鲁古雅给那些鄂温克老乡问好啊!"徐佳枫摆着手说。使鹿部落鄂温克人早在一九六五年以前就与徐佳枫在当时的奇

猎行贝尔茨河

乾鄂温克族乡朝夕相处，同饮额尔古纳河水和享受鱼米之乡的快乐。徐佳枫后来成为国防公路的养护员，就是苏热、库依勒和玛洽拉走过来的这条公路。苏热和玛洽拉已上了车，库依勒最后一个上去车，上车后向站在路边的徐佳枫挥手致意，这时卡车已开动了。苏热、库依勒和玛洽在这里作了短暂的停留后离开了这个叫安格林的地方。他们将直奔太平林场，然后经莫尔道嘎回敖鲁古雅，也就此结束了贝尔茨河的旅行……

于 2008 年 12 月 17 日第二次修改
（此文在根河市文联《敖鲁古雅风》杂志发表和美国发表）

猎民青年带头人——格里斯克

他曾有一个很好的工作，本应好好地生活着，健康地生活着。否则他会发展得很好，会有更好的工作岗位。而不幸的是他英年早逝，他就是当年使鹿部落鄂温克青年人的领军人物——格里斯克。

他也曾是一位思想积极进取的猎民青年，个头不高，喜欢本民族的含烟习惯，兜里常揣着桦树皮制作的烟盒。上初中时他姐姐在北京就给他们买了一部小提琴，每天放学后在家练习小提琴，会弹奏一曲电影《生活的颤音》里盛中国的曲子，那时是看电影学电影，他们家也是敖鲁古雅乡里唯一会弹奏小提琴的人家，虽不出名但已经很奢侈了。他初中毕业以后就随母亲林卡一起到了姥姥的猎民点，开始背起了猎枪成了一个名副其实的猎民，放养驯鹿、狩猎是他当时追求和奋斗的目标。那时他已经领到配发的两种猎枪，小口径和军用半自动步枪，经常会随老猎人一起出猎，虚心向老猎人请教和学习狩猎技术，老猎人也很喜欢带着这位年轻的猎人，也是为本民族培养新一代的猎手。那是在一九八二年的初冬秋末时节，山里

猎民青年带头人——格里斯克

下了一场雨夹着鹅毛般的大雪，老猎民凭着经验预感到了一种灾难即将袭来，心情很沉重，开始为驯鹿的越冬而担忧起来。这年冬天的雪下得特别的厚，平均深度可达一米，深雪下面是第一场雨水结下的硬硬的冰壳。驯鹿最喜欢吃的苔藓就在这坚硬的冰壳下，驯鹿的本能只能用蹄子费力扒开厚厚的雪，但那坚硬的冰壳阻挡了它对苔藓的渴求，驯鹿面临的是难以挨过的饥饿，这样的灾难也使在大兴安岭森林里的大型或小型食草的野生种类也难以应对。历史上使鹿部落鄂温克猎民曾遇到过这样的自然场面，也曾因为驯鹿觅食不到苔藓而饿死，给猎民的驯鹿数量造成了巨大损失，因此使鹿部落称之为"白灾"。

猎民乡为了应对此项灾难，及时向上级争取了救灾款项和饲草等物资，积极组织调派车辆、人员为各个猎民点运送救灾物资，豆饼、草料成批艰难地运送上去，缓解了驯鹿食物需求。虽然面临了此等灾难，而猎民们照样出猎，进行冬季狩猎生产。格里斯克此时也背上了他的半自动猎枪，利用此时猎获猎物的最佳时机自行出猎了。

他在下乌力吉气干线的一个山坳里的平坦的树丛中一次猎获了七只犴（驼鹿），犴（驼鹿）的个头都不小。这些大型食草动物也是断了粮草，也找不到自己能吃饱的食物，加之雪的厚度也很深，它们行走也是很困难的，所以聚集在了一起。此次猎获这么多大型猎物也是给他创造了狩猎历史的记录，当时可称得上是小有名气的猎手了。但是在这寒冷的冬天，且天黑的也早，扒皮成了很大的难题，他点着了几堆篝火，轮番扒皮肢解着这体型硕大的犴（驼鹿），最后他背着一扇犴排浑身疲惫地回到了猎民点，外衣都被汗水浸透成了挂满白霜的硬壳。消息传到乡里很快都为他的狩猎成就而称赞，猎民点的犴肉盛宴也接连不断，也为乡里参与抗灾的人员增添了美食，那时除了优秀的年轻猎手哈协之后，格里斯克从此在同龄人中也是少有地获得了神猎手的称号。他也因为积极参与抗驯鹿白灾而获得了

乡里的选拔任用，给了他一个合同制名额，他当了一名乡民贸公司的售货员。在民族地区年满十八岁使鹿部落鄂温克猎民只要身体好都是允许配有猎枪的，这样他的猎枪仍在家中存放，偶尔会在节假日出猎获取额外的财富。飞龙、棒鸡、狍子、马鹿、驼鹿、獐子（麝香）等也都是经常猎获到的，所以格里斯克的狩猎也从未间断过。由于他在使鹿部落鄂温克猎民青年中的表现尤为突出，乡里正缺少一个团委工作的青年人，而且格里斯克很有培养前途，为培养使鹿部落鄂温克人的后备干部，通过乡党委政府有关领导的积极努力，最后让他来担当团委书记这一重要职务。就在敖鲁古雅鄂温克乡建乡暨猎民定居二十周年之际，格里斯克组建了敖鲁古雅"猎民青年联社"，创下全旗团委工作第一的好成绩，并获得了来自各方面的帮助和捐赠。"猎民青年联社"有专门的活动场所，里面设施俱全，彩色电视、音响设备、游艺设施及各种图书杂志等，还创刊了几期"猎民青年"自己的杂志，他又当主编又当作者，自己亲自撰写杂志里的内容，包括人生哲理的一些小故事或散文及诗歌。每逢重大节日都开展丰富多彩的活动，给猎民青年开展法制宣传教育等等，还积极为大龄猎民青年牵红线搭鹊桥，让猎民青年与外界联谊，"猎民青年联社"足实让使鹿部落鄂温克猎民青年感到快乐和对新生活的追求与向往，这也使得格里斯克在全旗的共青团工作走在了前列，经常会出现在新的传播媒体上报道他的业绩，他在使鹿部落猎民青年中已经步入了巅峰。也许是职业身份的特殊性，他还一直是合同制以工代干，也许就是这个原因使他萌生了一种莫名其妙的情绪，始终转不了正式干部，他有点情绪波动。也许在他风风火火地干工作的热头上被浇了一盆凉水，也许说了些风凉话，导致他工作的热情骤然下滑，经常抛开工作与其他好猎人一起出猎，吉普车、三轮摩托车等新型狩猎交通工具使他从中乐不思蜀。啤酒加山珍野味让他陶醉了、麻痹了……

他的这一情绪的波动让人们不得其解，为何这样？未来的乡干部、未来的乡领导、未来的乡长都非他莫属。也许他会走得更高、更远……

他在一九九一年的夏天,因犯心脏病而猝死在了经常一起狩猎的猎民青年毛夏家中,他——格里斯克从此永远地走了,走远了……那些与他一起狩猎和一起快乐的小朋友们、小兄弟们:米库勒、呼斯楞、毛夏等等一个个也都先后去了远方,也许他们在那里也曾相遇,也曾一起继续狩猎……

满归的清晨

　　清晨我漫步在满归西大街上，浓浓的白雾缭绕在凝翠山的山腰间，满归我已经很久没有这样欣赏了，满归的西大街两边是林业局各大机关的办公楼，最具代表的雕塑屹立在东面的道路中间，象征着森林的标志已经在这矗立很久了，这就是满归最具特色的地标建筑。满归林业的各个建筑早在八十年代初规划建成，那些富有划时代意义和超脱永久不褪色的水泥工程见证了满归林业的发展历程。历代林业人为满归的今天创造了辉煌！林业局气势恢宏的办公大楼给人以博大超前的理念，文体活动中心成为亮丽的风景，自然展馆更具冷极地区特色的风姿。天骄广场成吉思汗挥刀面向北方跨马驰骋的巨大雕塑矗立在道路南边，广场有晨练的人们。武警森林部队的早操号声响起，打破了满归寂静的清晨。航空护林站、北部林区管护局依次向西分布，再往西面就是永久的混凝土的激流河堤坝，茂密的杨树林像一面屏障遮挡住了远方的山峦。满归可以记住以玛拉哈、孟根为代表的第一代林业开发人，更要记住赵国江、李长国、王德先等为代表的第二代创业人，他们从小工队的普通工人干起，采伐、造材和运材，住帐篷在森林里穿行，成就了曾经拥有亚洲第一大贮木场殊荣，使鹿部落鄂温克人也得到了他们的很多帮助，为民族间的团结互助架起了友谊的桥梁，他们为满归的今天付出了艰辛的劳动和辛勤的汗水！为林区书写了辉煌壮丽的篇章。林业微波站高耸在美丽的凝翠山上，一千多个台阶是满归林业人一砖一石背上山顶，建起了一处具有满归特色的凝翠公园。满归的清晨真是有一个好去处，让你欣赏满归的美……

美丽的拜道尼河

在这美好的狩猎季节里达瓦和尼日特从遥远的奥年河将猎获到的二杠马鹿茸送回了猎民点,他们是随瑟勒给依老人一同去狩猎的,为了不影响鹿茸的质量瑟勒给依老人特意安排他们爷两个专程回猎民点,也是来取一些给养补充到下一个拜道尼河猎场所用。这次他们已经出猎一周多时间了,由于带的驯鹿不多,粮食及日用品已不够再到很远的地方狩猎了,在奥年河达瓦自己猎获了一只马鹿,正好猎民点也很久没有吃到新鲜的鹿肉了。哈协也刚从乡里回到了猎民点,带来了不少的半自动子弹及狩猎日用品,也在做准备随达瓦他们继续外出狩猎。

"你们在哪里打到的?"哈协问牵着驯鹿的达瓦。"在奥年河的崴勒打到的!"达瓦牵着三头驯鹿一边走一边回答。"咱们准备好明天向奥年河走怎么样?"哈协继续问。"好!没问题!"达瓦痛快地回答。

这次随哈协准备远猎的人很多,包括同在一个猎民点的伊日达和乌尤达及申木特,还有机关干部瑟仁洽。

美丽的拜道尼河

老猎人瑟勒给依与女婿乔考在奥年河那边等待他们呢，此次赴奥年河由达瓦带路，尼日特因为疲劳没有再跟随去。达瓦送回来的马鹿茸也被锯茸组带回猎业队了，可以放心地出猎了。哈协的老伴讷嘎刊抓了六只能驮东西的驯鹿，也带了不少的大米白面以及烤好的克列巴。伊日达和申木特也各带了三只驯鹿，达瓦牵了两只驯鹿。瑟仁洽仅带了一支半自动猎枪，他是跟随哈协学打猎，也是在见习和体验狩猎生活。

他们从阿乌尼的猎民点吃过午饭就出发了，按着鄂温克人的习俗男人出猎女人是不能为其送行的，所以哈协的老伴讷嘎刊没有走出撮罗子帐篷。他们在太阳落山后便停下来，"天黑了，我们就在这里过一夜吧！"哈协在前边说。"这是什么地方？"瑟仁洽问。"啊！这里是达铁玛，我们要趟过达铁玛河在河那边宿营。"哈协一边挥舞着锋利的猎民砍刀砍着挡着小路的树条子一边说，他肩上的半自动猎枪随着他的身体晃动着。借着黄昏的光线他们卸下驯鹿背上的鞍子，然后将驯鹿拴好在小树干上，各自忙碌着宿营的准备工作，有找干木头烧柴的、有到河边拎水的，还有解开行李的。很快篝火点燃了，篝火上挂起黑水壶开始烧水。今晚的晚餐很简单，红茶水吃克列巴再加点小咸菜。夜色很晴朗，但火光映得四周很暗。偶尔清脆的鹿铜铃声回荡在夜空里，哗哗流淌的达铁玛河水声伴随着他们一行入眠……

五月的山林空气清新爽人，杜鹃鸟很早就起来鸣叫着，震得整个山林像活动的画面，哈协他们匆匆地吃过早饭便整理行装背上鞍子又继续赶路。鹿队在蜿蜒的山林间小路行进着，不时地碰撞树枝发出沙沙的响声，猎狗在旁边随鹿队自由地奔跑着。瑟仁洽牵着两头驯鹿走在队伍的中间，他倒背着崭新的半自动猎枪，偶尔停下来整理一下驯鹿松动的鞍子。在行进的路上很少有人说话，都紧紧地跟着唯恐掉队。

他们又在中午的时候途径叫霍勒台河的河边稍事休息，给驯鹿卸下鞍

子轻松轻松，再找有苔藓的地方拴好，哈协他们又简单地烧水吃午饭。在去奥年河的路程中他们中途在外住了两宿，于第三天下午太阳落山前到达了瑟勒给依老人留守的营地——奥年河。

　　瑟勒给依老人与女婿乔考听到猎狗的叫声后走出了撮罗子帐篷，站在撮罗子帐篷门口朝狗叫的方向望着，鹿队很快走到了瑟勒给依老人的面前，哈协第一个分别与瑟勒给依老人和乔考握手，"达劳哇！""达劳哇！"他们用鄂温克语交流并互致问候。乔考也开始帮助卸鹿鞍子和拴鹿，哈协卸完鞍子拴好自己牵的驯鹿后把半自动猎枪倒挂在落叶松树的树枝上，他随瑟勒给依老人进了撮罗子帐篷里。瑟勒给依老人是一位已过半百的鄂温克老人了，面目上可以看到很多的皱纹。外面的人还在各自忙着自己的驯鹿和行李，把驯鹿拴在了周围有苔藓的地方，这时撮罗子帐篷冒起了淡蓝色的烟雾。

　　撮罗子帐篷里开始热闹起来，瑟勒给依老人坐在玛鲁神的位置上，乔考把黑锅里热气腾腾的鹿肉用盘子盛满端到瑟勒给依老人和哈协盘腿坐着的面前。"来吃新鲜的鹿肉吧！"乔考一边说一边又拿起一个盘子在继续盛黑锅里的鹿肉。"申木特把茶缸子拿过来！"哈协手里握着标有"根河精制白酒"商标的酒瓶喊着。伊日达和乌尤达在篝火的左面坐着，他们各从盘子里抓了块鹿排骨在吃，这时哈协将倒在白茶缸里的酒向燃着的篝火泼去，大约有三分之一多的酒泼向了篝火，篝火"轰"的一声火焰蹿出很高，直到撮罗子帐篷顶孔。"尼乎！尼乎！"哈协嘴里用鄂温克语叨咕着，这是鄂温克人狩猎最起码的规矩，是在向火神敬酒，以得到火神的保佑能有一个好的运气。瑟仁洽简单地吃了块克列巴就与达瓦背着半自动猎枪到附近的秃山坡转一转，撮罗子帐篷里的人在尽情地喝酒吃肉。他们两个轻手轻脚地端着半自动猎枪走近了秃山坡，达瓦突然在观察时发现了在山坡顶吃草的马鹿，瑟仁洽也看到了，原来是一只茸角不太明显的马鹿，两个

美丽的拜道尼河

人同时约好一起开枪射击,"咚咚!咚咚!"枪响后只见那马鹿好像受到惊吓向半山腰挪动了一下,之后瞬间向山顶跑去没了踪影。达瓦和瑟仁洽没有上山去继续寻找,因为那样会受到老人的谩骂和训斥的。他们两个只好闷闷地回到营地,把枪里的子弹卸下来后又把枪挂在树上,刚掀开撮罗子帐篷门还没有进去就听见瑟勒给依老人不高兴的问话:"看见什么了乱放枪!""我们看见了一只马鹿,然后打了两枪,感觉好像是那鹿受伤了!"达瓦站在门口的位置一边弯腰进撮罗子帐篷一边回答。"你们两个是不是把'崴勒'弄埋汰了?"瑟勒给依老人生气地说。"我们没有爬上山,根本就没弄脏它。"达瓦在辩解地告诉老人。"你们的枪法也太差了!打不着马鹿乱放空枪,把马鹿都吓跑了!"瑟仁洽听瑟勒给依老人这么说心里感到很内疚。"我们今天都好好休息啊!明天我们前往拜道尼河方向,申木特把驯鹿看好拴好,不要让一只驯鹿跑掉!"哈协大嗓门地对坐在撮罗子帐篷里的所有人命令着。"放心吧!驯鹿我看着没问题的!"申木特坐在篝火的右边手里握着一根鹿排骨肉回答。哈协也是在为两个年轻人解围,他的酒控制得很好,没有贪杯很清醒,瑟勒给依老人听哈协这么一说就不再磨叨了。

　　第二天吃过早饭就开始拆撮罗子帐篷围布和捆绑行李,逐个驯鹿背鞍子,瑟勒给依老人坐在没有围布的撮罗子帐篷架下的篝火旁喝着剩茶,其他人都在忙活着牵或链上驯鹿,达瓦到奥年河边打水浇灭篝火,因为是防火期所以对火的管理必须严格,认为没有一点星火才彻底地放下心来。哈协伸出手腕看看手表然后对已准备好的所有人发出命令,"准备好了出发!"鹿队在瑟勒给依老人的带领下出发了,向下一个猎营地——拜道尼河进发……

　　拜道尼河距奥年河也有一天的路程,瑟勒给依老人背着老式七点六二猎枪,这是使用已久的苏制步枪,看上去很笨重的猎枪,瑟勒给依老人已

119

经习惯用它了。老人身后还背着鄂温克人特有的背夹子，背夹子上捆绑着一把锋利的斧子和用面袋子装的不是很鼓的东西，右手还握着一把猎民砍刀，他老人家对这里的地形太熟悉不过了，所以只有他在前面砍着路标和修理道路两旁挡道的树枝。这是一条有很多年没有走过的猎人小路了，两边的小树都长得很密，如果不用砍刀去修整那简直是很难通行。哈协牵着驯鹿跟在瑟勒给依的身后，他手里的砍刀也闲不住，毕竟瑟勒给依老人年事已高，就是不牵着驯鹿他老人家也是很疲劳的，不时地砍路标和修整挡道的小树或横木。这回的鹿队拉得很长，走在前面的人看不到后面的人，因为茂密的树林只能够听见鹿铃声和走路的沙沙响声，偶尔会有几声人的咳嗽声，再就是前面的人停下来说话的声音。这个季节的天气是非常的晴朗和暖和，由于森林的茂密挡住了阳光的直射和暴晒，所以不感觉得闷热，但是每个人都被汗水浸透了衣背。瑟勒给依老人和哈协停下脚步等待后面的人，这时可以做短暂的休息，瑟勒给依老人从自己的衣服兜里掏出一个桦树皮烟盒，打开盖子从盒里倒出面状的东西在手心里，然后抵到下嘴唇里，之后将打开盖子的桦树皮盒递给哈协，"来一口吧解解乏！""好！谢谢！"哈协也用同样的方式往下嘴唇里放了一下，这是鄂温克人的口含烟，是最安全又解乏的烟种了，是无火的烟。瑟勒给依老人每次出猎都由老伴给做好够很长时间用的口烟，以备在狩猎途中享用。他们在休息中给驯鹿背上鞍子又重新修整和勒紧，以保证每只驯鹿的负载不会出问题。鹿队翻过一座座山岭，趟过一条条小河，偶尔会因为看不清道路而偏离了方向，在茂密的树林里穿行。瑟勒给依老人是很记路的，他们在下午的时候就到达了拜道尼河，选了一个认为宽敞的地方扎下营。各自都在忙活着属于自己的事情，卸鞍子拴驯鹿、找烧柴打水，瑟勒给依老人砍来三脚架杆准备支在篝火上，达瓦把一个装满水的黑水壶挂在三脚架上，篝火很旺地燃起，伊日达和乔考准备煮挂面，瑟仁洽累得躺在铺有鹿皮褥子上枕着鹿

美丽的拜道尼河

鞍子仰望碧蓝的天空，申木特和乌尤达在放驯鹿，给驯鹿拴上长长的绳子让其半自由地觅食。哈协整理着自己的用品，把一个皮包装的望远镜拿出来在观望，"这是来时与乡武装部苏日克部长借的望远镜，怎么样？"哈协给在一旁的瑟勒给依老人说。"挺好，不错，给我看看！"瑟勒给依老人一边说一边伸手去接哈协手里的望远镜，然后将望远镜双手握住向四周观望，"真好啊！好像就在眼前！"挂在篝火上的黑水壶很快开起来，达瓦从桦树皮盒里抓出一把茶叶放到黑水壶里，这是沏的红茶。达瓦把滚开的黑水壶从三脚架上提下来放到地上，先给其父瑟勒给依倒了缸茶水，又给哈协倒了一缸。"喝碗茶吃点饭睡一会儿，太阳落山时去蹲秃山！""你们就去北面的那个秃山吧，太阳落山时马鹿都会出来觅食的！""是的！"哈协一边喝着茶一边与瑟勒给依老人聊着。伊日达开始煮挂面了，他拿起两把纸装挂面往黑铝锅里。他们没有喝酒只是简单地吃了顿属于这个时辰的午餐。"这就是拜道尼河？怎么没有看到河流呢？"瑟仁洽在疑问。"是的，那河在北面的秃山坡脚下呢！距离这里不算很远！"瑟勒给依老人用手指着北面的秃山说。由于第一次参加夏季的狩猎，瑟仁洽很是兴奋，没有感到那么疲劳，别人都休息了而他在写日记，等待和盼望太阳落山的时间。

太阳渐渐偏西，哈协在篝火边擦拭着半自动猎枪，所有的人都坐起来了，喝着茶水和准备出猎的枪支弹药及行装，哈协一边打着绑腿一边安排出猎的人员，"乔考和乌尤达跟老人照看驯鹿，瑟仁洽、申木特和达瓦及伊日达与我一同出猎，你们一定要把驯鹿照看好啊！另外把猎狗也拴紧了，别让它们跑了跟着我们！现在不是用猎狗的时候！""放心吧！我们会照看好的！"乔考喝着茶水有点不太情愿地回答。乌尤达也没有吱声，只是低着头坐在一旁。"就这样定了！我们走了！"哈协说完就起身拿起半自动猎枪背上右肩，腰间的猎刀斜挎着。瑟仁洽背上自己的半自动猎枪后，哈协把望远镜也交给他背着。"这回你就用它观察马鹿吧！""好！"瑟仁洽完全像是全副武装即将出征的战士，子弹带、猎刀加望远镜背在身上很是气派。哈协在前面带路，瑟仁洽紧跟在他后面，达瓦在第三位，申木特在最后背着个木托掉漆的很旧的半自动猎枪。他们穿过了一段沼泽地距离秃山还有很远的距离开始观察，"把望远镜给我！"哈协站立在一棵落叶松树下说。"我们先看看远处的秃山吧！"瑟仁洽把望远镜取出来递给哈协，哈协接过望远镜就开始向远山望去。"哈哈！果真有马鹿啊！还是带小崽的呢！不错！""是吗？给我看看！"瑟仁洽也急着要望远镜看看究竟。随行的每个人都用望远镜看了一遍，"怎么办？"瑟仁洽问哈协。"那怎么办啊？绕过去呗！我们不惊动它们母子，咱们向它们东面的秃山靠近，在那里也许会还有带茸角的马鹿出现的！"哈协说完调整了一下背着的半自动猎枪，又更换了含在嘴里的口烟后继续向秃山靠近。哈协带领他们果真绕开了那带着小鹿吃草的母鹿，没有伤害它们母子俩。因为鄂温克猎人这个季节是不猎杀哺乳期母鹿的，目的是让马鹿永远地繁衍而不绝杀，也是鄂温克人不成文的狩猎规矩。他们来到了一个河边，这里距秃山很近了。"这是什么河？"瑟仁洽问。"这就是拜道尼河！怎么样？"哈协用右手指着这条河介绍。"啊！这条河不大啊！"瑟仁洽很惊讶的语气。"是的！它是一条很漂亮的小河！与奥年河一样汇入彼斯达莱河的！"哈协继续说着。"我们蹚过河对岸在那里蹲守等待马鹿的出现怎么样？""一切听你的安排！"瑟仁洽站在河边说。河水不宽也不是很深，但流速很急，河水里映着他们五人模糊的身影，他们没有挽起裤腿直接在浅地方蹚过去，在河对岸的密树丛里坐下来守候猎物的出现。太阳渐渐落山，这时秃山坡开始出现了马鹿的身影，"一只、两只！"瑟仁洽嘴里轻轻地数着，"怎么茸角都很小呢？""再等等！等有四平头的马鹿出来后找机会再射击！千万不要着急啊！"哈协跪坐在地上用望远镜观察着秃山，像是一位

美丽的拜道尼河

狙击手在注视着目标。"让马鹿们都出来吧，我们挑茸角长的最大的打，小茸角的不要打啊记住了啊！"哈协一边望着一边对所有人提出要求。"好好！一定记住！"其他人都小声回应。"哇！有十来个了！"瑟仁洽此生来第一次见有这么多的马鹿很是心跳。"我们分开队形各自找好最佳位置射击，不要放空枪啊！"哈协此时端着半自动猎枪吩咐着。其他人都按哈协吩咐的各自寻找最佳的位置，悄悄向秃山脚下靠近，申木特靠在一棵很粗的桦树背面举着破旧的猎枪，哈协已经没了踪影，瑟仁洽在一棵落叶松树下隐蔽瞄准，达瓦和伊日达也找好了位置。"咚咚！"哈协的枪首先打响了，紧接着枪声集中乱响起来！一只马鹿攀上了峭壁的悬崖昂着长有漂亮四岔茸角的头，简直是像一幅雕塑立在那里，"太美了！"瑟仁洽一边射击一边嘀咕着。申木特倚在大白桦树下不停地射击，好像他在使用老式苏造猎枪，不停地拉枪栓，他忘记自己的猎枪是半自动了，十发子弹也就打了五发，其他五发子弹都随着他拉枪栓跳出枪外草棵子里了。那高昂着头的马鹿镇定神情之后竟毫发无伤地随着鹿群跑下山没了影子，瑟仁洽、申木特和达瓦及伊日达鹿毛都没打着，整个秃山上的马鹿都被他们几个给乱枪打跑了。"你们过来个人到我这里，帮我把鹿拽下来！"原来哈协没空放一枪，他猎获了一只马鹿，瑟仁洽听到哈协叫声就爬上山坡。这时哈协已将砍掉的马鹿头抱着走下山坡，"哇！四平头啊！"瑟仁洽惊讶地走近哈协身边，"真佩服你的枪法啊！厉害！"申木特和达瓦仍不灰心地端着枪去追赶已经下山跑没了踪影的马鹿了。伊日达这时也爬上了山坡，与瑟仁洽一起把没有头的马鹿躯体拽下山。哈协将鹿头放在已经砍好的桦树条子铺的地上，他继续砍着桦树条子为扒鹿皮和开膛做准备。一切弄完了他又用快斧子将茸角带脑壳砍下来，"真是一幅漂亮的四平头啊！"瑟仁洽和伊日达在一旁羡慕地欣赏着这副马鹿茸。申木特和达瓦沮丧地回来了，"怎么没撵上啊？"哈协问。"没有！也没有发现受伤流血的痕迹！"申木特回答。"来咱们把鹿皮扒了开膛卸肉,趁天还不黑赶回营地!"哈协说着就开始挥舞起锋利铮亮的猎刀,几个人共同忙着扒皮拽腿,一会儿掏肠肚,一会儿又卸下一串鹿肋骨,鹿的心肝肺肾等都取出来了,每个人的双手都沾染的是鲜红的鹿血,申木特和哈协的脸上也都沾有血迹,这是扒皮开膛时拍打蚊子弄上去的,一个完整的马鹿躯体不到半小时肢解完毕。在扒鹿皮前伊日达点燃了一堆篝火以用来驱赶蚊子和小咬的,但蚊子小咬特别的多,使他们不停地拍打各个地方,以至于到处沾上了鹿毛和血,一切完毕后他们就在拜道尼河边洗去猎刀上的血迹及洗脸和手。"达瓦把鹿腰子拿过来!咱们先吃一个,留一个给瑟勒给依老人吃!"哈协盘腿坐在篝火旁从背夹子里取出装有盐的桦树皮盒时对达瓦说。鹿腰子没有在河里清洗,哈协接过达瓦送过来的鹿腰子就用猎刀割成片状然后蘸上大粒盐吃了一片,"真香啊!太好吃了!"接着他把整个鹿腰子往一个小瓷碗里切成若干小片,再拌上大粒盐,然后其他人都从碗里抓着吃,达瓦、申木特和伊日达连续抓了好几次吃,而瑟仁洽只抓了一小片吃。鹿腰子不是一般人能享受得到的东西,瑟仁洽也是第一次生吃鹿腰子,那带有血腥和马鹿的味道简直难咽下去,他硬着头皮吃下去了。"你真是成不了猎人!连这么好的东西都吃不了还打什么猎啊?"申木特在一旁边吃边说,嘴里嘴外吃的都是血。"不过我是真的享受不了这么好的待遇啊!"瑟仁洽坐在一边看他们吃。哈协将自己的蓝色上衣脱下来开始小心翼翼包裹带脑壳的鹿茸,然后又捆绑在背夹子上,"申木特你把鹿排骨背着和给老头的鹿腰子装上啊!把一颗子弹放到鹿肉上!""知道了!"哈协说完就起身拿起半自动猎枪背上背夹子,然后又拎起大砍刀在前面领路。申木特把一颗子弹放到卸完的鹿肉上背起捆有鹿肋骨的背夹子紧跟在后面。"你知道把子弹放到鹿肉上是为了什么吗?"哈协在前面走并问瑟仁洽。"不明白!为什么?"瑟仁洽一边走路一边回答。"那是为了防止其他猛兽来吃鹿肉,它

美丽的拜道尼河

们闻到了子弹的味道就不会靠近了！""啊！原来是这么回事啊！"此时天空已有星星在闪烁，森林里显得一片昏暗。哈协不时地抡着砍刀砍着小树和修理道路，这是为明天乔考他们来时做路标。在昏暗的森林里走路真是趔趔趄趄的，经常会有树条子绊脚或踩到泥泞的水坑里。很远就听见营地的猎狗在狂吠，此时瑟勒给依老人与乔考和乌尤达在篝火旁等候狩猎的归来，他们也听到了那一阵的乱枪声，也能够猜想到出猎的人遇见了很多猎物。果真在哈协他们到达营地后乔考就问了申木特。"你们打住几个啊？放了那么多枪！""就老哈打着一个，我们鹿毛都没打掉！"申木特坐在燃烧着的篝火旁一边脱掉已是湿透了的黄胶鞋一边说。哈协已坐下来喝着浓浓的热茶并与瑟勒给依老人聊着狩猎的话题，乔考将申木特背夹子上的鹿排骨卸下来用猎刀分解着，然后将分解下来的鹿排骨放进吊在篝火上的大黑铝锅里。瑟仁洽和达瓦则靠在自己的行李上光着脚丫子咀嚼着克列巴和喝着茶水。黑铝锅里的鹿排骨肉很快炖熟了，乔考把黑铝锅从篝火的三脚架上端到地上，借着篝火的光亮从黑铝锅里往盘子里夹鹿排骨，"大家都准备吃鹿排骨吧！"乌尤达和伊日达凑上跟前每人抓了根排骨到一边吃，瑟勒给依老人则在篝火旁用猎刀割着还很新鲜的鹿腰子吃，时而割下一片给乔考和乌尤达，他们吃得很香。"真可惜有好肉没有酒啊！"申木特在一旁逗着笑话。"明天申木特你与乔考和乌尤达牵四个驯鹿去驮肉吧！其他人可以好好休息了！"哈协又在做明天的安排。晴朗的夜空一片寂静，偶尔会听到几声清脆鹿铃声，山林里空气清新怡人，他们吃过了看似丰盛其实极其简单的晚餐便都躺下了，由于狩猎的疲劳很多人很快进入甜美的梦乡……

　　第二天吃过早饭申木特就与乔考和乌尤达牵着四头驯鹿到拜道尼河边驮马鹿肉去了，杜鹃鸟在四周轮番叫着，营地的人也各自忙着属于自己的事情，瑟仁洽拎着斧子找站杆准备烧材，达瓦和伊日达看放驯鹿，给驯鹿更换有苔藓的地方，哈协在擦拭着自己的半自动猎枪，瑟勒给依老人则坐在篝火旁喝茶水与哈协聊着曾经在这里狩猎的往事，"以前我们的猎民点就在这附近，我们从奥年河到拜道尼河然后再到塔拉坎，那时这里的猎物简直是太多了！""是啊！那时是什么年代啊？森林里没有盲流偷猎下套子的！现在到处都是盲流下的铁丝套子！""现在大兴安岭的闲散没事做的盲流太多了！不偷猎他们吃什么啊？""就是啊！"这时，瑟仁洽右肩上扛着一根很粗很长的干木头走到离篝火很近的地方，他一闪肩将木头扔在地上，然后放下左手中的斧子揉揉右肩，看来木头很沉把肩都压疼了，他又拿起斧子开始将长木头砍成两米多长段。砍完了又去找放站杆，连续扛回了五根木头，他弄完后对哈协说："怎么样？这回桦子够烧了吧？""太够了！明天就离开这里了！"哈协也没看他整多少桦子就顺口回答。

　　瑟仁洽砍完了桦子就躺在自己的铺位休息，这时哈协走过来坐在瑟仁洽旁边，"我给你讲这杜鹃鸟的故事吧！你听过吗？""没有听过！"瑟仁洽感到有些神秘的样子。"这杜鹃鸟是萨满的神鸟，你要是迷路了你就把它打下来，然后把它放在你的枕头下面枕着它睡觉，它就会在你的梦中带你找到迷失的方向，这是绝对的！不信你去打一个枕上试试！"哈协讲的更神秘了。"我可不敢伤害到萨满的珍贵鸟！不敢！不敢！"瑟仁洽真的很相信萨满的，他对哈协说"那也真是太神了！""你相信吗？"哈协继续问。"我绝对相信！"瑟仁洽不想再听哈协讲了就敷衍的回答。因为他知道萨满是鄂温克猎人里最厉害的神了，瑟仁洽是非常崇拜的！

　　哈协见达瓦和伊日达看完驯鹿回到篝火边就问，"达瓦驯鹿没事吧？没有跑的吧？"达瓦端着茶缸站在篝火边说："啊！驯鹿没问题，吃的都很好，我们给它们换了苔藓多的地方能够吃饱，驯鹿都很老实！""我得该准备做饭了！驮肉的快回来了！"伊日达拢了拢篝火中似燃非燃的桦子使其燃起来。"今天焖一锅米饭吧！几天来不是挂面就是克列巴的！换换

美丽的拜道尼河

口味吧！"哈协仰靠在行李上望着碧蓝的天空对正在准备做午饭的伊日达提建议。"行啊！不是还有一扇鹿排骨没有炖吗！我把它炖上，那就来一个鹿排骨和米饭了！"伊日达做饭还是一把好手，出猎几天来都是他与乔考动手做的，每次做一大锅饭都不会剩下，也许是在野外人的体力消耗大，饭量也就大的原因吧！

申木特也是一位成手的猎人了，但与哈协相比还相差一些，据他自己说他比较善于逮雪兔，特别是冬天的季节里，只要雪地上发现雪兔的足迹，这只雪兔就不会跑掉成为他的猎物。他平时也是好喝点酒，干起活来却是一位从不叫苦叫累的，他语言也很少。哈协派他带领乔考和乌尤达去驮肉是对他的信任，特别是对驯鹿背鞍子有一套，一头马鹿正好用四只驯鹿就可以驮运回来。申木特他们按着昨天回来砍的路标去到拜道尼河边，他还是背着他那破旧的半自动猎枪，以为还能碰到什么猎物呢！他们到了拜道尼河边将驯鹿分开拴在存放马鹿肉旁的小落叶树上，然后将马鹿肉按着相同重量分好并用犴皮绳捆绑好后背鞍子，乔考和乌尤达也只是帮着牵着驯鹿或扶着一边的鹿肉，他们用一个一个驯鹿将马鹿肉背上鞍子然后扎紧驯鹿肚带，申木特这回牵着负载最重的两只驯鹿，而乔考和乌尤达各牵着负载不是很重的一只驯鹿，因为他俩对修整鞍子不太会，以免得在回来的路上因驯鹿肚带松后滚鞍子或鞍子篡位，所以申木特很会照顾人。

营地上的人做好饭后都在等待申木特他们驮肉归来，有的喝着茶水，有的躺在自己的铺位，瑟仁洽靠在行李上继续写他的日记，此时已是中午的时间了。达瓦每隔一个时辰去照看一趟驯鹿，瑟勒给依老人偶尔与哈协搭话聊着下一步的打算。"明天我和申木特带着驯鹿返回去吧，把你打的'四平头'抓紧带回，以免鹿茸坏了！"瑟勒给依老人一边喝着茶一边很认真说。此时半躺在行李上的哈协坐起身来，"那也行！我们明天继续前往塔拉坎碱场！""塔拉坎碱场我已有很多年没去了！很想念那个美丽的

127

地方啊！也不知还有没有机会再去了！"瑟勒给依老人深沉地说。"您一定还会有的！"哈协认真地听瑟勒给依老人家叨咕完后说。"谢谢！"这时的瑟勒给依老人表情更凝重了。突然两只猎狗狂叫起来，原来是听到了申木特他们驮肉回来了，很快申木特的身影出现在营地不远的空旷的地方。远远望去申木特牵着的驯鹿背上鲜红的肉特别明显。"速度很快啊！不愧是老猎了！"哈协说。

　　申木特他们回到营地后把驯鹿背上驮的马鹿肉连带鞍子一起卸下后就将驯鹿交给达瓦和瑟仁洽，瑟仁洽和达瓦把驯鹿牵至鹿群中，申木特、乔考和乌尤达坐下来先喝茶水，看上去他们不是很累，而是很口渴，一个二大碗的茶水咕嘟咕嘟喝个干净。午餐是米饭和鹿排骨，这是他们出猎以来吃得最饱最香的一顿饭。他们终于在第三天离开了拜道尼河，两个鹿队分别向两个方向行进，瑟勒给依老人和申木特牵着四只驯鹿驮着哈协打的马鹿茸和鹿肉向阿乌尼返回，而哈协他们继续向新的猎场塔拉坎大碱场进发。

　　哈协仍是牵着驯鹿在前面领路，瑟仁洽跟在他的后面，之后是伊日达和乔考，达瓦则在队伍的最后。他们路过了一处猎民点旧址，"这个地方就是瑟勒给依老人曾经住过的猎民点，你看撮罗子帐篷架都枯朽了！"哈协对跟在后面的瑟仁洽讲。"啊！那是很久以前的事情了！很古老啊！"瑟仁洽一边走着一边不住地看着那已经塌落在地的撮罗子帐篷枯朽的斜撑杆。"这一带就是布劳陶廷的狩猎和迁徙的活动地！"哈协继续说。这里的森林树木植被都显得那么的古老和苍翠，给人的直观感觉这里很久未有人活动了，倒是显得一番更加神秘的味道。在接近中午时天空下起了蒙蒙细雨，这也是入夏以来第一场雨，他们冒着这细雨行进着，因为这个季节也不是有雨的天气，所以他们没有一个人带来雨衣的，通过长时间的行进小雨打湿了他们的衣服和裤子，头发都像是刚淋过浴似的湿漉漉的。"好了！我们不要再往前赶路了，在这个地方住下吧！要不把我们的行李都浇透了晚上怎么住啊！"哈协感觉时间也已不早了，再加雨又下个不停只好选择在这里的一个小山坡上住。他把牵着的驯鹿卸下鞍子拴在小松树干上，驯鹿被卸下鞍子后都晃抖了身子上的雨水。"我们在这里搭撮罗子帐篷住吧！""行！行！等明天晴天了再走！"伊日达站在中间的位置赞同地说。所有人都开始忙碌起来，先把驯鹿拴好然后找出塑料布把鞍子和行李遮盖好，哈协在附近的地方用砍刀放倒小落叶松树，然后将树枝砍光捎带着树皮，他在砍做搭撮罗子的木杆——斜攘，达瓦也在砍做撮罗子帐篷木杆，乔考开始寻找烧柴和桦树皮准备点篝火，伊日达拎着黑水壶和黑铝锅去小河边拎水，撮罗子帐篷架很快就支起来了，搭建了两个撮罗子帐篷并用帆布围子围好，哈协将砍下的落叶松树枝和树皮抱进撮罗子帐篷里散铺到篝火周围的地上，然后在上面又铺上鹿皮褥子，今晚的居住环境可谓是最舒适不过了。在傍晚蒙蒙雨中两个撮罗子帐篷都冒起了浓浓的烟雾，弥漫在湿漉漉的山林间。所有的驯鹿都被达瓦和乌尤达拴上长绳子安排在有苔藓的林间空地上自由觅食。乔考和伊日达忙着今晚的晚餐，这是一天来的第二顿饭。"还有鹿肉呢！先把鹿肉炖上！吃完肉再下挂面煮！""行啊！反正天也不早了！"他们两个商量着晚餐的内容。哈协很有心计，他在拜道尼河那里将马鹿的里脊肉割下来后喂上盐，存放在自己的包里，他此时将肉拿出来用削好的桦树条子穿成串，然后插在篝火边的地上烤着，篝火燃的很旺，照的撮罗子里通亮，搭在撮罗子斜攘杆上的衣服被篝火烤的散发着潮气。为了防止猎枪雨天上锈都放在了撮罗子帐篷里的各个角落并斜靠在帆布围子和斜攘木杆之间，哈协的大黑猎狗也钻进撮罗子帐篷里找到自己的位子趴着，瑟仁洽光着脚丫子靠在行李上望着篝火，篝火边哈协烤的肉串滋滋冒着水分，篝火上的三脚架挂着黑水壶。另一个撮罗子帐篷里伊日达和乔考煮着鹿肉，乌尤达在忙着铺整自己的铺位，今晚吃过晚饭后他们三人将在一起住在这个撮罗子帐篷里，瑟仁洽和达瓦将与哈协在另一

个撮罗子帐篷住，这样不显得拥挤，而且都能够休息好。外面的雨还在下着，打得撮罗子帐篷帆布围子嗒嗒响。"这里距塔拉坎不是很远了！也许我们明天中午就到了！"哈协将烤好的鹿肉串用猎刀割下一块递给瑟仁洽，"啊！从拜道尼河到这里也就一天的近距离啊！""是的！如果不是下雨我们贪黑就到达那里了！"他们一边吃着烤的鹿肉串一边聊着。达瓦也接过哈协给他的鹿肉串开始吃起来，"真好吃啊！""鄂温克人就这么吃肉！"哈协又说了一句。伊日达从他们的撮罗子帐篷里把煮好的鹿肉用盘子端过来，"来吧先吃鹿肉！那边在用鹿肉汤煮挂面条呢！"说完将盛有鹿肉的盘子放在哈协跟前的地上，鹿肉热气腾腾地散发着香味。"乔考和乌尤达他们两个怎没过来呢？"哈协问。"我们在那个撮罗子帐篷吃！乔考在煮挂面！乌尤达光着脚丫呢！""都过来一起吃呗！茶水都烧好了！吃饱喝好回去再好好睡上一觉呗！"哈协说。"好！我把他们叫过来！""还有给你一块我烤的鹿肉尝一尝！"伊日达接过哈协递给他的鹿肉，"谢谢啊！"说完就转身离开了撮罗子帐篷。过了一会三个人拎着黑铝锅来到了哈协在的撮罗子帐篷里，乔考将没有煮熟挂面条的黑铝锅又挂在篝火上的三脚架上继续烧煮。哈协把剩下的烤肉分别割给乌尤达和乔考。"来品尝一下烤的鹿肉吧！比羊肉串好吃！"他们一边喝着茶水一边吃鹿肉唠着嗑，篝火边还有切成条的克列巴。

早上起来时太阳已经升起，远山的林间缭绕着淡淡的晨雾，那雾就像一条洁白轻柔的纱巾漂浮着，雨后的空气非常清新，落叶松树的绿叶上挂着晶莹剔透的水珠，更显得毛茸茸亮闪闪。

他们又简单地吃过早餐开始打着行李，拆下撮罗子帐篷围子，这重复的工作使他们已经不厌其烦了，最麻烦的是捆绑行李，这个是算作技术性的活基本都是哈协来做和完成。瑟仁洽和乌尤达及乔考也只能配合着牵抓驯鹿，做些狩猎中简单的事情，达瓦还是要比他们较熟练的。

美丽的拜道尼河

驯鹿队在林间蜿蜒穿行着,不时地碰到小树时就会像雨一样使树上的水珠散落下来,浇在人和驯鹿的身上。他们终于在中午时到达了目的地——塔拉坎。"好了!我们总算是到了!"哈协在前面停下了脚步,把牵链着的驯鹿分解开并拴在旁边的小树上,又一个一个驯鹿卸下鞍子。他们这回要搭建一个大的撮罗子帐篷使大家能够住在一起,哈协认真地挑选匀称的落叶松树,按着撮罗子帐篷需要的数量先把树用斧子放倒,然后再用砍刀修理掉枝丫,按传统的搭建法不用钉子或铁丝支起撮罗子帐篷。在这里他们可以多住些日子,所以撮罗子帐篷一定要搭建得坚固些。这里是长满蓝莓秧的很平坦的地方,苔藓也很多,达瓦和乌尤达把驯鹿也都拴放好了,由于光忙着搭建撮罗子帐篷他们午饭吃的很晚,"下午出猎得有人看家,乔考你看家吧!其他人与我到碱场!"哈协一边吃着一边说。"行的!我看驯鹿!"乔考没有意见痛快的答应。这里距碱场很近了,为了不影响猎物的出现,所以必须要选择有一定距离的地方,这样方便放驯鹿也不会惊动猎物,更不会让猎物闻到陌生的味道和气息。

他们于下午四点时出猎了,哈协牵着他的大黑猎狗在前面带路,瑟仁洽、达瓦等后面的人紧跟着,他们沿着山坡上的猎人小路轻飘飘地向塔拉坎大碱场靠近。"大家不要说话了!动作要轻!马上就到碱场了,也许会有猎物在吃碱场呢!"哈协停下脚步对后面的所有人轻声地说。哈协说完后又继续朝前走,后面的人一听他这么说就更是心情着急,都默默期待着猎物的真正出现。穿过山坡的密树林眼前很快看到一马平川的开阔地,哈协突然停下来用手势比画着示意后面的所有人都不要出声,这时哈协把大黑猎狗紧忙叫瑟仁洽牵着,"抓住它不要让它跑了!"这是哈协为了稳当射击把猎狗让瑟仁洽牵管着。哈协选择了最好的射击位置,他将半自动猎枪有倚托地靠在一棵大粗落叶松树上瞄准着,瑟仁洽在后面根据哈协的瞄准方向弯着腰窥视着,"哇!又是一只四平头马鹿啊!"他张大嘴差点没说出声。这只马鹿正在没有任何障碍物遮掩的平地上低着头啃吃碱土，哈协认真地瞄准，不断地调整射击姿势，因为距离太远了，他自己都感觉没有太大的把握。"咚咚！"两声枪响，只见那四平头马鹿猛地抬头愣了神后调转头向南面箭一样没了踪影，"赶紧把狗放了！"哈协喊。其实在哈协枪响后大黑猎狗就看到了猎物，它使劲地挣脱绳索有一股爆发力，没等解开拴在大黑猎狗脖子上绳索时，大黑猎狗蹿出去了，直奔马鹿飞跑的方向追了上去，哈协这时也紧随着小跑，到达了马鹿开始站着的位置观察是否有血迹，他刚到那里就对跟在后面的人说："这头马鹿中弹受伤了！"不一会儿就听见大黑猎狗在附近的沼泽地里狂叫着，哈协端着半自动猎枪直奔狗叫的方向快速跑去。"咚！"这时枪声又响了一声，瑟仁洽和达瓦也很快趟过一条不是很宽的小河，一前一后地走到了哈协身边，只见一头长有标准四岔的马鹿呈卧姿已经毙命。哈协也把大黑猎狗抓住拴在小松树干上，怕猎狗把鹿茸咬坏。"真带劲！漂亮！"瑟仁洽站在马鹿旁仔细地欣赏着美丽的"四平头"。"你们都过来吧！我们开始扒皮和开膛！趁着还没黑天抓紧弄完它！"哈协说完从腰间拔出锋利的猎刀开始从马鹿的颈部下刀割，遇到割不动的部位就用小快斧子砍。"达瓦你过来把住它的茸角！"达瓦赶紧从旁边走过来双手握住茸角根部，整个带茸的头被砍卸下来，达瓦把带茸的马鹿头抱到一个比较平坦的地方放好。"把它掉过身子来！瑟仁洽把住鹿的后腿！"哈协说着左手握住马鹿的前腿，右手握着带血迹的猎刀从腿部开始豁开！达瓦也掏出挎在腰间的猎刀豁着马鹿后腿，两个人两把猎刀同时忙活着，鹿皮很快扒开，哈协在割卸鹿鞭时不慎将马鹿的一个睾丸割掉了，他把睾丸已经撇到地上了，瑟仁洽见哈协把鹿睾丸扔在地上便问，"你怎么把它扔了？""没用了！无所谓！"哈协只顾割卸鹿的其他部位头也不抬地说。"不要我要！这可是件好东西啊！"瑟仁洽说完就捡起地上的鹿睾丸塞进自己的军棉袄的里兜。"那你就当鹿鞭用

美丽的拜道尼河

吧！"哈协仍开玩笑地说。乌尤达和伊日达不停地将分割下来的部位放到一边，他和达瓦肢解完了马鹿后又取出一个鹿腰子，分别给乌尤达和伊日达割了一小片，这回他们没有带盐来，也就那么淡淡的生吃了鹿腰子，瑟仁洽一片也没有吃。"剩下一个鹿腰子给看家的乔考留着吧！达瓦你把那个鹿腰子装起来吧！"哈协说完就将卸下来的鹿肉用树条子掩盖好后又放了一颗半自动子弹。"好了我们回营地吧！回营地继续炖排骨！那鹿排骨就由伊日达背着吧！我还是背着这副鹿茸！"哈协说着就背起捆有鹿茸的背夹子，半自动猎枪搭在左肩上，然后又解开拴在小树上狗的绳索将大黑狗牵上向营地返，此时天色已经暗下来了，他们深一脚浅一脚地在泥泞的沼泽地里走，到达营地时已经很黑了。营地留守的乔考已经做好了晚饭在等待哈协一行的归来，远远地看见撮罗子帐篷顶孔蹿着篝火火星。"回来了？怎样啊？"乔考站在撮罗子门外见走过来的哈协就问。"还可以吧！等急了吧哥们？"哈协一边说着一边把背在身上的背夹子放下来。"哥们过来帮个忙吧！"哈协让乔考帮助接过捆有鹿茸的背夹子，"哈哈！又闹一个啊！你可真神啊！"乔考一边接过背夹子一边惊讶地说。哈协这时把猎狗放开后又将身上的半自动猎枪摘下枪管对着天空拉开大栓把膛里的子弹退出来，又松开大栓扣动扳机听了空响后就握着半自动猎枪钻进了撮罗子帐篷。其他人也都与哈协一样将子弹退出认为安全了才把猎枪带进撮罗子帐篷里，从微妙的动作里就可以看出鄂温克猎人对枪的安全管理的重视和狩猎的规矩。

"来！来！咱们先把鹿排骨炖上！别着急吃！好饭不怕晚！"伊日达借着篝火的光亮开始分解鹿排。"好！来了！让着点！"这时乔考也把盛有大半锅清水的黑铝锅挂在篝火上的三脚架上，"水壶里是烧开的茶水！你们先喝茶水吧！"。

哈协脱掉湿透了的胶鞋和袜子，将两只胶鞋用鞋带儿拴在一起又挂到

撮罗子帐篷"斜攥"杆上,袜子搭在横杆上。瑟仁洽也脱掉了鞋子和袜子光着脚丫盘腿坐在篝火边喝着茶水。"你们知道这个碱场的来历吗?"哈协也一边喝着茶水一边问着。"不知道!你给讲讲吧!"瑟仁洽挨坐在哈协旁边说。"这个碱场曾经是一位苏联人早在一九三几年为专门狩猎建造的,当初在碱场旁边建有一个碉堡似的小木刻楞屋,这位苏联人在这里撒了很多的盐,目的是让这个地方土质盐碱化,以吸引更多的猎物来觅食盐碱,据说这位苏联人猎获了很多马鹿和犴。从那以后我们使鹿鄂温克人知道了他的这个地方猎物多,也就从此每年都在春秋两季来这里蹲碱场!你们没看见那黑黑的土地上什么动物的脚印都有!就像牛圈马圈一样!马鹿和犴及袍子在此活动最多!这里熊和狼也多!"哈协讲得很起劲,他一边喝茶一边讲。乔考用削好的桦树条子翻弄着黑铝锅里的鹿排骨,这是在让鹿排骨肉能够熟透。"鹿排骨差不多了吧!"哈协问。"应该差不多了!"乔考说。"大家都开始吃吧!今天好好休息!明天瑟仁洽和达瓦看家!乔考、乌尤达和伊日达跟我去驮肉!"哈协又在饭前布置明天的活动。"乔考你吃鹿腰子吧!特意给你留了一个!达瓦把鹿腰子放哪里了?"哈协又在说。"我给忘了!不好意思啊!"达瓦说完从自己的挎包里将一个鹿腰子拿出来递给乔考。"你还想独吞啊达瓦!"哈协开着玩笑说。"瑟仁洽你为何还不吃一口啊!猎人应具备的三大要素你都没有!""什么三大要素?我怎么从来就没听说过啊!"瑟仁洽听哈协说完就反问。"是这样的!一句话就是鹰眼狼胃兔子腿!"哈协简单扼要地说了一遍后又详细解释着,"鹰眼就是我们鄂温克猎人有鹰一样的敏锐的眼睛,在很远的距离就能够看到猎物!"哈协说到此后抓起一根鹿排用猎刀割着吃了一块肉,"那么狼胃就是像狼一样吃生肉!什么鹿腰子鹿心和鹿肝的!"说到此时引来撮罗子帐篷里的人哄堂大笑。"笑什么笑!这是真的!再说兔子腿吧!兔子腿就是我们鄂温克猎人走路要比兔子跑得还快!""哈哈哈!哈哈哈!"

美丽的拜道尼河

撮罗子帐篷里传出的笑声震响了这寂静的山林。

  第二天吃过早饭哈协带着乌尤达、乔考和伊日达牵了四只驯鹿去碱场边驮马鹿肉了，营地里留下达瓦和瑟仁洽，他们两个人在营地就是负责把驯鹿看放好，让驯鹿尽可能吃饱。"今晚咱们两个蹲碱场去吧！""我看行！这么好的大碱场不蹲守一次白来了！"达瓦和瑟仁洽一边给驯鹿点着蚊烟一边商量着今晚出猎的事。

  哈协他们快要到达碱场时又发现了一头马鹿，"别动！别动！"哈协停下脚步转身对后面的人摆着手势一边小声说一边将牵着的驯鹿拴在小路旁边的一棵落叶松树上。他端着枪右手轻轻拉开大栓将子弹上膛，选择了一个射击视线好的位置，倚着一棵小落叶松树干上瞄准，然后又轻轻扳开保险，"咚！"哈协的枪响了，他没有打连发，后面的人还以为没打着呢！"可以了！"哈协说完立起身将半自动猎枪又搬上保险背上肩，解开拴在树上的驯鹿笼头绳子，也没向后面的人告诉或说打着和没打着的事情继续在前面走。在哈协射击的整个过程中后面的乔考、乌尤达和伊日达始终没看见哈协看到的猎物，还以为是其他什么小猎物呢！结果走到那个猎物的尸体旁才惊讶地发现是一头长有三岔的马鹿。"哇呀！又是一个啊！这回看你怎么往回驮吧！"伊日达牵着驯鹿站在马鹿的尸体旁说。"既然打到了就不犯愁把它驮回营地的！现在开始收拾它！"哈协说完把驯鹿找了有树的地方拴上，然后把背夹子的斧子解下来，"过来个人！帮我把住它的茸角！"这时乔考走过去蹲下身子把住鹿茸，哈协先用猎刀开始豁开马鹿颈部的外皮然后割断喉咙等周围部位，又用斧子砍断颈椎骨，马鹿头与尸体分离。紧接着还是按顺序进行扒皮开膛肢解，一切都是按着使鹿鄂温克猎人的规矩进行。这头马鹿的茸角与先前猎获的茸角不同，呈红色皮肤白茸毛，茸干不是很粗但很匀称。他们将这头马鹿肢解后放在了一边，哈协又把茸角带脑壳砍下来捆绑在背夹子上。"我们先把昨天那个驮回营地，然后再来驮这个！"哈协背起背夹子和半自动猎枪对伊日达说。"行啊！一切听你安排！你说咋办就咋办！走！一趟是肯定驮不回去的！"伊日达牵着驯鹿望着碱场的北山说。他们牵着驯鹿趟过了不是很深的塔拉坎河，把昨天猎获的马鹿肉捆绑后背鞍子驮回营地。由于猎获到的猎物超乎来时的想象之外，所以很让哈协心里直犯嘀咕，他担心的是这么多的马鹿肉如何带回阿乌尼的猎民点。也是啊！驯鹿总共才有十五只，要把现在的马鹿肉驮回阿乌尼的猎民点还真不够用，所以他们还要想尽一切办法。"有招了哥们！咱们把马鹿肉剔了骨头晒成肉干带回去吧！那样一块肉不会落下！"伊日达在出着主意。

他们这一天来回地驮了两次才把两头马鹿肉驮到了营地，伊日达、乔考开始卸肉剔骨了，将所有鹿腿肉都剔骨后割成条状撒上盐搅拌挂在横杆上晾晒。这个横杆还是达瓦和瑟仁洽搭建的，就是用来晾晒挂鹿肉的。这回他们的伙食是天天吃鹿排和鹿肥肠了，鹿心血用塑料布摊开晾干。

下午太阳没落山前达瓦和瑟仁洽背着半自动猎枪去蹲碱场，达瓦见哈协这么运气打了三头马鹿感觉心里不是滋味，所以带了棉衣和绒裤准备晚上在碱场住一夜，想试试他的运气。"这个就是哈协昨天讲的那个苏联人建造的木刻楞暗堡吧？"瑟仁洽和达瓦来到碱场边的一个已经看不出木刻楞模样的地方，"是的！就是这个地方！已经看不出暗堡模样了！"达瓦说。"别乱走动！否则就将我们的气味留在这里容易被猎物闻到的！马鹿的嗅觉是最灵敏的！"达瓦继续说。"那我们在哪里蹲守呢？"瑟仁洽倒背着半自动猎枪问。"咱们到河边的树林里去隐蔽蹲守，那个位置不错！""那好！"他俩一边说着一边向河边走去。

此时的营地撮罗子帐篷里他们吃着晚饭，"这没有酒的滋味真是不好受啊！连这么好的肉都吃不进去啊！"哈协盘腿坐在玛鲁的位子用猎刀割着鹿腰子在吃。"是的啊！白瞎这鹿排了！谁让我们把酒带少了呢！"为

美丽的拜道尼河

　　了不影响狩猎他们此次确实酒带的不多,如果白酒带多了也许不会有现在的收获的。"那天咱们与瑟勒给依老人分手后,他老人家和申木特是不是也被雨浇了呢?"哈协在担心地说。"明天我们在这里再住一宿,后天启程回阿乌尼猎民点!晾晒的鹿肉明天一天怎么也干得差不多了!""太差不多了!现在白天天气多热啊!"伊日达接着哈协的话说。他们你一言我一语的一边吃肉一边唠着嗑。

　　碱场边达瓦和瑟仁洽静静地等候猎物的到来,成群的蚊子不时向他们两个袭来,"注意啊!不要说话!"达瓦在提醒着。"知道了!"瑟仁洽怀里抱着半自动猎枪回答。夜里只有几声鸟叫和河水声外没有任何的动静。守候了一夜什么猎物也没有来碱场,达瓦和瑟仁洽只好悻悻地回营地了。

　　这一天谁也没有出猎,都在准备着明天返回的事情,给驯鹿点蚊烟和换苔藓多的地方,"这鹿心血怎么不愿意干呢!"乌尤达翻弄着塑料布上的鹿心血说。"鹿心血就是这样的!这可是纯正的啊!干差不多时给你们都分一些带回去家人享用或送朋友吧!这是好东西啊!"哈协用手捻了一小颗粒干血说。伊日达在撮罗子帐篷外面的一个横杆下点燃了篝火,将大黑铝锅挂在篝火上的三脚架上继续炖肉,把那些剔完肉的鹿腿骨颈椎骨还有鹿头骨扔进锅里,还留一些骨头带在回去的途中吃。烈日下成群的苍蝇嗡嗡围着鲜肉飞落,有的肉上很快下了一堆蝇蛹。哈协把两个鹿鞭挂在篝火能够烟熏的横杆上,这个横杆也是达瓦和瑟仁洽做的,也是猎民点经常用来做饭的地方。篝火上的黑铝锅冒着滚滚的热气并弥漫着撩人胃口的肉香味。在这里他们也是最后的一天的生活了,下次什么时间能够再来此狩猎也是未知数了!但这里留给他们每个人的感觉都很难忘的,因为这里的确是很好的猎场。

　　他们在回来的途中住了两宿,走到奥年河时他们看到了树上有红布条拴着,每隔一段距离都有布条拴在小树或灌树条上,而且都与猎人小道旁不远处，快到河边时看到了有塑料布搭建的窝棚，一会儿又看见一个背着崭新的半自动步枪的人，距离很远站在河边的树林里，这个人还戴一副眼镜，哈协首先向他打了声招呼，"哪里的？干什么的？""你们好啊朋友！"他用一个很特别很陌生的口音说着，"我是讷（内）蒙古设计院的！在搞勘察设计！准备修公路！你们是？""啊！我们是使鹿部落鄂温克人！好了再见朋友！"哈协背着半自动猎枪牵着驯鹿用右手打着招呼示意再见，而那个戴眼镜的人背着枪驻足观望这一让他也陌生的画面。

　　此时的山林间已经绽放了鲜艳的达子香花，给山林装扮了靓丽的色彩，杜鹃鸟在山顶上清脆地鸣叫着！像是在欢迎满载而归的猎人归来，在小憩时哈协换了口含烟叹口气说："这回完啦！""怎么完了？"瑟仁洽问。"你们没听见那个背枪的人说准备修公路吗！这一修公路那塔拉坎大碱场就会被破坏了！我们的猎场也就没有了！以后这里到处都是公路了我们去哪打猎啊！哎！彻底完了！"哈协的话语让瑟仁洽也似乎明白了他此时心情的沉重，对今后的狩猎生活充满了焦虑。回来的路上他们很疲惫，谁都没有了语言，他们沿着来时的路一个一个地紧跟着前行，到达猎民点时已是深夜了，听到猎狗的叫声各家撮罗子帐篷都点燃起篝火烧水做饭，以此来犒劳满载而归的猎人们……

　　注释：

　　达劳哇：鄂温克语，意思为"你好"。

　　崴勒：鄂温克语，意思为"秃山坡"。

　　斜攘：鄂温克语，意思为"撮罗子帐篷用支架"。

蒙古国之行

我应蒙古国科学院和畜牧经济研究院的邀请，于 2010 年 10 月 13 日踏入广袤的蒙古高原，开始了蒙古国的考察参观之旅。此次参观考察是自从 2010 年 8 月 17 日开始，我就按着对方的要求进行准备。说到蒙古国我对此不感到陌生，自 2005 年夏季，我就与蒙古国的学者专家做过接触，当时时任中国社会科学院民族研究所郝时远所长陪同蒙古国科学院的领导及研究人员来根河市，考察参观敖鲁古雅驯鹿放牧点，我只担当以一个向导身份参与的责任。那时，因为工作原因，虽然曾是我热恋的故土和乡亲，我已经很久没有去过敖鲁古雅任何的驯鹿放牧点了，只要告诉我具体方位，所有的猎民点我都逐一找到。

2010 年 10 月 13 日晚我终于踏上了这充满好奇和陌生的土地——蒙古国首都乌兰巴托。

此次出行我又是作为使鹿部落鄂温克人的第一人赴蒙古国的，第一个将要与蒙古国的使鹿部落查腾人见面，参观一下蒙古国的驯鹿。

从呼和浩特机场下午接近五点登机起飞，乘坐的是蒙古国的航班，飞机已经晚点到达呼和浩特。此航班是乘坐50人的双螺旋桨飞机，后机翼上有一只草原白头鹰的航班标志图案。所有乘客都是国内的人，与我同行的是呼伦贝尔学院教授斯仁巴图先生，鄂温克索伦部落人，他是专门研究蒙古语言学的，获得了博士学位。此次赴蒙古国也是为我担任蒙古语翻译。在乌兰巴托上空时只看到地面灯火通明的机场，飞行历时不到三个小时，我们已经在乌兰巴托机场的上空，飞机平稳地降落在成吉思汗机场，走下旋梯经过边检，边检通过还要填写一张外国人入境卡，这一切都由斯仁巴图教授代理，看到个别国内入境的人在边检窗口显得很无奈，因为那个人与我一样不懂蒙古语，只得由别人来帮助填写才算通关。我们随着下飞机的人流进入到大厅取了行李，蒙方的接应我们的朋友已经早已等候在出口的地方，前来接应我们的是两位女士，有一位是我熟悉的是普杰扎布，她是蒙古国科学院畜牧研究所的研究员，一直在研究查腾人与驯鹿方面的问题，另一位是蒙古国畜牧研究所的财会人员，在呼市机场遇到的同往乌兰巴托参加学术会议的内蒙古大学敖奇教授，她是应蒙古国科学院邀请前来参加会议的，又一起乘车先把她送到入住的宾馆，机场距市区很远，经过一个类似法国凯旋门的一个白色大门。感觉乌兰巴托街道很拥挤，车辆交通秩序很乱，他们把我和斯仁巴图教授送到了另一个较远的宾馆，在宾馆前迎候我们的是楚什耐老先生，我与他不久前曾在根河见过面，已经是老朋友的感觉了。我们直接进入宾馆楼下的酒店，入座后服务员先端来餐具，餐具是用布包裹着的刀叉和小勺，如果初来到这里的人会感觉到像是一个医护人员拿上来的包裹的注射器具，布的颜色与我小时候见到医院大夫护士们常使用的那种器具的包装，接着冒着热气的牛排、羊排都端上桌，一瓶标注有成吉思汗头像的高瓶白酒也摆在了我们的面前，楚什耐先生打开酒瓶盖子给我们的杯子先倒了酒。我们一边喝着酒吃着牛排和羊肉，一边聊着话题，最受影响的是斯仁巴图教授，一边喝着酒一边给我们互做翻译，感觉挺麻烦。吃过晚餐他们又送我们回到宾馆房间，我将从国内带来的巧克力作为见面礼物分别送给了两位女士，送给楚什耐老先生两瓶从国内买的内蒙古特产宁城老窖酒。楚什耐先生很健谈，把我们在蒙古国的活动日程做了介绍，他明早飞机先前到达我们要去的牧仁市，在那里为赴查腾部落所在的苏木做进一步安排，我们也将在后天的下午飞机去牧仁市，在牧仁市我们和他再见面。他们坐了很久才离开我们的住处，我们也休息等待明天的行程。

　　我们入住的房间是普通标间，房间里一台大概有14英寸的彩色电视机，能看到的频道没有几个节目，基本都是蒙古语的节目，只有斯仁巴图能看明白是什么内容，而我只能在床上看着电视里的图像。

　　第二天的早餐我们在房间里自行解决了，就是自带的面包火腿肠等，然后等待蒙方的朋友来接我们去吃午餐和购买去牧仁市的航班机票及返程回海拉尔的机票。接近中午时普杰扎布到宾馆接我们，上了一辆丰田越野车，里面副驾驶坐着一位老太太模样的女人，普杰扎布把我们介绍了一下，车辆直接把我们送到一个很讲究的餐馆，在那里他们点了每人一份份饭，坐在餐馆里我向窗外的马路上观望，道路上奔跑着各种车辆，看到一个小偷模样的男人尾随着一位女性，不断地用手去摸那位女士身后的包，结果被那位女士发现后转身若无其事地离开了，看来蒙古国的社会秩序让人生畏，也许是一个偶例。午餐不算丰富但对我来说已经很好了，出门在外吃饱就足矣。吃完午餐我们与那位老太太话了别，然后由普杰扎布带我们去银行网点兑换蒙古币和航空售票处购买机票。我们先来到一个银行营业网点，然后排队等候，就像国内的银行储蓄所一样，排队的人不多，很有秩序，偶尔会看到挺着大肚子的女人在排队，之后听普杰扎布说蒙古国的女人只要怀孕五个月以上，不管结不结婚都会领到补助金，直到孩子出生长到十八岁，给我的感觉好像蒙古国实施发展人口计划而鼓励非婚生育政策。我兑换了价值 2000 元人民币的蒙古国币——图布，这是要购买返程回海拉尔的机票所用，在蒙古国国内的航线机票都由蒙古国科学院畜牧研究所负担，往返国内的我们自己承担，这突如其来的变故使我猝不及防，原先在来之前说好我们两个人的往返费用都由他们承担，怎么最后会是这样的变数，这样也好，来一次蒙古国也不容易，就当我个人自费旅游了，幸亏自己多准备了些，否则真的会很尴尬。普杰扎布为我们购买了乌兰巴托到牧仁市的往返机票，我们自己购买了乌兰巴托到海拉尔的返程机票。普杰扎布建议我们去蒙古国北部需要增加保暖的，她就带我和斯仁巴图教授又去了卖服装的商场，斯仁巴图教授说自己经常小腹疼痛，为抗寒冷买护腰保暖的腰带，各种毛绒制品价格都很高，斯仁巴图买了一件毛裤，我什么也没有买。通过斯仁巴图教授旨意在蒙古国内尽量不要用汉语交流，要少说中国话，因为前一阵发生了两起中国劳务人员残杀蒙古国的妇女的案件，引起了蒙古国人对中国人的愤恨，所以我们尽量少说普通话，多用眼神或肢体语言来判断。在商场里我们看到了一位国内的女士，她在挑选商品时与蒙古国商贩用英语交流。普杰扎布又带我们我去了一家印刷厂，去取楚什耐先生交代的印刷品，此印刷品是专门帮他带到查腾部落聚居地苏木的，我们在印刷厂等待了很久才等到负责印刷的负责人回来，这个印刷厂在大楼的地下一层，显得更加神秘，给我的感觉就好像是一个地下印刷厂，印刷厂的空间不算很大，一个方桌式的案板上还有很多没有订装好有待着订装的画册散页，我从订装好的一摞印刷品种拿出一本翻看，原来是一本画册，里面还有 2005 年夏季我与蒙古国专家学者在敖鲁古雅猎民点的合影照片，画册设计的质量一般，但画质清新。印刷此画册的设备也在不大不小的房间里，我走近设备认真地看了一下设备商标，"中国江苏制造"字样映入眼帘，原来是来自我们国家的先进产品。我们在回宾馆途中斯仁巴图教授对我说："他们说话真不算数。"

晚餐是斯仁巴图教授的朋友蒙古国师范大学的教授安排在我们住处下的酒吧吃的，这位朋友很魁伟，也是斯仁巴图教授与他联系的，并给斯仁巴图教授带来御寒的衣服和护腰。在酒吧他为我们点了牛排和烤肠等几个菜盘，喝的还是成吉思汗白酒，我们的身后来了一拨欧洲人，也是来这里进餐的。过了一会儿，酒吧里出现了三位穿着古朴民族服饰的艺人开始表演节目，弹奏着并唱着古老的歌曲和蒙古的呼麦。我们边喝酒边聊着话题，不时用相机记录下此刻的画面，又是一派异国风味。

第二天科学院的朋友秋野到宾馆来接我们，我们步行走了很远的路程到达了蒙古国科学院的所在地，乘电梯到了七层，原来在七层会议室召开一个蒙古族学术研讨会，在会场上我见到了曾一起从呼和浩特机场登机又一起下飞机的内蒙古大学教授敖奇老师，她坐在前排写有名字牌位的位置，见我们到来敖奇老师转身向我们挥了挥手。蒙古国科学院院长主持会议，在投影仪打出了前任院长的图像，这个图像我很熟悉，他是率领蒙古国畜牧专家学者赴中国根河敖鲁古雅考察的蒙古最高领导人，此人已经与世长辞，新接任的领导在会前提出向他表示致敬，然后座谈会议正式开始。我和斯仁巴图教授坐在一起，大会还庄重地介绍了斯仁巴图教授和我的名字，斯仁巴图教授不断起身拿起DV开始摄像，很巧合的是斯仁巴图教授与他相识很久的朋友相见了，然后在会议没有结束时就离开了会场，离开时只告诉我临时出去一下。会议中间还进行了休息，在休息时每个参会的人员在走廊里可以享用沏一杯咖啡或茶水再加各式点心的礼遇，喝茶间可以互为交流，正好我与蒙古国的专家及领导进行了合影，机会难得。会议开到中午一点半，我一直到会议结束

时也没有见到斯仁巴图教授的影子，我随着散会的人流走到一楼外，敖奇教授与参会的人一起去了餐厅，我仍然在科学院的门口等待普杰扎布的安排，秋野一直陪我在门口等候，我们没有语言。一位学者模样的年长者与我在科学院门前合了影。过了很长时间普杰扎布和一位办公室的人将我带走，我们乘坐出租车在乌兰巴托大街上转，普杰扎布不时地用手机不知是给何人打电话，等我们在一个路边停下时才知道这是在寻找斯仁巴图教授，之间斯仁巴图教授和他的朋友从酒店出来。斯仁巴图教授显得很不好意思，因为我们要赶下午的航班去牧仁市，所以普杰扎布也有点不高兴，可能是因为寻找斯仁巴图教授耽误了午餐时间，斯仁巴图教授一直在说不好意思或对不起之类的话语，我没有任何想法，只是听之任之，听从所有人的摆布。参加科学院的会议时我们的拉杆箱直接带到普杰扎布办公室，散会时将箱包带在身边，不用再回宾馆去取了。我们到飞机场已经是下午2点多了，航班是下午4点半的，在候机楼的餐厅斯仁巴图教授他执意买单为我们三人没有吃午餐的人买了份饭，午餐简单而实惠，也是表示对普杰扎布的一种歉意吧。

我们乘坐的航班是承载17人的双引擎螺旋桨小型飞机，飞行高度不是很高，坐在飞机上看高空还有大飞机在拉着淡淡的白烟穿过。飞机飞行接近两个小时我们已经在库苏古尔省的省会牧仁市上空，通过舷窗俯瞰牧仁市，在城市中有很多蒙古包矗立着。这个机场不是很大，机场跑道是柏油路面，飞机降落很稳。我们随着下飞机的人流经过候机厅取行李，说好的楚什耐先生来接我们两个人，但是一出候机厅斯仁巴图教授有点着急，我有时还冒出一句普通话引来斯仁巴图教授的提醒，感觉空气很紧张。说普通话会引起这里的出租车司机漫天要价的，一看是中国人就会抬高出租车费，然后我禁闭口语，尽量不说话。我们上了一个出租车，与其他人挤在车里，斯仁巴图教授用蒙语与司机交流，说起了楚什耐先生，结果他们都很熟悉，把我们送到了楚什耐先生入住的旅馆，也没有收取车费。楚什耐先生在旅馆门前等待着我们，他说昨晚在蒙古包里住的，旅馆的北面果真有几座蒙古包立在那里。我在想，这个季节为何要住蒙古包呢？也许是在城里待久了，对楚什耐先生来说想回味一下蒙古包的感觉吧。

我们入住的旅馆是靠近城西边缘的地方，旅馆坐西朝东，东边是通往市区的主要干道。这座城市不是很繁华，平房和蒙古包多一些。城市周边是枯黄的草原，气候有点寒冷，这也许就是蒙古高原的一个边缘地带。

旅馆是一座两层格局的砖结构房子，我们被安排到二楼的一个套间里，我们简单洗漱后，旅馆的服务员端上来三盘一样的火腿加牛肉的凉盘，这就是我们的晚餐，楚什耐先生拿出成吉思汗白酒打开并倒在茶杯里。他好像还有着醉意，不断重复地与斯仁巴图教授说起他们的国家，"蒙古国如果没有强大的中国的口岸开放，没有中国的支持和帮助会更加的贫穷与落后，物资会显得更加匮乏，中国是伟大而强有力的国家！"楚什耐先生不断地对中国发出感慨。这个旅馆显得很冷清，好像没有别人入住，只有我们在这里，二楼的走廊里就能听见楚什耐先生的声音，也许是我们的入住使这个旅馆有点气色。正在吃饭喝酒的席间，来了一位官员，拿来了一瓶酒，楚什耐先生将我们互相作了介绍，互相握手问好，然后他拿起楚什耐先生给他倒的酒杯向我们敬酒，很客气地告辞说去安排明天的车辆，我们已经喝完了一瓶白酒，接着楚什耐先生又将那位官员带来的酒也打开了，我和斯仁巴图教授的酒量都比不过楚什耐先生的，他很好客，也很豪爽，六十多岁的人却像个年轻汉子。他说到中国他学会了一句话就是"顶好顶好"，而且不时地会重复这一句话，这也是我唯一能听得懂他的一句话。打开的白酒又喝了很长时间，我们两个也是硬陪着楚什耐先生把酒喝完，为了明天一早要赶路，也只好早早地洗漱休息。室内的温度很低，斯仁巴图教授怕冷，楚什耐先生又命令旅馆服务员抱来两床被子，我和斯仁巴图教授一个房间，楚什耐先生住在了对面的房间，今晚他没有去住蒙古包，说蒙古里包很冷，昨晚把他冻坏了。

　　第二天不到六点一辆苏产老式灰色的越野面包车已经在旅馆前等待我们，我们也起得很早，也没有吃早餐，把所带箱包装入车里，然而和我们同行的还有一男一女两位外国人，后来得知他们是来自两个不同国家的一对情侣，男的是法国人，女的是德国人，面孔给我们的感觉都很恐怖，都很有特点，男的长相很瘦弱，连鬓胡子，眉毛很长，眼睛深凹。女的则更显得特别，长头发，面容比较黑，笑起来一口白牙。因为语言不通坐在车里我们没有互相交流，只是目视着车窗外的景象，偶尔会对视给以微笑的表情。我们前往的方向目的地是牧仁市的一个苏木乡镇，就是查腾部落所在的苏木乡镇——查干诺尔苏木，中途需要休息吃午餐，大约行程需要十五个小时，路途很遥远且路况也很不好，大多都是自然形成的路面，翻山越岭，遇到河流直接开过去。在茫茫草原上行驶到了中午我们到达了一个地方，一座木刻楞的房子，楚什耐先生先进屋里去安排午餐，原来这里是一个牧民小吃部，通往库苏古尔大湖的路也经过这里，所以路过的人都要在这里做短暂停留休息吃饭。这里距库苏古尔湖还有八个小时的路程，距我们要去的查腾部落的苏木查干诺尔还有九个小时，可以说这个牧民小吃部就是通往各路线的转运站。午餐就是蒸饺子，牧民小吃部的蒸饺有点像包子，还有点像烙的韭菜合子，我们一边喝茶水一边吃，两个外国情侣没有与我们在一起，也许饮食不太习惯吧！我看到几个牧民妇女还在包饺子，而且坐在地上围着一盆和好的馅子，有人擀着面皮，有人在包。我在外面转了一会，看到这个小吃部所在的地方没有几户人家，坐落在一条河的旁边，我们经过的一座桥梁好像是部队在这里安装的铁桥，而且是军绿色的油漆，给人的直觉好像是某个部队搭建的临时的桥梁。

我们经过短暂的休息之后继续沿着崎岖的高原山路行进，路边偶尔会看到穿着蒙古袍、骑着马、带着套马杆的牧民赶着成群的牦牛和羊，偶尔会看到几座零星摆布的白色蒙古包。接近太阳落山时我们到达了一座最高岭，原来这里有一座大敖包，蓝色的哈达缠满了敖包的周围，在敖包旁还有一群岩石画，都是带有蒙古先民图腾寓意的图案。我们下车在这里祭拜，用带来的白酒向着敖包虔诚地敬洒，楚什耐先生也为我们的行程在敖包前祈福。在路边有一块路标牌，上面标注着查干诺尔苏木的位置，据说这里距目的地——查干诺尔还有五个小时的路程。这里就是草原与森林的分界线，路两边都是落叶松，植被也与大兴安岭的差不多少，看到这个敖包我预感到前方的路况也许更为险峻。果不出我所料，下山的路更加崎岖漫长，有时几乎在悬崖边擦过。通过司机师傅的驾驶技术看出来很熟悉这条路线，但我仍悬着一颗心。下到山底的一块平坦的草地上我们停了车再次休息一下，看到一个水泡子里有一只天鹅在水中的草丛里，伸长了脖子在望，距离我们很远，我只能用数码相机拉近焦距拍了几张，不是那么清晰，但是至少作为一个见证留下纪念。天色渐渐黯淡下来，越野面包车开始打着大灯行驶，两边车窗外的景物越来越模糊，只有看着前方风挡外的路线，有时感觉就像车辆在森林里的简易路上颠来颠去，也好像行驶在去猎民点的简易路上，我们敖鲁古雅的猎民点不也是经过这样的道路吗，坐在车里回想故乡的猎民点生活。我们的车在颠簸的林间路上走了很久，灯光照在路上能见到裸露松树根。不知不觉中到达了一个村落，楚什耐告诉司机去什么人家，左拐右拐的车停在了一户人家门口。楚什耐先生先下了车，因为他始终坐在副驾驶的位置上，担当讲解和向导，也总是第一个下车的人。在模糊的车灯光下楚什耐先生与一个开大门的年轻妇女拥抱到一起，也许是一种蒙古人的见面礼节。夜色很黑，一座木屋里闪着蜡烛昏暗的光，我们走进了这户人家，原来这户人家有老两口和中年妇女带个女孩子。铁炉子上一个铁锅坐在上面,锅里好像熬着奶茶。闪着光的蜡烛在地桌的中间,楚什耐先生早已坐在地桌前,与这户男主人攀谈起来,桌上摆上了几个小酒盅,一盘奶酪和面包摆放在小桌上。看到这种地桌便想起了敖鲁古雅过去年代中也使用过的。我们都盘腿坐在地毯上,两个外国情侣与我们一样围坐在地桌旁,拿起面包夹起一块奶酪吃了起来,奶酪很香。主人为我们每个人斟满酒,然后逐个敬酒。这位男主人年纪都八十多了,身体依然那么好,穿着深棕色的蒙古袍。脸上的皱纹很多很深。他的老伴也不停地围着铁炉子忙乎着奶茶。那位为我们开大门的中年妇女是老人的儿媳。楚什耐先生好像是这里的常客,一切都非常熟悉,他说他曾在这里担任过党的书记职务,与我们国内乡镇党委书记一样平级,现在这样的职务在全蒙古国的苏木已经不存在了,只有苏木达和人民呼拉尔了,人民呼拉尔即乡镇人大主席职务。我们吃过简单的晚餐便被安排到老人隔壁的西屋住宿,老人的儿媳为我们点着了铁炉子,那两个外国情侣睡一张双人床,只有毛毯盖在身上。我和斯仁巴图教授分别是两个小铁床,老人安排给我和斯仁巴图教授的是棉被,楚什耐先生则睡在老人的东屋的地铺,像双人床一样的,但与地桌差不多高。

我又是第一个起床的,我悄悄地走出房间到外面看看,在我们住的地方的东面形成一个白茫茫的雾墙,再仔细地向南望去,原来我们住的地方是靠近一个大湖边,湖面上能看到成群的雁群在游动,天边也有稀疏的雁群飞过,我没有走近湖边只是在房前左右驻足观望,以此等待同行的人们起床而消耗时光。

主人的房子早已经冒起了炊烟,太阳也高高地爬上天空,湛蓝的天空没有一朵云彩,给我的感觉今天的天气会很好。

我和斯仁巴图教授一起进入到昨晚吃饭喝酒的东屋,两位老人都已经起床,楚什耐先生还没有起床,听到我们的声音便迅速坐起来穿衣服。由于昨晚的光线很昏暗，对主人的房间内的摆布看的不是很清楚，在没有吃早饭前我认真地欣赏了老人家的房子构造及摆设的各种物品。最引人注目的是主人的功勋证书挂在西面墙上。是蒙古国国家给颁发的，这是主人年轻时获得的一次最高荣誉。

老人的儿媳正在给自己的女儿梳洗打扮，头上扎起洁白色的绸子花朵，白衬衣、蓝裙子、白色高筒袜子，这就是蒙古国小女孩的装扮。这种装扮就像当年我们国内七十年代末期孩子们的样式。过了一会儿几个与她打扮一样的小姑娘来到主人家中找她，看来今天的活动他们将是重要的角色了。

查干诺尔苏木坐落在辽阔明媚的开阔地带，镇里随处可见木头房子、木栅栏，与当年我们敖鲁古雅的木刻楞房子一样，南边是烟波浩渺的查干诺尔湖，湖面泛着金光的波纹，我们乘车去了那达慕会场，会场设在苏木西北的山坡上。金黄色的蒙古包坐北朝南敞开着一面作为主席台，蒙古包旁边立着一幅带有一只驯鹿图案的喷绘画，上面能看清楚的是阿拉伯数字"1200"，意为庆祝蒙古国驯鹿增长一千二百只。

我在会场周围用我的数码相机搜寻目标，抓拍每一个所看到的镜头。看到西面从远处成群结队的骑着驯鹿的人陆续向会场走来，我感到这就是我想看到的最为壮观的景象了，穿着鲜艳蒙古袍的查腾少女骑乘着威猛高大的驯鹿，与宽阔的草原形成鲜明对比的色调，驯鹿背上是雕着花的马鞍子，这完全出乎我的想象。马鞍子已经是很沉重的附着品了，而且还骑上一个人，那是何等的重量啊！这在我们使鹿部落鄂温克里是看不到的迹象。穿蒙古袍、骑着戴马鞍子的驯鹿，说起来让人很难置信，但事实就是这样面对你的，这让我更感新奇。不一会儿，会场栅栏外拴了大半圈的戴着马鞍子的驯鹿，而且在这个季节里驯鹿的茸角还没有脱皮，还算一副很美的鹿茸姿态。后来得知蒙古国的查腾使鹿人从来不割锯鹿茸，与北欧饲养驯鹿的萨米人差不多，不认为鹿茸是药材。如果在国内早都被锯掉了，否则也是资源上的很大损失。我利用此时抓紧抢拍这壮观的奇景，他们也很愿意让我们这些外来人拍照。

　　大会在主持人麦克风发出的音响中开幕了，主持人手持麦克风用本土语蒙古语发表着感慨，话音里听出了"China（中国）"加我和斯仁巴图的名字，然后就听到了热烈的掌声响起，意思是对我们的到来表示欢迎。主持大会的是查干诺尔苏木苏木达密格木尔扎布，她庄严宣布升国旗仪式开始，只见一个驯鹿骑队早已守候在操场外，就等待主持人的一声号令。当主持人宣布升国旗仪式开始后，驯鹿的骑乘队伍整齐地步入主会场，骑在最前面的驯鹿骑手左手握住驯鹿笼头，右手举着鲜艳的蒙古国国旗威风凛凛，后面的驯鹿队伍整齐地紧跟着，我见过骑乘马的队伍入场的场面，而这驯鹿队伍入场式还真是第一次，之后是穿着蒙古袍的男人接过驯鹿骑手的国旗，在四名戴着红领巾的小学生的护卫下走到会场中间的旗杆下升起国旗，国旗在蒙古国国歌声中升起，四名少先队员向国旗敬礼，骑乘驯鹿的队伍和学生方队及参赛选手在国旗前庄重注目。升国旗过后，苏木达宣读邀请中国代表斯仁巴图教授讲话，坐在会场周围的人们热烈鼓掌欢迎。斯仁巴图教授首先向会场的牧民群众和主席台的领导嘉宾鞠了一躬，然后接过麦克风开始发表了感言，并向大会赠送了从国内带去的书籍画册等资料，其中就包括有反映呼伦贝尔学院的建校史志一书，还鼓励在校的学生们努力学习，欢迎到中国的呼伦贝尔学院深造或进修。楚什耐也代表蒙古国畜牧研究所讲了话，会议程序完毕之后，小学生开始表演文艺节目和团体操，之后博克项目开始，在小学生的表演队伍里就有我们昨晚入住牧人家的老爷子的孙女，学生的表演动作整齐划一。令我感到奇怪的是，这里的博克赛手的穿着很特别，不像国内我参加过那达慕大会所看到的比赛那样的穿着，搏克手都穿着鲜艳绸子的肥大长裤，上身是一种厚厚的镶满皮钉的马甲，还有红白绿等绸子扎成的飘带，而这里的搏克手的穿着很简单，下身是紧身的红白相间颜色的短裤，上身是背心，显得很单薄，但是他们的体格都很强壮，显得威猛。我对蒙古族的摔跤比赛看不太懂，没有太认真地去观赏比赛过程。听斯仁巴图教授说上午的活动还有骑乘驯鹿赛跑的项目，这个项目会更加吸引人的眼球。我和斯仁巴图教授离开主会场在周边转悠着，昨天与我们同车来的一对外国情侣也在会场外转悠着，有时倚靠在会场的围栏上观看表演的场景，此外还有很多外国人也来此看热闹。看来这个地方也小有名气，能吸引很多国家的探访者到来。会场外有很多地摊在销售各种商品，有服装和鞋帽类及一些日用品等。在会场外还遇到了一位我曾在挪威北极地区参加第四届驯鹿养殖者大会上第一次见到的蒙古族记者，他也曾到过根河市敖鲁古雅，这是我们第三次见面了，很有缘分，此时他正在组织采访拍摄查腾驯鹿人为主题的新闻专题片，斯仁巴图教授站在会场外也接受了他们的采访。

骑乘驯鹿比赛项目在会场山坡下不远的平坦的草原上进行，进行了紧张激烈的公驯鹿短距离和远距离比赛、民族摔跤比赛、儿童文艺演出、两岁马比赛、五岁马比赛、少年摔跤比赛、象棋比赛、驯鹿曲棍球比赛和萨满表演等各项文体活动。其中，最引人注目的是男女儿童骑驯鹿比赛、驯鹿曲棍球比赛以及萨满表演。斯仁巴图教授手持DV摄像机在赛场边抢拍着画面，我用手机也拍了简短的视频，骑乘驯鹿赛跑分少年组和成年组，这种比赛我也是第一次见到，驯鹿在短距离的耐跑力和速度仅次于马匹的速度，但是一场下来驯鹿也都气喘吁吁，伸着长舌头，感觉也很累的，如果在敖鲁古雅的猎民点发现这种情况猎人会心疼的，因为使鹿部落鄂温克人是最呵护驯鹿的，不允许有这样的剧烈的运动，那样会伤害到驯鹿，所以使鹿部落鄂温克人的驯鹿从来没有这样使用过，

也许是对驯鹿的一种敬爱。

　　中午我们又回到招待所吃了简单的午餐，是服务员端来的馅饼，也挺好吃的，在房间稍事休息。因为下午还要参加在学校组织的文艺表演活动和去附近的查腾部落临时居住点。趁这个休息时间我给相机充电，为在下午的活动中能够充分抓拍更好的画面。

　　我们做了简单的休息后，就去附近的学校参加校方为庆祝蒙古国家银行为苏木学校捐赠和修建的学校操场及体育设施竣工庆典，学校就在距离我们入住招待所不远的地方，已经看到操场聚集了很多人，五颜六色的服饰及不同年龄的人们坐在篮球场边的座椅上。这是一个简短的庆祝仪式，一位学校女校长主持并讲话，主题是感谢蒙古国国家银行捐资修建学校操场和捐赠的体育设施，在庆祝会上邀请了国家银行的领导代表讲话，同时也邀请斯仁巴图教授讲了话，对苏木学校取得的建设表示祝贺，庆祝会上查腾使鹿部落的小学生表演了节目，用蒙古语演唱了几首歌曲，引来热烈的掌声。查干诺尔苏木虽然只有2000多人口，但有九年制学校。校长达丽玛向我们介绍，全校共有373名学生，26名教师，其中70%的学生是猎民子弟。绝大部分孩子都能流利地说自己的图瓦语，会唱图瓦族民歌。他们入学后，才开始用斯拉夫蒙古文系统地学习掌握蒙古语。之后我们跟随一行车队到了苏木西北山脚下一处查腾人的居住地，这里是政府专门为查腾使鹿部落建造的定居点，木刻楞式没有屋脊的平房其实就像一个放置物品的小仓库一样，里面没有床铺，行李都堆放在地板上，显得凌乱不堪，还有一台黑白电视机，在房子的周围附近还有几座洁白的蒙古包和一座撮罗子帐篷立在那里，蒙古包旁边的落叶松树下拴着一匹背着鞍子的白马，驯鹿群在稀疏的松树林站立着或趴卧着，都很老实。一位穿着蒙古袍的妇女骑着红马从蒙古包旁经过，像这样的地方附近还有几处，那些参加大会的驯鹿就是从这里集中过去的，他们也是从很远的蒙古与俄罗斯交界的地方过来的，据说有一百公里的路程到他们的驯鹿放牧点，就像中国的敖鲁古雅使鹿部落猎民点一样在很远的大山林中，因为那里有丰厚的苔藓供驯鹿觅食。在这个营地见到了一位查腾使鹿部落萨满，萨满是一位中年男子，身着蓝色布制长袍，手持萨满神鼓和鼓槌，肩后背着一捆蓝白相间的碎布条，这与使鹿部落鄂温克人的萨满完全不同。在撮罗子帐篷里前来看望萨满的人围着铁炉子坐着，与萨满交流。斯仁巴图和楚什耐先生及其他人与这位萨满合影，我出于对萨满的恭敬没有与他合影，这位萨满走起路来给人的感觉轻飘飘的没有声音。看到一个穿着花色蒙古袍的男学生骑着一头没有背鞍子的白色驯鹿照相，驯鹿很老实，个头很大，我也试着骑上了这个白色驯鹿，驯鹿很有力量，我的体重接近180斤，但是这头驯鹿似乎没有感觉到我的沉重。这里的驯鹿毛色纯正，体质也高大健壮。待活动结束后在这里的所有驯鹿都将跟随主人返回到百十公里外的大山里，回到他们真正的狩猎放牧营地。查腾使鹿部落也有四个姓氏，分别是巴拉嘎、乌拉德、绍音和绍伊达。纯正查腾人有430人，混血的查腾人760人，通常他们与达尔哈的人通婚。查腾使鹿部落驯鹿人分东西部两个部落，东部查腾使鹿部落驯鹿人有28户，170人，有驯鹿270只。西部查腾使鹿部落有36户，230人，800只驯鹿。查腾使鹿部落驯鹿人中上大学的有12人，中学生有140人。此次苏木开展的那达慕大会的主题就是庆祝查腾使鹿部落驯鹿超过千只数量的一次历史意义的庆典活动，得到了蒙古国科学院畜牧研究所的高度重视，早在2005年夏季中国社科院民研所和蒙古国科学院及畜牧研究所的专家学者及俄罗斯驯鹿研究专家深入敖鲁古雅使鹿部落猎民点时，查腾使鹿部落的驯鹿不到600只，蒙古国的专家学者来中国考察学习中国对少数民族的政策落实情况，以及对发展少数民族经济方面的具体措施和方法进行了实地观摩。蒙古国政府已经确定把库苏古尔省作为"蒙古北部重要地区"和重点发展目标,把使鹿部落看作为不可分割的一家成员,从此蒙古国也开始学着中国政府对使鹿部落敖鲁古雅鄂温克人的具体做法,加大了对查腾使鹿部落驯鹿人的宽厚政策,提高了对查腾使鹿部落驯鹿人的生产生活等方面的照顾程度,从人口发展到医疗卫生教育等方面采取了免费政策,鼓励查腾使鹿部落驯鹿人的子弟上大学深造。曾经有一个查腾使鹿部落驯鹿人的学子在首都乌兰巴托上大学时偷偷地跑回家中,楚什耐先生就亲自追到他家中把他劝回学校,也许是对城市的生活陌生和不习惯而放弃学业回家,也许还留恋那自由自在陪伴驯鹿的生活。这样的个例在苏木小学也时常发生,也都被苏木领导和学校老师做耐心细致地劝说工作才得以重返课堂。

楚什耐先生曾经在这个苏木担任过党委书记职务,对这里的山山水水、一草一木都如数家珍,牧民们都熟悉他。时常有牧民上前与他握手交谈,他对这里不感到陌生。现在的苏木已经不存在党委书记这一职务,而是由蒙古人民呼拉尔主席即苏木人大主席和苏木达组成领导班子,苏木人大主席在这里是最高职位了。

我们从查腾使鹿部落的营地返回到招待所后又上了一辆丰田越野车,开车的是库苏古尔湖边搞旅游的老板,他也是与我们同住这个招待所的。楚什耐坐在副驾驶的位置,我和斯仁巴图教授坐在后面,听斯仁巴图教授说我们是去河边坐船钓鱼,两辆丰田车和一辆灰色吉普车一同前往河边。我们来到了一处位于苏木北山后的一条河边,这条河就是从查干诺尔湖流过来的,水质很清澈。楚什耐先生下车后从车里拿出带来的一瓶成吉思汗白酒和几根火腿肠,没有带酒杯,用酒瓶盖子当酒杯,每人轮流着喝酒,而且强硬地劝着喝酒,不喝都不行,我出于礼貌没有推辞,也跟着喝起来。还有一伙人席地而坐打起扑克来,其中有两位漂亮的梳着长发的女人,穿着职业套装,给人的第一直觉她们两个一定是在机关工作的公务员或是什么职员。说是等机动船来此河边，结果太阳快落山时也没有来。我们又驱车向回返，在一个摆渡渡口停了下来，很多人都下了车，有几个人上了摆渡船，通过缆绳的作用力划向对岸，河水不是很宽，但水很深，摆渡船是用类似两个大油罐上面捆绑落叶松木杆的平台，人们通过用手的力量使劲拽住缆绳，使船划动到对岸，这个摆渡渡口是为来往的牧民建造的，可以承载一台小型面包车，很多骑着摩托的牧民都是通过这个摆渡船过河到对岸回家的。划过对岸的人去到岸上停着的一辆六轮大篷车，从那里拎回一个暖瓶和几个杯子，然后又乘摆渡船划过来，回到越野车旁，拿出咖啡沏上，一种很休闲的野外用茶，有点像欧洲人休闲的风格。将一暖瓶水喝完后在河边又观赏了一阵，之后又将暖瓶通过摆渡送回到对岸的大篷卡车里，之后我们离开河边向苏木返回。楚什耐先生、斯仁巴图教授和我又坐上了车，在回苏木的途中见到了一队骑马的人，队伍里有很多外国朋友，蒙古人骑着一匹红马在前面领队，骑速很快，而后面的外国朋友骑着马跑的很慢，可能也不会骑乘的原因，还有落在很远的后面，开车的老板说这是在赶往他的旅游景区的——库苏古尔大湖的，他们从苏木参加完那达慕回景区，这也算是不小的距离的骑乘，也是草原上最具旅游特色的一项旅游项目。他们将从我们刚才停留的摆渡渡口乘坐对岸的六轮大篷卡车回到库苏古尔湖，景区距离这里很远，也得需要七八个小时的路程。据说库苏古尔湖边旅游业开展得非常火旺，来自世界很多国家的旅游或探险爱好者都云集到那里，那里的旅游业主还将查腾使鹿部落驯鹿人招引到湖边开展旅游业，旅游收益的提高转变了查腾人生活的观念。

我们回到了苏木招待所，招待所外的湖边聚集了不少人，斯仁巴图说是要乘坐游艇在查干诺尔湖上游览一圈，已经是夕阳西下了，湖面也没有什么好看的，而且不时刮来一阵刺骨的凉风，我对斯仁巴图教授说我不参加充满危险性的游览活动，湖边不时传来阵阵马达声，那是游艇在湖中加

速冲浪的声音，没有吸引到我去湖边观望念头和想法，我只是在招待所旁边望着远方的落日。斯仁巴图教授去乘坐了游艇在查干诺尔湖上游览了一圈，他说好不容易来一次这里应该领略一下湖里的风光，本来就有胃寒的他硬挺着说乘坐游艇感觉很好。

我们与其他的人在招待所吃了服务员送来的简单的晚餐，晚餐是面包和奶茶加火腿肠等。楚什耐先生仍拿出白酒与前来招待所看望他的牧民老乡们共饮和聊天，一位牧民老额吉和老伴也坐在饭桌前，一边喝着烈性成吉思汗白酒一边兴致勃勃地讲起过去的故事，老额吉一会儿又与楚什耐先生谈起他在苏木任职时有趣的事情来，不时引来一片哈哈的笑声，我也听不懂他们具体在说什么，偶尔斯仁巴图教授会给我翻译认为重要的一两句内容。老额吉好像感觉有什么事情让老伴出去了一趟，没想到老额吉的老伴一会儿就回来了，从衣服里掏出一瓶白酒，原来老额吉是感觉酒不够喝了让老伴去买的。老额吉让老伴又启开酒瓶盖往杯里倒酒，老额吉的老伴很听话也很顺从。老额吉从兜里掏出一张十元面值的蒙古纸币图布，将纸币平放在右手掌上，然后托着装满酒的杯子，面对着朋友说着话并敬酒，对方将酒双手接过去喝上一口，然后还要将老额吉手中的钱也收下，老额吉用此方式先后给这个房间里的每一个人都敬了酒，其中也包括我也接受了这个独特传统方式的敬酒。

苏木人大主席也来了，坐在斯仁巴图教授的床边，斯仁巴图教授向他询问查腾使鹿部落驯鹿人的一些基本情况，包括姓氏和人口的数量及生活待遇问题以及与驯鹿有关的问题。为了保护驯鹿的健康安全发展，蒙古国在苏木设立了驯鹿保护中心，具体由苏木畜牧兽医站兼职管理，每年有国家下拨的专项经费来保障其为驯鹿的各方面服务工作。

苏木人大主席等在我们这个房间坐了很久才离开，苏木的苏木达也到招待所来了，去了隔壁的房间，因为隔壁的房间里都是来自他们国家有关部门的领导和嘉宾，斯仁巴图教授也过去与他们聊了一会儿，然后回来把我也叫过去和蒙古国的朋友坐一坐。在这个房间里还有一位打着呼噜的蒙古朋友在靠近北墙的床上睡觉，苏木达坐在桌子边的床铺上，还有几个人也围着大长方形桌子，他们用蒙古语谈论着什么，也许是在谈论今天那达慕活动的内容，斯仁巴图教授让我也谈谈在这里的感受和介绍一下我们中国使鹿部落鄂温克人的基本生产生活情况，以及我们使鹿部落鄂温克人的驯鹿的发展状况，从过去的狩猎放牧谈到现在的全面禁猎和实施专一的驯鹿饲养业。当然来这里我的感觉非常深刻，我也非常荣幸，见到了慕名已久的查腾使鹿部落驯鹿人，为查腾使鹿部落的驯鹿发展到1200只而感到高兴，也衷心祝福查腾使鹿部落驯鹿人的生产生活更加美好，也欢迎查腾使鹿部落驯鹿人及蒙古国的朋友到我们中国的使鹿部落鄂温克人生活的地方敖鲁古雅参观考察。我们在一起坐了很久才离开这个房间，因为苏木达还要准备一下今晚的宴会联欢活动先离开的。

　　由于是周六的原因还是因为今天那达慕特殊的日子，晚宴联欢会在深夜近12点时才开始，晚宴联欢会是在小学校的会议室举办，为举办宴会联欢活动，后厨的人员早早就忙碌着烤全羊，说是烤全羊，其实就是将羊肉剁成碎块放入装牛奶的大压力罐，然后将牛奶压力罐坐在炉子上烧煮，就仿佛是用高压锅煮肉一样，有一位高个子男人在看着煮锅。

　　主席台下是两排靠近东墙和西墙的学生桌摆成的长条餐桌，桌上摆满了白酒和铁罐啤酒及火腿凉盘，还有各种水果。我很纳闷的是为什么会在这个时间点举办这样一个宴会联欢活动，也许是蒙古国人的生活节奏。参加宴会的人们陆陆续续地走进宴会大厅，都是三十以上年龄段的人，宴会在苏木达的讲话中开始，苏木达将参加今天晚宴的人员逐一进行了介绍，其中很多来自老牧民代表都是曾获得过蒙古国国家功勋级劳动模范和养羊能手和养牛能手及养马能手。有的老牧民穿着蒙古袍，胸前带着勋章参加宴会，显得宴会活动很庄重而又热烈。每个人都端着酒杯，聆听着苏木达热情洋溢的讲话内容。苏木人大主席坐在主席台上的餐桌前一边喝着酒一边吃着手把肉，还一边与台下熟悉的人们挥手。

斯仁巴图教授也在晚宴联欢会上代表我们中国来的客人作了简短的讲话，之后音乐响起，众人开始结伴跳起快三步交谊舞，蒙古袍像轮起来的大喇叭形状，脚步的节奏踏得木质地板颤悠悠作响。这种舞步我不会跳，速度太快跟不上。有一位招待所的服务员邀请我跳舞，我勉强完成了一个曲子的舞步，而且向她表示歉意跳得不好，之后我只是坐在西墙边上的长条板凳上观看他们跳舞，舞步剧烈的晃动都将餐桌上的酒瓶子和杯子不时震落到地板上。白天见到的查腾使鹿部落驯鹿人萨满也加入到跳舞的队伍里，与一位穿着鲜艳的服饰的女舞伴跳着快节奏的舞步，在舞曲停下休息时斯仁巴图教授与这位萨满交流起来，我用相机抓拍了他们两人谈话的瞬间。有一位查腾人主动找我聊话题，用他们的让我听不懂的语言和我说话，斯仁巴图教授马上过来给我们做翻译，查腾人还以为我和他之间的语言不会有任何障碍，他的语言说不清楚是什么语言，不像蒙古语，更没有使鹿部落鄂温克人的语素，最后我们双方都为没有相同语言而遗憾。他们说的语言是图瓦语，在俄罗斯有他们的同宗族——图瓦共和国。这次苏木那达慕大会就有来自俄罗斯图瓦共和国的代表来参加活动，他们开车从俄罗斯图瓦共和国经蒙古国北部到达这里的，也算是最近的邻居了。

在席间一位穿着职业套装的中年妇女手拿麦克风讲起话来，她是驻在苏木的鱼罐头加工厂厂长，听说我们的到来她讲话中提到赠送我们鱼罐头作为礼物品尝，并当场打开一盒鱼罐头放到我们的餐桌前，斯仁巴图教授用蒙语向她表示感谢。她的罐头厂是专门加工查干诺尔湖里的鱼肉加工厂，产品主要销往国内，每年的效益也非常可观，也是一个前景非常好的企业，遗憾的是这次来查干诺尔苏木没有参观她的鱼罐头加工厂。

我和斯仁巴图教授在晚宴联欢没有散场时就离开回到招待所，期间苏木达密格木尔扎布的丈夫喝多了晃晃悠悠被人扶着也离开了这里上了丰田越野车，是苏木达密格木尔扎布开车送回家。时间已经是下半夜一点多，而那些人们仍沉浸在晚宴联欢的高潮中，好像还没有困意，这也许就是这里蒙古人的生活习惯。

我们在查干诺尔苏木又待上一天，这一天的中午，苏木达密格木尔扎布的丈夫从家里拿来煮好的羊肉又款待我们，午餐就是面包、羊手把肉和成吉思汗白酒。我们围坐在招待所外蒙古包旁边的一条长桌子开始吃手把肉喝着烈酒。手把肉与昨晚宴会上吃的一样味道很好吃，吃起来没有感觉到有膻味，这也许是与我们呼伦贝尔草原的羊肉肉质相同。这也是为我们举行的送行酒，因为吃完这顿午餐就有很多人要先行离开，而我们将在明天返回牧仁市。

我和斯仁巴图教授又在这里慢慢熬过了大半天，斯仁巴图教授独自在床上整理着采访的笔记，我有时到湖边走走、看看，再好好欣赏一下美丽清澈的查干诺尔湖。夕阳下的湖面在微风吹过时波光粼粼，显得那么的惬意。

我们在第二天凌晨三四点钟就起床了，因为路程远所以要提前准备行程，司机已经将面包越野车发动着了，马达声在门外响着，天色还很灰暗时我们上了车，由于车辆一直在外面停放感觉座椅冰凉。这回车里只有我们四个人，而那两位外国情侣已经不再与我们同行了，也不知是否还在这个苏木活动或是离开，我和楚什耐先生坐在后面的座位，斯仁巴图教授则坐在副驾驶位置上，这样可以方便他及时拍摄前方遇到的各色景物。

面包越野车仍是沿着来时的路线颠簸地行驶着，天色也渐渐明朗起来，大约走了两个多小时，太阳从东面高高的山岗上冉冉升起，远处的洁白的蒙古包已经冒出了淡淡的炊烟，仿佛向远行的我们招手。面包越野车在一个蒙古包旁停下来,楚什耐先生第一个下车进入蒙古包里,然后斯仁巴图教授和我也钻进了蒙古包,司机师傅最后一个进来坐到对着门的位置,楚什耐先生和斯仁巴图教授及我则坐在进门的左侧小矮床上,我们的对面是一个仍在睡觉的男主人和小孩子,女主人一个人在烧水做饭,这是一户三口之家的蒙古包。司机师傅坐着的位置后面是摆放的箱子和柜子,在柜子上看到了几幅照片,通过照片判断出这家男主人曾服过兵役,当过蒙古国士兵,照片上显得很英俊威武强壮。我从包里取出来两盒还是从国内带去的康师傅方便面,因为出来没有吃早餐,我给司机师傅递过去一盒,然后给这户女主人一盒,示意等孩子醒来给她的孩子吃,也是一件小小的礼物送给孩子的。我们要赶路首先得让司机师傅吃饱,司机师傅接过方便面然后打开用坐在铁炉子上的铝壶里的开水沏上,康师傅方便面散发着它诱人食欲的香味。女主人也为我们端上来面包和奶制品,并为我们倒上一碗热腾腾的奶茶,又将装有烧好奶茶的暖瓶放到地桌旁边,早就听说蒙古人以一种习惯,就是远路经过的陌生人走进蒙古包都会受到宾至如归的礼遇照顾,只要进入到蒙古包里主人就会热情地为你端上贡桌,然后放到你的面前,主动会为你倒上一杯热奶茶,面包及各式甜点奶干等摆放到地桌上,让你感到一种茫茫草原上的温暖而不孤独和饥饿。我们喝足了奶茶也填饱了肚子就又启程上路了,经过来时祭奠大敖包的地方我们又停下车逗留歇息了一会儿,再次认真仔细地观赏一下这里石头上的岩画,上次经过时没有仔细地看一看大敖包,这回看到了大敖包上有几副陈旧的拐杖躺在上面,据楚什耐先生讲,这些拐杖都是曾经腿脚有毛病的人放到这里的,因为这个大敖包很有灵气,也许保佑了很多牧民腿脚痊愈,然后有一些人把拐杖也作为一种祭奠的礼物献给敖包,也许是还愿真实痊愈的见证。

我们走了很长一段路程到了一个村庄,村庄里的房子有木刻楞房子和蒙古包，这也是一个苏木所在地，楚什耐先生说他也曾在这个地方担任过苏木党委书记，在村口的简易加油站我们的面包越野车加满了油料，然后向村子里开进，这个村子里没有看到几个人。司机将车停在了一个木刻楞平房前，说是这个平房子是这里的商店，我们也跟着下了车进了商店，商店里的光线很昏暗，最显眼的地方是那些服装类的商品都在地上堆放着，也没有说是挂在什么地方或整齐摆放好，布匹、鞋帽及服装等散落在地板上，看到司机只买了些糖块，说是给前方将要路过的蒙古包的朋友的见面礼，我们又匆忙地上了车离开了这个村庄，这个村庄静悄悄的，就仿佛经过时丝毫没有打扰到他们似地那么淡然安静。在车上楚什耐先生突然想起什么事情来，他开始翻弄自己的背包和衣服裤子兜，说是在找他的数码相机，翻了一遍后与斯仁巴图教授说可能忘在了查干诺尔苏木招待所的床上，等有移动信号时与那边联系，因为已经走了很大一个距离所以没有返回去取相机。

我们在午后的两点多到达了来时休息的地方木屋小吃部，我们还是吃了那天来时吃的蒙古蒸饺。斯仁巴图教授说如果时间够用我们会从这里去往蒙古国最大的湖——库苏古尔湖，这次留下遗憾了，如果有机会再来蒙古国一定去那里看看。

短暂的休息空间我又到木屋旁的河边驻足观望，看那绿油漆色的钢铁桥梁，想象蒙古国为这里边远地方的通行而付出这样的代价深感钦佩，没有舍掉曾被遗忘了的查腾使鹿部落，这座桥给我来这里留下了深刻的印象。

面包越野车在自然的草原土路上行驶了很久后又到了一个有蒙古包的地方，车直接开到蒙古包跟前，司机拿着他买的糖块下了车走进了这户人家。我们也跟随楚什耐先生进了蒙古包，这是一家四口的蒙古包，蒙古包的哈那杆上挂着一串羊肉，像似刚刚杀过的羊，我们在蒙古包里也喝了主人给我们沏好的奶茶,并品尝了奶酪。这户人家有两个双胞胎女孩,年龄也就两岁左右,一点都不怕陌生人。司机师傅把买的糖块交给了女主人,两个小女孩就马上围到母亲身边。斯仁巴图教授询问了主人奶酪是否有出售的,女主人给予了肯定,并说去邻居的蒙古包那里帮助询问一下。斯仁巴图教授还建议我买上一点奶制品带回国,这些奶制品都是牧民老乡自己加工制作的,我没有听从斯仁巴图教授的建议,只看到斯仁巴图教授买了不少奶酪。司机师傅将获得的主人奉献的羊排和羊腿带上了车,我见两个可爱的双胞胎也送我们出门,在车前我就给他们抢拍了照片,两个红脸蛋蛋的小姑娘。

在返回牧仁市的途中看到了一种奇观,那就是突然凸起的石堆,那层层叠起的石堆像人工给摞起来的一样整齐,而不是一块大石头形成的石堆,这样的景象在这个草原上有很多,斯仁巴图教授拍下了这奇特的景观。

我们在太阳落山时到达了牧仁市,入住进市区里的一家宾馆,这也是该地区条件最好的宾馆了,处于市中心地段。宾馆的卫生条件很好,在宾馆的走廊墙壁上挂有驯鹿的绘画作品,给我的感觉很温馨和优雅。我们换了两个房间才算安顿好,因为一个比较好的房间房门锁不上,没办法只好换了一间普通标房,收拾整理完后我们下楼吃了晚餐。楚什耐先生说明天还要返回查干诺尔苏木去,他说单位打电话通知他到查干诺尔苏木陪同接待两位蒙古国科学院博士,是专门赴查干诺尔苏木研究查腾驯鹿方面的问题的,他们人员已经抵达了查干诺尔苏木,他还要另外搭方便车返回苏木。

第二天我们吃了丰富的早餐,早餐内容是茶水、苹果干、面包加奶油,还有煎鸡蛋和巧克力酱等,是一种西餐吃法,备有刀叉勺子餐具,我们午餐后将要离开这里。楚什耐先生带我们去了市中心参观,首先带我们去了一家银行,这个银行名称叫皇帝银行,楚什耐先生是为两位已经在查干诺尔的博士打款，不断用电话与查干诺尔苏木的朋友联系所要账号，款打到了一位上了年纪的老牧民的账号里，那位老牧民就是我们到达查干诺尔第一天晚上入住牧民家的主人。这座城市有人口6万左右，有四所中小学校，城市建设还很美观，我们也没有太多时间欣赏这座美丽的城市了。

仓促的午饭后楚什耐先生找了一辆朋友的丰田越野车送我们到机场，我们在机场的门前的一座雕像前合影留念，楚什耐先生给我们讲了这座雕像的意义，据说是纪念一个牧民放羊时不慎丢失了羊群，在寻找羊群时他登上了一座高山峻岭，然后看到了山脚下很远的地方的羊群，他将蒙古袍做斗篷一样然后从山顶飞下山脚，追赶到了他丢失的羊群，后来为纪念这位牧民开先河般的飞行壮举而塑造了这座寓意非凡的雕塑。待我们换完了登机牌后楚什耐先生与我们握手话别，我们欢迎他能够有机会再去呼伦贝尔，再到我们根河敖鲁古雅，楚什耐先生又开始了他继续向查干诺尔苏木的路程。

我和斯仁巴图教授随着人流登上了飞往乌兰巴托的航班，除了我们两位亚洲乘客外，其他的都是欧洲人面孔的乘客，我坐在自己的位置上前后数了一下人数，乘坐这架航班一共才十七人。

我们于下午四点一刻时到达乌兰巴托，蒙古国畜牧研究院会计乌云琪琪格到机场接我们，将我们直接接到蒙古国畜牧研究院，敏柱道尔基教授接待了我们，他曾经是蒙古国畜牧研究院的院长，后来卸任到研究所任所长。在他的办公室里稍事休息后我们被他带到了蒙古国畜牧研究院院长的办公室，一位叫讷日贵的院长和另一位副院长叫勒达瓦尔博士接见了我们，我们两位与院长副院长面对面而坐，他们的身材很魁梧，表情很凝重。他们询问了我们此次赴查干诺尔苏木感受如何，此次能来蒙古国并去查干诺尔苏木参观都是他们精心设计和安排的，两位院长提出来建议和想法，想与中国合作成立亚洲驯鹿养殖者协会，因为在亚洲只有中国和蒙古国有驯鹿，所以成立这样一个组织可以相互交流驯鹿饲养、防疫和改良工作，促进亚洲驯鹿种群的良好发展，我也表示很赞成这个建议和想法，并表示回到国内将这个建议向主管部门或领导提出。蒙古国也十分重视查腾使鹿部落的驯鹿发展，也在寻求一种改良策略，曾经从俄罗斯图瓦共和国引进二十只驯鹿，结果在运输途中因缺少驯鹿的食物而导致死亡十二只。还有就是与俄罗斯在协商两国交界处的一群野生驯鹿群的处理问题，俄罗斯方面是围捕这群驯鹿进行屠杀，而蒙古国则需要保护这群野生驯鹿并能进行改良驯化，但是此项工作还没有达成一致意见。在院长办公室里我们的谈话持续到接近下班时间，在我的建议下我们与两位院长在立在办公桌靠西墙的蒙古国国旗前留下合影。离开畜牧研究院大楼时看到一尊金色大佛坐立在该大楼的东面的庭院里，这座大佛与国内我见到的一模一样，原来蒙古国国人也信奉佛教。在我们乘车去往宾馆的路程中看到乌兰巴托周围的大高山上有很多标志图像，特别醒目赫然的是成吉思汗的头像，就像刻在一个巨大无比的石板上的岩画。

晚餐是由敏柱道尔基教授和会计乌云琪琪格陪同下在我们入住的旅馆满都海宾馆进行的，晚餐是每人一份份饭，在吃饭当中，斯仁巴图教授的朋友蒙古国师范大学教授和妻子来看我们，敏柱道尔基教授都没有起身让座，他们夫妻两个坐在我们对面看着我们吃饭并与斯仁巴图教授说着话，让我的直接感觉很尴尬，为何会是这样的场面，不像我们中国国内吃饭中如果来了朋友会热情主动让座，还要添加餐具和再点些菜与朋友共进晚餐，但是这里没有。这也许是在蒙古国人中分高等贵贱或三六九等区分吧。斯仁巴图教授的朋友坐了没多久就携夫人离开了餐厅，斯仁巴图教授起身送出门外。快结束时普杰扎布也来看我们，这时，敏柱道尔基起身热情欢迎，并在这里给了普杰扎布一个惊喜，敏柱道尔基宣读了一份奖励书，由于普杰扎布对蒙古国驯鹿事业有贡献特此颁发奖状和奖金，奖金是蒙古国图布折合人民币五十元。普杰扎布感到非常高兴，敏柱道尔基教授在宣读颁发完奖状以蒙古国的礼节在普杰扎布额头亲吻了一下，然后我们共同举杯祝贺。虽然奖金不多，但是可以折射出蒙古国对于驯鹿事业做出贡献的人们还是给予高度鼓励和奖励的。普杰扎布为我们在查干诺尔的路程还担心过，因为在我们离开的第二天那里就下了一场大雪，称我们此次很幸运，否则提前下了大雪就会阻碍我们返回的路程，就会被困在查干诺尔苏木的，加之我穿的衣服也单薄，再具有抗寒力也抵挡不住暴风雪天气，这也足实让我们捏了一把汗。

晚餐结束后回到房间，斯仁巴图教授与我说起吃饭这档子事感到也很不是滋味，用一种诧异的表情说他们怎么会这样办事呢！太不好意思了！

第二天早上起床洗漱后我下到一楼与服务员换了瓶开水，然后与斯仁巴图教授简单在房间里吃了我们带来的面包圈，今天还要在这里待上一天，斯仁巴图教授说今天可以去商场购置纪念品，买些蒙古国的特产带回去，还要寻找看望他的学生。

在商场开门营业的时间我们首先到一个看似很大的商场，专门在商场的书店一层转悠，斯仁巴图教授挑选了一本有关蒙古族语言学的书，而我什么也看不懂，只是在随意地跟着他，偶尔在一处书架上看到一个很面熟的书籍，原来是我们国人反对禁止的邪教法轮大法，而且已经是翻译成了蒙古文，这个谬论也向蒙古国人在做宣传和传授，难道还是蒙古国人也喜欢此书，我不得而知。在这个商场里我是什么也没有买，斯仁巴图教授的朋友蒙古国师范大学音乐教授在商场门口等待我们，我们要跟随她去找斯仁巴图教授的学生，这位学生曾在呼伦贝尔学院留过学，斯仁巴图教授曾给她当过老师。这位学生现在乌兰巴托的一所书店工作，我们就在一座大楼的一楼书店里询问和寻找，以为应该从事销售的服务员呢，经过询问店里的工作人员才得知她在楼上的部门工作，具体位置大概说了一下我们继续找，我们出来进去地围着大楼转，终于在大楼的西门找到了进入口并上了二楼，在门卫处询问到这位学生的办公室位置，斯仁巴图教授首先向办公室走去，我和他的朋友在门卫处等候，一会工夫斯仁巴图教授与他的学生一起走出来招呼我们去办公室里小坐。原来这位学生在一间大办公室里的小间里屋办公，看来职务不低，应该是一个小管事的职位，自己一个单间，外面大办公室里有四五个人在一起办公，像是书店财会业务人员，斯仁巴图教授介绍说她现在是这里的部门经理，可以说留学回来有很大造诣，呼伦贝尔学院没有白培养她。斯仁巴图教授将我们向他的学生也作了介绍，这位学生名叫特古斯，一位年轻漂亮的蒙古国女孩，很有一种气质，她忙着给我们沏茶倒水，然后与斯仁巴图教授聊了起来，我与斯仁巴图教授的那位音乐教授朋友只能一旁听着，他们用流利的蒙古语说着话，但是我还是唯一听不懂的人。说话间这位学生将她的出版作品一本书和光盘分别送给我们，作品都用蒙汉两种文字印刷，这个我能看明白一点，原来是一部诗歌集，书名叫《女人是一首优美的诗》。她现在和丈夫在乌兰巴托做书店工作，她丈夫是北京人，业余时间也搞些创作，这部作品就是她从呼伦贝尔学院毕业回国后创作的。提前知道要见这位学生，我也将我带来的根河市政协出版的文史资料集作为纪念品回赠给特古斯女士。

在去往饭店的路程中经过蒙古国人民大会堂前我给他们三人拍了合影照，斯仁巴图教授风度翩翩地站在中间，看上去像个绅士，两边是漂亮的美女，身后是成吉思汗和忽必烈的巨型坐态雕塑，还有穿着军装制服的蒙古军人在站岗，我一边调侃着一边拍照。

这顿午餐是斯仁巴图教授的学生特古斯女士安排的，我们吃的是羊肉火锅，也就是国内的涮羊肉，饭店环境也很优雅，只有我和斯仁巴图教授喝了点白酒，饭后我们先后与两位女士分了手，并邀请她们有时间去中国呼伦贝尔，也到我们林区根河市敖鲁古雅。因为明天就要回国了，我和斯仁巴图教授又直接去找了销售旅游纪念品的商店，我们走进一家专门销售旅游纪念品的商店，里面的各种精致的美术工艺品琳琅满目，我的目标主要是寻找与驯鹿有关的工艺品，结果不出我所料，穿着蒙古袍的女人骑着驯鹿身后背着婴儿的挂画被我找到，还有一些印有驯鹿图案的明信片类的纪念品，这些纪念品足以能够成为代表我来过蒙古国，见过蒙古国的使鹿部落查腾人的佐证。从商店离开我和斯仁巴图教授尝试了蒙古国公交汽车的拥挤，因为不好打车所以公交车还是很方便的，路线只有斯仁巴图教授明白该去往哪里和应该在哪里下车。

　　我们回到宾馆休息了一阵子，秋野朋友来到宾馆坐了一会，斯仁巴图教授与他商量要再去商场买点东西，由秋野陪同他一起出去了，我独自留在房间里睡着了，他们何时回来我全然不知，房门也没有锁，如果在熟睡中有人进来把东西拿走我都不会知道，那将会留下很多遗憾啊！

　　秋野我们打车去了一家酒吧，原来是普杰扎布在这里安排的一次晚宴，也是为我们明天离开蒙古国而做的精心安排，在这里我们吃了很简单的份饭，再喝点白酒，秋野说他有肝病不能喝酒，也只有我和斯仁巴图教授喝点白酒。普杰扎布和乌兰女士最后到的，非常荣幸地见到了国内的朋友乌兰女士，她现在就职于西北民族大学的教授，家也安在甘肃兰州市里，对于她的到来不感到陌生，还是那一年她与郝所长一行陪同蒙古国专家学者去根河市敖鲁古雅使鹿部落猎民点，我们还是那次才认识的，她说她经常来蒙古国，这次说要在这里待上几天，她曾于二〇〇五年春季与中国社会科学院民族研究所郝时远所长带队一行专门探访蒙古国使鹿部落查腾人，而且还去过库苏古尔大湖。听说我们也来蒙古国了她非常高兴，普杰扎布也在这个时间里让我们国内的朋友相聚，乌兰女士说她在蒙古国大概待几天之后回国，我说很荣幸能够在这里相见，感谢缘分吧！我们也没有像在国内的酒吧那样不停地喝啤酒或白酒，只看到走廊过道里那醉态的好像俄罗斯金发女人时而进出，不时听到对面的房间里喝酒和哈哈笑的喧闹声。斯仁巴图从乌兰女士手中买了女士化妆品法国香水，折合人民币五十元，据斯仁巴图教授说很便宜的，也许是女人的天性嗜好才能买到这样的奢侈品。

从酒吧我们与乌兰女士和秋野朋友分手后与普杰扎布去找昼夜银行，她带我们去银行将剩余的蒙古国币图布兑换人民币，打的跑了很多地方，终于找到二十四小时工作的银行，在这里我们将剩余不多的蒙古国币图布兑换人民币后才算完事，真挺好的感觉，能在夜晚时间去银行开展兑换业务，否则因为时间不赶趟而造成手里积存的蒙古国币图布留在手里，带回国内最高价值也不过是能够证明没有白白来乌兰巴托一次，做一个永久的收藏品纪念。普杰扎布又打车把我们又送回到宾馆，说好明天早上她仍送我们到飞机场赶航班。

以为回到宾馆就可以好好休息一下了，没曾想到斯仁巴图教授的蒙古国师范大学的教授领来三个陌生的朋友，经介绍说有两位是师范大学的校长和教授，其中一位女教授带着比她小很多的男人，看上去也就像一个蒙古族小伙子，他们没有结婚，也是为她服务的司机，当时我还误以为是女教授的儿子呢，最后经斯仁巴图教授与他们聊天时也证明了这一点。

来到房间仍旧是喝酒聊天和唱歌，也没有什么菜当酒肴，我们只好把从查干诺尔带回的白鱼罐头打开作为下酒的菜，他们真的很能喝酒，成吉思汗白酒喝了三瓶，其中他们带来两瓶，斯仁巴图教授从包里翻出一瓶，那位斯仁巴图教授的朋友师范大学教授和校长也真的喝多了，女教授也喝点，那个小男人一点也没有喝，说是因为开车不能喝酒。在边唱边喝酒时，他们强烈要求斯仁巴图教授与那位女教授合唱一首歌曲，最后他们两位教授合唱了一首蒙古族爱情歌曲。要求我唱歌时我就为他们唱了一首我们使鹿部落鄂温克族民歌，然后斯仁巴图教授将我唱的歌曲给他们作了翻译。

那位校长先生很愿意唱歌,不唱歌时就倒在我的床头上睡着了,女教授时常把他拍醒让他唱歌,让他精神一下免得困。斯仁巴图教授的朋友带着酒意并答应说明天早上一定等他送我们去机场,然后语气加重地不断重复着明天要送我们去机场的事。大约熬到了深夜零点了他们才从这里离开,我由于疲惫困倦不时袭来,硬是坚持到他们走才安稳地睡上一觉。

因为要赶航班我和斯仁巴图教授第二天也是很早就起来了,在房间里吃点面包就算对付早餐了,航班时间是上午10点多的,我们必须早一点乘车到达机场,我们还等那位昨晚应允的师范大学教授的车送我们呢,结果左等右等也没有来,斯仁巴图给他打电话还在关机中。还是蒙古国畜牧研究院的会计乌云琪琪格来宾馆接我们的,她也说喝酒了的人说话不一定算数的,再等就延误航班了,结果真是这样的,我们离开时也没等到那位教授。我们在十点前赶到了机场,多亏是我们的航班晚点了否则会匆匆忙忙的,办理了登机牌后我们与蒙古国畜牧研究院的会计乌云琪琪格分手了,由于是周末,普杰扎布没有来送我们,听乌云琪琪格女士说普杰扎布已经在处对象,最近也在忙于自己的婚姻大事,普杰扎布的年龄也不小了,而秋野朋友也将要有第三个孩子了,几年来他们的变化都很大。

在机场还遇见到了同航班返回海拉尔的熟悉记者,他对我说来蒙古国就像荣归故里的感觉,对于他感到特别的亲切与温暖,有点恋恋不舍地离开这里,也许因为是蒙古族他一直发着感慨。我们的航班终于在中午十二点起飞,中途要在蒙古国东方省的乔巴山市降落通过海关边检和动检。我们乘坐的此次飞往海拉尔的航班也是与我们往返牧仁市所乘坐的航班一样,是所载十七人的双螺旋桨引擎的支线飞机。

大约飞行不到一个小时飞机降落在蒙古国东方省乔巴山市机场,这里是蒙古国距离中国最近的省份,距离海拉尔也是最近的一座城市。下了飞机取了行李要重新登机,当我们走进候机大厅时看到了穿着防护服的人员在进行安检，在过往通道上铺上了用消杀水浸泡的白色棉布，就像铺了一条白色地毯，走在上面湿漉漉的，这是在给我们登机乘客进行消毒，原来是蒙古国北部地区已经爆发了口蹄疫情。走到安检的位置看见穿着蒙古国军官制服、头戴大檐帽的女警官例行安全检查，但是检查的方式和动作有些粗鲁，将我们的拉杆箱包翻个底朝天，不慎将我的一枚五角钱硬币抖落到地上轱辘到很远，当时我感到很生气，我立刻停下翻弄整理的箱包，顺着硬币掉落地上和轱辘的声音去找，硬币滑出很远的地方，我弯腰将五角钱硬币捡起来，这可是我们的人民币，不能落在异国他乡，即使留下来也不能以这种方式，哪怕是一分钱硬币我也要这样尊敬地捡起来带在身边，当我捡起那枚五角硬币的瞬间，用眼睛的余光看着那位安检女警官，她在用一种蔑视或鄙视的眼光看着我将地下的五角硬币捡起，也没有向我说声对不起，这个态度是十分的冷漠。斯仁巴图教授心里也在生气，用普通话说着他们的态度怎么是这个样，真是令人生厌。消杀的白色棉布都铺到飞机的旋梯上了，我们踩着消毒地毯又登上飞往海拉尔的飞机。

伴随着轰鸣的马达声响和一阵阵的颠簸，航班在茫茫草原上空飞过，不时看到地面的点点蒙古包像翡翠珍珠般镶嵌在已经枯黄了的原野上，偶尔也会看到地上的白云在游动，那是沿途牧民放牧的羊群。飞机终于飞到了海拉尔的上空，航班是从海拉尔的西南方向飞入海拉尔上空的，并盘旋着向东山机场飞去，很快飞机降落了，飞机经过新机场跑道在海拉尔旧机场的停机坪停下，开了舱门首先上来的也是穿着防护服的人员，用便携式体温计对两名飞行员进行了体温测试，然后逐个乘客进行检测，一切完毕后我们才下了飞机通过海拉尔海关边检和动检，在动检时动检人员看到了斯仁巴图教授从蒙古国携带回国的奶酪制品提出质疑，本应该全部没收乳制品，并且数量也超出范围，但在斯仁巴图教授的一再商求下才算通过，因为蒙古国的口蹄疫疫情爆发，我国禁止携带来自疫区的乳制品的。出了

蒙古国之行

候机厅方觉呼吸一下家乡草原的空气还是那么的亲切温馨，十二天的蒙古国之旅到此结束，这也是第三次的域外之旅的感慨，与赴挪威之行稍有逊色，但还是给我留下了一个深刻的蒙古国印象，又一次的考验了我使鹿部落鄂温克人耐寒抗寒的体质，再见蒙古国！

完稿于 2015 年 3 月 3 日

母女坟

在一条河的北岸的山坡上矗立着一前一后的奇异的墓碑,这里孤立地埋葬着母女两个人,故事还得从一九九九年的夏末初秋说起。

随着岁月的流逝,鄂温克使鹿部落搬迁离开那条河已有数载,河边有一棵童年的大粗树,这条河就叫敖鲁古雅河。河两边长满了茂密的杨柳树、稠李子树等,河水弯弯曲曲从东面向西流绕过了小村庄。河水不是很深但很湍急,就是在夏季三伏天的中午河水的温度仍很凉。这条河与小村西边从南面流过来的贝尔茨河交汇,一直向下游流入遥远的额尔古纳河。

每到夏天的时候,小村里的父老乡亲、男女老幼总是愿意到这条河里游泳、洗衣服,或扛着鱼竿来钓鱼。冬天的时候村里的人则到河的两岸捡烧柴拉木头。

回想起那一九七五年的秋天,也就是使鹿部落鄂温克人在这条河边建立村庄十周年庆典之际,村里庆典丰盛的晚宴安排在这条河的沙滩上,在夕阳西下的沙滩上集聚了参加庆典的各级领导、嘉宾及使鹿部落鄂温克同胞们，还有为帮助村里建爱民文化宫、修筑公路和防洪堤坝的驻大兴安岭的解放军铁道兵部队的领导也应邀参加了晚宴。沙滩上点燃了数堆熊熊燃烧的篝火，篝火熊熊冒着浓浓的白烟，白烟像一条洁白的雾纱缭绕在黄昏的敖鲁古雅河畔，像是献给前来参加庆典的领导和嘉宾及亲人解放军的哈达，顿时小村沸腾了。而今这条河已伴随使鹿部落鄂温克人走过了三十七年的历程了……

说它是一条小河却比小河还大、还要凶猛，在那一年的夏末秋初的一天，这条河吞噬了三位使鹿部落鄂温克人同胞的生命。

列娜领着她刚满六岁的三女儿去河的那边给打草的丈夫送吃的，同行的还有时任村领导的维拉及列娜的姐姐和她的外甥女共五个人。她们选择了一处水很浅的地方过河，她们为了安全起见手挽手慢慢地蹚河，当走到河中央时患有高血压的维拉突然因晕水而瘫倒在河里，河水很浅但水流很急，并且河水也非常的凉。列娜身后背着她的三女儿，手里还拎着装有猪肉的水桶。维拉过河的时候紧挨着列娜一起，维拉在身体倒入河里的一瞬间手用力地拽住了背着孩子的列娜，由于河水很急使人难以站稳脚，列娜也因突如其来的撕扯而被水冲倒。这一倒下引起一连串的措手不及，紧接着列娜的姐姐和外甥女也因脚底滑而没有站稳都被水冲倒。河水太急太急了，维拉、列娜和她的三女儿、在河里挣扎着力争能够站起来，这时已经大人小孩五个人全在河里扑腾着。河水已将她们冲入到了带着漩涡的很深很急水域，维拉、列娜和孩子已经被冲向下游，很快没了踪影。列娜的姐姐在河里一个手抱住了一个粗倒木，一个手薅着外甥女的头发在冰冷的河水里坚持很长时间。这时，从河那边打草回来的老吴和小江过河路过这里，正好看见列娜的姐姐和外甥女在河里挣扎着，立刻放下手中的工具，鞋也顾不得脱掉就直接奔向列娜的姐姐和外甥女所在的地方，将她们母女两个人救起。等将列娜的姐姐和外甥女救上岸时，列娜的姐姐告诉老吴和小江说还有三个人被冲向下游，老吴和小江赶紧脱掉自己身上的干衣服给了列娜的姐姐和外甥女穿上，又立刻赶往下游去寻找。一直寻找到敖鲁古雅河与贝尔茨河交汇处也未能见到维拉、列娜和孩子的身影，他们又沿贝尔茨河继续向下游寻找。

列娜的姐姐领着外甥女回了家，到家以后就让亲属去向村里报告了情况。村里立即组织人员赶赴事发地点进行全面搜救，一方面由村领导亲自驱车赶往满归林业局请求帮助借一条船，局领导当时正在绿星宾馆外欢送马局长，时间正好是中午一点多钟，村领导将情况简要的作了介绍后得到的是简单又简单的答复。情急之下村领导又驱车赶往驻满归森警大队请求给予帮助，森警大队的教导员秦建明同志接待了村里的这位领导，听了村领导的情况介绍后立刻叫通信员通知两个班，当时该大队正在森林秋防期严阵待命，毅然派出一辆卡车和两个班的兵力穿着救生衣由秦建明教导员亲自带队前往敖鲁古雅。在去敖鲁古雅的途中由于为了抢时间救人，车辆在行进中被一辆摩托车挤入深三米多的路基下，车来了个大侧翻。车上的战士险些被扣在里面，驾驶室里的秦建明教导员和几个战士被挤在一起，手上脸上都有些划伤。正好有一辆东风牌卡车从满归方向驶来，村领导的小车司机摆手示意使其停下来。东风牌卡车到了跟前司机二话没说开始帮忙，在这辆车的好心司机帮助下森警部队的车被拽上来。森警部队的车由于侧翻右侧的倒车镜刮坏，车身被刮掉了漆。秦建明教导员没有因为这种情况而改变主意而继续前往敖鲁古雅。

军车直接开到了河边，秦建明教导员又立即带领战士沿贝尔茨河岸边向下游寻找，一直寻找到太阳落山才收队。失踪的人自上午十点来钟到现在已经过去近十个小时了，三人的生还可能性很小。秦建明教导员带领战士没有留下来吃晚饭便回部队了。在事发后的当天上午村里就将事故报告给了上级政府主管领导，以上级领导罗吉舫副市长率领的由市委统战部李

母女坟

延华部长、市委办公室敖华主任、市民族宗教事务局陈玉山局长等有关部门参加的慰问团亲自赴敖鲁古雅，并于当晚七时左右到达了敖鲁古雅。市领导对此次事故非常重视，顾不得吃饭就先听村里的情况汇报，听取汇报后罗吉舫市长对下一步搜救工作做了安排，要求不惜一切代价寻找到人。

于当天和第二天搜寻组先后寻找到了列娜和她的三女儿的尸体并打捞上岸运回村，列娜的丈夫在自己家里搭设了灵棚。市领导到其家中看望并慰问了列娜的亲属。村里还专程把在猎民点的列娜的母亲玛丽雅索接了回来，在入殓那天玛丽雅索看着躺在棺材里的列娜悲伤地哭喊："老天这是怎么了！河怎么吃人了？"是呀！村边的两条河水曾先吞噬了玛丽雅索老人八岁的大孙子，之后又吞噬了她的二儿子何英刚，这回又是她最得意的三女儿和外孙女，老人能不悲哀吗？

到目前为止失踪的维拉仍没有找到，这已经是事发后的第三天了。市领导再次要求加大搜寻力度要仔细搜寻，不放过任何一个倒木圈和河岔口，要多分成几个组向河下游地毯式搜寻。

村里从个人手里调来机动小铁船，对人员到达不了的水域则用船运送。第一搜寻组在一处倒木圈里找到维拉的尸体，维拉呈坐姿被冲到倒木圈里。

维拉的灵棚搭设在了村里的办公楼前，村里为维拉开了一个追悼会，村上的各单位领导和职工及维拉的亲属参加了追悼会，并于当日为维拉举行了隆重的葬礼。

下午两点十分村领导陪同罗吉舫副市长等市领导驱车到满归武警森林大队，亲切看望慰问了森警官兵。对森警部队参与敖鲁古雅搜救工作给予了高度赞扬并表示感谢……

就是这条似曾美丽而又凶猛的河流会勾引起鄂温克猎人心底中沉重的往事，也永远磨灭不去他们的伤痛，也将永远铭记那些曾经帮助过敖鲁古雅鄂温克人的好朋友们……

难忘的一九八二年

一九八二年对于一个敖鲁古雅鄂温克人意味着人丁兴旺的年代,人口不多的小乡充满着和谐快乐向上的氛围。在这个美好少年的岁月里我初中辍学了,跟随那些早已辍学上山当猎民的伙伴去了阿敏所在的猎民点。我从小就喜欢猎民点的生活,那不算自由而浪漫的森林里的生活充满着幻想和快乐。上学时的班主任老师是最反对鄂温克族家庭的学生在上学期间上山去猎民点,有时班主任老师很负责地到准备上山的车辆前,去专门堵截逃学旷课的鄂温克族学生,弄得逃学旷课的学生像犯了罪一样进行躲藏。所以每到盛夏的季节里都有逃学旷课的鄂温克族学生寻找机会去猎民点,我就是其中的那个学习成绩不好的学生,老师在上课时对我还充满希望的态度,说我此时的成绩最次也能考取扎兰屯师范学校,而我对老师的态度没有信心,执意放弃了不再继续学习的机会彻底辍学了。选择上山当一名自由自在放养驯鹿的猎民,在森林听着驯鹿的铜铃声起床或入眠,呼吸着沁入肺腑的松林清香和望着撮罗子斜攘孔外的夜空里的星星，心中浮想联翩……

这年的三月开始，敖鲁古雅乡迎来了自治区投入建设的高压电线路施工工程和继续备石料盖砖瓦房工程，去年已有十二户猎民喜迁新房。满归林业局运材的车队大拖拉运输车在进乡的路口卸下了一堆粗大的落叶松原条，这就是为准备架线用的电线杆木料。不知道情况的还以为这些木材是给谁家卸下的烧材呢！猎业生产队也组织部分猎民参加备运石料的工作，目的是为改扩建砖瓦结构的新房，老猎民瓦洛佳、尅什克和谢涅也参加了装卸石料的队伍中。驾驶猎业生产队汽车的司机是鄂温克族第一代大学生果什卡，还跟着一位年轻漂亮的鄂温克族女学徒罗丽克，也是使鹿部落中未来唯一的女司机了，偶尔在乡里的路上能够看到罗丽克独立驾驶着解放牌大卡车，成了一道很靓丽的风景线，引来路边的人驻足观望很是羡慕。天气渐渐转暖的时节，乡里来了很多陌生人，就是为架线和盖房子而来入驻施工的队伍，有工程设计师、技术员及工人，据说架线的都是根河电业局派来的施工队伍，还有就是外来社会劳力加本乡待业的青壮年也加入挖电坑打路影的行列来，小小的敖鲁古雅开始热闹起来。小宝和大龙就是我其中最要好的同学，他俩也是比我早辍学不念书的，开始寻求为人出力挣钱的路子了。时常能听见硝铵炸药的巨响声回落在敖鲁古雅的天地间……

这年的贝尔茨河开得也特别的早，河里飘动着大块大块的冰排，柳树也开始泛起毛茸茸的枝叶，乡里的猎民大会刚刚开完，很多老猎民脸上的兴奋还没有散去，都在议论着今年的狩猎和猎民点迁徙的去向，满脸络腮胡子的玛克新姆和穿着劳动布护林服的拉吉米尔坐在一栋靠在公路边的木刻楞房子边，衣服上兜上有醒目的白色漆字"猎民义务护林员"标志，身旁是堆放了很多装满东西的面袋子和行李，一只长毛黄色猎狗趴在旁边，有的东西是用犴皮制成的外面带毛的皮兜，半自动枪、大盖枪和小口径枪都躺在行李或面袋子上，一看就知道这是在等待去猎民点的车，在旁边还有几位穿着颜色各异的皮制长衣的中老年妇女，另外还有年轻人也在那里转来转去。敖鲁古雅乡每年都要召开两次猎民大会，分别是在春季和秋季两个时间里，每次的会议时间都安排在两三天左右，这两三天时间里老猎民就像过节一样非常快乐开心，一日三餐都由猎业生产队安排，开会的伙食就像是高档的宴会一样丰盛。所以每当要到开会的季节年轻的猎民就会很盼望着下山，这也是改善伙食的最好的机会了，因为猎民点的伙食非常单调，偶尔能有新鲜的蔬菜送到猎民点，每天的伙食也就是犴鹿肉和大米或者面做的食物，最常吃的就自己烤制的面包克列巴及喝驯鹿奶茶等。有的猎民家就是分到了送上来的新鲜蔬菜也不会像其他民族那样制作和加工。

我也有时凑着热闹跟着小宝他们挖电坑，我只是旁边看热闹，看他们怎么将炸药埋到坑里，然后跟着跑到很远的有隐蔽物的地方躲起来，观看炸药爆炸的一切经过，就像观看现场直播一样很过瘾。就为这我天天都跟着他们这些挖电坑的朋友们转，他们是为了能够挣到工钱，而我只是为了看热闹找乐趣。

有一天维佳带我跟着一位技术员去贝尔茨河炸鱼，这位技术员身背着黄色挎包，包里装了很多硝铵炸药和雷管，维佳拎着装有空酒瓶的面袋子像向导一样在前面领路，我跟在这位技术员的后面，到了贝尔茨河沙滩上，技术员就将成管的硝铵炸药灌装到空酒瓶子里，装上半瓶炸药后又灌上沙子，雷管和导火索已连接好插进炸药中间，然后封上瓶口露出约十厘米长导火索，选择了一个很深的水域后技术员就点着了装有炸药露出酒瓶外的导火索扔向河里，这时维佳和我早已在技术员的指挥下躲到了认为安全的地方，炸药瓶伴随着导火索的烟雾沉入河中心，技术员向河里扔下炸药瓶后也跑向很远的地方，六只眼睛都在盯着扔下炸药瓶的河面上，顿时一声闷响，水面崩起数米高的水浪，三个人看到爆炸后都奔跑到河边，因为这时要将崩死的鱼捞上来，河面上漂浮着白白的肚子大大小小的华子鱼和细鳞鱼，我和维佳在技术员的指挥下衣服也没脱掉就下河捞鱼，河水很深很湍急，很多不到一尺长的鱼都被河水冲走了。我们从上午沿着贝尔茨河走到太阳落山了才回来，炸的鱼装满了一大提包，几乎没有小鱼，有四条一米多长的哲罗鱼，我和维佳用肩扛着，回到家后我只带回了一条大鱼，但还是感觉很满足和快乐。后来得知炸鱼是对自然生态的最大伤害和破坏，从那以后我不再参与炸鱼的活动。我开始上山到猎民点看驯鹿，帮助额沃她们抓驯鹿，和老猎人一起去找驯鹿，去采集山里的松树塔和蘑菇，背着半自动猎枪与伙伴们出猎，偶尔走到有林业作业工队的帐篷里坐坐，与作业的林业工人交流感情做好朋友，有时赶上工队开饭时工队朋友会留下我们吃饭，林业工队工人朋友对鄂温克人很是热情。有一次我在营林工队刘队长办公室里看到报纸的内容很好就顺手装进了自己的衣服里，准备拿回到猎民点上看，结果到了猎民点还没有机会看呢当晚就被营林工队刘队长步行十多里地找上门了，最后在长辈们问我后才勉强交给了前来猎民点要报纸的营林工队刘队长，这一张报纸在当时的状况下显得是多么的珍贵啊！此事着实让长辈训斥了一顿，这一张报纸给我留下了深深的印记！从那以后姑姑家的半导体收音机就是调节我在猎民点生活和娱乐的伴侣了，每天都收听港台歌曲，熟悉了邓丽君美妙动情的歌声，然后将音量放到最大，让半导体收音机里的歌声在寂静的森林里回荡。

这一年的夏季里猎民点还迎来了呼伦贝尔盟兽医工作站的兽医专家，他们选择了两个猎民点作为驯鹿疫病监测检查点，老猎民很积极配合此次的驯鹿疫病防治工作，虽然兽医工作队开来了大巴车但猎民还是为他们搭建了撮罗子帐篷，起初猎民点的人还以为他们要在开来的大巴车上住呢，偶尔有老猎民一边开玩笑一边帮助搬运各种医疗器械和行李。这次盟兽医工作站的兽医带来了先进的检查监测设备，最引人注目的是X光透视仪，

179

过去猎民都知道x光只有人才能享受到的待遇，今天驯鹿也享受到了透视的高级待遇了，这也是老猎民们坐在撮罗子里讲的话题和笑话最多的内容。妇女们将自己家所有的驯鹿拴好等待透视检查，不时引来爽人的笑声，也偶尔有老猎民凑上前观看驯鹿被透视的过程，小孩子们也围着转看热闹，足实给这个猎民点带来了欢声笑语，那一阵子猎民点真是热闹和快乐。陪同盟兽医站驻扎猎民点的是旗兽医站高站长，他经常深入各猎民点与猎民们同吃同住，住撮罗子喝驯鹿奶茶，吃着犴鹿肉和克列巴，与老猎民们增进了感情。这次他陪着盟兽医站的来到猎民点，猎民感觉到又见到了老朋友一样更显亲切和热情。猎民青年哈协更是主要劳动力，他天天跟兽医人员在一起，带领猎民点上的青年搭建鹿圈和固定架，每当兽医们发现有特征疾病的驯鹿提出要宰杀取内脏标本化验时都征求猎民们的意见，猎民们同意后则由哈协一个人完成杀鹿任务，后来老猎民开玩笑说哈协是兽医们的屠夫。哈协杀鹿也有窍门，说是从草地蒙古人那里学来的杀牛手艺，不像过去老猎民用枪射杀驯鹿而改用蒙古人杀牛的办法，用猎刀直接刺入驯鹿头上茸角间的穴位中，驯鹿毫无挣扎和痛苦就很快死去，难怪老猎民问哈协他是给蒙古人当学徒学来的！盟兽医工作站在两个猎民点有针对性地杀鹿主要是研究驯鹿的肺结核病及各种杆菌病原体，逐个驯鹿标本进行化验最后确定结果，这一年夏季兽医们可是真的忙坏了，给驯鹿打针灌药，处置伤口化脓生蛆的驯鹿，白色大褂沾满了驯鹿的毛或血迹和粪便，年轻的猎民普通话都讲得非常好，都亲切地称呼兽医们为驯鹿的白衣天使！盟兽医工作站的兽医专家在猎民点生活和工作了近四个多月，顺利完成了对驯鹿流行病学的课题研究和调查后离开了猎民点。

阿敏的猎民点也迁往到新的营地——阿力达雅坤。猎民点迁徙那天我和额沃因为一个死去的驯鹿而最后离开旧址的，我第一次在额沃的指教下学着扒驯鹿皮，手握住锋利的猎刀一不小心扎到了我的脚面上，血立时浸透了袜子和鞋，额沃一边为我包扎伤口一边用鄂温克语叨咕着："真是笨手笨脚的！也不知道加小心点！"猎民点一切又恢复到从前繁忙的狩猎和找驯鹿的生活节奏中，我和伙伴们跟着阿敏到很远的地方下犴套，在敖鲁古雅河的上游的一个水泡子边的树林里看到了曾有人下过的犴套，并有套过犴的痕迹，看来这片林子里有犴在经常活动，阿敏一边教我们怎样选择地形和识别犴活动路线，一边示范性地教我们下犴套的整个过程。在回猎民点的路边采到了很多归心草，这草药是老猎民治心脏病的最管用的了，阿敏的心脏病一喝酒就犯，每次犯心脏病都很痛苦，然后就寻找一棵归心草就能够治疗他的病，好了之后还接着喝酒，就这样维持着自己的健康。采这些草药也就是自己留着用或送给其他的好朋友们，从那时起我就认识了我们使鹿部落鄂温克人的名贵草药——归心草。偶尔和几个同龄伙伴保陶、考腾保和尼日特背着猎枪到森林里转，走着走着就看到密林间的树丛里有几只黑色和芦花色的棒鸡抻着脖子在眺望，我和保陶分别瞄准着各自的目标，然后很快速地扣动扳机进行射击，结果都打得很准，两只棒鸡应声倒地，考滕宝还没有猎获到任何猎物，我们在回来的路上考滕宝打落了一只飞龙，这样一来我们基本可以说没有空手回猎民点，这时天空阴云密布，林子里还刮起了风，成片的雪花立时狂奔袭来，我们已经找不到来时的小路，朝着猎民点大致的方向迎着飞雪在林中穿行，结果还是超出了距离，费了很大的劲头才回到猎民点。鄂温克猎民最忌讳下雪天出猎的，在这样的天气里出猎再好的猎人也会迷失方向的。

　　山下热火朝天的工地繁忙而紧张，砖瓦结构的新房拔地而起，这就是专门为我们使鹿部落鄂温克猎民建造的新一代房屋，它将替换一九六五年定居时居住的俄式木刻楞房子的一室一厅，使用面积提高到四十多平方米，这也是使鹿部落鄂温克人第三次由国家投资改建住房了，此项工程计划用三年完成，这一年又建筑了四栋八户。高压线路施工也已接近尾声，但是一起事件使施工的电业局的工人在敖鲁古雅留下不好的名声。就是这年初秋猎业生产队向乡派出所报案，称加工室丢失一副已经加工好的马鹿茸，派出所立即成立了专案组进行摸排调查，最后在搜查一处电业施工人员居住的木刻楞房子的地窖里，发现了被锯断剩下的鹿茸底壳和钢锯条，显然这里是嫌疑人留下的现场，最后根据现场遗留的证据进行调查询问曾在这座木刻楞房里住过的人员，终于查出两个人参与的盗窃马鹿茸的事件，这一副马鹿茸是鄂温克猎民辛苦狩猎中获得的一年的最丰厚的收入，对当时的猎业生产队造成了很大的经济损失，也造成了不良的社会后果，特别是对在这里施工的施工单位带来了很深的影响。一个不足百余户的小乡，此事成了街头巷尾、茶余饭后谈论的话题。我也曾和电业局施工的工人交朋友，电业局的朋友把从旗里看到或听到后带来的故事讲给我听，有时他们休息时我就带着朋友背着小口径猎枪到贝尔茨河边去打野鸭子，与他们混得很熟。

这一年九月旗里开始征兵了，我自己报了名，当时我把报名的消息告诉了家人，当时阿敏很反对，很不高兴，我额沃知道后也很反对，不同意我去当兵，但我当时不知道为什么会反对我去当兵，我自己猜测是不是继续让我接替他们狩猎或看养驯鹿，我向阿敏说现在是体检阶段，等体检合格了才能确定去与不去，不合格就留在你身边就当一辈子猎民了！永远在森林里看养驯鹿了……

我看到了我的同伴中有落实政策接班工作的，年纪都与我同龄，父亲的工作也是在"文革"期间停薪留职后彻底丢失掉了，也曾试图寻找过某些当权派都因我年龄不够作为理由推卸了，可恨那个动乱时代坑害了多少无辜的人，连人数极少的使鹿部落鄂温克人也丝毫不放过！如果不当兵我只能留在森林里当永远的猎民了……

在乡里的卫生院进行了身体初检，当时有个姑姑在医院工作为我的耳朵采取了办法，我的耳朵曾在河里游泳时灌进水，从此耳朵总流黄脓水，姑姑是大夫把我的耳朵治好了不流脓水了，否则这第一关恐怕是过不去的，到旗里医院检查时基本过关身体合格。接下来就是等待家访和入伍通知书了，但心里还是担心怕不录取，直到发了新军装心就彻底地放下来了。我穿上了新军装后就又随去猎民点的车上山看望奶奶和我的猎民伙伴，睡到半夜听到车声响，原来是乡人武部专门派车寻找并把我接下山，这也可能是因为我已是被录取的准军人了，人武部是唯恐我在踏入部队前出现意外而采取的保护措施？

这一年的雪下得特别的早，不到九月中旬就下起了几场大雪，满归通往敖鲁古雅的高压线路也竣工剪彩了，敖鲁古雅从此有了长电，二十四小时都有照明了，敖鲁古雅鄂温克猎民欢欣鼓舞庆祝高压线路竣工。

由于雪下得早，周围的群山都被白雪遮盖，各猎民点告急，驯鹿面临了巨大的白灾，乡政府积极向旗里打报告和汇报白灾情况，旗政府紧急用火车调运饲草、豆饼来抵御驯鹿白灾，如果不紧急想办法驯鹿就有可能会饿死。这个白灾是因为下的第一场雪就化结了一层硬冰壳，之后冰上又覆了厚厚积雪，驯鹿用蹄子扒开了雪但扒不开坚硬的冰壳，因而吃不到苔藓而最终饿死，苔藓是驯鹿冬季的主要食物。乡政府积极组织人力全力投入抗白灾的重要工作中，调集所有车辆抢运饲草和豆饼，并派工作组到各个猎民点帮助猎民生产自救。青年猎手格里斯克在找驯鹿途中猎获了七只驼鹿，看来遭受白灾的不仅仅是驯鹿还有很多野生的大型动物，它们也面临着与驯鹿同等的灾难，否则不会遇见这么多驼鹿聚在一起的。天寒地冻的扒犴皮成了最棘手的问题，这是格里斯克长这么大以来第一次猎获这么多数量的大的猎物。当时令很多人刮目相看，更让同龄人有一种崇拜感。但是这年的初冬的一天，鄂温克猎民中最膀大彪悍的青年保列因为恋情受挫，酗酒后竟然在自家屋门的门把上上吊自杀，此事震惊敖鲁古雅全乡，我很为我们使鹿部落鄂温克人失去同胞而难过……

我也背上行装踏上了去往军营的征程，这将是我人生中最重要的抉择……

而今回首展望那已逝去的岁月仍记忆犹新，又仿佛将我带回了那美丽敖鲁古雅美好的情景中……

2010 年 10 月 22 日

注释：

额沃：使鹿部落鄂温克语，译为"奶奶"或"姥姥"。

阿敏：使鹿部落鄂温克语，译为"父亲"。

克列巴：使鹿部落鄂温克语，译为"面包"。

秋　猎

那是在一九九一年的秋天，巴提和乌热跟随老猎人讷尼牵了六头驯鹿前往塔拉坎大碱场狩猎，他们从孟库依达瓦的猎民点出发，背了三支半自动猎枪，还带了一条叫松日曼的大黄猎犬。从猎民点出发时已是中午了，他们牵着驯鹿沿孟库依简易公路向阿乌尼方向进发，走了近五个多小时还没离开孟库依干线公路。天也已经很黑了，讷尼老猎人选择了一个公路下平坦的林间空地拴上驯鹿，"我们不走了！在这里住上一宿吧！"他一边往小松树干上拴着驯鹿缰绳一边对着巴提和乌热说。"这是什么地方啊？距满归还有多远啊？"巴提背着半自动猎枪立在一棵碗口粗的落叶松下问着，他还不紧不慢的没有拴驯鹿。"快点拴驯鹿卸鞍子吧！哪有那么多问号啊！你还想牵驯鹿到满归住旅店啊！天黑的马上快看不见了！抓紧吧哥们！"乌热不耐烦地说着。他们把驯鹿都卸下鞍子后开始忙活着弄烧材和打水做饭，讷尼老猎人砍好了烧水做饭用的三脚架子，乌热走了很远才找到一个有涵洞的地方打了水，巴提在不停地找干木头和树枝丫。此时的讷尼头上还缠着纱布，这是在巴提和乌热上山前被别人酒后打伤的，据他自己讲给巴提和乌热的，说是用鹿哨打伤的，那个已被打断了好几节的鹿哨这次也带上了，还说到了阿龙山买块水胶将鹿哨粘拼好再用。这个季节正好是用鹿哨狩猎的最佳时间，因为此时正是马鹿的发情期，用鹿哨就可以把带角的公马鹿引到跟前进行射杀。他们三人围坐在熊熊燃烧着的篝火旁，黄猎犬松日曼趴在讷尼老猎人的身边，两只泛光的眼睛望着篝火显得很亮。山林里的夜色很黑暗，只有晴朗的夜空星星闪烁，偶尔有流星划过天际。此时初秋落叶松松针已是渐黄，天气不是十分的寒冷，他们连简易的撮罗子帐篷也没有搭建，三人吃过了简单的晚餐后露宿在篝火旁边，驯鹿也都吃饱了卧在松树下倒着嚼，偶尔有松鸦的叫声回荡在夜色的山林间。

他们第二天在距满归不到五公里的地方下了公路翻山直插阿乌尼，这条使鹿部落鄂温克猎人小路已有很多年没人走了，讷尼老猎人还清楚地记得这条路，这是他们当年曾经狩猎和迁徙的小路，现在小路两旁已长起了新树，隐约能看见用砍刀砍过的痕迹。讷尼老猎人牵着三头驯鹿，一边还挥舞着砍刀砍断挡在小路中的树枝，乌热紧跟在老人牵着的驯鹿后面，巴提牵着一头不愿意走的驯鹿在后面拽着缰绳。讷尼在休息时看出了问题，"巴提你把鹿牵到这边来，你们两个换一下位置，乌热你把后面链着的鹿拴到巴提牵着的鹿后面，让后面的赶着这个不愿意走路的鹿！"巴提按着讷尼老猎人的吩咐调整了一下位置。"这样就很好了！看它还走不走！"讷尼老猎人继续说着。乌热借这休息时间将驯鹿背上的鞍子修整了一下，勒紧了鹿的肚带，这回他走在最后的位置。他们翻过了不是很高的山梁，又上了阿乌尼林场的简易公路。驯鹿是最不喜欢走沙石公路的，就好像人光着脚丫走在硌脚的石子上，有的驯鹿都瘸蹄了，走起路来一撅一翘的。在途经一处墓地时讷尼将驯鹿提前拴在路边的小树上，把那个自由奔跑的黄猎犬松日曼也拴在树下。巴提看着驯鹿在路边，乌热也拴上驯鹿背着半

秋 猎

自动猎枪紧跟着讷尼老猎人下了公路钻进了树林里，来到了一座立有特殊墓碑的坟前。讷尼老猎人脱掉戴在头上的深蓝色帽子，掏出桦树皮制作的小盒，用右手打开盖子，然后从里面捻出一捻鄂温克猎人的口含烟恭敬地敬献到坟头上，"这是我的哥哥和嫂子在这里安睡呢！阿尅我们打猎路过这里来看看你！给你们依米西讷吧！好好地保佑我们吧！"讷尼老猎人用汉语夹着鄂温克语叨咕说着。这座坟墓里的主人是讷尼的三哥瑟勒给依和嫂子给拉坤，旁边还有一个裸露的木棺材。这是瑟勒给依一家三口在两年前的四月份不幸遭受寒冷奇特的风雪天气而遇难去世的，也是使鹿部落鄂温克人有史以来最大的冻伤亡事故。讷尼老猎人敬完了烟后就迅速离开了墓地，乌热也沉默着紧随其后上了公路，这是使鹿部落鄂温克人狩猎中必须做到的事情，即使不是亲属的坟墓也要上前敬献烟或酒的，他们牵着驯鹿继续向前赶路。在接近中午的时候走过了一处靠山边的铁路道口，之后越过了彼什达莱河上的阿乌尼大桥，他们沿着公路绕过了两个山弯，然后又将驯鹿牵下公路到阴凉的地方卸下鞍子开始休息。此时虽然是初秋，但中午阳光还是那样强烈耀人，阳光的暴热使驯鹿都不愿意走了。讷尼老猎人给驯鹿点上了围烟，巴提还在牵着卸下鞍子的驯鹿找有苔藓的地方拴上。正在这时一辆丰田越野车停在了路边，下来了几个看似陌生的人，有的带着相机毫不客气的就开始拍照。"我原来是满归的人，曾在林业局电视台工作过，现在我已调到南方那边工作！"那个脖子上挂着相机的人在自我的介绍着。"那你贵姓？"乌热问他。"我免贵姓胡！我们交个朋友吧！有机会去南方吧！""好！谢谢！南方我们不一定有机会去了！欢迎你回来朋友！"乌热一边说着一边与这位姓胡的人握手。"你们这是准备去哪里啊？"姓胡的朋友问。"啊！我们这是打猎去！"讷尼坐在篝火边紧忙作了回答。"去哪里打啊！"姓胡的又问。"阿龙山西线！"讷尼老猎人又笼统地回答。这时乌热在一旁补充说："现在不是到了秋天了吗，正是鹿叫的好时候！""来来！我们一起合个影吧！师傅你过来一下帮个忙给我们照个相！"姓胡的叫着在一边看驯鹿的司机师傅。讷尼老猎人站在正中间的位置，另外几个陌生人也加入其中，他们在驯鹿背景前留了影，这样的真实场面是很难遇见的。"今天总算你们有幸，能拍到鄂温克人出猎的画面！很好！"乌热竖着大拇指对姓胡的说。这伙人忙活了半天才恋恋不舍的离开了，讷尼他们也开始忙着准备简单的午餐，然后好好休息一下再继续下一个路程。

　　由于驯鹿不喜欢走沙石公路，人走时间长了脚底还不舒服呢，所以沿着这条长长的公路行进速度很慢，偶尔还给通过的车辆让路，驯鹿害怕车来回地通过，所以要很早就将驯鹿牵下路基很远的地方躲过车辆，加之巴提牵的一个驯鹿不愿意走路，他们才走了不到三十里就停下来住下，天黑了不方便赶夜路只好选择一个认为好的地方临时过夜，两天来不仅驯鹿疲劳，人也很疲惫的，从猎民点到目的地猎场这才走了不到三分之一的路程，还有很长的路程需要耐心去用脚步丈量。

　　讷尼心里总惦记的是到阿龙山去买些水胶，因为那断了几节的鹿哨需要黏合，买水胶的事时不时地挂在嘴边。早晨吃过饭后讷尼就做着安排和打算，"快到阿龙山岔线时我去买水胶，你们牵驯鹿就沿着公路走，买完东西后我会撵上你们的！""好！如果有车过来就堵个车去吧！"乌热说。他们继续沿着坚硬的沙石公路行进，乌热在后面不停地用树条子赶打巴提牵的不愿走路的驯鹿，使其能够加快点步伐。走到距一个林场不远时遇到了猎业队的皮卡车，后车厢里还装有小驯鹿，车见他们就停下来，涂乡长下了车，他与讷尼老猎人握了手问，"你们这是去哪打猎啊？""去奥年河那边！你们这是干啥呢？"讷尼老猎人回答并问。

　　"啊！我们去阿龙山把被别人抓的小驯鹿拉回来！你看就是那头小驯鹿被人私自抓去养了！"涂乡长用手指了指车上的驯鹿说。"好了不耽误

秋 猎

你们赶路了！祝你们一路平安！"涂乡长与讷尼老猎人握手话别，"好！好！我们回来乡里见啊！"讷尼老猎人笑着说。涂乡长说完上了车，皮卡车拉着小驯鹿离开了，讷尼他们也继续赶路，路过了一个废弃的林场，林场都是无人的空房子，由于天气不是很热他们中午没有休息，每个人也只是饿了就拿起一块克列巴吃上几口，渴了就到路边的小河里喝口水。他们在走到阿龙山岔线时从后面传来汽车声，这时讷尼老猎人把他牵的驯鹿往乌热牵着的驯鹿后鞍子链上，"你们慢慢走啊我搭这个车去阿龙山！"讷尼老猎人说完就在公路边等候后面来的汽车，乌热和巴提也提前将驯鹿牵下公路给准备路过的汽车让路，原来是林业运材卡车，卡车上装了满满一车落叶松原条，卡车很快的开到跟前，讷尼也提前摆着右手示意汽车停下来，汽车果真停下来了，驾驶室里只有司机一个人，司机透过打开的车门玻璃窗问："上哪去啊？""啊！去阿龙山！"讷尼回答。"好！那就快上车吧！"司机说完把驾驶室车门打开了，讷尼老猎人拿着半自动猎枪上了车，"谢谢你啊朋友！"他很客气的对司机师傅说。运材卡车很吃力地挪动了，讷尼坐在副驾驶的位置通过车窗向路下的乌热和巴提满脸笑着摆手。"这司机师傅还真好说话！要不讷尼他就要步行去阿龙山了！""是的啊！遇上了好心人！"乌热与巴提一边牵驯鹿上了公路一边说着话。他们两个按着讷尼老猎人的交代沿着向奥年河的简易公路行进，这条简易公路也是林业局运输木材的，此时林业工队还没有作业生产，所以路上几乎没有车辆通过，这对于乌热和巴提来说是方便和宽松了，不用麻烦的上下公路让车了，他们走到又一个岔线路口的地方停下来在此等候讷尼老猎人的归来，而此时是太阳已经接近落山的时间了，他们两个也是怕走错方向而在这岔线路口等讷尼老猎人的。在这个地方的拐弯处隐隐约约能看到一个水泥桥，听见有河水流淌的声音，还有驯鹿在路边啃吃着有些发黄的柳树或桦树叶子发出的动静。这时又传来汽车的马达声由远渐近，一辆蓝色解放厢板车向这边驶来，汽车到了乌热他们跟前便停下来，驾驶室里已是满员，车厢里还坐了不少人，并且装有棉帐篷和铁炉子等物品，给人的第一判断是这些人是林业小工队上山作业建点的，讷尼老猎人从车厢上下来了，然后走到驾驶室前对司机师傅说："谢谢你啊！再见！""再见！"司机师傅向讷尼老猎人摆了手又按了车喇叭"嘟嘟！"车离开了。"你们在这等我呢？怎么不继续走呢？"讷尼问。"我们怕走错了方向所以在这个岔路口等您的！"乌热解释着。"好！我们走吧！过了前面桥后我们休息，天也不早了！"讷尼说着解开链在乌热牵着的驯鹿后鞍子上的缰绳，背着半自动猎枪牵着驯鹿在前面走，乌热在最后面用树条子继续抽赶着巴提牵着的不愿意走路的驯鹿，走到一座桥时讷尼老猎人指着桥下的河说："这就是艾雅苏克河！你们知道吗？""不知道！从来没听说过！"乌热在后面回答。河水不是很大但很清澈，水面上偶尔会漂浮着枯黄的树叶流过，他们又在距桥的不远处有苔藓的地方扎下来，由于天气还不是很冷他们没有搭建撮罗子帐篷，还是与以往一样围篝火而睡。晚饭是简单的煮挂面条加克列巴和小咸菜，讷尼老猎人从阿龙山还买了两瓶白酒，晚饭时老人拿出来用牙咬开瓶盖将酒倒在茶缸里，他先向篝火敬了酒，自己喝完后将酒递给乌热，乌热也学着老人的做法先向篝火泼了一下酒后喝了一口又交给巴提，这一瓶酒他们三个人轮流着没有几次就喝净了，讷尼老猎人显然是有点多了，说话也重复起来了，"我给你们讲故事啊！就是在这条河发生的故事！你们听吗？""好好！我们听！你讲吧！"乌热和巴提连连回答。"那我就讲了啊！那是很早以前的事情了，那时我还很小，比你们小多了，不到十四岁吧！可能！"讷尼老猎人一边喝着浓茶一边回忆。"这条河的上游就是战场遗址，那时我与老猎民牵着十多头驯鹿和驮着犴鹿肉等去到普鲁姆集克日本大营换取日用品，哪曾

秋 猎

想结果被他们强迫当向导和为他们运输！我们牵着驯鹿走到这条河的上游时乱枪就响起了，原来是昆德依万带领我们鄂温克猎民在此伏击从大营普鲁姆集克向东溃逃的日本人，当时有日本人近三十多人，其中包括妇女和儿童，我家的驯鹿在乱枪中被打死，我趁机也就逃回了猎民点！"乌热和巴提静静地听着讷尼老猎人讲。这时远山处响起"呜呜呜"马鹿的叫声，"你们听这叫声感觉不像是很远，多么熟悉和亲切啊！公马鹿开始了活动了！哈哈！"马鹿的叫声使讷尼老猎人不再专心继续讲他过去的故事了，"我们明天继续赶路！早点到达猎场！天色不早了睡觉吧！"讷尼老猎人继续说。乌热躺在篝火的左边身上盖着毛毯，仰面望着缀满星星的天空，篝火很旺地燃烧着，映得四周的森林显得更加黑暗，此时除了艾雅苏克河的流水声在哗哗作响，林子里显得一片寂静。

他们终于在第五天的下午到达了塔拉坎猎场，来时的路上走了很长的一段山路，乌热打到了一只灰色雪兔，那只雪兔是被黄猎犬松日曼轰出来的，雪兔正在奔跑时乌热一枪将雪兔打中，讷尼老猎人拎起已经死去的雪兔说："乌热的运气开始来了。"这只雪兔成为那天晚餐时讷尼老猎人的下酒菜了，因为还有一瓶白酒讷尼老人始终留着舍不得喝。马鹿每天清晨都在叫唤，虽然讷尼老猎人买来了水胶，但鹿哨因为赶路也还没有粘修上，听到马鹿的叫声后讷尼老猎人用双手捂住嘴，开始学着马鹿的叫声并要求乌热和巴提把半自动猎枪准备好，折腾了一阵子后再也没有马鹿的叫声了，可能是那头真马鹿判断出了假马鹿声音后远远地离开了。快到塔拉坎附近时乌热在路边的小树林里发现了一副带脑壳的六岔马鹿角，他将这马鹿角捡起就扛在肩上一直带到扎营的地方。"好了！我们就在这里扎下营吧！"讷尼把驯鹿拴在了松树上对乌热说。"啊呀！你还捡了一副马鹿角啊！不错啊！还是带脑壳的六岔啊！你真有福！""是啊！您在前面走怎么没看见呢？"乌热把马鹿角放在了一个树墩子边上,他们在这个比较开阔的地方扎下了没有撮罗子帐篷的营地,太阳没有落山吃过简单的晚饭他们就出猎了。"我们去蹲守大碱场吧!明晚再去蹲守小碱场!一会把湿了的袜子和不穿的衣服用树枝挂在营地周围,这样以防备狼的到来!"讷尼老猎人一边说着一边脱着自己脚上的袜子。驯鹿已被讷尼老猎人放到认为安全有苔藓的地方,他对乌热和巴提放驯鹿很不放心,因为乌热和巴提根本就很少接触过驯鹿,对驯鹿的管理根本不懂,每每放驯鹿讷尼老猎人都要重复检查一遍,直到他放心为止。乌热还第一次听讷尼老猎人说用人的臭袜子或汗衣服防范野狼的袭击。他们吃过晚饭将驯鹿牢牢拴好,又把黄猎犬松日曼也拴在了树下,让它留守营地和看驯鹿,因为蹲碱场不能带猎狗,那样会把猎物给轰跑的,所以松日曼的职责就是把营地和驯鹿看守好。讷尼带领乌热和巴提直奔碱场,去碱场的路需经过一段沼泽地,他们的裤腿和鞋都湿透了,天还没有黑之前就来到了碱场边,"我们就在边上蹲守吧!不要往里去,那样会沾染上我们人的气味让猎物嗅到的!"讷尼老猎人一边将肩上的半自动猎枪摘下一边说。"好!听您的安排!"乌热也把枪端在手中。"都坐下吧!我们就在这静静地等候吧!"讷尼老猎人说完就盘腿坐下来。乌热巴提分别在讷尼老猎人左右坐下,把半自动猎枪都放在了胸前,子弹都已经上好了膛。"来!用纱布条把枪的准星缠好!这样夜间射击可以准确地瞄准目标,不是三点成一线了,而是两点成一线了!"讷尼老猎人说着撕下一段白纱布条将自己的枪准星缠好,又把纱布递给乌热,"看见了吗?像我一样这样做!"乌热和巴提也都学着讷尼老猎人的做法把纱布条缠绑在半自动猎枪的准星上,"原来还有这一套狩猎方法啊!真是高明!"乌热盘着腿坐在地上,枪在怀里靠着他宽厚的左肩膀上,他面对着巴提说。"要不能叫老猎吗!哈哈!"巴提轻笑着说。天色渐渐暗下来,很远就听见有像牛一样"哼!哼!"的声

秋 猎

音传来，"不要说话！犴来了！把头和身子低下！"讷尼老猎人悄声地告诉乌热和巴提。"哼哼！"声音越来越近，很快就来到了跟前，一个黑黑的身影立在了讷尼老猎人、乌热和巴提的面前，"起来打！"讷尼老猎人轻轻一声令下，三个人同时起身举起半自动猎枪朝黑影瞄准，枪声几乎同时响起，"咚！咚！"只见那个黑影没有挪动半步就"扑哧"一声原地倒下。枪响后他们没有马上到犴的跟前看个究竟，而是在原地没有动，这时从碱场北山坡上传来有石头滚动的声音，不一会儿又一个黑影匆匆经过碱场中间，像一个老太太似的忽闪忽闪轻飘飘地奔跑着，"快打！快打！熊瞎子啊！"讷尼老猎人大声说，三个人的半自动猎枪又同时响起，但那黑影毫无损伤的模样很快就消失在夜幕中了。为了安全起见他们拿着手电筒走到黑影经过的地方看看有没有血迹，结果没有发现丝毫血迹，也许是黑天的原因他们没有继续搜寻消失的黑影。"我们先给犴开膛把肠肚掏出来等明天再扒皮！"讷尼老猎人打着手电筒边说边向犴的尸体走去。扒皮开膛的事情当然由讷尼老猎人全权承担了，他把半自动猎枪给了乌热背着，巴提拽着犴后腿，乌热打着手电筒给照亮。一会儿工夫犴的肠肚掏出来了放到了一边，"这回好了不用担心肉坏了！明天白天再好好收拾和扒皮！"讷尼老人用衣袖子擦了擦猎刀说。他们继续在此蹲守猎物直到天亮，结果什么猎物也没出现。天亮过后他们继续沿昨晚那个黑影消失的方向寻找，找了很大一圈还是没有发现受伤流血的痕迹，"到这边来一下！"乌热在寻找中发现了一头被套死的犴时就喊讷尼老猎人和巴提。这是一头被钢丝套套住了左后腿的大公犴，在一个小山坡的地方头朝下趴着死的，这犴个头很大还长有不规则的三岔角。"啊！原来那只熊瞎子是奔它而来的呀！这个犴死了不超过三天时间！"讷尼老猎人走到这只死犴前判断地说。"我先看看这个犴肉还能不能吃！"讷尼老猎人说完就掏出猎刀在这只犴的大腿部位割了一刀，"肉质多少发点绿色！感觉没有什么特殊的味道！这肉应该还能够食用！真是白瞎这个犴了！"讷尼老猎人继续说着，然后又从背夹子里拿出小快斧子像放树一样把一对干角砍掉。"没事的！我把它的鼻子和鞭卸下来带回去！"乌热说着就从自己腰间掏出猎刀开始割卸犴鼻子，他大背着半自动猎枪弯着腰把犴鼻子卸下后又卸了犴鞭。那只在碱场的犴也等着扒皮和卸肉呢，他们三个又回到碱场将打死的犴彻底的扒完了皮和大卸了犴的部位。打死的这个犴的干角没有捡到的那个犴的大，讷尼老猎人又像放树一样给砍掉了，如果带着脑壳砍下来也许是很好的工艺品呢！"好了！我们回营地吧！简单吃点饭把营地迁至碱场附近！这样好把犴肉整理分解和晾干！"讷尼老猎人换完了口烟后背起半自动猎枪说。他们在中午时回到了营地，紧忙着做了简单的挂面条作为午餐，因为着急迁点和驮肉，他们吃完了午饭就开始捆绑行李和抓驯鹿背鞍子。背完鞍子时乌热把他捡到的马鹿角从树墩子拿到驯鹿前。"别拿它了！驯鹿还怕！放在这个地方吧！"讷尼老猎人不高兴地说。"不拿就不拿了！放在这个地方留作纪念吧！"乌热说完又把马鹿角拿着放到树墩子旁边。巴提什么话也没有说，只是默默地牵抓驯鹿跟着走。他们将营地扎在了距离碱场很近的小山坡上，把驯鹿鞍子上的行李卸下后就去碱场驮犴肉了。他们驮了一趟最后剩下犴的脖子没有驮走，等再去时结果犴的脖子那块肉骨不知去向了，再看北山那有狼在活动，原来那大块犴脖子肉被狼叼走了，"什么东西这么有劲把这么大块的肉都能拿走啊！这回我们省事了！走回去吧！"讷尼老猎人牵着驯鹿立在碱场中间观察着地上的脚印说。"这狼得有多大呢？不能是一个狼吧？"乌热说。"走吧回营地吧！"讷尼老猎人继续说。他们回到营地开始把犴肉剔骨晾肉干，乌热把犴排骨炖在了锅里，讷尼老猎人扒着犴腿皮，将犴腿骨卸开并把筋抽出来晾晒。他又把犴肝取出来用削好的桦木棍子串起立在篝火

秋　猎

旁边煻烤，"这是鄂温克猎人的克列巴！你们吃过吗？过去我们在外打猎就这么样吃！你们生吃骨髓吧！"讷尼老猎人说完就将犴腿骨砸断递给乌热和巴提。"这是最有营养的了！你们吃吧！"乌热和巴提接过犴腿骨就开始生吃着骨髓，此时的骨髓像火腿肠一样硬挺，乌热吃了近一个小腿骨的骨髓，嘴边挂着凝了的骨髓油。讷尼老猎人将犴皮搭在拴好的绳子上晾晒。就在下午时巴提不知是怎么原因没有看好驯鹿，结果跑了三只驯鹿，讷尼老猎人当时就生气了，"你们怎么弄的啊？驯鹿都看不住吗？你们撵驯鹿去吧！"在外狩猎最大的忌讳是中途跑了驯鹿，那样会造成很多东西驮不走的，乌热和巴提什么也没说背着半自动猎枪就沿驯鹿跑的方向追去，驯鹿是按来时的方向跑的，通过驯鹿的足迹可以判断是按原方向走的，驯鹿是很会记路的，也许按着来时的路回到猎民点呢。乌热和巴提撵出很远了也没看见驯鹿的影子，他们发现了一个地窨子窝棚，里面还有行李衣服等。"撵不上了，天黑了咱两个回去吧！"乌热说。圆圆的月亮已经从东面升起，他们两个打着手电筒穿行在黑暗的林子里，趟沼泽地时裤子湿到裤腰处，巴提都打着冷战。远远地看见营地的篝火的光亮，讷尼老猎人的身影在篝火旁晃动着。乌热和巴提浑身湿漉漉地回到了营地，把湿透的裤子脱下来挂在撮罗子帐篷杆上，鞋也在篝火边烤着，"今天可是中秋节啊！我说月亮这么圆呢！今天的事情是最难忘的了对我们！"讷尼老猎人好像多少还在生气的样子，但比刚开始好多了，"明天我牵着驯鹿去撵，你们在此等候吧！"讷尼老猎人说。第二天一早讷尼老猎人将剩下的驯鹿都牵上带走了，还驮了不少犴肉，把他自己烤的犴肝也带上了，看来可能是要去小工队了，也不知到能否撵上跑掉的驯鹿，乌热和巴提在营地守候。讷尼老猎人走后乌热和巴提背枪就到附近的地方转转，不时地商量着对策。"你说如果老人家撵不上驯鹿回来还不得继续生气啊！再说他驮着犴肉找到小工队还不

195

得弄些酒回来，万一喝多了生气还不得出问题啊！"乌热说。"那怎么办啊？"巴提问。"我们也准备吧！明天一早我们准备干粮，带些吃的向回返！实在是没有办法了！只能对不起讷尼老猎人了！"乌热又说。"好听你的！就这么办！"巴提说。他们硬着头皮挺过了一晚上，第二天乌热开始和面烙油饼，弄了一根桦木做了擀面杖，用雨衣当面板，锅里炖了狍排骨，饼烙完后就开始捆绑行李，把炖好的狍排骨剔肉装在塑料袋中，把营地东西规整后两人出发了，"你不要慌啊！咱们顺着猎人小路走出去，但愿我们不会迷路走错方向，一定会走出去的！"乌热在劝着巴提。他俩一前一后地在陌生的林子里穿行，天空不时有乌鸦在盘旋和鸣叫，这一带可能有被套死的猎物，否则不会有乌鸦的，一阵风刮来能够闻到发霉的臭味，"闻到臭味了吧？一定是狍鹿被套死在附近！"乌热说。"这个山林非猎人在此偷猎是非常猖獗的啊！到处都是钢丝套！"巴提说。"是啊！也没有人管一管非法狩猎的！"乌热一边走一边说。他们路过了一处已经塌下的猎人仓库"靠勒堡"遗址，"这里肯定埋有好东西，黄金和银勺或枪支？"巴提说。"是啊！早就听老猎人说过'靠勒堡'都存放有金银之类的物品，甚至枪支弹药呢！如果挖地三尺也许会发现宝贝的！好了没有时间在此逗留了！"乌热说。他们两终于在太阳落山前踏上公路，在一个小工队吃了晚饭，他们把狍肉拿出来给看点的工人师傅吃了，"不错啊味道！你们打的啊？"看点的工队师傅说。"你们看没看见一位老猎人牵着三头驯鹿过来吗？"乌热问。"啊！没看见！"工队师傅说。"我看下面建点那有车！我去问问可以搭车去阿龙山吗？"乌热说。"你们要回去吗？"工队师傅问。"是的！要是搭这个方便车就好了！"乌热说完就向下面有车的地方走去。这个解放牌141卡车果真是运送为搭建新点的，说是天黑前返回阿龙山，乌热通过了司机的同意允许搭乘其车回到阿龙山。待收工时乌热和巴提坐

秋　猎

上了去往阿龙山的车，结束了这短暂而惊险的狩猎旅程，后来得知讷尼老猎人也没有撵上跑掉的驯鹿，只身一人将犴肉驮回了猎民点，那三只跑掉的驯鹿也安全顺利地回到了猎民点，遗憾的是讷尼老猎人在回来的路上失去了黄猎犬松日曼，他没有因此怨恨乌热和巴提，在乌热心里此次狩猎留下了最为难忘的记忆……

注释：
克列巴：使鹿部落鄂温克语，译为"面包"。
依米西讷：使鹿部落鄂温克语，译为"口烟"。

（此文在鲁迅文学院《少数民族文学创作班作品集》发表和《鄂温克文学作品集》发表）

热特司机——尤力都的一天

尤力都刚刚考取了轮式拖拉机驾驶执照，上级给敖鲁古雅鄂温克族乡东方红猎业生产队配备的崭新的"铁牛—55型"拖拉机已经接来了，这台拖拉机从那以后便成为猎民上下山的唯一交通工具了，猎民们用俄语称这台拖拉机为"热特"。

"尤力都，今天去哪个猎民点？"老猎民瑟列给站在他家木刻楞房前喊着尤力都的名字，并问是否今天送猎民上山。尤力都这是吃完早饭开始上班去猎业队路经瑟列给家门口。"现在还……还不知……知道今天去……去哪……哪个猎民点……点呢！如果去……去你们的……的点儿我……我会来……来接您的，您就……就在家等……等着吧！上山……山的东西都……都准备好……好了吗？"尤力都磕巴巴地告诉并问着老猎人瑟列给。尤力都这个口吃毛病是从小形成的，有人说是他母亲达什卡从小把他打骂吓出的一种病。"啊，都准备好了，那我在家等着了。"瑟列给老人一边摆着手一边说。

热特司机——尤力都的一天

猎业队刚刚组织召开完春季猎民大会，为了开好大会，东方红猎业生产队精心安排、周密布置，把各点的猎民接下山，会议开了两天，猎民也像过了两天节一样，心情都格外高兴。每次猎民大会期间一日三餐都在猎业生产队大餐厅就餐，下山的猎民在猎民大会期间也算作是猎业生产队为猎民改善伙食日吧！没有下山的猎民只有辛苦地看好驯鹿和撮罗子了，没有权利去享受猎民大会的美食节了。

此时各猎民点的猎民都已准备好了米面食油及日常生活用品，都在等待盼望着猎业生产队派车送他们上山。

尤力都向着大坝边的平砖房走去。那红砖瓦房就是东方红猎业生产队的队部，猎业生产队也就是名副其实的社员之家、猎民之家。

尤力都初中毕业后也成为一位名副其实的社员了。队部里聚集了好多社员，玛嘎拉队长早已坐在自己的办公桌前，看着这帮叽里呱啦唠嗑的社员们。尤力都将放在玛嘎拉桌上的考勤簿拽过来，拿起桌上的圆珠笔歪歪扭扭写上了自己的名字。说是考勤表，其实就是社员用来记工分的登记表。猎业生产队办公室里这些社员早已签完到了等着玛嘎拉队长给分工呢！尤力都签完名字后把笔放回原处，然后面对着玛嘎拉队长问道："玛……玛队长，今天我……我去哪……哪个猎……猎民点送……送猎民？""送猎民上山的时间已列出日程表，你得连续四天上山送猎民，日程是这样安排的，今天你去杜林尼河方向也就是瑟列给的猎民点儿，明天去阿力大亚坤玛克辛木的猎民点儿，后天去六十六公路头拉吉米尔的猎民点儿，再后天去老乔布河伊那简吉的猎民点儿，大致是这样安排的，因为驯鹿已经开始下羔了，所以各猎民点儿猎民都很着急上山，你呀年轻人也不要讲什么条件啦，来回上下山可千万注意行车安全啊！"玛嘎拉队长一副很严肃的样子对尤力都说。

那时的猎业生产队山上、山下都实行记工分制度，各猎民点都有记工

员，社员们必须认真履行考勤登记，否则按旷工处理不予记工分。尤力都每天都认认真真地去考勤登记，恐怕队里少给他记工分。

"达留莎，你给尤力都开油料票，他好抓紧加油上山。"玛嘎拉队长吩咐出纳员达留莎开油料票。达留莎从办公桌抽屉里将厚厚的票据本拿出放到桌上，然后认真地填写着日期和加油数量，开完后撕下票子递给尤力都。尤力都接过油料票对玛嘎拉队长说："玛……玛队长，还……有什……什么……事吗？"玛嘎拉队长笑着说："没事了，忙你的去吧！要注意安全啊！"尤力都这个口吃的毛病，一着急总是磕磕巴巴地说话，知道他的人都已经习惯他的语言了。

尤力都将油料票揣进上衣兜里就离开了吵闹的队部去车库提车。尤力都进了自己独立的车库，认真仔细检查车况，首先检查了机油尺看机油是否正常，然后将机油尺放进去，又揭开了水箱盖子，用眼睛瞄了瞄箱口，"不……不行，得……得加水！"他自言自语着跳下来找了备用空桶，在防火水缸里舀出水往水箱里加，水加了近一桶，然后把水箱盖拧上完活。剩下的就是将拖拉机发动着，尤力都的一切操作流程都是那样认真谨慎。尤力都将车库的两扇大门打开了，拖拉机已发动着了，嘟—嘟—嘟—嘟，猎乡的任何角落都能够知晓又是尤力都的热特车发动了。

尤力都倒着拖拉机出了车库，然后打着转向调整了车头停下来，他下车把两扇大门又紧紧关上，从里面把大门关上后从小门出来，又将小门上了一把锁给锁上。

后拖车他没有挂，开着拖拉机直接去油库方向加油去了。尤力都将油料票交给材料员卡嘉，卡嘉认真看了一遍加油票的日期和上面写的数量后把油票放在了本夹子里，"你自己加吧尤力都！""呵！你这……么放……放心吗？我自……自己加……加油，我会多……多加的，也省了你……你的力气！"尤力都开玩笑说。

热特司机——尤力都的一天

那时的加油设备很简单，就是把抽油机管放进油桶里，然后用手摇动加油。

尤力都说完后便拿起加油桶来到大油桶前，拧开油桶盖子，将加油机放入大油桶里然后摇动手臂，柴油被抽出来直接用小桶接着。猎业队的加油库说是油库，其实就是一个木头搭建的简易棚子，棚子里摆满了满是油渍的大油桶，平时不加油的棚子都是用锁头锁上的，也是为了安全才这样设计的。卡嘉工作已经习惯了每天上班签到后的工作岗位，每天早上几乎第一个就到队部签到的，签完到后就直接来到这个存放油桶的地方，将油库锁着的门打开等待队里加油的拖拉机。尤力都很快将油加满，把桶放在卡嘉面前。"你放……放心吧卡……卡嘉，我不会多加的！"尤力都还在调侃，也许他也喜欢上了卡嘉。

卡嘉问尤力都："今天去哪个猎民点儿？"尤力都放下小油桶头也不回地边上车边说："去……去瑟列给的……的点儿，有……有事呀？""没事，随便问问。"卡嘉说。

尤力都把拖拉机车头又开回车库的地方，把拖车挂上后便正式出车了。他把拖拉机开到了瑟列给家门前，屋里的人听到拖拉机的声音都急着忙着走出来，看一下车是否去他们的猎民点。

尤力都已下车进了院里，见瑟列给出来了说："走吧，上车！今天去您的点儿，还……有啥……东……西吗？""好，好，我让他们把东西装上车。"瑟列给老人说完转身向屋里走。"你们都空着手出来干啥呀？还不赶紧进屋把东西拿出来装上车。"瑟列给老人似乎在喊着说那几个站在院里的其他人，显得不太高兴的样子，老人不是对尤力都生气，而是对家里的这帮人可能是有点生气。

瑟列给的大儿子托拉扛着一袋白面出来并使劲地举到拖拉机后面的拖车厢里，脸上和右肩膀沾满了白色的面粉。尤力都也走进瑟列给家帮助扛

201

东西，瑟列给的老伴格拉昆抱着棉衣走到拖车前想上车但又不知道怎么能够上去车，手里拎着十来斤的豆油壶立在拖拉机后的拖车前看着年轻人装车。瑟列给的大儿子托拉又将堆在地上的面袋子举到车厢后，又接过母亲怀里抱着的棉衣扔上车，把豆油壶从母亲手中接过来递给车厢里的人，挽着母亲的胳膊走到拖拉机牵引架前，扶着母亲爬到牵引架上，然后直起身双手抓住车厢护栏，这时托拉也登上牵引架，仍挽扶着母亲从侧面上了车，看上去很是费力。托拉接着以同样的方式将父亲扶上了车。父亲瑟列给坐到车厢后对着托拉说："在家要好好上学，听老师的话，不要逃学旷课，等放假了再上山吧！"托拉不情愿并满脸不高兴地跳下拖车牵引架头也不回地说："知道了！"

托拉正在敖鲁古雅民族中小学校念小学五年级，学习成绩一般，每到放假时都要硬挤着去猎民点，非常喜欢山上与驯鹿为伴的生活。"还有……有什么东……东西要……要装车的啦？"尤力都大嗓门磕巴地喊着。托拉站在车旁边说："没有什么了，都装车了。""尤力都你等一会儿，我们家有东西呢！过来帮忙扛来！"瑟列给家的东面的木刻楞房出来几个人，当中的稿协在喊着。"赶……赶紧……紧的吧，就……就你能……能磨蹭！"尤力都也喊着并嘟囔着。从木刻楞房子出来的几个人又钻进屋里，一会儿见几个人大包小包地扛着或抱着走到拖拉机后拖车前。

瑟列给的大儿子托拉也急忙接过稿协肩上很重的米袋子，然后很吃力地举到车厢里。

稿协的母亲莫阿刊胳膊下夹着一卷熟好的犴皮，手里还拎着犴皮做成的兜子，兜子里装得鼓鼓囊囊的。尤力都从拖拉机的车头的旁边走过来，接过莫阿刊拎着的犴皮兜子，嘴里边叨咕着："买的什么好……好东西这……这么沉重？""到这边来上车！"稿协拽着母亲莫阿刊的衣袖边说边走到牵引架前。待稿协和其母亲莫阿刊都上去车了后，尤力都将犴皮兜子递给稿协。"没……没有了吧?那……那边坤杰……杰家还……还在等着呢!"尤力都有点不耐烦的语气说。"没有了,开车吧!"稿协坐在紧靠车厢护栏的地方向尤力都摆着手势说,母亲莫阿刊也挨着他左边坐着。不时地与妯娌格拉昆说着话。

尤力都启动了拖拉机,双手紧握方向盘,顺着乡里弯弯曲曲的小路,左拐右拐地到了坤杰家门前。坤杰也是在家中听到了拖拉机的声音在自己家门口张望着。在他家房南面就是上山必须经过的主干道,看到热特拖拉机朝这边开来他向司机尤力都挥着手。热特拖拉机稳稳地停在了坤杰家木刻楞房子的南面的沙石路上。尤力都跳下车走到坤杰面前,"还……还挥什么手……手呀,没……没看见车上都……都是你们猎民点儿的……的人吗?快点,还愣着……着干吗?""太好了,我以为今天不能去我们的点儿呢!"坤杰说完就朝自家木刻楞房子急忙走去。尤力都围着热特拖拉机前后认真检查着,用脚挨个踢了踢后拖车的轮子,看看是否轮胎气量充足,又检查了一下刹车系统和拖拉机与拖车间的牵引架。

坤杰和他母亲叶列娜肩扛着或拎着沉重的米面和豆油走到热特拖拉机前,后拖车上的稿协伸出手接过坤杰肩上的整袋面放到车厢里,然后又接着接过其他东西,尤力都也帮着接过坤杰母亲手里的豆油壶递给车上的稿协。坤杰和他母亲这次下山没少准备上山用的东西,米、面、油和其他生活用品一应俱全,大小猎枪的子弹也备足了。"你媳……媳妇不上山吗?"尤力都问。"刚结婚怎么就着急上猎民点呢?"稿协也在一旁插话。说得坤杰有些很不好意思,脸色都有点红了,并且还有点不高兴的样子。坤杰在猎民青年中也是很好的猎手,人也非常老实,猎业生产队还曾为坤杰专门举办了一个革命式的婚礼,是猎业生产队的领导为他介绍了一位从农村来的漂亮的汉族姑娘,当时引来不少知情小伙们的嫉妒和羡慕。也不知道是什么原因坤杰对此就像是开玩笑似的装作不理身边的媳妇,曾有人讲过他媳妇上猎民点从来不与他同被窝睡觉,这个事都被猎民点上的小青年看得仔细,说是每到夜晚睡觉时坤杰就一个人独自睡在撮罗子的"玛鲁"的位置,这个位子是属于家中男主人可以随意停留和活动的地方,女人是不可以介入的。在使鹿部落鄂温克人中这种古老的传统习惯一直保留着,所以每次夜晚睡觉他的媳妇都自己在撮罗子帐篷进门的左边或右边的位置,这件有关坤杰的私事在小小的乡村里传开来。

"快闭上你的破乌鸦嘴吧,没事瞎叫唤啥!她去不去猎民点儿关你什么事!"坤杰朝稿协吐了一口唾沫并加以严厉回击。

"跟你开……开个玩笑还……还当真,赶紧上……上车吧!"尤力都见坤杰有点变态度的口气也插话催促说。

还有其他几户的猎民也都把所带的物品装上了车。

坤杰在车厢里也找了个位子坐下,他母亲叶列娜坐在了瑟列给老伴格拉昆的旁边。

尤力都早已坐在驾驶座位上,左手握着方向盘,左脚踩着离合器,右手挂着挡,热特拖拉机缓缓地移动向村东的方向驶去。

尤力都踩着油门加大速度地驾驶着热特拖拉机颠簸在满漠公路干线上,这条沙石公路曾是铁道兵修筑的。四月的天气变幻无常,刚才离开乡里的时候还是比较晴朗的天空,立时刮起一阵阵刺眼的风,伴随着寒冷的风飘落下碎碎的小雪花,落在身上即刻融化成一滴滴水珠,尤力都戴着墨镜顶着风雪开了一段路后停下来,身上也几乎湿透了,他从驾驶座位下取出雨衣穿上,回头看了看后面拖车车厢里的人,只见紧靠护栏的稿协和坤杰都快成泥人了,其他人也都淋湿了头发和上衣。"你们两……两个咋……咋就那么缺……缺心眼呢!不……不会把塑……塑料布拿……拿出来遮挡一……一下吗,你们的包……包裹里不是都有塑……塑料布吗拿出……出来用上,免得弄……弄一身泥浆冻……冻感冒了。"尤力都喊着嗓门磕巴

热特司机——尤力都的一天

地说。稿协和坤杰这才从自己的包裹里翻出塑料布,然后遮挡在车厢里所有人的头顶,每个人都用手扯着塑料布的边沿。"都弄……弄好了吗?"尤力都穿上雨衣问车厢里的人。只听得稿协和坤杰的声音,"好了,开车吧!"

热特拖拉机沿着森林里弯弯曲曲的沙石公路行进着,很快路过了铁道兵的一个团部旧址,这是驻守在大兴安岭修筑国防铁路的部队,团部就曾坐落在敖鲁古雅河的西岸,热特拖拉机行驶在木头桥上可以看到桥南面已经浇筑好的混凝土桥墩,这是铁路桥桥墩,已经矗立在敖鲁古雅河中。天又晴朗起来,但多少伴着点微风,拖拉机后车厢里的人伴随着颠簸的车轮的行驶有节奏地晃动着。乍暖还寒的四月,敖鲁古雅河的河岸两边还有未融化完的残冰,有的连成一片,有的则呈一大块像小冰山一样堆积在沙滩上,还有的沿着陡峭的河床边挂在倒在河里的松树树枝上。

热特拖拉机翻越了一座山岭,道路变得崎岖而狭窄,坡度也很大。尤力都不停地踩着刹车制动,拖拉机缓慢地下了山岭,在热特拖拉机的行进中,不时会轰起一群群黑色的或花色的棒鸡落在不远的松树上,可是车里没有一个带枪的猎人。乡里有不成文的枪支管理规定,猎民下山时一律不准将猎枪带回山下,否则要及时送交派出所管理。猎民也嫌麻烦到派出所送枪取枪,很多猎民都不愿意那么做,除非有狩猎活动才可以准许带下山。此时看到路边树上的棒鸡,坐在车厢里的坤杰、稿协和瑟列给及其他猎民都只能眼睁睁地看着,还有距离更近的大黑棒鸡,清楚地看见红眼边并仰着长脖,泛着光亮的羽毛。"多么好的机会啊!可惜没带猎枪,真有点后悔啊!否则是我到点儿上的一顿美餐了。"坤杰一边看着一边说。瑟列给和老伴格拉昆也望着路边不断被热特拖拉机声轰起的棒鸡群,格拉昆也带微笑地说:"多么好的棒鸡啊,这要是弄到一只回到猎点儿上炖上一锅该是多美的午餐啊!"

尤力都开着热特拖拉机只顾专心地注视着前方，只有热特拖拉机的轰鸣声震响在山林中，竖着的排烟筒冒着淡蓝色的烟雾飘荡在弯曲的林间公路上。

热特拖拉机越过了杜林尼河大桥，行驶过一个转弯路面，经过了两座裸露的沙子山，这两座沙子山是铁道兵部队筑路用的采料场，热特拖拉机车轮下碾过的砂石路面就是从这两座沙子山取来的，没有走多远就到了一个铁道兵部队的连队旧址，三四个长长的帐篷架子矗立在路边的平沙地上，仿佛仍听到当年热火朝天的马达声和战士的训练的口号声。

瑟列给老人对这里再熟悉不过了，他坐在车厢里向帐篷架子不断望去。好像还在回想当年与这里的解放军铁道兵部队战士打交道的场面。

尤力都只顾开着车没有理会儿他们。刚才路过的两座沙子山就是这支连队的杰作。热特拖拉机很快穿过了帐篷架子，继续向前行驶着。说到瑟列给老人对这里驻扎的连队再熟悉不过了，是因为猎民点距离这里也不是很远。猎民们会经常赶着驯鹿经过这里，有时会在这里坐上一会儿。瑟列给老人也是这样与这里的铁道兵战士熟悉和认识的，每次经过这里时都被解放军战士请进帐篷里坐一会儿，然后给老人沏上一杯茶水，战士们也很好奇地向老人问这问那的，但是瑟列给老人仍能用不流利的汉语夹杂着鄂温克语给以回答，有时稿协和坤杰也会和老人来这里并给他们充当翻译，长时间的交流增进了铁道兵和猎民的军民鱼水之情，成了好邻居。而今都变成了瑟列给老人难忘的回忆。

热特拖拉机走了一阵之后在一处平坦的地方减了速度，说是平坦的地方，其实就是公路边被当初修路时推土机推路基碾成的带有土棱的地方，尤力都放慢速度打着方向盘下了路基将车停下，这里就是瑟列给老人的猎民点。

后拖车车厢里坤杰、稿协都站起身来，将盖在身上的沾满泥浆的白色

热特司机——尤力都的一天

塑料布揭开推到一边,他们的头发被沾上去的泥浆都打了结,脸上也是一道道的泥浆痕迹,像是出过汗留下的汗渍。坤杰伸了一个懒腰看着尤力都,"你开的什么破车啊,又颠簸又是泥的。""破……破车你别……别坐啊!"尤力都用磕巴的语调回应并跳下拖拉机。

  瑟列给老人慢慢地扶着车厢护栏转过身,将右腿先跨过车厢护栏,尤力都赶忙走过来上前扶住瑟列给老人的身体,慢慢地下了车。瑟列给老人很客气地用俄语说:"谢谢。"尤力都紧接着又分别把瑟列给老伴格拉昆和坤杰母亲叶列娜及稿协的母亲莫阿刊扶着下了车。稿协和坤杰只管着卸下车厢里的物品。稿协在车下接过坤杰从车厢上递过来的豆油、面粉和大米。其他的同行人也都忙着自己所带的东西。车上的东西都已经卸完,人们都已经下了车,各自找自家的物品。

  "尤力都,走去我家吃饭。"瑟列给老人喊着。"好的,一会儿就……就去,您先……先走吧!"尤力都在从卸下车的物品堆里将瑟列给老人家的一袋大米扛在肩上,这也算是重量最重的物品了,然后沿着猎人砍着标记的林间小路跟随在前往猎民点的队伍之后。尤力都扛着米袋子很快地超过其他人,撵上了瑟列给老人紧跟其后。走在后面的是格拉昆和坤杰的母亲叶列娜,稿协的母亲走在队伍的最后,肩上扛一个,手里还拎一个,走得很慢。

  林间的小道上隐隐约约地残留着没有融化的雪,达子香花已经含着花蕾即将绽放。猎民点距离公路大约有两里地远,远远地就能听到小驯鹿"嗷嗷——"的叫声,还有清脆的"丁零——丁零——"鹿铃声,满山林里散发着杜香草的沁人心肺的清香气味,还有看不到只能听见的"哗哗——"的流水声。"杜林尼河就在我们猎民点儿经过。"瑟列给老人对跟在后面的尤力都说。走了一会儿在小道不远的地方看见了架在树上面的小房子,说是像房子,是与山下的木刻楞房子的结构没有太大区别,就是显得矮小,

207

好像是袖珍的房子。看到这个建筑物把尤力都吓了一跳，还以为是悬在树上面的棺材呢！"不要惊怕，那是猎民的仓库'靠勒堡'，你去看看吧。"瑟列给老人一边走着一边用手指向树上的房子对尤力都说。

　　尤力都也是第一次见到自己民族用这样方式建造的仓库，感到很新奇，他扛着米袋子离开了小道向小房子的位置走去。在小房子周围转悠着看了一圈，然后将扛在肩上的米袋子放在地上，沿着连接房子的独木梯子向上攀爬，房子下面有一个不到一米的方形口，这就是仓库的门，这个口子没有遮挡，尤力都左右脚一上一下地站在独木梯子上，将脑袋伸进小房子里看个究竟。正在这时没有走多远的瑟列给老人喊道，"不要上去，该把仓库压塌啦！""好……好的，知道了。"尤力都回答。瑟列给老人阻止尤力都攀爬仓库，是因为这座仓库年代已经久远，仓库中的木头有的已经枯朽，容易断裂或塌落。而尤力都利用瞬间看到了仓库里堆放的各种东西，都是猎民曾经用过的生活用品，毛皮制作的皮篓和桦树皮的撮罗子帐篷围布。有散落的老式枪支用过的子弹壳，弹壳也已经长满了白斑铜锈。尤力都匆匆看过后就小心翼翼地爬下梯子，下来时看到一只铜壶在仓库下的深苔藓里，"咦！这是件好……好东西啊！"尤力都嘴里叨咕着走到铜壶前将其拎起来仔细欣赏，这只铜壶看上去像是一个完好无损的，而在壶底部有一个手指粗的窟窿，"咳！原来是个破壶，白瞎这个……铜色了。"尤力都自己叨叨咕咕地说着然后将铜壶又放回原地，他又扛起米袋子回到猎人的小路上紧追瑟列给老人。后面传来稿协和坤杰的说话声，"五月份'丘克玛'你去吗？""那怎么不去呢？你听说去什么地方吗？""听瑟列给和维依道他们两位老人商量要准备去敖年河那边，具体什么时间没说。""那可是个好猎场，得好好准备准备了。""是呀，那个猎场我从来还没有去过呢！""我去过好几次呢！我还在那里猎获过'四平头'呢！"坤杰和稿协一边走一边聊得很热。稿协说起自己曾去过敖年河狩猎的事，这让坤

热特司机——尤力都的一天

杰羡慕那在他心中神秘而又充满诱惑的猎场。此时林中传来了猎犬的狂吠声，猎民点就在眼前了，四座泛着白色的撮罗子帐篷在林间分散矗立着。只有一座敞着三角门的撮罗子帐篷还冒着淡淡的蓝烟，烟雾轻轻地缭绕在山林间。撮罗子帐篷旁边来回有驯鹿在走动，有的驯鹿头上的茸角已经长出很高，毛茸茸泛着油亮。那冒着烟的是开会没有下山的维依道家，他和老伴蒙阿被准许看守猎民点的。

瑟列给老人带着尤力都向自己的撮罗子帐篷走去。"你把米袋子放到那边的鞍子架上，注意遮盖好了。"瑟列给老人用手指着撮罗子帐篷旁边的鞍架对尤力都说。这个货架是用来存放驯鹿鞍子和背篓的地方，很多家什都放在上面，然后遮盖上帆布和塑料布用来防雨或雪。每个撮罗子帐篷都有这样一个看似简单的鞍架子。

尤力都将米袋子放入鞍架子上并遮盖好塑料布，然后钻进撮罗子帐篷。此时瑟列给的老伴格拉昆也已经回到了自己的帐篷，开始弄好柴火点燃撮罗子帐篷里的篝火。瑟列给老人坐在他最习惯的地方"玛鲁"位置，手里拿着鄂温克人的桦树皮烟盒，烟盒好像已经用了很久了，烟盒的表面被磨得发褐色的油亮。他一边往嘴里放口含烟一边对着尤力都说："你也来一口？""谢谢，这个不……不会。"尤力都回答。"你可以试试，也许会喜欢的。"瑟列给老人仍在劝说。"好，那我就……就学学，品尝一下什么滋……滋味。"尤力都说完接过瑟列给老人手中的桦树皮烟盒，也学着老人的方式用手捻了一捏放到嘴唇里。将烟盒盖好后又递给了瑟列给老人手中。尤力都的下嘴唇显出一个小鼓包，面部表情看上去好像不太舒服的感觉。"没事的，一会儿就会过劲儿的。"瑟列给老人又对尤力都说。

老伴格拉昆已经点着了篝火，篝火噼噼啪啪地开始发出响声燃起来，篝火上吊着一只黑黑的铝锅和黑黑的水壶，黑铝锅里是刚放进去的驼鹿的大骨头肉，肉质看上去还很新鲜。"这是我在开猎民大会前去阿巴河那边打到的犴，我们而且还猎获了两只带胎的马鹿，鹿胎已经下山开会时交到猎业生产队了，这冬天的收获还算可以。"瑟列给老人指着吊在篝火上的黑锅里的骨头肉说。"你们收获真……真的很大，这次我也……也算很有口……口福了。"尤力都坐在旁边笑眯眯磕巴地说。

一直没有下山的维依道老猎人来到了瑟列给家，瑟列给是他的弟弟。"回来了？山下猎民大会开得怎么样？"维依道老猎人弯腰走进撮罗子时询问瑟列给。"开得很好，吃的也不错，参加会议的其他点儿的猎民也不少。"瑟列给老人一边说着一边挪动身子给哥哥维依道让座。"下次开会你去参加吧，我在山上看守猎民点儿。"瑟列给说。

"老伴儿，你把酒拿出来我们喝一会儿，再把犴肉干找出来。"瑟列给老人指挥着老伴。"稍等啊！马上去拿。"格拉昆一边忙乎着一边回应。

"这几天也辛苦你了，点儿上驯鹿都全吧？"瑟列给面对着问维依道。"还行吧，驯鹿每天都能够自己回来，回来就给他们喂盐，我也经常出去找它们。然后蒙阿把小驯鹿抓住拴好，个别不好抓的生个子驯鹿也实在是抓不住它，其余的都很老实。"维依道盘着腿一边看着尤力都一边讲。格拉昆此时已将犴肉干和自己烤制的克列巴端上来，放到瑟列给和维依道面前的地桌上。"好了，这几天你们也很辛苦，我让稿协多给你们记满工分，来咱们先喝酒吃饭。"瑟列给老人说着把地桌上的克列巴拿在手中，然后从腰间掏出猎刀，将刀刃冲着自己的方向切割着克列巴，这也是猎民经常习惯这么做。"尤力都你自己拿块克列巴吃吧，对了还有'瓦兰尼'呢你蘸着吃。格拉你把'瓦兰尼'也拿来。"瑟列给一边切割着克列巴一边说。

"好的，我这就去拿。"格拉昆说完就到撮罗子外面的鞍架上去取。撮罗子里瑟列给和维依道在不停地说着话，从撮罗子帐篷外就能听见起开酒瓶

热特司机——尤力都的一天

盖和往茶缸里倒酒的声音,还有篝火燃烧的"噼啪"声。那些分散在不远地方的几个撮罗子帐篷也都冒着淡淡的烟雾,偶尔能听到稿协和坤杰的说话声音。几只驯鹿在撮罗子帐篷周围寻觅着食物。

撮罗子帐篷里瑟列给老人将白酒倒入茶缸里后先递给哥哥维依道,尤力都坐在篝火旁咀嚼着克列巴,"来,你吃'瓦兰尼'吧。"格拉昆将装有果酱的罐头瓶打开盖子递给尤力都。原来这是用红豆熬制的果酱,深黑红的颜色。"好,谢谢!"尤力都说着拿起一块克列巴蘸了一下瓶里的果酱。

维依道接过瑟列给递过来的满满一茶缸酒,半站起身向篝火敬了酒,在倒向燃着的火上的瞬间篝火轰的一声窜起火焰,"这……这酒度数真高。"尤力都在一旁说。"你也来一点吧。"瑟列给看着尤力都说。"哦,我……不……不会喝酒,谢谢您。"尤力都磕巴地说。"锅里的肉熟了你们自己捞出来吧,我去挤驯鹿奶去,好久都没有喝驯鹿奶茶了。"格拉昆说着拿起身边的大白茶缸就出去了。"是呀,开会那两天猎业队早餐都是牛奶茶,不是很好喝啊,没有驯鹿奶茶好喝。"瑟列给右手接过维依道手里的茶缸酒说。"对了,还有个事跟你说一下,今天我和蒙阿下山去,让她看看病,最近总是咳嗽,然后下次有车上山时就上来。"维依道说。"等你回来咱们这个点儿该挪一挪了,换一个新的地方,在这里我们已经很久了,周围的环境被驯鹿都踏遍了。"瑟列给喝完了一口酒后又将茶缸子递给维依道。"好的,你先选一个地方,等我回来搬点儿。"维依道接过茶缸酒说。"尤力都你到时要把他们给拉回来啊,别忘了!"瑟列给说。"不……不会的,您放……放心吧!"尤力都的嘴上还粘着果酱一边吃着克列巴回答。

吊在篝火上的黑铝锅开始冒着引起食欲的肉香味,瑟列给用猎刀在锅里扎了一块肉放到盘里然后开始分割,割了一块先给了尤力都,"来尝尝

211

这块肉，看看好不好吃。"尤力都接过肉用手撕着送到嘴里，"哦，好……好香啊！"瑟列给和维依道一边喝着酒一边用猎刀在嘴边剜割着吃肉。"水开了，尤力都你把它拿下来。"篝火上的水壶冒着热气，尤力都小心翼翼地抓住"敖兰"铁钩子把水壶放到火堆旁边。格拉昆也从外面端着茶缸挤完鹿奶回来了，"挤了两个驯鹿的奶才挤了半茶缸，也是驯鹿刚下完崽儿，以后会产奶多的，我给你们沏奶茶喝。"

"这次猎民大会上队长严厉批评了坤杰的父亲帕维尔和谢涅，并且扣了他们一个月的工分。"瑟列给开始讲起大会发生的故事。"是什么原因批评他们啊？"维依道惊诧地问。"就是因为他们两个去年秋天看菜地时把牛当成犴给打死了。也是他们喝多了半夜起来看不清目标，误以为是犴呢，结果一枪打倒，天亮时酒劲也醒过来了，到白菜地里一看不得了了，原来是一头大公黑牛。哈哈！"瑟列给说完禁不住大笑起来。"这个事情真好笑，这也是鄂温尅（克）猎人？哈哈！哈哈！"维依道也大笑起来。"来、来、来！喝酒，这故事很有意思吧？"瑟列给说着把酒又递给维依道。"是的，很有意思。"维依道接过茶缸酒脸上的皱纹都笑出来了说道。

"来！尤力都，给你喝鹿奶茶。"格拉昆沏完了驯鹿奶茶递给尤力都。"好的，谢……谢！"尤力都磕巴地说着双手接过奶茶缸。格拉昆接着又沏第二杯奶茶，她先将驯鹿奶茶用羹匙搅了两下放到茶缸里，然后倒上大半茶缸红茶，再兑上白开水，鹿奶茶算是沏完了，"来喝奶茶吧。"说完递给维依道。

"那最后是谁报告猎业队的？"维依道问。"哦！是谢涅回到队里报告的，然后队里派一帮知青们将牛拉回队里。"瑟列给接着讲那有趣的事情。"帕维尔他们放着山里的驯鹿不看，去看什么菜地啊！猎民啥时候学会看菜地的呢！"维依道说。"这也是队里照顾他们，他腿脚不

热特司机——尤力都的一天

好使,而且还有点病,谢涅呢是驼背,也是行动不方便,猎业队也没有合适的活让他们做,也只好安排了这个算是轻巧的工作,没想到还出了这码事,说起来也真不好意思。来喝酒,不说他们的故事了,还是喝酒吧。"瑟列给说完接过茶缸酒喝了一口,这茶缸里的酒在他们两个中间转来转去很快就喝没有了,瑟列给又拿起立在旁边的还有半瓶酒的酒瓶往茶缸里倒满。"别喝了!来时就很迷糊的,现在还喝。"格拉昆有点不高兴的面孔说。"刚才我去挤驯鹿奶的时候碰见了蒙阿大嫂,她说她要下山看看病,维依道大哥也去,你就别让他再喝酒了,回去了路也不好走,喝多了多不安全啊!"格拉昆继续说着。"好好好,就这些酒行了吧,不会喝多的。"瑟列给说。"还是安……安全一点好,这个车啊太……太颠簸,而且后……后拖车晃动也……也厉害,万……万一有事就不……不好了。"尤力都在一旁也说。"小子,你说得对,听你的。"瑟列给又喝了一口酒面对尤力都说。"大哥,安德烈怎么没在家呢?"瑟列给问。"啊,他早起吃过饭就背着枪走了,说是去杜林尼河上游的阿穆尔外站看看,还带着他的大黑猎狗库列去的。"维依道说。"没准会到那里与小工队的人一起喝酒呢!"瑟列给说。

"大……大叔,那卸在公……公路边的东……东西怎么运……运回来啊?"尤力都问。"一会儿你们走时我牵着三只驯鹿去驮回来,不用担心,没有多远的距离。"瑟列给一边喝酒一边带着和气的微笑说。"哦,大……大叔大婶,我也吃……吃饱了,奶茶也……也喝……喝好了,你们慢……慢慢聊着,我去……去坤杰和稿……稿协家去看看。"尤力都说完起身离开座位。"好,你去吧,看看他们还有什么事。一会儿我让你婶子给你带点狍肉干啊!"瑟列给说。"谢谢!不……不用了,我———一会儿直……直接就从他……他们家去……去公路回到车……车那里,等你们啊!"尤力都回过头又说。"喂老伴,你给他用面袋子装点狍肉干,一会我去驮东

213

西时给他。"瑟列给对老伴格拉昆说。"好的，我这就去。你两个也别喝酒了，我已经把驯鹿都抓好了，你一会儿去给驮东西的驯鹿背鞍子吧。"格拉昆说完也走出撮罗子帐篷。

尤力都向稿协和坤杰家的方向走去，不时有驯鹿向他围去，还误以为给它们点盐巴吃呢，拴在各家撮罗子帐篷旁边的猎犬也仰着脖子叫着，也许认为尤力都是陌生人。

在撮罗子帐篷外还能够听到瑟列给和维依道的说话声音，格拉昆在撮罗子帐篷旁边的鞍子行李架上翻找着东西。

尤力都走到一个撮罗子帐篷门口弯腰向里望着，撮罗子帐篷里稿协和母亲正说着话，突然见到弯身已经在门口的尤力都，"哎，来来！快进来呀，吃点饭喝点茶。"稿协在招呼着。"不了，谢谢！我在……在瑟列给大叔家吃……吃过了，奶茶也……也喝了，我去公……公路发动车辆去，你们还……还有什么事吗？"尤力都说。"那再吃点狍肉吧，正好我也煮熟了一锅狍肉。"稿协继续劝着说。"啊！狍肉我也……也吃了，还是你……你自己吃吧，实在不……不行那就……就留着我下……下次上山再……再吃吧！"尤力都磕巴地说。"那也行，下回给你留着新打的狍肉吧！"稿协说。尤力都与稿协打个照面后就又向坤杰家走去，一只长着大茸角的驯鹿也一直跟着他。

"喂！擦……擦枪呢？你还有……有什么……事吗？我这就……就要准备回……回乡里了。"尤力都也像在稿协家那样姿势在撮罗子帐篷门口询问着。坤杰正坐在对着门的"玛鲁"位置低头擦拭着自己的苏式大盖猎枪，他的母亲叶列娜坐在篝火的左侧正在喝着茶，手里还拿着一块克列巴，坤杰听见尤力都与他打招呼，他紧忙放下手中的猎枪招手，"进来坐会儿，喝点驯鹿奶茶吃点克列巴，我这是回来把猎枪收拾一下，过几天与老猎人们出猎。""猎枪收……收拾得不……不错啊！擦……擦得挺亮。"尤力

热特司机——尤力都的一天

都仍蹲在撮罗子帐篷门口笑着说。"一般般吧，猎枪得经常收拾，免得用时不好使，这是必须的。"坤杰说。"好！你继续擦……擦枪吧！我走了，下……下次来吃你……你打的狂肉，把你……你媳妇也……也带来。"尤力都磕巴地说完起身离开了坤杰家。"好的，好的，下次等着你啊！"坤杰又拿起身边的猎枪说。尤力都沿着来时的猎民小路向公路方向走去，身后只能听见坤杰和母亲用鄂温克语说话的模糊声音，他一边走一边向后回头望着，远远看见瑟列给家的撮罗子帐篷外有人在抓驯鹿和捆绑鞍子，走路有点罗圈腿的维依道也从瑟列给家出来向自家走去，林子里驯鹿不停地窜来窜去，时而传来阵阵铜铃声。

尤力都走到了公路边，将热特拖拉机发动了，哒——哒——哒，声音传出很远，在远山的林里在回响，瑟列给也牵着三只驯鹿到了公路边的小树林里，尤力都帮助把那些放在路边的粮食和其他东西挪到驯鹿跟前，又协助瑟列给把粮食和其他东西放上驯鹿鞍子上，"好！这回没事了，你们走吧！我也回点儿上了，等你下次来吃肉，你把这个带上，拿回去给你家人吃吧！"瑟列给说着将一个用面袋子装好的狂肉递给了尤力都。"好的，谢……谢……大叔了，下……回来我……我给您带……带些北……北京二锅头，您慢……慢点。"尤力都磕巴地说着并接过装着狂肉的面袋子。瑟列给把三只驯鹿链上，然后牵着驯鹿向猎民点走去，一边走一边回头向尤力都挥手。尤力都左手拎着面袋子，半个身子面向瑟列给远去的身影回敬着挥手。维依道和老伴蒙阿慢慢地走上公路，尤力都扶着他们上了车，"一定要坐好了啊！注意安全！"尤力都告诉他们。"谢谢！好的！"维依道坐在紧靠前护栏边上，一只手搭在老伴蒙阿的肩上说。

回乡的路上尤力都驾驶着热特拖拉机，速度比来时更快了，好在不是他一个人，还有维依道、蒙阿两位老人给他做伴。

215

太阳已经偏近落山,静静的山林中热特拖拉机声音在回荡……明天等待尤力都的是又一个猎民点的路程。

注释:

阿敏:鄂温克语,译为:父亲。

靠勒堡:鄂温克语,译为:仓库。

克列巴:鄂温克语,译为:面包。

玛鲁:鄂温克语,译为:神的位置。

瓦兰尼:鄂温克语,译为:果酱。

丘克玛:鄂温克语,译为:春猎。

敖兰:鄂温克语,译为:挂钩。

我的军旅

我于一九八二年的冬天入伍来到了某巡逻艇大队，一路走来是火车加汽车才到达了我新兵连生活和训练的营地——古城子。

这里的的确确是一座古城堡，仍依稀可看清古堡土城墙的形状，而我们就住在城堡里的当地生产队废弃的破旧砖房里。这座城堡据传说是与成吉思汗有直接的关系，根据传言很多人都叫它成吉思汗古城。也许当时的形势很不懂得注重对历史文物遗址的保护，因而在这里建筑了我们现在居住的破砖房。在这个非常偏僻的地方居然还住着几户人家，很多空闲的破砖房是当年生产队留下的宿舍及办公室，外面的人如果想来此地需通过船摆渡过不大不小的根河源流，河的北面是一座黑黑的高耸的石砬子山，这个地方就是因此山而得名——黑山头。

我被分配到新兵连十二班，同住这个班的都是与我同来的老乡，所以没有感觉到陌生，只有这个矮个子走路还有点歪个身子的班长是陌生的。通长的大铺已经铺好了褥子，床下是叠的四四方方的崭新军大衣，还有花

洗脸盆和军用黄色牙缸,军用武装带顺长躺放在每个铺位的褥子上。

　　第一天的训练科目是练习整理内务即叠被子,所有的战友都在班长的指导下在自己的铺位中练习叠着自己被子,翻来覆去不停地练习,按照班长床上的被子标准形状直到自己认为满意为止。

　　新兵连召开新兵训练动员大会,会议由新兵连陈连长主持,大队参谋长做了动员讲话。参谋长在讲话中指出:军人要以服从命令为天职,要遵守军队的内务条令条例,要把地方那些坏习惯坏毛病统统消除掉,真正做一名合格的解放军战士!参会的全连战士坐满了整个会议室,显得非常拥挤,会议干净利落开的很短就结束了,这就是我的第一次军人大会……

　　会议之后各班长把自己的班带到操场上,开始练习排队解散和集合,班长按大小个逐个人个头目视比对后编排顺序,我的位置在倒数第三位。

　　我们班的李班长是八一年入伍的老兵了,这次新兵连把他从机务站抽调出来对我们新兵集训。他中等个头不爱说笑,每天都是板着个脸,这也许是在新兵眼前树立一个威严的班长形象,也好让我们新兵惧怕或是敬畏他。

　　新兵连的伙食很粗糙和简单,一日三餐都是稀软的大长条馒头,每人三个馒头都吃不饱,外加漂着肥油膘的猪肉块炖白菜,偶尔还有高粱米饭。有时馒头不够吃就又端上来带着冰碴的高粱米饭,保证新兵战士能够吃得饱。由于训练的强度大和付出的体力消耗也高,所以我们这些新兵饭量也剧增。每天早6点起床哨就在走廊里吹响,外面天还很黑但电灯也随哨音亮起,就是再困也咬着牙撑起来抓紧穿衣和整理内务,因为六点二十就要到外面集合出早操,时间很紧张。早操就是由排长指挥带领跑步,距离两公里长。回来后又紧张洗漱准备吃早餐,我们轮流到炊事班打饭,每次都是满满一盆馒头、一盆粥和几碗榨菜条咸菜,这就是我们丰盛的早餐。

　　十月的古城子早上很冷,并且这里风很大,有时训练顶着寒风走正步,翻来覆去地练一个动作，立正稍息齐步走，挺胸昂头收腹目视前方。班长不停地给纠正不准确的动作，偶尔发起脾气训斥动作不好的老乡战友，有时都会把很多看似坚强的战友训得抹眼泪。作为战友的看到自己的老乡被班长训哭也很伤心，伤心之余就更想家了……

虽然在军训动员大会上部队首长一再强调在部队不允许有老乡观念和老乡派别，要一切行动听指挥，不能有丝毫的违反军纪的行为。但还是从心里感到班长的严厉太可恨了。

我第一次尝到了夜间紧急集合的滋味，一切都毫无准备，钻进被窝就沉沉地入睡了，因为白天午休时间短，没有睡觉的时间，再加训练累和疲劳夜晚睡觉就睡得很香。当在睡梦中时突然哨音响起，"紧急集合！紧急集合！"弄得我们急急忙忙地很狼狈地快速穿衣服，又慌忙着打背包，一切都在黑暗中摸索着进行，这是在训练我们夜间的快速反应能力。夜间紧急集合不是每天都搞的，一切都在你放松和毫无准备情况下进行的。有一次晚紧急集合我和战友共同抢着一条裤子穿，战友没有抢过我，而是把我的裤子穿上了，结果背包没有打成，夹着被子就出去集合了，在班长点评时还挨了训。等结束回到班里时我发现我的裤兜里怎么有背包带，原来挨着我铺的战友提前把背包带准备好放在裤兜里了，结果是我错穿了他的裤子而影响了他打背包，弄得我很不好意思。从此班里搞紧急集合和排里搞紧急集合还是连里搞紧急集合我都做好充分准备，这样一来睡眠就受到影响了，白天训练发困，严重睡眠不足，每隔一天值一个夜岗，每个夜班岗两人一小时，正在夜梦中突然就会被叫醒接岗，等下了岗钻进凉被窝时又半天睡不着。有时两个班的班长合起心来搞紧急集合，目的是在调理调理这些来自城镇的兵，其实就是恶作剧。有时夜间搞两三次紧急集合。排长对我们的感觉很好，排长姓乔，他不像班长那样，总是和和气气的。有一次我临睡前洗脚时用了香皂就引来班长那低俗的嘲笑，难道只有洗脸才用

香皂吗？那班长的表情在我心里驻留了很久。乔排长是一九七八年入伍的老兵，入伍这么多年没有提干，是挣津贴的代理排长。

新兵训练的主要科目就是徒手队列，齐步走、正步走和跑步走，每天晚收操前都要搞一次排会操，每周一次连会操。连会操时团大队首长也前来视察训练情况。连会操时最耀眼的是陈连长的军事动作，他的动作一举一动都带有节奏感，动作非常干净利落，陈连长是南方人，他是参加过对越还击战的老兵，之后从石家庄陆军学院毕业来到大队的，这次是从一线连队抽调过来担任新兵连连长的。

新兵连的生活充满着紧张和快乐，从早晨六点到晚间九点都在有节奏地进行着，每晚都要晚点名，组织学唱那富有豪迈高亢的部队歌曲，从那时我学会了第一首军旅歌曲《战友之歌》，后来称军旅歌曲那没有抒情的歌为硬邦邦的歌。

我已基本熟悉了新兵连的生活，和战友们也都互相由陌生达到了认识或了解，训练之余我们互相交流着感情，增进了浓厚的战友之情。

有一次我们在操场上走队列，忽然大家的目光都转向在很远的东面，原来有两位穿着粉红和蓝色服装的女性从训练场经过。班长发现后就下口令，"立定！向后转！"这时战友们都禁不住大笑起来。本来这里就是清一色的绿军装，很少能看到别的颜色的，所以觉得特别鲜艳耀眼。这两位女性倒是成了瞬间的亮丽的风景线，又很快像彩虹一样消失了。训练结束后同志们还在议论起此事并学着班长当时的口令，"向后转！"

在新兵连训练还有一周结束前我患了说不清楚的眼疾，眼睛很模糊，当时连队就将我送到大队卫生队住了院，越在这时越想家，为什么会闹眼病呢，军医为我开了口服药和眼药水，输了几天液才渐渐好转。有一天我在病房里突然进来一帮人，军医和穿着老百姓服装的人抬着一个病人放到了斜对面的病床上，而后又进来很多人。军医通过护士让我换了房间，那个病房就让给了地方来的病号，后来听说这位地方青年是因为受不了父母的吵架而寻短见用刀刺向自己腹部的，幸亏抢救及时才挽住了生命，再后来我与他们也熟悉了，那位住院的年轻人的老父亲还为我起了一个俄罗斯名字德勒什克，译为金镏子。他们是黑山头的居民，也是这里土生土长的人。

我们于十二月底下了老连队，在即将分配下连队前很多似乎明白的议论起各个连队的情况，都希望去个好连队，说六连是大队的后勤施工连队，都说是不好的连队，总施工干累活，很多人都不愿意去，有的与班长套近乎求班长能给帮助分到好的连队，其实是徒劳的，是金子在哪里都会发光的。分兵现场大队参谋长宣读分兵命令及名单，我就被分配到了别人认为不好的连队六连。六连的指导员亲自接的我们，用河北口音念着我们每一个被分到六连的名字。我们乘坐解放牌厢板汽车到老连队的，而一线的战友可能更辛苦，他们乘坐六轮子卡车下到最远的七卡或八卡连队，据说得好几个小时的路程，并且在这寒冬腊月的季节里更显艰苦。我的连队就在我曾经住院的不远的地方，紧挨着大队队部，操场都是水泥地面，营房是灰色砖瓦平房，我们下了汽车背着背包在操场上又集合等待分班。我被分到了三排七班，很巧合的是七班班长是我新兵连排长乔排长，我与包头的战友一起被分到这个班的。老兵连的第一顿晚饭还没有吃完，就接到参加扑火的命令，大队修理所机房不知何故起火了，火势很猛烈，我们都带着脸盆跑步到修理所的。修理所的位置在山下，而我们的连队在山上，有一段距离很远。通过大队所有官兵的奋力扑救，火势终于在晚上十点多控制住。据说是电线老化造成短路起火，加之修理所本身就和机械与油料打交道，可燃物特别的多，所以扑救时很难靠近，很多重型设备被大火烧毁。这一天对于我们刚下连队的新兵留下了很深刻的印象。我这个班加上我们两个新兵一共才五个人，班长副班长领导一个老兵和我们两个新兵。副班长是八一年兵，家是兴安盟乌兰浩特市的，而老兵姓胡，八二年兵，家就是本地额尔古纳右旗拉布大林的。四个人挤在空间不大的通铺上，而乔班长的铺位是单独靠近门的地方。班长从来不多言不多语，但是副班长好像很事多，满脸横肉没有笑模样，总是歪着嘴冷笑，让人很畏惧。

新兵下连老兵享福，这已是部队里天经地义的不成文的规矩了，新兵要做到三勤，即嘴要勤请示报告，眼要勤看事，手要勤劳动。所以多干少说话是新兵在老连队的基本功训练，是踢好人生的第一脚。有时是会干不如巧干，所以在新战友里真就有个别人会巧干，专在领导眼前作秀，得到领导赏识和认可，偶尔在连队晚点名时得到表扬。我们新兵每天要早起，早起为老兵和班长打好洗脸水，牙膏挤在牙刷上，洗床单或衣服时要都带着洗，让班长满意老兵满意。我来到部队烧炉子是个难题，不会用煤烧炉子，而且还很费事，每次都得掏炉灰，弄不好炉灰满走廊飞舞，弄得自己浑身是灰尘。有时洗完脸后脖子还没有洗净，副班长总是说我脖子洗不干净，好像副班长在取笑我呢。下了老兵连就没有夜间紧急集合的科目了，只有老兵带着新兵值夜岗，每个岗也都是一小时，我们六连的哨位是巡逻艇库。巡逻艇每到五月初下河，十月上旬就入库了。每次下河前都是用专用运输车将巡逻艇运到额尔古纳河边，到了十月就上岸再运回艇库。艇库里停放了各类型号巡逻艇，其中还有报废的船壳等，库外的东面是一排大油罐。每次站岗都是和本班的副班长及其他班的老班长或老兵一起，而乔班长总是与连干部一样在连队带班，可能是由于他的兵龄长的缘故吧。像乔班长这种情况的如果再早几年早都可以转干了，而今他得等待机会转志愿兵。

我们这个排的排长也是参加过对越还击战的，而且也是石家庄陆军学院毕业分配来的，像他这样的在我们连队还有一位，那就是一排温排长。

有一次温排长带班，晚上连队改善伙食炖鲫鱼，在全连集合时说"今晚炊事班改善伙食，今晚吃姨（鱼）"，也许是他的口音而引来战友们的哈哈大笑。黑山头的鲫鱼非常的出名，都是产自额尔古纳河马蹄泡子的，鱼大肉厚是招待嘉宾的最好的佳肴，最好吃的部位应该算是鲫鱼头了。

我第一次在部队过春节，那年也是中央电视台首次春节联欢晚会的实况转播，连队买来了第一台19英寸的黑白电视机放在了俱乐部里，为了能够收看到电视节目，战友们全部出动帮助立起电视天线，然后不停地转动选择方向，七八十号人围着看节目，电视机就显得很小。那年也是第一次看到电视节目。三十那天吃过了晚饭战友们就都集中在了连队俱乐部里，统一收看中央电视台春节联欢晚会，看到正高兴时副班长就招呼回班里包饺子，我恋恋不舍地离开了俱乐部回班里包饺子，面和馅子都是炊事班分好和和好的，老班长和面，我不会包饺子那也得帮助忙乎着，包完了饺子拿到炊事班单独煮，我也是第一次看到在部队吃饺子这样难。那时连队除去探家的战友也有七八十号人，老兵是最快乐的了。有一次正看到一半时连里就命令卸木头，因为这一年大队搞基建，木材都是汽车队从根河运过来的，等卸完木材后回到俱乐部再打开电视时节目已经结束只有雪花在闪，然后都遗憾地回到自己的班里不情愿地休息了。

这年三月大队从我们连队抽调两个班人员到军分区大院搞卫生，参加搞卫生的基本都是新兵，统一在军分区招待所吃住，配有一辆专门运输垃圾的车，军分区家属大院的卫生真是糟糕，垃圾堆成了人造小山，都是一冬来积攒下来的垃圾，看来这垃圾只有我们这些新兵来干了。我们真是不怕苦不怕脏，一车一车地往海拉尔东山上运卸。偶尔也被领导派去到离退休的老首长家干私活，收拾菜园子和室内的火墙炉子等，有时赶上中午饭时就在老首长家吃，老首长也非常的热情。我们在军分区住了半个月的时间就又回到了连队，而我就在分区特殊的时间里也没有请假回家探望。

223

我回到连队后继续干好我的本职工作，一心一意放在安心部队服役中。天气也渐渐转暖，同班的包头战友非要拆洗被子，劝我也把被子洗了，我也犹豫不决。我说："也是啊，被子盖了一冬被头都有些黑了。"在他的倡议蛊惑下我就把被子拆洗了。被子洗完干了可我就犯难了，不知道怎样再把被子套上和缝好，最后还是好心的包头战友李上士帮助我解决了这个难题。我们这个连队在大队是很富有的连队，有百十头牛和二百多只羊，还有几十匹马，其中有户口的军马就有六七匹，而且饲养几十头猪，有五十多亩菜园子，可以说副业很多，但就是这一年的伙食不知是什么原因，顿顿吃炒咸黄豆吃，再就是没有几块肉的大白菜片。连队伙食不好与司务长有直接的关系，据说连队司务长总出门到海拉尔，一去就住宾馆不住分区招待所，所以连队财务很紧张。连长是蒙古族好像也不太关心伙食的问题，对于伙食好坏我们新兵没有理由提出意见，而那些老兵则是怨声载道直嘀咕。并且今年我们连队施工建新营房，工作量很大。我被安排去后勤菜园子种菜，领班的是扎鲁特旗八二年入伍的杜喜才班长，还有一个七九年老兵徐国仁战友，与我一同去种菜的新兵战友包头的赵满军，他先前被连里派到军分区学习蔬菜种植技术的。据说杜班长已经种过一年菜园子了，今年还是他带领我们种菜。他是从通辽市来的老兵，对于种菜的技术连队没有第二个人。部队为基层连队装备了统一的塑料大棚框架，使我们不用搭建温棚而犯难，在安装大棚框架时连队出了一个班的兵力，最终将塑料大棚框架支起来，这个塑料大棚框架非常的科学和先进，从来都没有见过的。我和种菜的战友吃住都在菜园子，一个四柱的透着风的吊脚小木楼就是我和班长及赵满军的卧室，徐老兵则自己一个人在楼下的房间里，他很满足和快乐。有一次徐老兵不知从什么地方弄到一条很大的狗，在一个黄昏的傍晚，他然后把狗勒住脖子吊起来，那狗挣扎着没了气息，他用锋利的小手术刀剥着狗皮。他很小心谨慎的样子，但更显及其凶狠，我都为他的此举而感到恐怖。更有意思的是有一天夜晚，徐老兵陪着一位地方的朋友扛着麻袋下山，被从连队回菜园子的杜班长看见，等第二天一早查看大棚时发现黄瓜的状况不对，从而想到了昨晚徐老兵的举动有蹊跷。杜班长留了心眼，在大棚的周围的铁丝网上都抹了黄甘油子，当时气急的他还想通上220伏电源连接到铁丝网上，幸亏没有那么做。不就是丢了一些黄瓜吗，何必要置人于死地呢？在一天晴朗的早晨，徐老兵大叫称是谁把他的军衣弄成黄甘油了，结果谁都不吱声，真是贼喊捉贼。徐老兵在部队服役这么多年，与当地的老百姓有着深厚的感情，所以合谋为地方的朋友做些必要的贡献和牺牲，就差在驻地找媳妇了。徐老兵是一个很抠门的人，那个被他残忍杀害的狗自己独吞了，特别是把那丰厚的狗腿肉放在酱坛子里卤上，偶尔自己拿出来品尝，唯恐任何人与他争吃。徐老兵个头不是很高，也就一米六五的个头，是沈阳昌图人，入伍多年没有提干，也算是很老的老兵了。我们的三餐都是轮流到连队打饭，每个人去连队吃饭时都将饭盒打满饭菜，回来带给看菜园子的战友，军用饭盒分上下两层，底下盛饭，上面盛菜。在菜园子刚刚充满丰收的季节里我患了阑尾炎住院了，我在这个小二楼上总自我感觉身体的某一部位可能出现问题，这种判断来源于连队杨卫生员的医用书籍有关腹部疼痛的因由，从而对自己的不舒服感觉做出判断，结果真是如此，我患的是慢性阑尾炎。我又住进了大队卫生院，医生给了我明确的诊断，必须做手术。我也同意了医生的意见决定在此做手术，我与老乡张哥联系好了，请求他能在我手术和住院期间给予我帮助。我在这简陋的部队医院做了近三个小时的阑尾炎手术，手术很成功让我很欣慰。据说阑尾手术在分区医院也就需要十五分钟的时间，本可以去那里做手术的。从感觉腹部不舒服到住院和手术时间不过半月，部队卫生院的护士都是男护士，他们对待我就像

一个动物标本一样做实验或实习,多亏我体质好皮实,一周后拆线就又返回到了菜园子,这一年里做阑尾炎手术的还有我们连队的西旗战友他更惨,他做了三个多小时的手术。那天拆线时大队长也在医院,看到我在拆线就问我疼不疼,我说不疼。大队长据说是参加过智取威虎山战役的邵剑波的警卫员,在每次大队军人大会上总爱说一句"小葱拌豆腐一清二白"的老百姓话。此时菜园子各种蔬菜长势丰满,黄瓜、茄子和豆角都硕果累累,我还是积极的采摘各种蔬菜,然后背着一麻袋豆角或黄瓜和茄子送到炊事班,为战友们在紧张劳累的施工中吃好吃饱。看到满园新鲜的蔬菜心里总有说不出的喜悦和自豪,因为我们是连队光荣的后勤兵。菜园子里种了土豆、长白菜和大萝卜,这些都是冬储菜。我从来没有种过菜的鄂温克人居然也学会蔬菜种植技术,也尝到了收获的满足和幸福。这一年夏季大队抽调了一个班的人参加大比武训练,我连的温排长被抽调到担任大比武训练的指挥员,他们实弹训练就在菜园子附近。有一次班用轻机枪实弹训练时温排长把我叫去让我也试试机枪的射击,温排长把一梭子子弹给我压上膛,又简单告诉我动作要领后我卧姿开始瞄准向靶射击,我从来没有摸过班用轻机枪,射击时感觉在颤抖把握不住,我没有打完子弹就退了下来,正在这时从靶壕出来的老兵将我训斥了一顿,当时令我后怕起来,如果那时真的惹出麻烦,那我将会受到军事法庭制裁了,温排长可能也冒出冷汗了吧?在金秋之时我们的连队搬进了新营房,也到了老兵复员的时间了,我的那个副班长已是服役期满了,他恨不得马上离开军营才好,有一个乌兰浩特的姓劳的老兵,为了能够复员愣装有病,像一个精神不正常的人,还在自己的外裤的臀部位用墨汁笔画了个梳辫的大美女,之后还大摇大摆地在战友面前炫耀。这年的深秋复员回乡的战友很多,也有同年的老乡,我依然在三更半夜骑着马赶着入侵菜园子的牛群。有一次深夜骑着马被八号线挂倒拖着马镫,旁边就是一个废弃的菜窖，已变成深两米多的大坑，幸亏这匹马老实我才躲过一劫。在没有秋收前天天看着丰收的菜园子。每到十月部队都要换发冬装，我的兔皮棉手套被要退伍的老乡强行要走，而我今冬就没有了抗寒的装备了，作为老乡还能说什么呢？我终于在一九八三年工作中以全连七个班的赞同报请批准荣立三等功。我圆满完成了连队交给我们后勤种菜的艰巨任务，丰富了连队战友的伙食，这一年我很快乐很满足，但不是为了喜功。最辛苦的是我们连队的花牛了，它天天默默无闻地被战友赶着为连队拉水，它是有户口的并且受过多次嘉奖的功臣。我的老乡战友就是它的伙伴，每天到水房拉水送到连领导家和连队。老兵走了一茬又一茬，连队首长也换了好几任。真可谓铁打的营盘流水的兵。从菜园子回来后副连长又安排我去喂了猪，没喂几天猪又调我去放连里新买的50只羊，连长说把羊承包给我，以每增长一只奖励我五毛钱，没有签责任状，我带着一股热情又开始了放羊的工作。原来连队的200多只羊据说是被狼群撵散了，一只也没剩下。这批50只羊是连长亲自到牧民家花重金买来的，所以更显得金贵。三月份是羊产羔的季节，我很少休息，每天照看着母羊下羔，唯恐小羊羔被冻着和大母羊不给喂奶，曾因为母羊不给小羊羔喂奶我用我的津贴费买奶粉，把沏好的奶粉装入套有奶嘴的酒瓶里然后喂给小羊羔。其实对于管理羊群我的确不会，有时看不住个别的羊就被狗撵了或咬伤致死，看到受伤的羊我也很内疚，最后还是把羊群交给了新战友来放，我又被分配到放牛班开始放起牛来，每天早上骑着马将牛群赶向很远的草场。连队的九十头牛有时让我数不过来，有一次我骑着小红骒马反复查点着牛的头数时，我左手握住缰绳，右手拿着圆珠笔，很认真地清点着，我的笔尖不注意的碰到了马的臀部，突然马尥起蹶子把我摔下来，我的腿又被拖在了马镫上，马鞍子也滚到了小红骒马的肚子底下，小红骒马不停地连连尥蹶子带踹，马蹄子不停

地重重地踹向我的腹下，在那一刻我心里想：完了！完了！小命没了！将我拖出数十米后我的脚才自然地从马镫上抽出来，总算又躲过一劫。当我从惊魂失魄中缓过神来看到小红骒马在距我很远的地方站立着，它的肚皮已被马鞍子的铁架划出了血红的道道，这时我强忍着疼痛起身慢慢靠近小红骒马，谨慎地将小红骒马的肚带解开，马鞍子立刻掉在地上，之后又将小红骒马的笼头摘下来，我扛着马鞍子步行回到十多里地的连队。连里的战友用很奇怪的眼神看着我，也许在想这小子怎么扛着马鞍子回来呢？从那以后我又换了匹马当坐骑。在寒冷的冬天我和班长冒着风雪去放牧，走到一个蒙古包我与班长进了里面，主人老阿妈很热情地摆上了供桌，又给我们两个倒了碗奶茶，还将我的破了口的皮手套拿过去缝补上了，那感觉真的好感动，真正显示出军民鱼水之情。老阿妈也是鄂温克人，是陈巴尔虎旗的通古斯部落，他们也是游牧到这里，他们说的语言我听不懂，班长用蒙古语与老人家交流，老人家看到了我手上的犴皮手套也能感觉到是同胞。我的犴皮手套是我的奶奶和姑姑们做完邮给我的，所以在这里很稀奇的。我又调到了炊事班，在炊事班我跟着班长学会了做面食蒸馒头，每天用大铝锅和面发面，待面发了再使用碱狠劲揉，我蒸的馒头很好吃。 这一年连队的工作主要以军事训练为主，我又从炊事班回到了战斗班炮班。各种实弹射击相继展开，步枪五个练习我们都进行了，"八二无后坐力炮"也搞了实弹射击，要求炮班的每个战士都必须试射一发炮弹，我也射了一发炮弹，当时就把我耳朵震的失鸣了，头皮像是包裹了一层牛皮纸似的没有了知觉，在回连队的途中遇到了战友问我什么都没有听明白，只是用手比比画画的，战友也没闹明白我说的是什么！接近一天时间听力才缓过来。这年的夏天显得很忙，又被抽调打草和收麦子，地方上的老百姓帮助我们打草，我们帮助他们收麦子，当时连队与地方上的生产队有协议，两家互相帮助，打草时我

我的军旅

们到很远的一个叫东南沟的地方住宿打饲草，连队派出两个班的兵力参与打饲草，打草设备是用马拉的轮式像锯齿一样的割草机，遇到不平的地带就会损坏折断内部的木制拉杆，有时会因为木拉杆折断而耽误打草，我们也就可以休息一天的时间。草打完了紧接着就去麦收点帮着麦收，那时我学会了赶着马拉的搂草机搂草，还是半机械化呢！一位老班长带领着我们进行打饲草，与地方的老百姓同吃同住。老班长把连队的收录机还带到了打草点，给我们在野外作业的战友增添了欢乐的气氛。打了不到一个月的饲草我们就撤回了连队，紧接着又去了叫乌兰陶海的地方，这里距额尔古纳河边不远了，根据军事教官讲这里曾经是苏联红军进入中国抗击日军的必经之路，苏联红军的机械化部队越过额尔古纳河就是通过这里进入大兴安岭的。远远的能够看见四卡的瞭望塔矗立在山坡的这边，距离马蹄泡子不远，夜里能够看到苏联方面的灯光。我们吃住在这里的一座木刻楞房子里，已是秋天的季节雨天少，每天早晚餐在这里吃，午餐几乎都是在麦地里吃后勤人员送来的饭菜，饭菜主食也就是大馒头。吃完午饭稍事休息后就又开始收割麦子，我们的任务就是站在康麦因收割机的仓台下用麻袋接装麦子，每灌装一麻袋后扎口扔到地上，之后有人跟在后面把装好的麻袋装向铁牛55型拖拉机带着的拖车里。我们用的这个康麦因联合收割机是用东方红75型链轨拖拉机牵引的，远看像个大蚂蚱一样在麦地里非常笨重，动力靠安装在上面的发动机，也总出故障。我有一次在麦地里看到了不熟悉的动物在草垛上黑乎乎的，我撵到跟前感觉这个动物有点像刺猬弓着个身子跑，跑的不是很快，我因为害怕它咬没有再追赶，后来才知道是一个貉子。在麦收时老百姓朋友也天天为我们这些战士改善伙食，用他们自己压榨的菜籽油炸狗鱼段吃，黑山头这个地方产鱼很多，我们连队也成立了专门的捕鱼小组，小组由副连长带队，为捕鱼还专门购置了拦河渔网，但是我们没有吃到几回他

229

们打来的鱼。据说他们都私自卖给了鱼贩子。就是吃到鱼也都是很小很小的鱼了。天也渐渐转冷了，早上起来外面都结霜了，我们也顺利结束了麦收任务。转眼到了一九八五年，这年的五月全军部队换发八五式军装，我们也都如期地穿上了新式军服，对我而言穿过了两式军装。这一年全军大裁军一百万，但是涉及不到我们边防部队，我们也在不断地贯彻学习有关精简整编会议精神，大队领导和连队领导不断向我们灌输精简整编的具体要求，要一切服从命令听指挥，在这年的退伍期间一再强调顾全大局，要做到走者顺心、留者安心。部队控制了复员人数，但仍有很多想复员的战友可能走不了，也包括我都必须超期服役。一九八六年一月加入党组织后我被调到连部任文书兼军械员，担负着起草连队的各种文书和管理枪支弹药工作。连队指导员对我的工作很是放心才把我调到连部的。连队的枪支弹药很多，包括反坦克地雷、爆破筒、各式手榴弹、梯恩梯固体炸药，7.62毫米各式子弹、五四式手枪、五六式半自动步枪、冲锋枪和匕首等等，每月都要受到大队军械股领导的检查点验，要求数量和数字相符。我负责发放和接收哨兵的枪支和口令，编排每周的作息训练安排表，自己用蜡纸刻写后印刷发到每个班。由于我们连队与地方小学校建立了军民共建关系，我被选为校外辅导员，而且还被地方团组织评为优秀校外辅导员，与一位小学教师赵老师一同被安排参加团旗委组织的夏令营参观团赴扎兰屯参观学习，与地方的团干部们近距离接触。夏令营结束后我向连队请假后第一次回了趟家乡探望。部队整编后我们连队与通信连合编成一个连队为"特务连"，这时的连队人员已是一百多号人了，连长指导员和副连长也是从大部队精简下来调到我们大队后分配到我连的……

连队又换了新一茬领导，很多老领导有的转业，有的调到大队担任要职，而我们也接近复员的时间了，张指导员对我很好，他曾说让我复员时

我的军旅

带回去一些半自动子弹，因为他知道我是狩猎民族肯定缺少子弹，当然这对我也很方便的，如果想带些子弹是没有问题的，而我为了安全没有去做，也不想给领导增添任何的麻烦，最后还是一颗子弹也没有装进我的行李中，我的文书兼军械员工作也交给了不是复员的战友。连队为我们复员的战士每人买了一个箱包作为纪念品，在即将离开部队还没有摘去领章帽徽时大队长与我们全连指战员进行了合影，也是最后一次军营的留念。我于这年的十月恋恋不舍地脱下了穿了四年的军装……

挪威之旅

我于2009年3月26日下午5点从北京乘坐北欧航空公司的航班飞往挪威开始了我此次的挪威之旅,途径丹麦首都哥本哈根并在那里转机再飞到挪威的首都奥斯陆。飞机飞抵哈萨克斯坦上空时一位操普通话的男空乘人员播报:"由于躲过俄罗斯军方在伊尔库茨克试射导弹,飞机被迫在哈萨克斯坦上空盘旋两圈。"致使北京到丹麦飞行的时间就达9个小时,结果又耽误了我转机的时间,在我只身一人并且一句外语不会的情况下独闯北欧,一切的一切都打乱了我的思维,还要重新换取新的登机牌,我心里很犯难了,但还是坚定一个信念在心里劝自己"不要心慌"。此次赴挪威是应挪威国际和平研究所的邀请而且往返全程费用由其承担的免费出国,我非常感谢中央民族研究所郝时远所长及研究所的方素梅教授和杜世伟朋友的鼎力帮助和支持,使我能够去挪威顺利成行。我在北京的食宿都是中央民族研究所免费为我提供的,方淑梅教授为我翻译了机票的行程路线及时间,我的机票都是我挪威的朋友扎西先生通过我的搜狐邮箱发过来的并

挪威之旅

且都是英文，包括邀请信都是英语。我在根河市公安局办理了因私护照然后邮到挪威驻华大使馆，通过根河人寿保险咨询后去海拉尔先办理了出国保险。在北京两天的时间里中央民族研究所的杜世伟先生始终是接我下飞机送我上飞机，我从内心里感激他们！我作为鄂温克使鹿部落的一员能有幸免费北欧之旅还要感谢挪威国际和平研究所的考乐丝女士及扎西尼玛先生的邀请，此次出国得到了市委和市委统战部黄洪波部长的高度重视和支持。坐在飞往北欧的航班上心里有说不出的激动和兴奋，只身坐在众多外国人的中间，品尝飞机上提供既简单又复杂的食品，戴着耳麦听或观看听不懂的闭路电视。困了也只能直挺地靠在座椅上睡一觉，看见有几个外国朋友都光着脚丫身上遮盖毛毯在睡，有很多人是睡不着的，是因为机上有不少带婴幼儿的，不时地闹出强烈的哭叫声，很恼人的！还有的外国朋友用笔记本电脑打发着时间，到达丹麦首都哥本哈根的时间是晚上 8 点 30 时分，下飞机时丹麦首都哥本哈根还下着小雨呢，天气不是很冷。在下飞机前我向空乘小姐询问了转机的情况并求得帮助，好在这位空乘小姐是国内的同胞，她把我在丹麦哥本哈根转机的航班及时间写在了一张纸条上，并告知我不要取行李直接进入候机厅，我随着下飞机的人流冒懵地向候机厅走去，在通过一个边检的窗口被边检警察听不懂的语言弄懵了，我已将登机卡和护照递给警察后那警察仍在问我，我根本就听不懂在说什么，好在我把所有的证件包括邀请函给他看了后他才在我的护照上盖了章并很痛快地将我所有的材料给了我，获准通过了边检，当时心里确实捏了一把汗。穿过边检我向候机厅里走正好遇见一位穿着机场工作人员制服的女士，我向她用简单的英语"哈罗"打声招呼，她带着微笑向我走来并用我听不懂的英语问我，我立时将我的登机牌亮出来给她看，她看完了后用手示意着让我跟着她到办理登机牌的窗口，她与那里的工作人员交代了一下就离开了，我又用简单的英语向她说了声谢谢！我真的很感谢她对我的帮助！使

我在北欧之行又遇到了好心人。我在丹麦哥本哈根机场停留了两个小时后又登上了去往挪威首都奥斯陆的航班，候机期间我用15欧元买了当地的移动卡给扎西先生发了短信，但也没有接到他的回复，这张卡还是一位会中国话的外国朋友帮助我购买的。正当我在一个机场小卖部欲说无能的情况下遇到的主动帮我的外国朋友，我使用的欧元还是在北京国际机场出发前由我的朋友杜世伟陪我在工行兑换的。从丹麦去挪威的航班是每排六座位的普通机型，我坐在两个外国人的中间的位置，紧靠眩窗的穿着半截袖航空制服的大概有50多岁的老头，嘴里不停地咀嚼着口香糖，手里翻弄着带有图片的杂志，身上刺鼻的国外香水味道不断地散发在狭小的空间里，坐在飞机上我心里不断地在想下了飞机会不会有人来接，一个多小时的飞机也很漫长的，我已没有了困意仍在思考着未来的问题。机舱里昏暗的灯光下显得格外的静，只有飞机的发动机的轰鸣，广播里传来听不懂的外语，我猜测着可能要降落了，通过眩窗向外望去漆黑的夜幕下的地面灯火通明，飞机不断地调整下降姿势，我系好了安全带等待着慢慢地降落，通过一个多小时的航程终于到达了挪威首都奥斯陆机场。跟随着下飞机的人流我顺利地取了箱包向出口走去，这时我远远地看见熟悉的面孔正坐在椅子上向这边望着，他看到我便急忙走过来，我放下箱包与他拥抱在一起了，他已经知道我的航班延误了和换乘的航班时间所以他一直在等我，我非常荣幸和庆幸终于到达了我的目的地——挪威奥斯陆。扎西先生拎着我的箱包带我走出候机厅，在一处自动售票口他用自己的信用卡买了两张火车票，我们在站台上大约等了20分钟就上了城际列车，这趟列车是快速列车，全程行程时间20多分钟，中间停车一次5分钟时间，我们在终点站下了列车便徒步走到我下榻的旅馆。我的房间扎西他们早已安排好了，我们乘电梯上了四楼，房间是一个单人床的，里面的设施很齐全，有挂在墙上的液晶电视及小型冰箱，室内很暖和。扎西先生把我送到房间并将明天见面的

挪威之旅

时间告诉我后就回去了。此时已是接近挪威时间深夜 1 点多我已没有了困意。我洗了个热水澡就躺下了,翻来覆去的就是睡不着,有些亢奋吧!这也许是时差的反应,挪威时间与国内时间相差七个小时(冬季时间),天要蒙蒙亮时我才睡着。起床后我拉开窗帘,见天已大亮,看到天空上慢慢飞行着比鸽子还大一点的白色的鸟,已断定是北极鸥了。在我入住的宾馆对面是一个百货商场,好像刚刚开门营业,北极鸥落在商场门前的垃圾箱上觅食垃圾,此前我对挪威不是很了解的,然后在心里想这里是不是离海边近啊?看到街上的行人越来越多,我洗漱完后下到二楼餐厅吃早餐,餐厅显得很静,就餐的人不是很多,自助餐样式很繁多,我很习惯这里的饮食,牛奶、两块方形面包、一小盒奶油,很简单的早餐吃的很美。吃过早餐后我在房间里等了一个多小时,朋友扎西尼玛先生来了之后说考乐丝女士与谢元媛博士要来看我,并带我去采访挪威国家萨米人与少数人民族局局长,我欣然同意他们的安排。此时考乐丝女士与谢元媛博士已在我下榻的宾馆一楼大厅等候我,我与扎西尼玛先生离开我的房间下了楼,在一楼大厅见到了考乐丝女士和谢元媛博士,我们相互寒暄了一会儿。外面飘着小雪但不是很冷,我们一行四人步行前往挪威政府办公大楼,挪威的街道很窄,但这里的交通秩序很好,不是那么拥挤,每当要穿过马路时车辆都先停下来让行人先走过去,不受红绿灯的限制,但是还是要遵守道路规则的,在这方面挪威还是很人性化的。我们走了不是很远的路程就到了挪威国家机关大楼,考乐丝拿着我和谢元媛的护照及扎西的证件办理登记,专门有像大厅服务的窗口,窗口外有很多人好像在等待着什么,原来要想得到接见必须办理身份登记,然后发一个写有本人姓名的胸卡,再之后就是等待领导或官员的接见,我们在大厅等待了近二十分钟才被允许召见,我们乘电梯上了楼,来到了萨米人与少数人事务局局长彼德杰·瑞夫林先生的办公室,同时在办公室的还有原局长现任挪威国家顾问的阿尔南·阿

尔南斯先生，彼德杰·瑞夫林先生的工作性质与我国的民委主任的性质是一回事，是管理民族方面的工作，他们很热情地接待了我们。局长办公室不算很宽敞，摆有两张桌子，一个有电脑的办公桌和一个类似餐饮的长方形桌子。而餐饮桌子上摆放着咖啡、茶叶及各式甜点，主人问我喜欢喝什么我说喜欢喝茶，扎西尼玛先生及考乐丝女士也像主人一样沏茶倒水很自然。首先听取了局长先生和顾问先生的情况介绍，挪威的面积是32万平方公里，总人口为450万，而萨米人只有不到7万人，饲养驯鹿的有3千人左右，也就是说10%以下的是饲养驯鹿的，而90%以上的没有驯鹿，萨米人饲养的驯鹿是不允许割锯鹿茸的，主要以驯鹿肉为主，挪威有驯鹿25万只，瑞典有25万只，两个国家的驯鹿饲养是不分国界的，挪威的驯鹿可以到瑞典去放，瑞典的驯鹿也可以来挪威放养，牧场无国界的。我向他们询问了很多有关萨米人的问题，我也将我们中国的敖鲁古雅鄂温克人饲养驯鹿的情况作了介绍，我还将我带去的存有图片的相机内存卡通过谢元媛的笔记本电脑展示给他们观看，会谈时间持续到中午我们就离开了局长办公室，午餐是在考乐丝单位附近的职工食堂吃的，很简单的午餐。吃过简单的午饭，考乐丝和扎西尼玛便带我到挪威的各商场转转，谢元媛博士吃完午饭在去商场的路上我们就分手了，扎西尼玛对她又交代了什么之后我和考乐丝去了一个叫猎人的商场，这里陈列和销售的都是与狩猎捕鱼有关的商品，有各式各样的猎枪，得有二十几种枪，见到了枪支我异常激动，我立刻拿出我的相机欲拍照时商场老板不同意进行拍照，真是遗憾啊！商场里还出售各类子弹，捕鱼的工具及野外用的帐篷等，离开猎人商场我们来到了百货商场大楼，在商场里考乐丝让扎西尼玛问我是否带来了抗寒保暖衣服，我说没事的，我不怕寒冷。说完就开始在卖服装的摊位转选，目的是为我买去北极抗寒的服装，选中一件我就试一件。给我刷卡买了一件防寒棉服、一件绒衣和一件绒裤，还买了一副墨镜说是护眼的，因

挪威之旅

为北极不仅寒冷，而且是茫茫白雪。买完了服装我和扎西尼玛就回到了我入住的旅馆，在旅馆房间休息了一个小时后扎西尼玛带我去他的单位奥斯陆大学。乘坐地铁我们到了奥斯陆大学，扎西尼玛又带我参观奥斯陆大学的博物馆和图书馆，每走到哪里他都认真地给我讲解和介绍，参观了他的办公室，然后我们又到超市购买了六瓶啤酒，啤酒是60挪威克朗一瓶，相当于人民币60元。他告诉我说晚上要举办一个由在挪威奥斯陆大学工作的华人小聚会，所以都在各自准备着晚餐。挪威时间晚上六点钟准时到达大学的办公室，在这里见到已经早到的女老师，扎西做了介绍我们互相认识了，她来挪威工作近三十年的时间了，之后谢元媛博士也到了，她带来了扎西先生亲手做的中国式的饺子，然后又来了一位女老师也带来自己的拿手好菜，将几样各自带来的菜拼在餐桌上共同品尝，据扎西先生讲他们在挪威的华人经常举办这样的聚会，她们都是学者，谈起话题滔滔不绝各有论点，我喝了不到两瓶啤酒，由于时差原因我感觉很困倦，在她们谈到尽兴时扎西先生送我回旅馆，挪威时间要比国内相差七个小时时间，刚开始还没有感觉到时间差，当时感觉到很兴奋的，所以没有困意，之后就困得不行了。第二天吃过了早饭接近9点多钟扎西先生先到我的旅馆，说一会儿考乐丝领着鲁卡斯来这里，今天是周末鲁卡斯不上课，我可以见到这个快一年没见的小朋友了，他是有藏族人和挪威人血统的漂亮的小男孩，他才9岁，不会说他父亲的语言，说挪威语和英语，他的父亲扎西先生是西藏人，很早以前扎西先生与考乐丝是在印度相识的，然后是考乐丝帮助扎西先生办理了在挪威的学习及移居加入挪威籍。我被他们带着去了一处挪威最高的建筑北欧宾馆，宾馆高达三十七层，我们登上最顶层，然后俯瞰奥斯陆，登上这个最高点奥斯陆这座美丽的城市尽收眼底，看到了海湾及码头就在眼前，难怪有北极鸥在市区飞来飞去的，我用我的数码相机紧张地拍下来这难得的画面。之后他们带我参观了挪威国家博物馆，博物馆

里陈列了很多古老的文物，其中挪威国王的王服、海盗船只及萨米人使鹿文化等等实物及模型，以及各类宗教信仰物件。我们又去了靠近海边的诺贝尔和平奖颁奖大厅及港口码头，扎西先生向我介绍说这个码头就是连接各个峡湾地区的公交站，客轮就是来往通行的公交车，的确是这样的，在码头边还有挪威的军港，停泊着军舰。在距码头不远的山坡上有一尊英国首相丘吉尔的坐像，是当时挪威人为纪念胜利而为他立的塑像。

奥斯陆在挪威语中意为神的草坪，这是因为这块草坪是神赐予的，此前被称作克里斯汀市，在这个季节里我没有看到那神奇的草坪。奥斯陆是挪威政治、经济、文化和交通的中心，同时也是一个艺术之都。在市政厅广场前看见一座座壮观精美的雕像，深刻感受奥斯陆的艺术之美。凡到过挪威的人，都会为那里满山遍野的森林所陶醉。这个位于北欧的狭长国度，有着很高的森林覆盖率，特别是首都奥斯陆，森林面积几乎占到了城市的75%。走在奥斯陆的街头，到处可见年代久远的古堡、教堂掩映在一棵棵高大的树木之中。

我们离开码头去往萨米人的办事处，途经议会广场时看到很多人聚集在那里打着白布红字的横幅，扎西对我说这是他们在抗议金融危机，我们没有驻足观望而是继续前往萨米人办事处，我们到达办事处时谢元媛博士也已经赶到了那里，我们见到了萨米人的作家，这位作家已近六十岁了，扎西介绍说他还在奥斯陆大学深造呢！在这里我们集体合影留念，这位作家见到我感到很亲切，说我长得像他的弟弟，一个劲地与我留影，午餐时扎西他们找了一家亚洲饭店，与这位萨米人作家共进午餐。之后到我入住的旅馆，我将我带去的敖鲁古雅鄂温克族狩猎照片送给了这位作家作为纪念。为了明天去北极考乐丝建议我把箱包存放在她的办公室，我把不用的东西放在箱包里之后送到考乐丝的办公室"挪威国际和平研究所"。晚饭考乐丝把我们请到她家去吃的，由她亲自做的饭菜，看是简单但让我感到

挪威之旅

了异国他乡的温暖,在考乐丝家我、扎西先生及谢元媛博士共同探讨了敖鲁古雅的驯鹿问题,考乐丝女士说可以寻求国际方面的援助,帮助敖鲁古雅发展驯鹿,可以从最近的有驯鹿的国家购买后空运到距离敖鲁古雅最近的机场,我一直在否认动检方面的问题会导致此项问题受阻,而他们则说在国际方面的援助下不会有困难的。考乐丝家距我入住的旅馆很远,乘坐有轨电车也需二十分钟,我们聊了很多,因为我们明天将要赴北极,在天还没有黑时我们离开了考乐丝家。去北极只有扎西先生、谢元媛博士和我,我们于三月二十九日上午乘坐飞往北极的航班前往萨米人聚居地柯图柯诺地区,我坐在靠眩窗的座位上看机舱外的挪威风光,白雪覆盖的挪威的森林,飞机航行了近两个小时到达了叫阿拉塔的地方,飞机在宽广的海面上低空飞行,原来是在降落,飞机在海面上低空飞行几乎要贴近水面,等飞机落地了才感觉缓过劲来。这个机场的跑道是在三面靠海的一块平整的地方修建的,我们通过旋梯走下飞机,然后随同机客流通过候机厅,我们三人在候机厅餐厅每人简单地吃了份饭,扎西先生联系了一辆出租车,也想乘班车了,但是担心赶不上班车才决定打车去目的地柯图柯诺,我们乘坐奔驰车前往这个地区,路边上的积雪很大,道路状况很好,沿途不时有村落掠过眼前,时而有各种载有雪地摩托的车辆超过我们的车,扎西先生说这是因为周末了很多人开车到野外的别墅去度周末,每到周五都是这样,在外住两夜周日晚回来,周一继续工作,这是欧洲人生活的习惯。越野车行驶在北极的崎岖山路,路边的山岗或峭壁不时有大片的冰瀑悬挂和冰包凸起,刚开始时还能看到樟松林,在之后就是低矮的桦树丛林,偶尔遇到路旁村庄有撮罗子帐篷的影子和栅栏,途中在距公路很远的地方我看到了驯鹿群在觅食,这里的雪很大也很深但雪很松软的,越野车的司机为我们停下了车进行远距离观望。我们从机场启程大约行驶了不到两个小时就到达了柯图柯诺,这里是一个小县级建制,人口不到一万,在这个小县城有

一所很有名的萨米大学，这里的房屋建筑大多建在山坡上，包括我们入住的宾馆都是在山坡上，宾馆里的取暖主要是用电，出行除了越野车外基本上是雪地摩托，宾馆就备了很多辆高档雪地摩托供旅游者租用。各个国家和地区的驯鹿养殖者聚集在这个唯一的宾馆，这个宾馆也是我在奥斯陆入住的宾馆的连锁店，条件设施基本完全一样，可见挪威的发达。在参会报到期间我接触了来自俄罗斯远东地区阿穆尔州的鄂温克人，我们之间的语言没有障碍，通过扎西主动与他们的沟通我便与他们聊了几句鄂温克语，他们来了三位两女一男，名字我都记下来了，两个女的分别叫达玛拉和维拉，男的叫维嘉，我将我带去的敖鲁古雅使鹿人的照片给他们看，他们感觉很好。我们办理了报到后就入住进了宾馆的标准房间，我和扎西一个房间，感觉很舒适的房间里取暖是用电的，窗外不时看见有从班车里下来的很多人，他们也都是从阿拉塔机场刚接回来的参会代表，晚餐是自助餐，样式齐全并很丰盛。第二天早餐后我们按时抵达会场参加会议即第四届国际驯鹿养殖者代表大会，会场周围墙壁上挂满了所有参会国代表的国旗，来自环北极地区的所有饲养驯鹿国家及驯鹿人集聚在这个容纳三百多人的会馆里，在会场的西墙上挂满了不同国家饲养驯鹿民族的儿童画作，作品描绘的大多是与驯鹿有关的，带着童稚般的气息，吸引着所有参会者代表驻足欣赏。会议开始前先有一个人手拿摇铃在会场的外面开始摇铃，那铃声就像驯鹿脖子上的铜铃般的响声一样渐渐由远及近越来越响，之后会议开始。主持人先讲话，让全体起立为国际驯鹿养殖者会议的创始人现已去世的领导人默哀，先驱者的遗像用电脑投影在大屏幕上，之后会议正式开始，会议用挪威语、英语和俄语同期翻译，而我要听明白会议的内容只有扎西先生和谢元媛给我做汉语的翻译。每翻译一位讲话的内容我都记录下来，会议中间萨米人的少年儿童为参会代表表演了一个节目，在铺满驯鹿皮的地毯上进行演唱。坐在主席台的是本届驯鹿养殖者大会的会长、副会长及秘书长，会议由秘书长主持，听会的人都戴着无线耳麦，我的两个朋友扎西尼玛先生和谢元媛博士都戴着耳麦，然后这两个人分别给我翻译会议的各位领导讲话的内容及会议的主题。午餐在会议中心就餐，而且是自助餐，人们可以在会议中心休息等待开会，可以参观和购买由各参会国的民族民俗工艺品，大会为各参会国布置安排了不到两米的摊位，供参会国把自己国家的产品或本民族的手工艺品进行布展或销售。大会还为我们中国留有了一个摊位，但我们国内的还尚未到来，我没有带些有关民族方面的物品，所带的也只是几件送给扎西先生和考乐丝女士的纪念品，桦树皮盒及有关书籍。厨师现场烹调着具有北欧风味的美食，各种饮品和甜点都摆放在一边供参会者选用，我和扎西尼玛先生吃完了简单的午餐就在各国的摊位前观赏，偶尔扎西尼玛先生会主动与他们用英语交流，在一个摊位前认识了一对苏格兰夫妇，他们也是驯鹿养殖者，在苏格兰国家只有他们一家饲养驯鹿，现有驯鹿150只，据男主人说他们的驯鹿最早也是从挪威迁移到苏格兰的，他们饲养驯鹿主要是用来搞旅游创造收入，苏格兰还有驯鹿简直令我很惊奇。从各国的摊位上比较看俄罗斯的队伍是庞大的，拥有很多摊位，并且所带来的各种工艺品都很新颖和畅销，引来很多人驻足观赏和讨价购买。晚餐乘车去郊外的撮罗子餐厅就餐，而且是正式的欢迎晚宴，在宴会刚刚开始不久国内参会的团队才到来，他们是根河市委常委、办公室萨国文主任、敖鲁古雅乡卜伶生乡长及养驯鹿的代表德克莎，另外有吉祥三宝组合的乌日娜夫妇及内蒙古电视台记者和北京的翻译。晚宴中来自萨米大学的师生表演了节目，晚宴是在昏暗的烛光下进行的，餐桌和凳子很特别，都是原色的厚厚的木板方制作的，在这样的环境里用餐显得格外的优雅与古朴。我们在旅馆的室外看了场露天电影，在旅馆的院外建起了一个类似雪屋的观看台，还准备了很多鹿皮供观众当坐垫用，电影放映前举行了各国的民族服饰表演，但是因为北极晚上的寒冷没有几个人在看电影，而是更多的人在酒吧里度过美好的夜晚，酒吧里喝着啤酒说说笑笑，偶尔会唱起歌来。会议安排了一次参观活动，乘车去一个百里外的驯鹿饲养点，我们刚到这个饲养点驯鹿放牧员就骑着雪地摩托将驯鹿赶回来了，满山都是驯鹿特别的壮观，据这里的主人介绍说这里驯鹿达5000多只，他们也给驯鹿喂青储草，驯鹿身上用蓝色油漆染着作为标记，我们在这个营地吃了简单的午餐，现场为我们演示了驯鹿屠宰车屠宰驯鹿的过程，两个穿着橙红色防水裤的人在不到半个小时屠宰了三只驯鹿，这三只驯鹿成为我们在撮罗子餐厅的晚餐了，喝着红酒吃着驯鹿肉听着萨米人歌唱家的歌声，饭后我见到苏格兰男人穿着格裙和高筒袜子与妻子要离开时我主动与他们合影，看到了他穿着裙子就想到了春节联欢晚会的小沈阳的裙子，所以很有吸引力，很多人都单独与这位穿裙子的苏格兰男人照了相，为了欣赏北极的夜晚我们几个人步行回到旅馆的。扎西尼玛先生总是很晚在我熟睡时回来，都不知道去做什么了，第二天他对我说昨晚去了撮罗子酒吧跳舞了。终于在即将结束时的一个夜晚，扎西尼玛先生请我们这些国内来的到酒吧喝啤酒，喝完啤酒到舞厅里去跳舞，舞厅里全是来自不同国家的参会人员在跳蹦迪，扎西尼玛先生和谢元媛博士也加入其中蹦迪，这一处酒吧在距离我们入住的旅馆很远的山下，旁边是一座帆布的大撮罗子帐篷，酒吧间在两层的小木屋里，楼上啤酒吧，楼下是舞厅，一杯啤酒合人民币80元，我们每人喝了一杯。大会期间还搞了一次很特别的运动会，套驯鹿和赛驯鹿竞技项目。驯鹿拉雪橇的比赛很吸引观众，后面是脚踏滑雪板的少年双手拽着驯鹿缰绳，驯鹿奔跑的速度我还是第一次看到是那样的快，比赛场地是在一个大的湖面上圈定的，厚厚的积雪足有没膝深，场地外的稀疏树林里拴着前来参赛的驯鹿，这些驯鹿都是每家用厢式面包车拉运来的，每个车里能装两头驯鹿运输很方便，结束时再运回驯鹿营地。在这里我接受了当地电视台和西班牙广播电台的记者采访。这天晚上在会场有所有参会国带来的演员演出，乌日娜夫妇在下午时由翻译陪着彩排，晚上8点演出正式开始，俄罗斯带来的舞蹈演员表演得最好。大会秘书处为每个参会的人颁发了参会证书，我被推选为国际驯鹿养殖者永久会员，此次还有德克莎也被推选为驯鹿养殖者永久会员，卜伶生乡长当选为第四届国际驯鹿养殖者大会副会长。在即将离开柯图柯诺的上午我们参观了一家个人博物馆，博物馆藏物很多，有各种动物标本和手工艺品，面积也很大，有几个来自不同国家的年轻人在这里学做首饰品制作，还有一位年长者在做一副手指雕塑，谢元媛博士与其合了影，我们中午在会馆吃了午饭，然后与这里的朋友们道别，我与扎西尼玛先生及谢元媛博士先返回奥斯陆，因我的回国日期已到，会议已经基本结束。我们乘坐下午1点的班车离开了柯图柯诺，这里的班车还要到学校接送放学的小学生，据说每到周末班车就会把沿途的学生接上然后送回家，这趟班车上除了几个大人外都是小学生，每到一个村落时司机都会停下来的，或开进村里将学生送到家，可见这个国家对孩子们的照顾到了极致的程度。班车沿着崎岖的山路行驶，不时看见悬崖上的冰瀑从车窗掠过，能够不时地看见矗立在山林间的小别墅，迎面来往的小型越野车不断，又是一个周末了，带着雪地摩托车前往属于他们的山野别墅了。据扎西尼玛先生说挪威人很会生活，一到星期五所有的上班族就会放下工作，带着家人开着汽车到野外住上两天，然后周日晚返回城里不耽误星期一的工作，所以挪威人的生活工作非常轻松而有规律。很有意思的是班车到一个汇合点时两个车的司机进行交接班换开，我们来时的司机师傅又上到对面开来的班车继续向柯图柯诺开去，而那个车的司机师傅上到我们乘坐的这个车，这样的行车状况在国内应该是没有的，考虑到司机师傅不用住宿的问题吧！挪威的公路也很人性化，也许是路途遥远的原因在中间的路段设有公厕。车来时我就曾见到路边有驼鹿头的警示路牌，自己猜测这里很可能有驼鹿活动，我将相机握在了手里，结果在路边不到50米的树林里看到了三只驼鹿，很遗憾的是我的相机没有打开，也没好意思通过扎西尼玛先生让司机停一下车，挪威人对野生动物保护的非常好，没有乱捕乱猎的现象，如果是在国内这三只驼鹿早都是偷猎者的盘中美味了。我们在傍晚时到达了北极光城——阿拉塔，我们入住的是我在奥斯陆旅馆的连锁店，在柯图柯诺也是这家的连锁店，我们安顿好房间后就去找亚洲饭店，扎西尼玛先生说要给我改善伙食吃中国餐，我们走了很远的路程才找到一家饭馆，这个饭馆就叫亚洲饭店。饭店是一对中国老夫妇经营的，他们刚开始还用外语介绍说，知道我们是国内的后就直接用普通话交流了。据店主介绍说他们是从斯德哥尔摩到这边来的，因为工厂破产倒闭而失业了，他们在"文革"时期就到了瑞典的一个木材加工厂，已经很久没有回国了，他们也很想念国内的亲人。我们在这个饭店点了两个青菜，即红烧茄子和地三鲜，主食是米饭。饭店里就餐的人不是很多。坐在我们对面的像是一对热恋中的情侣，刚吃着饭就看见那男的放下手中的刀叉走到女士的面前，然后弯下身大方地去吻那女士，让人看上去既羡慕又很美和浪漫的感觉。我们在此吃的是最好的一顿晚餐了，此饭店距离我们入住的旅馆大概有十里多地，然后我们又步行回到了旅馆。我入住的房间里墙壁上挂着幅古典的油画很漂亮。扎西尼玛先生也单独一个房间，早上起来后到旅馆外转转，这里的景色很怡人，依山傍海，白雪海水形成天然的对比色彩，我不停地拍下这美丽而又短暂的地方。我们在旅馆吃过了早餐，我将行李拿到楼下等待来接我们的出租车和退旅馆，扎西先生每次都刷卡结算宿费和打车费，这次仍然是刷卡结算。这个旅馆也很特别，接待大厅像是一个动物标本室，在门口有一只站立的棕熊把门，三只小松鼠在跳舞，棒鸡、飞龙和带角的驼鹿头在墙壁上挂着，台式电脑里的桌面设置的是北极光，遗憾的是来这里没有亲眼欣赏到炫人的北极光。一位穿着以为是警察的司机开车将我们送到了飞机场，我下车与这位穿制服的司

挪威之旅

机师傅合了影,在这里出租车司机都是专有制服的。在候机厅里我们与萨主任他们又见面了,但他们得乘下一个航班到奥斯陆,然后他们在奥斯陆转机去法兰克福,而我们先行第一个航班到达奥斯陆。考乐丝领着鲁卡斯到火车站接我们,然后又紧张地吃午饭,扎西尼玛先生说要带我乘坐轮船在奥斯陆的峡湾进行游览,由于时间原因不能成行了,他向我作了解释,我对他说:"太客气了!留着吧!也许下次呢!"我从奥斯陆航班飞到斯德哥尔摩又转机回到北京的,一路走来是在扎西尼玛先生、考乐丝女士及谢元媛博士的关爱帮助下平平安安结束此次的挪威之旅,得到了北欧航空服务人员提供的方便照顾,使得我平安归来,再见柯图柯诺!再见奥斯陆!再见挪威!再见北欧!

小猎神——何英刚

何英刚，卡尔塔昆姓氏，家人习惯地称呼民族的名字——列旁格。他是一位使鹿部落鄂温克人年轻猎手，在父亲拉基米尔老猎人的带领下他成了勇敢的猎人，经常独自出猎，从猎获小型猎物到大型猎物不计其数。有一次，父亲拉基米尔老猎人看到儿子何英刚有时很不走运气，时常与猎物擦肩而过，无获而归。就为他以萨满驱邪避恶的方式举行了一个踏过篝火的仪式，让何英刚背上猎枪、挎着猎刀、背着整理好的背夹子从燃烧着的篝火上踏过去，不能回头一直奔向想要去的猎场，通过这个仪式后他按着父亲拉基米尔老猎人的指示一直朝前方走去，直到消失在茫茫森林中。何英刚直奔去的猎场叫图拉尅的地名，他的身后还有牵着的驽道尔猎犬紧随着，这也是何英刚十五岁时的独自远猎，在他接近图拉尅时就遇见了大型猎物———驼鹿，一只长着粗大长角的驼鹿在一个清澈的小河边喝水，何英刚立时将猎犬驽道尔拴在小松树旁，举起半自动猎枪就将驼鹿击倒在河边。使鹿部落鄂温克人

小猎神——何英刚

的狩猎规矩是，当你猎获到了猎物首先带回营地的是猎物的肋骨和腰子，以此证明你真正猎获到了猎物，猎物的腰子是带给老人的最大见面礼物。第二天他按着使鹿部落鄂温克族人的狩猎规矩，背着一排驼鹿的肋骨和腰子回到了猎点。在以后的狩猎生活里，父亲拉基米尔老猎人经常带着儿子何英刚远猎，经常会在刚到一个猎场时，父亲拉基米尔就会让何英刚到营地附近的水泡子边去狩猎，而父亲拉基米尔则在营地点篝火烧水，等待儿子为他准备的丰盛晚餐。那一次的傍晚时分，清脆的枪声震响了卡玛拉河寂静的山林，父亲拉基米尔老猎人就能清晰的判断出猎枪声是否猎获的信息。这一次猎获了一大一小的驼鹿，一只没有毙命的驼鹿挣扎着卧在树丛里，何英刚取下背夹子上的小快斧背朝着驼鹿的头部砸去，此时的镜头被深入猎民点生活的顾德清老先生抓拍到了，留下了永远印记。还有一次独自出猎，他与猛兽棕熊不期而遇，他大背着半自动猎枪靠近一只死去的驼鹿，这只驼鹿也不知什么原因死在了一棵大松树旁，正当何英刚靠近时，突然从他背后冲上来一只高大的棕熊，原来这只棕熊已经在此守候多时，并且隐藏在树丛中，棕熊将何英刚拍个趔趄，一掌拍到了他的脸上和前胸，他反应迅速，立刻将大背着的半自动猎枪取下，掰开保险迅速对棕熊射击，连击发三枪将棕熊击毙。他背着熊掌和熊胆返回了猎民点，当看到他时他的上衣还有被熊掌抓过的痕迹，在不到三天时间，何英刚的左脸生出了黑黑的癜疮，这才真实地感到他真的与棕熊搏斗过。何英刚也时常会对别人讲使鹿部落鄂温克猎人的三大要素，鹰眼、狼胃、兔子腿，因为猎人必须要具备鹰一样敏锐的眼睛，还要有狼一样的胃口，什么食物都可以用来充饥，还要像雪兔一样走路飞快。何英刚在一个夏天捕鱼时不幸去世，曾经族里的老萨满在山里的猎民点怀里抱着萨满服及神具时，亲口说出要将萨满所有的物件都准备传给何英刚，因为老萨满欣赏何英刚的胆量和狩猎能力，为使鹿部落鄂温克人选了萨满接班人，如果何英刚健康，他将是使鹿部落里又一位年轻的萨满传承者了，可称之为使鹿部落鄂温克人的小猎神。

走过敖鲁古雅

使鹿部落鄂温克人一路迁徙走来终于落脚于这两条河流汇合处,这里河两边杨树林繁茂,由此这个地方就叫敖鲁古雅。满归的转运站仍在为上下山的猎民服务着……

罗师傅的大巴车已经停在了转运站的门口,这是每周两次往返于敖鲁古雅和满归之间的免费班车,专为在敖鲁古雅生活和工作的猎民及乡干部服务的。每到这一天通勤时,罗师傅驾驶的大巴车就早早地开出来在此等候,"抓紧上车!抓紧上车!"罗师傅按着车喇叭并喊着迟迟不上车的人。

"我的东西还没有买全呢!"瓦尼站在大巴车前与罗师傅商量着。"没买全下次再来嘛!上车!"罗师傅笑着并摆手说。瓦尼背着背夹子不情愿地上了车,车里已经坐满了人,有在这里上学周末回家的猎民子弟,还有病愈出院的老猎民。

大巴车沿着蜿蜒曲折的简易沙石公路向着敖鲁古雅行驶着,车里的人有说有笑。

此时的敖鲁古雅刚刚建起三十栋崭新的木刻楞房子，所有的房子都自然地排列在稀疏的林子里，仿佛是俄罗斯的别墅一样矗立在那里。还有一些在筹建或建设中。

木刻楞俱乐部里坐满了听报告的机关各部门的负责人和全乡猎民，会议在宣讲批林批孔斗争运动，玛嘎拉、瓦什克和达拉湃等十几位老猎民也参加了报告会，不时会与其他参会人同时举起拳头喊着斗争的口号，"批林批孔万岁！打到苏修帝国主义！反修防修万岁！"也不明白到底是怎样的斗争他们也随着喊口号和举拳头。所有猎民都放下狩猎生产积极地投入到阶级斗争的批判会中。

"你怎么不去食堂吃饭呢？"达什克问正往家走的瓦劳佳。"那有什么好吃的？不去！还是在自己家吃吧！那是懒人去的地方！"瓦劳佳边走边说。"现在不是集体大食堂吗？达拉湃和瓦尼他们都去了！""他们去他的！反正我不去！"达什克和瓦劳佳说着大食堂的事情。

大食堂在敖鲁古雅的的确确开了三天，之后不知什么原因又停下来了。当时开那两天小孩子们也跟着凑热闹，保陶跟着他妈林卡去吃了早餐，安居乐也跟着他爸克什卡去品尝从来没有吃过的大食堂的饭。"那食堂的大厚发糕太好吃了！"保陶吃过后给他的小伙伴们讲，"怎么好吃？比克列巴好吗？"小伙伴米库勒好奇地问。"当然比克列巴好吃多了！"保陶继续说着。"明天我也跟我爸去！"说得小伙伴们已经垂涎欲滴了，等他的小伙伴们想与长辈去大食堂品尝的时候食堂已经停止不开了。

敖鲁古雅虽然建起了很多木刻楞房子，但仍有几家房子是空闲着的，因为很多老猎民在山上放养驯鹿和狩猎几乎很少时间住在这新房子，所以就有个别的乡机关干部暂借住其用。有时还当那些在乡里工作的单身人的宿舍。

为了改善使鹿部落鄂温克人生产生活状况，上级政府引进了大批的梅花鹿和几十只马鹿,目的是让鄂温克人参与到现代圈养和管理的行列来,逐步改变对驯鹿的圈养。自引进梅花鹿和马鹿以来,鄂温克人就始终没有在意这些鹿的,偶尔到鹿圈栅栏边看看热闹,"什么破鹿啊?瘦得跟皮包骨似的!"达拉湃站在鹿圈外的栅栏边说。这些圈养的马鹿梅花鹿根本就吃不饱,靠人工投入豆饼加草料也很难维持,经常有个别鹿因吃不饱或疾病死掉的,最后还是又钉包装箱把这些圈养的梅花鹿和马鹿通过汽车运到满归车站,再通过货运发往南木,这群鹿在敖鲁古雅只做了短暂地停留。赵英杰就是那时来到敖鲁古雅的第一个为驯鹿看病的大夫,他是黑龙江大学兽医系毕业后被分配到这里的,他把家都安在了敖鲁古雅,经常深入各个猎民点对驯鹿进行疫病防治,与猎民们相处得十分融洽。

敖鲁古雅的夜生活也很丰富,猎区工作队的同志每晚都组织文化课学习,最后美其名曰夜校。稿赛就是其中的一位学员,学习还挺正规的,发学习用本和笔,也是乡里在搞扫除文盲活动。教员也都是由本民族文化较高的人员担任,瓦罗佳就是主抓工作夜校的老师。有一次瓦罗佳来到稿赛家很认真地说:"喂你过来!我考考你的学习情况!把笔和纸准备好,我给你听写!""是现在吗?"稿赛问。"是的!就现在!""好的!可以!"稿赛从自己家的红桌子的抽屉里拿出笔和本。"现在开始念了啊!'坚强'、'勇敢'……"瓦罗佳念了很多然后停下来,"好了!我检查一下!哦!不错有进步!希望继续努力啊!"瓦罗佳检查完后就离开了稿赛家。他每次都随机地对猎民家里的学员进行抽查,夜校的确收效很大,受到广大猎民的欢迎,使猎民们不仅学到了文化知识,同时也提高了猎民们的普通话水平。

乡里的小学校还没有建成,阿娜和玛茹霞从满归放假回来就开始自行组织对适龄儿童的学习辅导,就像真的上课一样,课堂有时就在乡里的木刻楞食堂里,时间也都在食堂开饭后或开饭前,她们两个也是教些简单的数学和语文。有时组织开展体育活动，其实就是将她们在满归学校学来的东西简单地再教给这里的小孩子们。那时没有电影，晚上就在食堂里放幻灯片，那没有声音的死板的图像却给这里的年轻人增添了不小的快乐。

终于在一个美丽的夏天小学校成立了，老猎民领着自己家的孩子到学校报名入学。保陶、安居乐及维佳都由其父亲或母亲领着到学校，"你们都来送孩子了？好！好！"杜校长满面笑容地在校门口迎接。"谢谢你们啊！谢谢你们啊！他们总算有学上了！"克什卡领着他的儿子安居乐走近校门口对杜校长连连说。"叫什么名字？"在做登记的老师问。"安居乐！"克什卡告诉说。"好名字啊！安居乐业！好！好！"老师一边登记一说。

为了庆祝敖鲁古雅小学校成立，兽医站站长赵英杰还特意编了一首歌曲《敖鲁古雅学校成立了》，"天刚亮，百鸟唱，银阿就要上课堂，背上崭新的绿书包，穿好美丽的花衣裳，阿尼扶床热泪淌，阿敏出门笑开颜……"这首歌从此传唱起来。东方红猎业生产队的成立，使猎民们成为一名社员，山下是组织富余劳动力饲养牛马和种植蔬菜，以保证全乡的蔬菜储备和供应，山上的猎民则为了饲养驯鹿和狩猎，将猎获到的猎产品上交生产队，生产队则根据每个猎民猎获到的猎产品的数量给予计算工分。这一年每个猎民点的猎民狩猎的积极性都很高，拉吉米一冬天猎获了两千多只灰鼠子，上交猎业队的灰鼠皮也是创最高纪录的。在奥年河的维克德猎民点猎获到的驼鹿也是最多的，过年时猎业生产队开始给每户社员分配犴肉，平时也卖这些犴鹿肉，价格很便宜。玛克辛木下山了，他用背夹子背了一个装满东西的面袋子来到猎业生产队，"会计！我来交飞龙！""打了多少啊？"猎业队的赵会计问。"不多！一百来个吧！"玛克新木把飞龙倒在地上说。猎业队收购飞龙等珍贵产品也都是经贸易公司而流入内地。这一年猎业队动员各猎民点开始割据驯鹿茸，召开了全体猎民大会，在会上当时就遭到大多数猎民的强烈反对，"把驯鹿的头上的茸角锯了那不影响它的体质啊？反正我家的驯鹿不锯！"玛克新木第一个就反对。"那饲养的梅花鹿、马鹿不也都锯茸了吗？也没咋地啊！"组织召开会议的乡长耐心地讲着道理。鹿茸是每年长一茬的，如果不锯它也会自然脱落的，到那时就一点价值都没有了，所以最好的时期是在没有骨化前的时候锯掉。原来引进的梅花鹿和马鹿就是为了锯茸给猎民们看的，让猎民们有所感悟，结果因饲养有问题而被迫调运走了，所以把割锯驯鹿茸角的问题暂时放下来。敖鲁古雅的驯鹿没有用任何的人工饲料发展得很好，并且是半野生的饲养方式，不像圈养的梅花鹿和马鹿还得有专人喂养和人工添加饲料，驯鹿只靠自己采食苔藓，偶尔会寻找到灵芝等珍贵草药当食物。而再提起这个问题时个别猎民的态度还是很强硬，通过很长时间地做工作讲道理才使得部分猎民点的猎民勉强同意。猎民的意见是同意将那些已经去势的公驯鹿的茸角锯掉，对于种公鹿和母鹿及小仔鹿的茸角就免锯了，每当锯茸的人到猎民点锯茸时都会看到许多猎民不高兴的面孔。开始锯茸试点的是玛嘎拉布的猎民点，这个猎民点的人大都还很支持乡政府的工作，由于从玛嘎拉布这个猎民点的锯茸试点之后逐步扩展到所有的猎民点，猎民们的思想也都做通了。为庆祝驯鹿茸的丰收，赵英杰兽医又新编了一首歌《鄂温克猎民心向党》歌中唱到"鄂温克猎民心向党，林海为家狩猎忙，夺取鹿茸大丰收……"通过此歌来不断地鼓励猎民听党的话，服从组织的领导。每到夏季的时候就会看到猎业队的鹿茸加工室院里挂满了成串的大鹿茸，给拉和尼浩坤正在往横杆上挂刚用开水煮过的驯鹿茸，"你看这鹿茸质量多好啊！"尼浩坤一边挂着鹿茸一边说。猎业队鹿茸加工室的烘干设备是自行研究发明的，用砖和黄泥砌成的温窖，温度的控制是用落叶松桦子完成调节，在当时的条件下算是比较先进了。所有的技术改造和研发都有赵英杰的参与和组织进行的，包括鹿胎膏的加工都是他的特有专利。正当他在潜心研究探讨驯鹿改良问题时，他大胆地提出了人工授精改良驯鹿这一惊人的理论，这一理论性课题立刻遭到了"文革"造反派的否定，一个会议通知将他调去旗里开会，结果哪是开会，原来是有预谋地陷害，他在旗里遭到批判。乡里革委会办公室接到一个旗里的电话，通知告诉赵英杰的家人，说赵英杰被抓了。赵英杰的夫人听后精神立刻受到严厉打击，她扔下五个未成年的孩子直接去旗里找人。父母都走了孩子由谁照料啊！就在赵英杰夫人走后的第二天一早，好心的老猎民阿妞什卡到他们家给孩子们做了早餐，一直伺候照顾到赵英杰夫人回来，赵英杰的夫人很是感动，但此时赵英杰的夫人因丈夫受迫害精神上有所刺激，每天神志恍惚。

敖鲁古雅乡终于有了第一台属于自己的汽车，还是自治区乌兰夫主席亲自特批的苏联产吉尔厢板式大卡车，这辆车是乡里的唯一用车，猎民上下山都是由这辆卡车运送，随之就是猎业生产队装备了东方红75型拖拉机，开拖拉机的是本民族的司机保日克，此前他还在满归生产队开过铁牛55型大轱辘车，驾驶技术可谓高超。冬天为生产队拉运木材，夏天就在大地里拖着耕犁开荒翻地。有一次他私自将拖拉机交给非司机驾驶，之后把拖拉机开到了大水泡子里出不来了，整个拖拉机就剩个驾驶室棚顶露在水面，多亏附近驻有铁道兵部队，乡里向铁道兵部队求援后派来了两台100型推土机才把拖拉机拽出来。事后乡政府领导将这位非司机痛训了一顿算了事。

每年夏季大兴安岭林区都是雷火高发期，虽然在满归和伊克萨玛驻有森林警察部队和林业护林队，每当有火情时猎民克什卡、老玛嘎拉和瓦什卡都是必找去当向导，他们才是森林里的活地图。有时为铁道兵部队及林业森林调查或勘察当过向导，而且都是义务的免费向导，那真可谓是哪里需要哪里去，从不讲任何的条件，后来国家才每年拨给男猎民每人432元护林员工资。

铁道兵部队腾出一台柴油发电机组送给乡里发电照明用，部队派出技术人员为乡里安装拉线直到发电,从此结束了点蜡烛过年的历史。乡里为部队临时驻在提供了住房,部队的车辆经常往返于满归古莲和师部。不知道的还以为敖鲁古雅这里驻有兵营呢。部队给了敖鲁古雅的各方面的便利,给乡里建了一个爱民文化宫,修建了河堤和公路,还为小学校铺垫了校园操场。铁道兵驻守大兴安岭目的是修筑一条国防铁路,原计划从满归直接通往黑龙江漠河古莲,有的河流都已经浇注好了水泥桥桩,在富克山已经建成了铁路隧道,有很长的一段都打好了路基,沿途每隔一段距离都有一个连的部队驻守在深山密林中,战士们大多是从南方入伍到此的,这真是一支特别能吃苦特别能战斗的部队。敖鲁古雅也就从此成为部队的好邻居了,乡里的领导和部队上的领导经常联系和走动,建立了良好的军民鱼水关系。部队还派文化战士每天晚上在学校的教室讲连载手抄本故事《一只绣花鞋》和《梅花党》,给这里的年轻人足实带来了快乐和享受了文化大餐。白天学校上课学生们学的最多的是背诵毛主席诗词或语录等等。有时部队的文工团还到乡里演出节目或放电影,也有时乡里组织学校师生到军营看朝鲜电影《卖花姑娘》,看到悲痛感人的画面时军民一同伤心流泪。

部队拉练还分住在猎民家,瑟勒给依家和玛克辛木家还有帕赛家都住了解放军战士。与猎民同吃同劳动,挑水打扫院落弄样子。当时就有人为军民这种关系编写几首抒情歌曲《解放军修路到鄂乡》和《鲜花献给解放军》等,歌中唱到"高山上的青松根连着根,解放军和鄂温克人心连心……采上一支映山红花,捧上一碗醇香的鹿奶茶,献给亲人解放军……"歌声听后让人感到特别的亲切和温暖。乡里每逢八一建军节时,带着学校的文艺表演队到部队慰问演出节目,将对解放军的恩情用民族歌声来表达。爱民文化宫是铁道兵部队为使鹿部落鄂温克人定居十周年献礼的一个工程,庆典之时小乡十分的热闹,小乡来了很多陌生的面孔,呼伦贝尔盟歌舞团和旗乌兰牧骑慰问演出,旗电影公司带来十余部影片连夜放映,部队带来了文工团和电影为节日增添了色彩，到处呈现出喜庆的气氛。后来不知什么原因铁道兵突然停止了工程，全部撤离大兴安岭，乡里组织了全乡男女老少到部队可能经过的地方欢送铁道兵，猎民老巴拉给依带上了水壶和自己亲手做的克列巴，也参加到欢送的队伍里，他们在公路旁燃起篝火边烧水做饭等候部队的到来。冬天的白日非常短暂，部队终于在太阳落山前经过了这里，猎民们也等来了欢送的激动的时刻，那军民难舍难分的激动场面就定格在了一九七五年寒冷的冬天……

这年乡里迎来了第一批下乡知识青年，他们个个英俊漂亮，带着美好的人生憧憬来到了敖鲁古雅，他们是响应毛主席的"知识青年上山下乡到广阔的天地里接受贫下中农的再教育"的号召被分配到这里，住进了猎业生产队简陋的集体宿舍。生产队给这些城里来的小青年们进行分工，有的男青年被分到各个猎民点，在山上与猎民同吃同住同劳动，山里的工作很艰苦，平时就几家在一个猎民点，没有多少人，青年们跟随老猎民找驯鹿和迁徙，生活很单调和枯燥，而且语言上还有障碍，与老猎民交流都是由会汉语的鄂温克青年来做翻译，偶尔老猎民会带着这些年轻人去狩猎，教他们一些狩猎和在山里生活的技巧。青年人记忆力都很好，有的很快就学会了简单的鄂温克语，然后用学来的鄂温克语笨拙地与老猎民交流。还有山下的部分青年分配到种地和打草工作，女青年则是做豆腐、锯柈子和喂猪，另外还有男青年被分配放牛喂马和毛驴的。有一天晚上鄂温克小学生保陶看到一头毛驴，他以为毛驴跑了就抓住送到猎业队，结果被放牛马的青年给狠狠地训斥了一顿，"为什么偷驴？""哪是偷驴啊？这是我抓住给你们送来的！怕耽误你们明天早上磨豆腐！"保陶在辩解着，最后在回家的路上心里直嘀咕，"哼！本来说做好事还被训一顿！妈的以后不管了！"保陶的确是为猎业生产队每天做豆腐考虑的，曾就发生过女青年一早做豆腐找不见驴了，因而耽误了一天的豆腐没有做，那时他们做的豆腐非常好吃，乡里的居民都抢着来买，有时就因为毛驴跑了而影响到一天没有豆腐吃。自有了知识青年来到这里后，使这个本来就很寂静的小乡热闹起来，旗电影公司给乡里配备了电影放映员和放映设备，电影放映员是蒙古族姓白，猎民们都亲切称呼他为白电影，他还培养了保列和小瓦劳佳两个鄂温克徒弟。靠近小乡的两条河流里的鱼特别的多，白天他和徒弟小瓦劳佳扛着长长的钓鱼竿和带着午餐的干粮到河边钓鱼，每天都能拎着一大串一尺多长的宽厚的华子鱼。然后晚上放电影，"各位观众！今天晚上上央（映）的故事片《打击侵略者》！"这是他每次放映前通过话筒必说的话。后来保列当兵去了，偶尔探家回来还要摸一摸放映机和亲自放一次电影。小瓦劳佳也成为鄂温克第一个电影放映员了。他们还会把电影设备带到各个猎民点巡回给猎民放映影片，丰富了猎民们山上的文化生活。乡里为了活跃知识青年们业余的生活，建造了一个灯光篮球场，每天晚饭后乡里的男女老少都聚集在这个简陋的灯光场观看知识青年们的篮球比赛，有时老猎民也来凑凑热闹看那看不明白的篮球赛，乡里还因为此项活动获得了体育之乡的荣誉奖状。正当工业学大庆和农业学大寨的热潮在全国兴起时，敖鲁古雅也开始掀起了一场学大庆学大寨的运动，男青年努力争做新长征突击手，而女青年努力争做三八红旗手，都积极地在岗位上做贡献。也有个别的青年会搞恶作剧，有一次老猎民谢涅到生产队义务理发室去理发，谢涅多少喝了一点酒，他坐在椅子上让小青年给理发，这小青年就拿老猎民的头开起了玩笑，他只推了两三下剪子就告诉谢涅说："好了！剪完了走吧！"谢涅就起身抖落一下外衣还对小青年握手说"谢谢啊！"然后就走了，他哪里知道小青年就从他的头中间剪了一道，使头发分成两半，谢涅走出生产队时被李队长看见了就问："谢涅同志是谁给你剪的头？""啊！是小青年！""不行！不行！这是怎么剪的啊？走我让他重新给你剪！"最后李队长把那个小青年严厉地批评了一顿，小青年没办法挽回谢涅的发型了，只好给谢涅剃了个秃头才算完事。

这一年冬天知识青年每人推着小拉车往大地里送牛马粪，为夏季种菜备肥料，生产队领导又想出来新招，准备在这里试种小麦，这大胆的想法终于实现了，麦子是长出来了可没地方储藏和没设备加工，只好像草垛一样堆在大地地边上，有好事的人搓起麦粒在嘴里嚼，"不错！不错！"这寒冷的地方无霜期不到七十天，麦子也得有个成熟期啊！这麦子不成熟倒是占用了土地耽误了一年的蔬菜种植。为此新闻记者带着相机还在麦地边作采访并拍照，老猎民玛克新木和阿妞什卡在听一位农业技术员讲麦子的收成情况的场面被拍成新闻照片，最后这些麦子都成了生产队牛马的饲料了。

建乡十年来的敖鲁古雅发生了翻天覆地的变化，小学校变成了九年制的民族中小学校，老师大都是从外地分配过来的，在这里住宿教学，有的老师在此安了家，校长换了一茬又一茬，老师也走了一批又一批。培养了不变的是"三红"红小兵、红卫兵、红哨兵。红哨兵是高年级的学生担任，每晚值班站岗巡逻，见有陌生人进入乡里就马上会集结盘问，像抓特务一样审问一遍，谁家来了朋友都当是陌生人对待报告给乡里派出所，那真是派出所的耳目。有一次谢涅家来了个满归的朋友，他带着酒来看谢涅，最后被红哨兵发现把他带到乡里，给这个人挂上两只酒瓶子当街游行，后面的人敲锣打鼓，很多人听到锣鼓声都在自家门口观望，以为是扭秧歌的呢结果怎么看也不像。乡人武部部长每天早组织猎民基干民兵出早操跑步，白天搞军事训练，训练的科目炸坦克、投手榴弹和半自动枪射击，训练非常紧张而又认真。

转眼到了一九七六年，拉吉米猎民点搬迁到了很远的六十六公里的深山里，下了公路还得步行两个多小时的路才能到达猎民点，就在这个秋季里的一天，在山下的玛克新木一家人回猎民点了，尼日特的母亲远远地看

走过敖鲁古雅

见建克左臂带着黑纱,"怎么还戴着黑纱来的呢?莫非他的奶奶不在了?"尼日特的母亲带着疑问对身边的尼日特说。"一会我去问问他怎么回事!"尼日特对母亲说。当建克路过尼日特家的撮罗子时尼日特就上前询问他:"你家谁去世了你戴个黑纱?""谁家人去世了!毛主席逝世了都不知道?"建克生气地说。"我们哪里知道啊?连个收音机都没有怎么能知道呢?"尼日特说完回家就告诉了母亲。猎民点的人也都沉浸在无比的悲痛中,显得非常的沉默而寂静。山下的敖鲁古雅小乡在悲痛中缅怀毛主席的丰功伟绩,集中在爱民文化宫里集体默哀,主席台上摆满了花圈,乡里的领导在台前主持仪式,场面庄严而肃穆。到了十月粉碎"四人帮"的消息传到了敖鲁古雅小乡,乡里组织了游行的队伍,干部职工家属、知识青年、老猎民和老师学生都加入到了游行的队伍中,打着横幅和举着各色彩纸做的小旗,一边高喊着口号"打倒王张江姚!安定团结万岁!"人们手里举着的小旗上也写着标语和口号。整个小乡沸腾了,因为在这里也有遭受迫害的家庭,也有饱经蒙受冤屈的人,此时彻底地解放了!

猎业生产队又培养了一位年轻的拖拉机司机尤力督,队里让他驾驶铁牛55型大轱辘车,后面带着拖斗,他风雨无阻地往返于各个猎民点,从此猎民上下山的交通工具就是这辆大轱辘车了。猎民们都埋怨他的驾驶技术不如哈协,哈协虽然没有驾驶证可车开得很稳。有时猎民被颠的生气就大骂尤力督,"开的什么破车?让哈协开吧!"尤力督听后也不生气,只是哈哈一笑。这一年的春节特别的热闹,知识青年排练着文艺节目,会写毛笔字的在写春联,把全乡的春联都写了,然后由猎业生产队派的知识青年到各家贴春联,从来过年不贴春联的猎民家此时也都贴上了,有时会看到好几家都是写有一样内容的春联,"这书法练得不错啊!"乡里的几个领导挨家走访时看到贴上去的春联说。在节日里孩子们都穿上了鲜艳的服装,各家各户都充满着喜气洋洋的过年的气氛,下了山的猎民聚在一起吃肉喝酒唠着家常，盘算着今年的狩猎收获和来年的狩猎计划，听着收音机里的音乐或新闻，偶尔在很远的地方就能听到猎人们高亢的歌声和笑语。

最热闹最快乐的时间应该算是猎民大会了，每到春季四月份猎业生产队都要召开专题猎民大会，每次会议都安排三天左右时间，山上各猎民点留下两个人看点外其余的人都下山参加大会了，这时的猎业队相当的繁忙，会议期间的一日三餐都由猎业生产队统一安排，足实给猎民们提供了丰盛的会议餐饮，比过年还热闹和喜庆。因为很多猎民过年时都在山上不回乡的，只有猎民大会才能让他们难得聚在一起，所以平时很少见面的老亲少友此时更加亲切。安德烈他们从阿巴河的猎民点牵着驯鹿回来参加会议，他们牵着的驯鹿背上驮了猎获到的大块犴肉，然后将犴肉上交到了队里。

"正好要开会有肉吃了！"猎业队的会计在过秤时说。为了一年一度的猎民大会，生产队杀了两头猪交给食堂，知识青年们也很久没有吃到这么全科的杀猪菜了，酸菜猪肉炖粉条和猪血肠是当时的最好的菜肴了。猎业生产队也是借大会之机给社员们分红，将猎民一年的猎产品收入进行兑现，猎民也在此时准备些全年所用的子弹和日用品。

在一九七九年冬在敖鲁古雅乡拍摄了《敖蕾一兰》电影，这部影片拍摄完后的第二年在敖鲁古雅放映了，敖鲁古雅的放映设备也更换成了35毫米宽银幕电影放映机，否则不会那么快的看到的。那些在电影里充当群众演员的年轻人看后连自己都认不出来了，第一次看到熟悉的驯鹿出现在银幕上。

自"文革"结束后国家恢复和落实政策，那些在"文革"中受过迫害的人都得到了平反，并恢复了名誉和工作，得到经济上补助和精神上的抚慰。赵英杰兽医平反后被调回他毕业的学院任了教授，举家搬迁到了黑龙江密山。巴拉给依也恢复了她医院的工作，不再担任猎业生产队的出纳员了，政府还给了她家经济补偿，她用这些补偿来的钱重点培养柳芭在外美

走过敖鲁古雅

术学习和进修，柳芭从此考入了中央民族学院美术系，成了使鹿部落鄂温克的第一个画家。维佳、安居乐和德克都是落实政策接班参加工作的，在同龄人中上班算是最早的，令很多同伴都羡慕不已。但是还有个别的在"文革"中被打成日本特务的老猎民或受过陷害的仍没有得到应有的待遇，被历史永远残酷地遗忘了……

敖鲁古雅也随着历史的车轮进入了八十年代，恢复了人民代表大会制度，召开了乡第一届人民代表大会，选举了自己民族的人担任了乡政府主要领导，讷嘎、苏日克、玛尼坤和果什卡分别当选为了乡长、副乡长，成了使鹿部落鄂温克人的领头人，他们成了使鹿部落鄂温克人的精英人物。敖鲁古雅又有了新的发展和进步，邮电局、银行等部门为鄂温克人提供了方便。鄂温克人的木刻楞房子将要变成两家一栋的砖瓦平房，民族中小学校的木刻楞教室将被砖瓦混凝土的教学楼所代替，爱民文化宫将扩建为乡文化中心站。陈列室的筹建还得感谢一位从鄂伦春旗文化馆来乡采访的老顾先生，他在敖鲁古雅的猎民点体验生活了近三年时间，拍摄和收集了使鹿部落鄂温克人山里的狩猎生活素材，果什卡副乡长每天都在陪着他上山打猎或随猎民点迁徙，果什卡副乡长会开车，老顾每次上下山都是由他接送的，他们成了好朋友。组建敖鲁古雅使鹿狩猎文化陈列馆就是老顾先生倡议的，果什卡副乡长听了他的建议后受到了启发，之后在向上级领导汇报建乡二十周年计划时果什卡副乡长提出了意见，最后得到了上级领导的认可列入乡庆建设项目。在全国兴起的农村家庭联产承包责任制时，敖鲁古雅使鹿部落鄂温克人也在贯彻中央的文件精神，动员、宣传和做报告，广泛向猎民宣传承包责任制的好处，让猎民也摆脱吃大锅饭和平均分配的局面。乡里组织人员清点驯鹿头数，然后按每人三十头驯鹿进行承包。承包的第一年就涌现了三户收入超万元的猎民家庭，其中就有拉基米尔和瑟勒给依。从此山上的猎民猎获到猎物时不再进行平均分配了，都变成商品来出售换取收入。过去那种猎到一只驼鹿时把肉分成若干份，然后平均分给所有居住在一个点上的撮罗子帐篷各家，这已经是原始的狩猎分配方式了，这不是变得冷漠而是少数民族一种进步的象征了。

　　建乡二十周年庆典如期举行，庆祝大会在新装修的文化中心礼堂召开，果什卡副乡长身着鲜艳的蓝色民族服装主持大会，他先用流利的使鹿部落鄂温克语言做了开场讲话，介绍了参加会议的领导和来宾，"庆祝敖鲁古雅鄂温克族乡成立暨猎民定居二十周年大会现在开始……"讷嘎乡长做了民族乡十年来的发展情况的报告。庆祝活动比十年前的要隆重得多。从一九七五年到一九八五年的这十年间，敖鲁古雅发生了很多具有里程碑意义的事件和变化，猎民的住房改造和高压输电线路竣工使用，猎民子弟的学校寄宿环境和学习条件不断提高，山上的撮罗子帐篷让活动板房代替了，驯鹿经历了一九八二年的严冬风雪白灾的考验，猎民看到了电视节目和有了自己活动娱乐的场地，但是也因各种原因而失去了很多无辜的同胞。有的在狩猎中不幸遇难，有的却是因为酒造成早逝，非正常去世居多，令使鹿部落鄂温克人感到命运的悲惨。从那时起封闭的敖鲁古雅开始迎接国外的友人纷至沓来，德国、日本、美国、英国、荷兰、芬兰、瑞典等国家的专家学者到乡采访或旅游观光。日本学者大冢和一第一次拍摄到了原汁原味使鹿部落鄂温克人的婚礼，作为重要的资料在日本国内发表。拉基米尔的儿子就是在那时为了配合拍摄而举行的民族风俗婚礼的，使鹿部落鄂温克人结婚已经很久都不按本民族的习俗举行婚礼了，这也是对少数民族的婚俗文化的挖掘，结果很遗憾被日本学者给挖掘走了！使鹿部落鄂温克人早在1959年时就配合过八一电影制片厂拍摄的纪录片《额尔古纳河畔的鄂温克人》，那时作为国家民俗学者吕光天先生和乌云达莱先生就走进了使鹿部落，再之后接续配合铁道兵部队拍摄了《战斗的大兴安岭》，以鄂温克作家乌热尔图创作的文学作品《一个猎人的恳求》和《啊！山林的雾》也相继在这里拍摄，中央电视台来敖鲁古雅拍摄了《鹿铃回响的地方》等。第一次配合珠江电影制片厂拍摄了一个矿泉水广告片，搞了一次将矿泉水装载驯鹿拉的雪橇上。在1992年的夏末秋初，部落的老领导讷嘎乡长在根河不幸去世，他的离世给使鹿部落鄂温克同胞带来了群雁无首的悲哀，整个小乡沉浸在无比的痛苦中。本来能够接任他职务的果什卡却早在一年前不幸因病去世，给使鹿部落鄂温克人造成了很多的遗憾。三十年后的敖鲁古雅使鹿人又面临着历史性的抉择。从2000年底就听说要搬迁的消息，当时很多人都不太相信有这种可能，那真是有人欢喜有人忧啊，那些常年与驯鹿相伴的老人不愿意有这样的消息，他们担心的是驯鹿将来的命运，而其他人或年轻人的心理是向城市靠拢，那些急于向往城里的年轻人没有为驯鹿的未来而熟思熟虑，以至于在搬迁问题上产生了极端的矛盾，就好像对驯鹿没有感情一样，鄂温克猎民离不开驯鹿，而驯鹿离不开它喜欢吃的苔藓。当要确定靠近满归时他们组成了上访团队到盟里，然后市里又派人去接，经过采取全民投票的方式进行表决，反反复复地折腾了一阵才最终确定为在市郊建立新乡。当时只有一位老人没有投票，她坚决地反对搬迁，只有她仍然守护着山林和驯鹿，她的驯鹿没有遭受损失，而进入圈养的大部分猎民的驯鹿不同程度地损失了，特别是改良站的驯鹿作为圈养试验损失更加惨重，之后猎民的驯鹿不得已又重返了山林。使鹿部落鄂温克人带着对故乡的眷恋永远地离开了那真正的杨树林茂盛的敖鲁古雅！从那时起使鹿部落鄂温克猎民的所有枪支都被统一收缴，狩猎文化也从此告终，开始了全面禁猎。

　　这是敖鲁古雅使鹿部落鄂温克人的命运又有一次的大变革，迎来了生态移民的新政策，享受到了国家给予的优惠的待遇，他们面对着未来幸福的生活更加充满信心……

玛丽雅·布一家人

玛丽雅·布老人亲口对询问她年龄的人说,她今年已经 104 岁了,从面目上看去老人的身体和精神方面显得很健康,只是脸上的皱纹更加多而深长,谈吐思路也十分清晰,但深度的白内障已经使老人双目接近失明。

她向别人讲起她童年的故事来。"记得我们很小的时候,我和弟弟妹妹们抓小驯鹿一起玩耍,晴朗的天空突然开始黑了起来,太阳好像被什么东西给遮挡住了,天上的星星又都出现了,我们被这突如其来的奇怪的现象产生了害怕和恐惧,过了一会儿那罩在太阳上的黑圆点慢慢地移开,渐渐地消失了。天空又恢复了往日的晴朗,那黑的圆点儿好像是一块黑黑的抹布,把太阳擦得比镜子还耀眼,金光闪闪的。到了一九九七春天再次出现的那一现象是我已经见到过第二次了。"玛丽雅·布讲着她看到过的日全食的经历。

玛丽雅·布继续掰着手指介绍她家的情况,"我们家兄弟姊妹很多,父亲很早就去世了,母亲是在一九八〇年的寒冷冬天的一个夜里,她从木刻楞的房子走出去，由于岁数大了，眼睛也看不清楚了，结果再也没能回到木刻楞的房子里，睡在身边的孙子像个死鹿似的，没有发现他的俄沃悄声地出门而没回来，第二天清早还冒着寒雾就被亲属家里的人发现已经冻死在路旁，母亲和父亲都埋葬在敖鲁古雅河北岸的一个小山坡上。我们使鹿部落鄂温克人的丧葬习俗非常简单，人死如篝火一般总是要熄灭的，一般的不经常去坟前上坟或扫墓和填土，也不像汉族人那样去烧纸，拿纸当钱给已死去的人烧，我们猎人讲那样做不会给活着的人带来好运气的。如果在山林里偶尔搬家或狩猎途中遇到坟墓，年长的猎人会主动走上坟前献上猎人最喜爱的口含烟和烈性白酒的，以祈求猎点儿人和驯鹿平安，或在狩猎时能够有好运。"

　　玛丽雅·布的脸上布满了道道皱纹，那道道皱纹就是她老人家在大兴安岭密林深处的艰难历程的记录。她坐在熊熊燃烧的篝火旁，看着在身边跑过带着铃声的驯鹿，脸上带着一丝笑容讲着。"我曾经有五个弟弟和两个妹妹，现今还有一个弟弟讷尼和两个妹妹帕赛和安塔，他们都很健康。大弟弟维克多尔在一个冬天很远的猎民点上，由于饮酒过量，住在撮罗子帐篷里被燃烧着的篝火迸出的火炭烧着了盖在身上的棉被，他的妻子蒙阿被浓烟呛醒了，而他的两条腿却被严重烧伤。乡里接到报告后派知识青年赶着马爬犁把他接下山，终因伤势过重而在转往外地的途中不幸去世。"说到这里，玛丽雅·布端起她二女儿为她沏好的鹿奶茶深深地喝了一口，喝完将奶茶缸子放到地上继续讲着。"二弟弟安德烈，他性格暴躁，喝完酒就耍脾气，家里人都害怕他喝酒，酒后经常动手打他媳妇莫阿刊，有一次喝多了到处找莫阿刊，找到外甥拉杰家将木板床翻了个底朝天，然后又去别的人家找，也不知道是在哪里找到了莫阿刊，莫阿刊也是受气的货。安德烈在猎民点儿上脾气更是暴躁得很，在一次喝多酒后与弟弟讷尼、妹妹帕赛吵闹了起来，还动手打了弟弟和妹妹们，在忍无可忍的情况下弟弟讷尼这才端起了猎枪对准哥哥安德烈扣动了扳机,哥哥安德烈倒在了血泊中,猎民点恢复了往日的平静,之后弟弟讷尼回乡里报案和自首了,结果最后判了刑期蹲了十多年的监狱,这是发生在我们家里最为悲惨的事情。三弟弟瑟列给一家三口人死得也非常惨烈,那是一年的四月份,雪还没有融化,猎业队的车送他们上猎民点儿,当时路不好走,汽车无法将让他们很多人送到点儿上,距离猎民点儿也有不足十公里的地方他们下了车,汽车也于当天返回了乡里。瑟列给他们徒步向猎民点走,天色很快黑了起来并下着雪,突然间刮起了大风,一股很邪的风夹着刺眼的雪花向他们袭来,暴风雪将瑟列给和妻子及女儿宁克隔开了三个不同地方,都冻死在回猎民点的路途中,那天他们不上山也就不会发生这样的事情了,真是奇怪的天气啊!"玛丽雅·布说到这时长长地叹了口气。远处的驯鹿群里围烟冒着淡淡的蓝烟,鹿群中有人在抓驯鹿,小驯鹿发出嗷——嗷的叫声在山林间回响着。"我的五弟弟安纳长得英俊威武,膀大腰圆,很精神。他在杜林尼河的猎民点儿上与岳父不知拌了什么嘴,使他岳父怀恨在心躲在撮罗子帐篷门口,用锋利的猎刀将弯腰走进撮罗子帐篷的安纳捅进心脏而不幸死亡,他的岳父因此入了狱,最后也是因为年岁大并且患病在狱中去世。"

篝火上吊着的黑水壶已经冒着热气很快烧开了,热气顶着壶盖发出吧嗒——吧嗒的声音,水溢出壶外浇到篝火上,篝火顿时升腾起白烟,窜上撮罗子帐篷顶孔。

"我们家在最困难的时候是几个弟弟妹妹们帮助渡过了难关,孩子的父亲去世很早,当时我带着五个孩子,大的才十四岁,最小的也有几个月大,十四岁的儿子打小就跟着他的舅舅们学打猎和找驯鹿,家里的驯鹿是孩子们的舅舅帮助照料,吃的肉也是孩子的舅舅们猎获的犴和鹿的肉,还有飞龙棒鸡和狍子等等,那些时候的日子不知道是怎么熬过来的,现在想起来是真难啊!"玛丽雅·布老人讲到这里时双眼有些湿润了。

"再后来孩子们也长大了，儿子拉杰也很能打猎和吃苦，能够猎获很多猎物了，有足够的肉吃了，猎物的兽皮也多了，我不停地熟制皮张，做针线活，缝制衣裤皮靴等，孩子们从头到脚穿的戴的都是我亲手缝制的。"

玛丽雅·布一边说着一边双手揉搓着衣服搭襟，"现在好了，不用熟太多的皮张了，都穿棉布的了，那些皮活都成为过去的历史了。"

"也不知是怎么的，我儿女们的命运也都那么不好，大儿子拉杰也是因喝酒患有心脏病，去世那年才五十三岁，大儿子有五个子女，他没有享受过清福，为了养家糊口他停薪留职放弃了在乡里的工作上山打猎当了猎民，那时也是因为上班工资低，加上鄂温克人哪喜欢那样的不自由的生活和工作呢，就这样把很好的工作悄无声息地给弄丢了，直到'文革'结束后也没有落实政策，没给自己儿女有接班的指标，其他的猎民受过批斗的都落实了政策，儿女们有了工作安排。大女儿尼浩的丈夫瑟鲁卡也因患食道疾病死在了哈尔滨医院，他原来当过警察，在旗里公安局工作过，穿着警察服装还挺精神的，也是鄂温克人第一代的警察，最后调回乡里工作，成为一名普通干部身份，没想到过世也很早。大女儿家也有五个子女，有四个儿女因病或其他原因意外死去，那可真是白发人送黑发人啊！"这时二女儿塔玛拉挤完驯鹿奶回到撮罗子帐篷边，端着盛满驯鹿奶的搪瓷缸子靠在一棵粗大的落叶松旁坐下，从旁边抓起已准备好的空酒瓶子，右手端着盛满驯鹿奶的搪瓷缸子对着空酒瓶子的瓶口轻轻地往里倒。"今天挤了四个驯鹿的奶，有的驯鹿出奶还挺多的。"然后又对坐在一旁的外甥女说："切别，你一会儿把那些拴着的母鹿都放了，把小驯鹿崽抓住拴好。""知道了，我这就去。"切别说完起身离开去了驯鹿群的方向，手臂上挂着抓驯鹿的笼头。

"我的二女儿的命运也是那么不好，年轻时在旗里的国营旅社工作，因为受不了那里的环境便回到乡里上山照看驯鹿，她的第一任丈夫金芳是达斡尔人，是一个很能吃苦能干活的年轻人，也学会了在山里狩猎活动和看放驯鹿，学会了制作桦树皮船技术，有自己喜欢去的猎场，而就在那一年的夏初，他乘坐自己的桦树皮船沿着彼什达莱河向下游去猎场的途中，在伊克萨玛附近的水域乘坐的桦树皮船不幸被残余的冰排撞毁淹没，最后从满归请来常在河套里打鱼有着丰富经验的师傅帮助寻找，终于在很远的深水域里距离他的猎场不远的地方找到了他，然后将他葬在了他心爱的猎场伊什达莱的大水泡子边的山岗上。"玛丽雅·布老人还在继续讲着。"别说了，多少年的事情啦！还讲它有什么用？"二女儿显得很不高兴地阻止老人不要再讲了。"我给他们这些不知道的人讲讲又有什么不可以的，咱们大家庭的故事不讲出来以后还会有谁能知道和了解呢？"玛丽雅·布老人语气很硬地说完便端起地桌上的满是茶锈的搪瓷缸子喝了一口驯鹿奶茶。二女儿塔玛拉将装满并封好的鲜驯鹿奶的酒瓶子递给在一旁凑热闹的小地主，"给你地主，把这装着驯鹿奶的瓶子放到小河里去，放好了别放在急流中冲跑了。""好的，会放好的。"小地主说完起身接过装着驯鹿奶的瓶子直接奔向小河的方向走去。"小地主的名字还是他的爷爷瑟鲁卡给取的，一直叫到长大，很可爱的孩子。"玛丽雅·布的二女儿塔玛拉对客人们说。

旁边的人仍在问着玛丽雅·布。"你的二儿子叫什么名字？""二儿子名叫菲力布，他在很早以前就没有了，他是因为妻子患肺病去世而悲痛在自己家的房上自缢死去，他是那么疼爱和关心自己的妻子，没想到他会那样做，太可怜的一对人啊！"玛丽雅·布老人又讲着。"我最心疼的是我二女儿的大儿子长江，他太小啦！哎——！我现在实在想他呀！要不是因为下山喝酒他怎么能没呢！"说到外孙子长江的情况，老人禁不住浸出了几滴泪水，然后用披在肩上的围巾轻轻擦着。

"还有我的小女儿玛尼刊，她是大夫，现在退休在家，她精神不太好

玛丽雅·布一家人

受过刺激,那还是有一年过春节的时候,有几个小青年去她家寻衅滋事,结果被她的丈夫用木棒当时打死两个小青年,最后她丈夫被判了重刑。那时他们的三个孩子都很小,政府为了照顾她们将她调到旗里的医院工作,之后带着三个小孩子去了旗里生活。从那件事以后她精神就落下了毛病,现在通过她的三个女儿的精心照顾,她身体呀精神呀恢复得都很好。""那您怎么不在山下生活呢?"坐在旁边的人问着玛丽雅·布老人。"我不习惯山下的那样寂寞的空间,就像被人抓住放进笼子里的鸟一样,每天吃饭睡觉,也没什么地方可去,就那么几个人也没什么话可唠的,如果不是我的眼睛看不着,我才不会安稳地在那里住着,我喜欢山里的帐篷,喜欢山林里的味道,我喜欢我的驯鹿,我愿意听驯鹿的铃声和小驯鹿的叫声,更喜欢呼吸深林里的空气,虽然我眼睛看不清什么了,但是我的耳朵帮助我感觉这里的一切。"玛丽雅·布含着深情而激动的语言说着。

"我母亲一到驯鹿下完崽以后就着急上山,老早地就把自己的东西捆绑一番,就等着去猎民点儿的车来接她。"二女儿塔玛拉讲着她的母亲。

"这搬家搬的,我家的驯鹿损失最多,圈养驯鹿是不可能实现的。新房子虽好可不能光住不吃饭吧!我们是猎民,猎民就要像农民那样把自己的土地种好,我们猎民就要把驯鹿饲养和照看好,这才是正事。驯鹿就是我们鄂温克猎民的土地啊!现在政府不让我们持有猎枪了,不让我们打猎了,大枪小枪都收缴了,可我们拿什么去壮胆子找驯鹿,林子里熊也特别的多,已经吃了我家六只驯鹿了,你们说这可咋办啊?"二女儿塔玛拉对搬迁后的猎民点驯鹿遇到的情况介绍着。

"驯鹿是我们鄂温克猎民的命根子,每损失一头驯鹿对我们来说都像揪心一样难过。"玛丽雅·布老人接过二女儿塔玛拉的话题说这番话的。

地主从小河边直接去了驯鹿聚堆的"散岷",在堆放湿藓苔的地方抓了一抱藓苔往燃着的篝火上遮盖,使篝火冒起浓烟为驯鹿赶走瞎蒙和乱飞

的鼻蝇。切别仍在忙着解开母驯鹿的笼头将大鹿放开，然后又抓住小驯鹿崽把它拴好在地上裸露的树根上，这样做是为了防止小鹿乱动被笼头绳子缠住。

"地主快来帮我把小驯鹿崽抓住，快点！"切别再喊。

"哎，好的，我来了。"地主紧忙跑到姑姑的跟前。

这时，玛丽雅·布的外孙子波涛走到这边来，波涛是塔玛拉的二儿子，在这个猎民点上他也算是一个家庭中顶天立地的男子汉了。

"我的二女儿后来与哈协结婚了，因为猎点儿上缺少男劳力，哈协是个很好的猎手，有一年夏天他猎获了四副马鹿茸，猎民点儿上也不缺少肉吃了，他也非常勤恳，可是好景不长，他也是在一次因酒精中毒后不幸去世，为了寻找失踪的他，我们还请了讷尼拉萨满给跳了一下神，现在回想起来真是让人感到心酸呢！"玛丽雅·布继续讲着。

"波涛的名字来历很有意义的，那还是当年解放军拉练到猎乡里被安排住进猎民家，当时我们家也被安排住进了几位解放军战士，波涛这个名字就是当时解放军同志给起的，这个名字多好听啊！"玛丽雅·布老人一边喝着驯鹿奶茶一边讲着往事。

"那时流行着口号是'军爱民来民拥军，军民团结如一人，试看天下谁能敌'。"玛丽雅·布的女儿塔玛拉在一旁插话说。

波涛和地主是这个点上的主要劳动力了，地主管波涛叫叔叔，地主长得也膀大腰圆，非常魁梧，找驯鹿的事情大都由他们叔侄俩来完成。波涛自己买了一辆摩托车，上山下山都是骑着摩托车，方便快捷。

"这还叫什么猎民点儿呀！枪都没有了，叫放牧点儿吧，在森林里看护驯鹿没有枪遇见熊瞎子怎么办啊？多么的危险啊！这搬迁搬的挺好，把猎民点枪支都给收走了说是统一保管，如果把驯鹿能圈养起来我们也就不张罗要枪了，现在不是圈养不了吗？驯鹿是半野生动物，它漫山遍野地跑，我们赤手空拳地跟在它的后面，碰见熊瞎子了我们跟它舞拳哪？那不是拿我们的生命在开玩笑嘛，他们也不知咋想的。"

"他们是指谁呢？"这个一直在听玛丽雅·布老人讲述的人问波涛。波涛观望了一下四周然后说。"这个问题就不要回答了吧？"

"您对搬迁有什么意见和想法吗？"那个人问。

"我都这么大岁数了，能有什么意见和想法呢？这些都是年轻人所想和考虑的事情了，同意不同意我也都是在他们的照顾中生活，只能顺其自然。如果我不老，眼睛能很好地看见东西，能抓驯鹿，我也会像拉基米尔的老伴儿玛莱卡那样执着地守着山林，守护着驯鹿，年轻人他们懂什么呀？他们对驯鹿有感情吗？没有！只有老人们才会有这样的感情，驯鹿等于伴我们一生了！"玛丽雅·布老人说着并挥动着右手，那手指向的是山林、是驯鹿和撮罗子帐篷。

是的，驯鹿可以说陪伴了玛丽雅·布一生的坎坷和艰辛，驯鹿与鄂温克人一同走过了风寒雪雨，走遍了茫茫大兴安岭，驯鹿驮着玛丽雅·布一家人走到了今天，前面的路途似乎显得更遥远，她们还将奔向哪里……

完稿于 2005 年 5 月 18 日，修改于 2016 年 1 月 7 日

注释：

散岷：使鹿部落鄂温克语，意思为"围烟"。

猎人的心声

　　我是住在大兴安岭林区的一位普通人大代表,为尽到一个人民代表的职责和义务,反映人民的呼声,特别是居住在这里的使鹿部落鄂温克猎民的呼声。我的祖辈是常年在大兴安岭密林深处过着以狩猎和放牧驯鹿为生产生活的使鹿部落鄂温克族猎民,党和国家非常重视和关心我们使鹿部落鄂温克人。为提高和改善使鹿部落鄂温克族猎民的狩猎生活和放牧驯鹿生产,党和国家无偿地提供给使鹿部落鄂温克族猎民枪支弹药,鼓励和允许使鹿部落鄂温克猎民在国家控制的限额内进行正常狩猎生产,使使鹿部落鄂温克猎民倍感到党的民族政策的光辉与温暖,使鹿部落鄂温克人从贫穷走向脱贫致富。但是,随着大兴安岭林区森林资源的不断开发和采伐,使使鹿部落鄂温克族猎民的狩猎生产和放养驯鹿的范围逐渐缩小,特别是一些自流闲散人员涌入大兴安岭林区从事起非法狩猎行当。少则几人,多则形成一个狩猎贩卖小集团,使用剧毒药类、铁丝、炸药和猎枪等工具,捕杀大兴安岭林

猎人的心声

区的驼鹿、马鹿、獐子、紫貂、飞龙、雪兔、松鸡和狍子等珍贵野生动物，捕杀的数量之多，捕杀的手段之残忍令使鹿部落鄂温克人痛心疾首，非法狩猎者几乎使大兴安岭野生动物遭到灭绝的地步。林业部门也曾三番五次地采取过措施。但效果甚微，主要是受到人力、物力、财力等因素制约，没有真正形成网络式的执法队伍，致使措施不得力，打击不严厉，非法狩猎者的气焰十分嚣张。

我们使鹿部落鄂温克族猎民饲养的驯鹿也遭受到非法狩猎者的捕杀，损失的数量每年达几十只，驯鹿在我国仅在内蒙古根河市敖鲁古雅鄂温克族乡饲养，驯鹿属于半野生动物，俗称"四不像"，现在驯鹿总头数始终在一千只内徘徊不定，发展繁殖很慢，并且呈退化趋势，增长缓慢。对驯鹿的发展从全国来看，应该加以重视和保护。能否将驯鹿与其他野生动物相提并论和重点保护。这也是发展和提高边疆少数民族生产生活的主要途径。

保护国家的野生动物资源已经迫在眉睫，拯救濒临灭绝的野生动物，保护生态平衡是我们每一位中华人民共和国公民义不容辞的大事，刻不容缓。

《野生动物保护法》的颁布对于打击非法狩猎者是一部强有力的法律武器，如何利用好这一法律武器，需要各级人大及其常委会进行监督检查，每一次的检查不应该是走马观花，各地林业执法部门要发挥职能作用，有必要可以设立专门机构，开办网络站、举报站，必要时调动公安、武警部队进行巡山、清山，将保护野生动物视同保护森林资源一样加以重视。利用航空交通工具巡逻也是最好的办法之一。如果能做到这一点，我国的野生动物资源就有希望能保护得更好。

据了解，现在的非法狩猎者中有国家干部、公检法执法人员，还有就是林业作业人员及盲目流动人口，他们的狩猎工具及其现代化，特别是交通工具现代化。所以我们盼望着人大及其常委会和政府有关部门给予高度重视，让我们携起手来共同保护国家的珍贵的野生动物资源，将《野生动物保护法》真正宣传到每一个角落……

注：此文于一九九三年刊登在《内蒙古自治区人民代表报》

一件趣事

那还是在"文革"年代后期的一个冬天，小小的敖鲁古雅山村猎乡也显得不那么平静，到处都贴有激进的革命口号标语，人人都背诵着毛主席语录，学校高年级的同学戴着写有"红哨兵"字样的红袖标，三人一伙或是两人一伙的经常在放学以后义务担当起看家护村的巡逻任务。当时的反修防修形势十分紧张，有时他们这帮"红哨兵"夜里还参与民兵联合巡逻。这种情形犹如这小小的猎乡处在边境线上一样，唯恐有破坏分子活动。"红哨兵"在这小山村里真发挥着积极的作用呢！

一天，从邻近的满归乡来了一位背着黄挎包的中年男子，黄挎包里鼓鼓的东西时而伴随走路的节奏发出叮当的玻璃瓶的碰撞声，这个陌生人早已被臂戴红袖标巡逻的伊洛和雅日曼给盯住了。陌生人进了乡以后就直接奔向猎民谢尼家就再也没有出来。

伊洛和雅日曼商量是否对这个陌生人进行跟踪，探一探这个陌生人又要和猎民换什么来了，然后再向乡革委会报告。

伊洛和雅日曼跟踪到了谢尼家，他俩在谢尼家的门斗里悄悄地听屋里的说话声。

　　谢尼家是新盖没有几年的木刻楞房子，房子的北面是距离不到三十米的乡"爱民文化宫"。他家没有用木板或小杆围的栅栏，紧靠房的东面有一棵直径约 30 厘米的樟子松树直直地立着。房子外面只有一个锯桦子的木马架子和几根 3 米长的直径约 20 厘米的黑皮站杆木头。再有就是用砖和石头搭成的简易炉子，这炉子是夏季用它在外面做饭或烤列巴的，现在已被厚厚的积雪盖住了，依稀可见炉子的形状。

　　有一天早晨天上飘着鹅毛般的大雪，一个从哈尔滨来的画家走出招待所到外面欣赏猎乡的雪景，他穿着草绿色军用棉大衣，沿着乡里的街道正好走到"爱民文化宫"的地方，远远地就看见在谢尼家的房前有两个人顶着大雪锯桦子。画家好奇地走近他们，也许是由于浓浓的雪景映衬着眼前的人物吸引了画家独具慧眼的灵感，锯桦子的正是木刻楞房的主人谢尼和他的弟弟别陶。哥哥谢尼个头矮并且罗锅，弟弟别陶膀大魁梧，两个人一推一拽有节奏地拉大锯，丝毫没有顾忌旁边还有个人蹲在雪地在画他们。就这个画家早晨起床出来溜达还以为就他一个人起得这么早呢，其实也都被早起巡逻的红哨兵伊洛看见了。

　　猎乡的木刻楞住房都是朝北开门，房子的北面都有一个小小的门斗。伊洛和雅日曼动作很轻耳朵几乎贴着门缝在听屋里的声音。屋里面说话唠嗑的声音显得很热闹，别陶的嗓门大，"哎哟！你啥时来的？快，赶紧坐下！"别陶客气地与陌生人握手并让其坐下。"我刚从满归坐运材车在大公路上下车走着过来的。"陌生人回答着并摘下挎包放到火炕上。"尼浩刊，给这位朋友倒杯水。"猎民谢尼招呼着妻子尼浩刊从小屋走出来在厨房炉子上端下已是沏完的瓷茶壶来到大屋。

　　陌生人继续说着："这不快要过年了过来看看老朋友，没有什么好东

一件趣事

西只带来四瓶酒，另外还想求你们帮帮忙，我家人口多粮食不够吃能否我走时从你们家拿袋面回去。等下午运材车回满归。""没问题，这不我们准备好了上猎民点的粮食，这两天也在等着猎业队派车送我们呢！正好你今天来啦回去时扛回一袋去！"别陶很爽快地答应了陌生人的要求。

在这里的鄂温克猎民享受着国家给予的优厚的民族政策，小孩子从出生落户开始，每月享受粮食四十斤和豆油一市斤的定量，可谓粮食富足，每户猎民家粮本里都剩有余粮，经常对那些粮食不够吃的其他民族同胞给予帮助和慷慨接济。这样一来就引来一些跟猎民换粮食的事情频繁发生。

"不行！这个陌生人真是来跟猎民换粮食的，咱们不能让这个人得逞！"伊洛和雅日曼说。"走！去乡革委会报告让乡里派民兵把这个陌生人抓到乡里好好的批一顿！"伊洛说着拽了雅日曼的上衣袖子示意马上离开谢尼家，雅日曼明白了伊洛的意图转过身轻轻地随着他走出了门斗。伊洛和雅日曼离开了谢尼家直奔乡革委会方向急匆匆地跑去。

乡革委会领导接到伊洛和雅日曼的报告后立即派了几个基干民兵去谢尼家。几个民兵到了谢尼家不由分说上去就将陌生人摁倒，用细麻绳捆住背过去的双手，连推带搡地将陌生人带走了。谢尼和别陶被突如其来的民兵弄得惊呆了，以为这个朋友似乎犯了什么错误呢！没有与前来抓人的民兵争论。其中一个民兵对谢尼和别陶说："你们不要用粮食换酒喝，不要上这些人的当。"

民兵很快将陌生人带到了乡革委会领导那里，乡革委会领导训斥了一顿陌生人后说："给他挂两个酒瓶子游街示众，要让所有人都知道与猎民换粮食和猎产品的后果。"领导说完后几个民兵将找来的两只空酒瓶拴了一根绳子，然后将拴好的空酒瓶挂到陌生人的脖子上，两只空酒瓶耷拉在他的胸前。又是一阵连推带搡将陌生人带出了乡革委会领导的办公室，也不知又是从哪弄来小鼓和锣开始敲打起来，前边有领路的民兵，后面是敲锣打鼓的，紧跟着陌生人的身后。领路的民兵边走喊："快来看呀！有人和猎民用酒换粮食啦！"咚咚——咚咚——锣鼓声和人的喊声回响在这小小的猎乡，小孩子们听到锣鼓声也纷纷加入到游行的队伍中，跟在后面奔跑看热闹，大人们听到锣鼓和人的叫喊声以为又是来了演杂技的或是扭秧歌的，有的在自己院里伸着头望着这帮热闹的人群，这群人围着小乡足足转了三个整圈，把这陌生人折腾得哭笑不得，也不敢反抗。从此以后，山村猎乡再也没有发生与猎民换粮食和换猎产品的事情了，猎乡又恢复了往日的宁静……

猎民雅日曼

有一年十一月寒冷的冬日的夜晚，乡里接到了猎民的报告，说在距敖鲁古雅一百多公里的贝尔茨河下游的伊斯达莱有两位猎民严重摔伤，摔伤的是雅日曼和库依勒，当时报告的猎民在电话里情绪十分的激动，有可能雅日曼摔得很重，乡派出所警察与市公安局调派的满归森林公安局协助勘查现场结果情况非常危急，个别警察还当是图财害命的命案呢，结果把报告的猎民还训斥了一顿。警察们很认真地勘查现场，就像侦破一起命案似的严肃而神秘，其实哪有那么的神秘啊！库依勒和雅日曼在半月前就随朋友到这个地方狩猎和捕鱼，因为这里猎物和鱼都很多，从敖鲁古雅开始按照山头的习惯算起打鱼的人都称其为第十八个山头，在这个人际活动稀少的地方的下游有林业小工队驻扎作业，运材公路就在距离库依勒和雅日曼住的地窨子的河对岸处，拉运原条的车辆时常在对面的山顶上通过。库依勒和雅日曼白天出猎由于冬天的天色很早就黑了，就到林业的小工队搭运材车顺道回到营地，在小工队与工人朋友们也喝了点酒，正好搭乘了一辆向回返的运材车，司机倒是很好心让他们坐在了驾驶室，库依勒和雅日曼没有在平坦的地方下车，却在岭顶上下了车，雅日曼本来就一只眼睛好使，结果他下了车就直奔以为是地窨子的地方跑去，库依勒还很客气的与司机师傅寒暄着，雅日曼由于下车速度快加之是下山坡很快没了踪影，他的震天响的一声惨叫库依勒没有听见，就是地窨子里的人也没有听得见，紧接着库依勒在雅日曼走过不远的另一处下山，结果比雅日曼差不多哪去，他在陡峭的地方摔了下去，库依勒他还好摔昏过去后醒来就开始喊，在地窨子里的人循着声音到河对岸的悬崖下开始找人，当时就发现了雅日曼已经没有了呼吸，用手电光照射他的面孔时发现他头部七窍流血，库依勒摔的动弹不了，雅日曼身背的小口径猎枪的木枪托都摔得粉碎，只剩个黑铁管像个铁棍。他们把库依勒抬着送到了地窨子里就步行五十多公里到北岸林场给乡里打电话，要求乡里救援并报告雅日曼死亡的消息。经过连夜的奔忙和勘察才将库依勒和雅日曼运回乡里。库依勒经林业医院检查确定为双腿股骨头粉碎性骨折。林业公安局认为雅日曼没有他杀嫌疑就将尸体移交给乡政府，然后又与雅日曼的弟弟签了交接手续，由于雅日曼的尸体因冻的无法解衣加之没有他杀嫌疑就放弃了尸检，乡政府又积极筹措款项为库依勒转院治疗，当初林业的运材车司机师傅不把车停在山顶上让他们两个下车，也许这个事故就不会发生的，这也是使鹿部落鄂温克人有史以来最为惨重的一次事故，而明知是悬崖峭壁的地方怎能让其从这里抄近路呢？这可真是离天堂最近的路了……

后 记

《敖鲁古雅狩猎往事》以散文叙事的形式记录了在敖鲁古雅河畔发生的一些往事，这本书的顺利出版首先感谢根河市民族宗教事务局的领导和同志们的热情帮助和支持，他们为挖掘敖鲁古雅使鹿部落鄂温克族传统文化做出了积极的努力；同时感谢根河市敖鲁古雅鄂温克族乡党委、政府领导的支持和帮助；我还要感谢为这本书著序的我们鄂温克族大作家、我尊敬的乌热尔图老大哥，他的序为《敖鲁古雅狩猎往事》增色不少；我还要感谢内蒙古文化出版社的丁永才老师及出版社同志们的认真校对、排版并编辑，是你们的积极支持帮助让《敖鲁古雅狩猎往事》出炉绽放，给敖鲁古雅使鹿部落鄂温克人留下永远的记忆！